김민수 밀리터리 장편소설
MILITARY NOVEL
열도파괴

dream
Novel
드림노블

열도 파괴 2 지상 최대의 테러전

초판 1쇄 인쇄 2016년 9월 19일
초판 1쇄 발행 2016년 9월 29일

지은이 김민수
발행인 오영배
기획 박성인
책임편집 이대용
표지 · 내지 디자인 공간42
제작 조하늬

펴낸 곳 (주)삼양출판사 · 드림노블
주소 서울시 강북구 도봉로 173
대표 전화 02-980-2112 **팩스** 02-983-0660
편집부 전화 02-980-2116 **팩스** 02-983-8201
블로그 blog.naver.com/dreambookss

등록번호 제9-00046호
등록일자 1999년 3월 11일

값 10,000원

ISBN 979-11-313-0646-8 (04810) / 979-11-313-0644-4 (세트)

+ 이 도서의 국립중앙도서관 출판시도서목록(CIP)은 서지정보유통지원시스템홈페이지(http://seoji.nl.go.kr)와
+ 국가자료공동목록시스템(http://www.nl.go.kr/kolisnet)에서 이용하실 수 있습니다. (CIP제어번호: 2016021745)

2

지상 최대의 테러전

김민수 밀리터리 장편소설

MILITARY NOVEL

열도 파괴

dream Novel
드림노블

차 례

열도
파괴

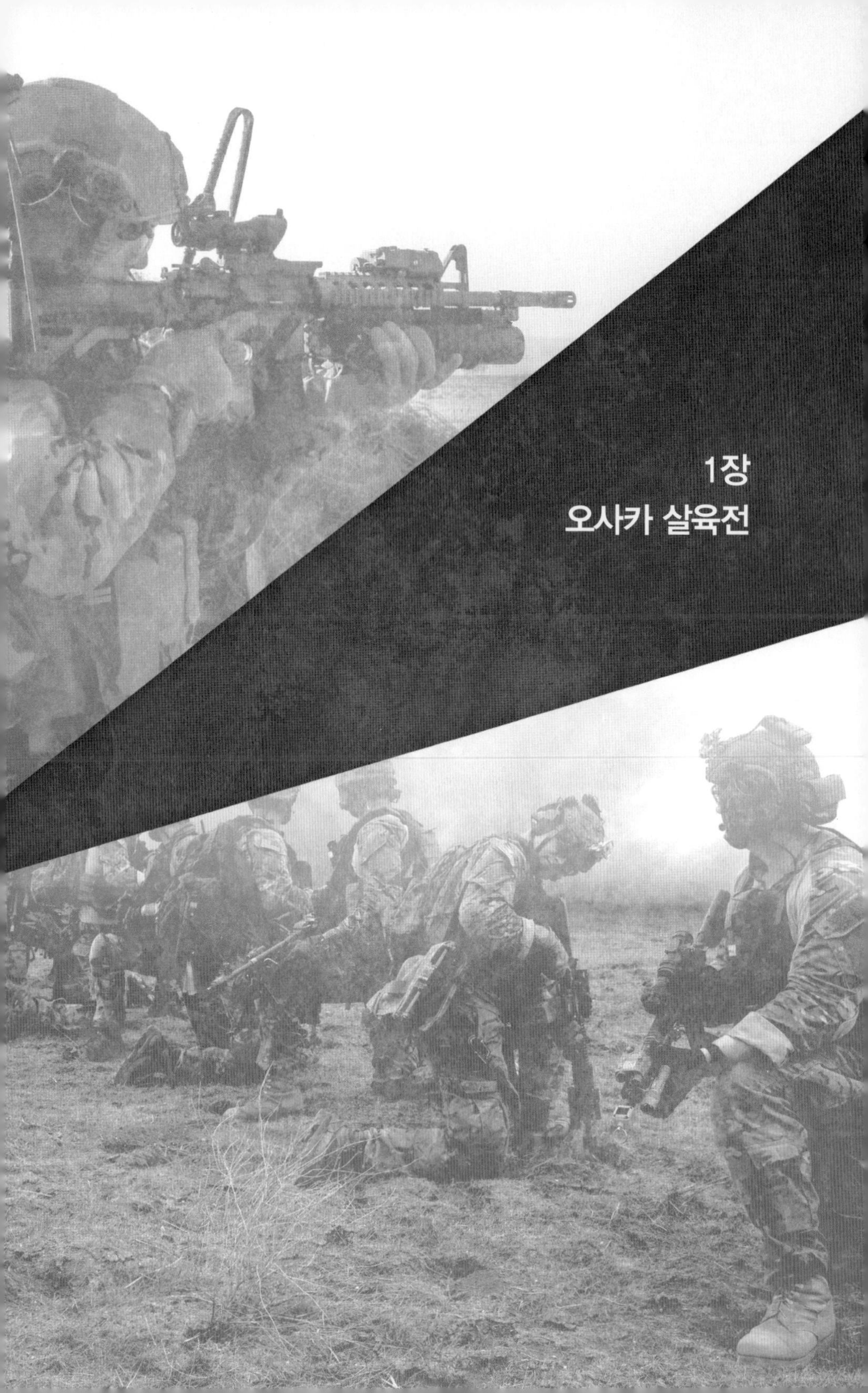

1장
오사카 살육전

※ 이 작품에서 다뤄지고 언급되는 사건, 인물, 군사 작전과 무기 체계에 대해서는 최대한 실제 사실에 근거하였지만 일부 내용에 대해서는 원활한 전개를 위해 작가적 상상이 가해졌음을 밝힙니다.

2016년 7월 18일 15시 23분 일본, 도쿄, 하네다 공항, 전역합동대테러본부

전장형 대위와 그의 중대원들, 그리고 전정희 소령이 이끄는 정보사 병력이 전역합동대테러본부의 브리핑실에 도착했을 때에는 이미 먼저 파견 온 미군 델타포스 병력과 일본의 대테러전력인 특수작전군 지휘관들이 먼저와 대기 중이었다.

정보사 인원들이 브리핑실의 우측 구석에 자리를 잡자, 전장형은 이종진 상사에게 그쪽에 2중대원들을 착석시키도록 손짓을 해 보였다.

곧 국정원 파견대가 그들 쪽에 합류하여 이종진과 인사를 나누고 전장형은 좌우 측 좌석 구획들 사이의 통로에 서서 그 모습을 물끄러미 지켜봤다. 그때 그의 귀에 익숙한 목소리가 그의 등 뒤, 좌측 좌석 구획에서 들려왔다.

"롱 타임, 노 씨, 캡틴!"

전장형은 굳이 어깨 너머로 고개를 돌려보지 않아도 영어를 사용하는 목소리의 주인공이 케빈 밀러(Kevin Miller) 대위임을 알았다. 그가 몸을 빙 돌리자, PMC(사설 군사 기업) 인원들처럼 복장을 차려입은, 밀러 대위와 그의 부팀장 쉐인 허드슨(Shane Hudson) 준위가 그의 앞에 서 있었다. 전장형은 그에게 향해 있던 밀러 대위의 손을 맞잡아 흔들며 허드슨 준위에게도 고개를 끄덕이며 인사를 건넸다.

전장형은 두 사람의 뒤쪽에 앉아 있는 나머지 델타포스 대원들을 힐끗 본 뒤 말했다.

"당신네 팀이 일본에 와 있는 줄은 몰랐습니다. 어떻게 된 겁니까? 시리아 국경에나 있어야 할 병력이?"

전장형의 말에 밀러는 고개를 내저으며 대꾸했다.

"젠장, 나도 몰라. 포트 브랙에서 엉덩이를 뭉개고 있는지 한 달도 안 됐는데 갑자기 도쿄로 가라고 해서 나와 팀원들은 처음에 휴가를 보내 주는 줄 알았어. 그런데 결국에는 나와 내 인원들이 여기 냄새나는 격납고에 퍼질러 앉아 있게 되는군."

"헤이, 캡틴! 취프!"

언제 합류했는지 이종진 준위가 전장형의 곁에 서서 두 델타포스 대원들에게 인사를 건넸다.

밀러는 그의 시선을 브리핑실 앞쪽으로 보내며 말을 이었다.

"일본인들이 자신들의 깨끗하고 안락한 거리에 불한당 같은 DPRK(북한) 놈들이 오줌을 싸 댈까 봐 전전긍긍하고 있어. 이곳에 오기 전에 전달받은 거 있어, 전?"

전장형은 그의 등 뒤쪽을 턱짓으로 가리키며 말했다.

"우리도 DPRK의 특수전 전력에 대한 전문가들과 함께 이곳에 파견된다는 것 외에는 아무것도 들은 게 없습니다. 그러지 말고, 그쪽에서 아는 거나 말해 봐요."

전장형이 바지 주머니에 두 손을 쑤셔 넣고 심드렁하게 말하자 밀러가 입가에서 웃음기를 싹 지우고 대꾸했다. 그는 이번에는 한층 작은 목소리로 말했다.

"젠장, 우리도 여기 와서야 루머 몇 가지들을 들었는데. 일본 정보기관들은 DPRK 놈들의 2차 테러가 임박했다고 믿는 눈치야. 그것이 장거리 미사일 공격일 수도 있고 아니면~."

그가 말을 멈추자, 허드슨 준위가 회의감이 가득한 표정을 지으면서 대신 말을 이어 갔다.

"아니면 저 빌어먹을 일본 놈들의 포경선에 모조리 폭탄 구멍을 내서 태평양에서 고래를 못 잡게 하겠지요."

그 말에 밀러와 전장형이 피식 웃었다. 전장형이 델타포스 대원들이 앉아 있는 곳 앞쪽 줄에 검정색 대테러복을 착용하고 있는 자위대원들을 응시하자 밀러가 테이크 아웃 커피 잔을 입에 물고 그쪽으로 시선을 향했다.

"특수작전군 병력입니까?"

전장형이 나지막한 목소리로 묻자 밀러가 다시 잔을 손으로 받아 든 뒤 고개를 끄덕였다.

잠시 뒤, 일본 방위청의 고급 간부이자 전역합동대테러본부의 책임자인 사카타 타다시와 전역합동대테러본부에 파견된 내각 정보 조사실, 자위대 소속 정보본부, 법무부 소속 공안 조사청 그리고 합동대테러본부에 한시적으로 배속된 육해공 자위대 병력의 지휘관들이 도착했다.

이후로 시작된 브리핑은 각각 영어, 한국어 통역자들이 각 파견부대 앞쪽에 배석한 가운데 이어졌다.

전역합동대테러본부의 실무자는 북한의 테러 가능성에 대한 대처 방침을 설명했고 그것과 관련하여 일본 군경 병력 그리고 한국과 미국의 특수부대, 정보기관 파견대의 역할에 대해 설명했다.

이미 모두가 익히 알고 있는 내용이었지만 합동대테러본부의 지휘부 그리고 일본 정부의 관계자들은 이 자리에서 한국과 미군 쪽에 자신들의 역할 그리고 가이진(외국인)의 역할에 대해 분명히, 공식적으로 선을 그어 보이는 분위기였다.

일본 측의 브리핑이 끝나고 이어서 한국군 정보사와 국정원에서 북한군 해상정찰조에 대한 분석 그리고 최근 동태에 대해 설명하는 차례가 이어졌다.

"반갑습니다, 대한민국 육군 3160부대의 라현철 준위입니다."

마이크를 잡고 브리핑 보드 앞에 선, 국군의 디지털 픽셀 전투복 차림의 남자가 일본어로 자신을 소개했다.

그를 알아본 전장형은 브리핑 내내 지루해하던 표정을 지운 뒤, 자세를 바로 해 앉았다. 전장형은 그가 하네다 공항에 도착한 날에 봤던 사내였음을 알아봤고 정신이 번뜩 들었던 것이었다.

“아까 그 양반이네.”

전장형은 그의 좌측에 앉아 있는 이종진 너머 강정훈 중사가 말하는 것을 들었다.

“뭐가?”

이종진이 묻자 강정훈이 앞쪽의 좌석들의 등받이 아래로 머리를 숙인 뒤, 전장형과 이종진 쪽을 쳐다보며 말했다.

“저 양반, 탈북한 특수부대원들로 구성된 정보사 3160부대 소속이랍니다. 아까 식당에서 밥 먹을 때 말 좀 붙여 보려고 했더니 제 말에 대꾸도 않고 완전 개무시했습니다. 3160부대 인원들 3~4명이 우리랑 이곳에 함께 와 있는 것 같습니다, 중대장님.”

그의 말에 전장형과 이종진이 서로 놀란 시선으로 바라봤고 그때 라현철의 목소리가 스피커를 통해 들려왔다.

“이제부터 전역합동대테러본부가 북조선의 해상특수전력의 도발에 대비할 방향에 대해서 설명 드리겠습니다. 잘 아시다시피, 지난 반잠수정들의 도발은 해상정찰조의 가장 기본적인 침투, 교전 전술을 보여 줬습니다. 이들 반잠수정들은 작전 지역에 근접하기 전까지는 역시 정찰총국 소속의 해상 작전 부대에 배속된 모선들에 의해 이동합니다. 이들 모선들은 대부분 일본, 중국, 한국 측의 어선이나 중소형 상업 선박을 북측이 확보하여 작전 임무에 맡게 개조, 운영되고 있습니다. 때때로 이들 모선들은…….”

라현철은 인민군 군관 시절 습득했을 유창한 일본어로 해상정찰조들의 주요한 전술과 관련 추가로 일어날 수 있는 테러 행위 가능성들을 설명했다.

전역합동대테러본부의 일본인 관료들이 브리핑을 했을 때의 어수선한 분위기가 싹 가시고, 브리핑실 안에 있는 모든 사람들이 숨죽인 채 라현철의 말에 귀를 기울였다.

그는 북한군의 2차 해상 침투 시도에 대해 일본 측에게 경고했는데, 일본 측이 해상자위대의 호위함은 물론, 대잠 초계 전력 그리고 항공자위대의 전폭기들로 구성된 입체적인 경계망을 한동안 유지시켜야 한다고 주장했다. 프리젠테이션용 화면이 종료되자 라현철이 스크린에 고정해 둔 시선을 앞쪽에 있는 사람들 쪽으로 옮겼다.

“이상으로 북한군 해상정찰조의 2차 도발에 대한 대비 방향을 설명 드렸습니다. 질문이 있으신 분께서는 질문하여 주십시오.”

그가 들고 있던 문서들을 들고 열중쉬어 자세를 만들었다. 그러나 앞쪽 좌석 열에 앉아 있던 육자대 파견대장이 한 손을 들어 보였다. 그러자 누군가가 그에게 핸드 마이크를 건네줬고 브리핑실 안의 스피커들을 통해 그의 목소리가 울려 퍼졌다.

"아, 대한민국 정부 측의 지원에 심심한 감사의 인사를 먼저 드립니다. 하지만 라현철 준위의 설명대로 북조선의 해상정찰조들은 절대로 우리 자위대의 경계망을 뚫고 열도 땅에 발을 디딜 수 없을 겁니다. 그 점에 대해서 저는 이 자리에 있는 모든 분들께, 자위대의 입장을 대표하여 약속드립니다."

질문이 아닌 그의 말을 국군 통역관의 통역을 통해 들은 전장형이 뒤늦게 피식 웃었고 이종진 준위는 고개를 가로저었다. 그러나 라현철은 무표정한 모습을 유지하다가 마지못해 대꾸했다.

"그 점에 대해서는 저와 이 자리에 있는 모든 분들이 확신하고 있을 겁니……."

그러나 자위대 파견대장은 자리에서 벌떡 일어서서 라현철의 말을 중간에 끊고 자신의 말을 이어 갔다.

"이미 지난 반잠수정들에 대한 섬멸전은 우리 자위대의 역량만으로도 충분히 북조선의 도발을 물리칠 수 있다는 점을 증명해 줬으니 여기서 뭘 더 증명해야겠습니까? 이 자리에 있는 모든 분들은……."

그는 그의 어깨 너머로 좌우에 앉아 있는 전역합동대테러본부 구성원들 그리고 한국군과 미군 업저버들을 훑어본 뒤 말을 이었다.

"우리 자위대와 유관 기관들이 만약에 있을지 모르는 북조선의 추가 도발을 저지하는 하는 것을 돕기보다는 그 도발의 시도부터 철저하게 분쇄하는 우리 자위대와 해상방위청의 활약상을 지켜보게 될 겁니다. 그리고 이 자리에 있는 모든 분들에게 제가 단언컨대 북조선의 특수부대원이 우리 열도 땅에 발을 딛는 일을 절대로 없을 겁니다. 차라리, 북조선인들이 달 표면에 발을 딛는 일이 더 쉬울 거라고 제가 감히 말하고 싶습니다."

그가 말을 마치자, 일순간 분위기가 바뀐 것에 어리둥절해하는 미군과 한국군 병력을 제외한 일본 측 인사들이 박수를 치기 시작했다. 박수 소리가 점차로 커지면서 전장형 일행도 박수를 따라 쳤고 잠시 후, 전역합동대테러위원회의의 수장 사카타 타다시가 자리에서 일어섰다. 그는 마치 시상식에서 인사를 하는 듯한 모습으로 미군 측과 한국군 측에 가볍게 고개를 숙여 보였다.

라현철 준위는 그런 그의 모습을 말없이 지켜보고 있었고 전장형은 브리핑실 안에 있는 일본인들의 모습에 기가 막혀 했다. 곧 이종진 준위가 전장형의 귓가에 대고 말했다.

"이거는 뭐, 북괴 놈들이나 일본 놈들이나 똑같이 노는 것 같습니다. 앞으로 일 터지면 볼만하겠습니다."

전장형은 라현철에게 시선을 고정해 둔 채, 이종진의 말에 동의하는 고갯짓을 해보였다.

* * *

2016년 7월 20일 12시 34분 일본, 오사카, 나카노시마 공원 일대

북한의 반잠수정 사건 이후로, 일본은 전국 각지에서 극우 조직들과 그들의 사주를 받은 사회운동 단체들이 도심 번화가에서 규탄 대회나 규탄 의지에 동참하도록 격려하는 시위가 잇따라 일어났다.

특히, 북한 선박 전소 사건이 일어났던, 오사카에서는 해당 선박에 화염병을 투척한 것으로 형식적인 수사를 받고 증거 부족으로 풀려났던 극우 조직 '재특회(재일한인의 특권을 용납하지 않는 모임: 대표적인 쪽바리 극우 행동 조직)' 가 공식적으로 뜻을 함께 하는 오사카 시의회와 공무원들의 협조를 받으며 도심 한복판을 관통하는 규탄 행렬이 진행되고 있었다.

100여 명이 조금 넘는, 재특회 소속 일본인들은 약 1.2킬로미터 정도 도심 한가운데를 관통하는 퍼레이드를 마치고 오사카를 관통하는 도지마강과 도사보리강 사이의 섬 구획에 만들어진 나카노시마 도심 공원에 진입하기 시작했다.

행사에 참여한 일본인들이 오사카 시청을 지나쳐, 도로의 한 차선을 차지해 이곳까지 걸어오는 동안 이들을 에스코트했던 경찰관들이 공원 안팎에서도 이들이 질서 정연하게 움직이도록 돕고 있었다. 또한 그들의 모습을 방송국 취재 차량이 취재하면서 공원까지 따라 들어왔다.

퍼레이드를 구성하는 일본인들 중 일부는 2차 세계대전 당시 일본군 군복들을 착용하고 있었고 북한 정권을 규탄하고 나아가 남한까지 비난하고 저주하는 글귀가 쓰여 있는 피켓들을 들고 있었다.

그들 중 일부는 공원 주변을 오가는, 점심 식사를 마치고 사무실로 돌아가는 직장인들과 일부 행인들, 그리고 외국인 관광객들에게 작은 '욱일승천기'와 북한을 비난하는 팸플릿을 나눠 주면서 자신들과 뜻을 같이하도록 권했다.

이윽고 100여 명이 넘는 시위 행렬 인원들이 공원 안에 들어와 오와 열을 맞춰 서자, 미리 설치해 둔 대형 스피커를 통해서 집회 운영자들이 북한을 규탄, 비난하는 일장 연설을 시작했다.

군가와 같은 구 일본 제국 찬양가들이 배경 음악으로 깔리면서, 이들의 목소리는 더욱더 고조되었고 그 때문에 공원을 내려다볼 수 있는 강 건너편, 고층 건물들의 창가 쪽에도 직장인들이 보이기 시작했다.

재특회의 회장이자 일본 내 혐한 단체들의 오사카 동맹회장을 맡고 있는 아소 시게루의 연설은 주변인들의 관심을 받자 훨씬 더 고무되었다.

"북조선인들은 우리나라에만 위협이 되는 것이 아니라, 이제 전 세계에 실재하는 위협이 되고 있습니다. 이에 이들은 구닥다리 핵무기를 가지고 주변국들을 협박해 쌀과 원유를 얻어 가는 국제적인 깡패입니다. 깡패!"

그의 말이 끝나자, 같은 조직원들 몇몇이 억지스러운 함성을 지르며 박수를 치기 시작했고 집회에 참여한 사람들이 그들의 행동에 합류했다. 그때, 공원 출입구 쪽에서 고급 관용차 2대와 승합차 한 대가 정차한 뒤 정장 차림의 남자들이 하차했다.

시게루는 바람에 헝클어진 앞 머리칼을 쓸어 넘기면서 그쪽을 힐끗 봤다. 관용차에서 내린 VIP들의 동선을 따라 방송사 카메라맨들이 함께 움직이고 있었고 집회를 통제하던 오사카 시경 소속 경찰관들이 그들에게 거수경례를 했다. 시게루는 그 광경을 지켜보면서 다시 연설을 이어 갔다.

"오늘 이 자리에는 우리 정부 측의 입장을 대변하여 북조선의 도발을 규탄하고 더 나아가 과거 우리 일본 제국의 식민지였던 역사를 부정하고 왜곡하는 남조선의 이번 사건과 관련한 노림수를 낱낱이 밝혀 줄 두 분을 모십니다. 바로 오늘 이 자리에 하시모토 도루, 전 오사카 시장님과 유신정당 신풍의 대표 스즈키 노부유키 선생을 모셨습니다. 우리의 뜻에 힘을 더해 줄 두 분의 참여에 감사합시다!"

그는 경호원들의 호위를 받으며 간이 연단으로 다가오는 전 오사카 시장과 노부유키에게 두 손을 펼쳐 보이며 목소리를 높였고, 집회 참가자들은 함성과 박수로 그들을 맞이했다.

그때쯤에는 나카노시마 공원 양편 강 건너편의 모든 고층 건물들의 창가, 유리벽 쪽에서 사람들이 공원 쪽을 내려다보고 있었다.

시게루는 연단에서 내려와 두 극우 정치인들과 차례로 인사를 나누었다. 집회 현장의 방송국 취재 기자들과 재특회 참가자들 중 일부는 대한민국 위안부상에 말뚝 테러를 가해 유명해진 노부유키를 알아볼 수 있었다.

재특회와 사이가 요원했던 오사카 전 시장이 규탄 집회에 나타난 것도 의외였지만 그들은 두 극우, 현직 정치인들까지 집회에 나타나는 것에 대해 의아해했다.

잠시 뒤, VIP들 사이의 인사와 소개가 끝난 뒤, 도루 시장과 노부유키가 함께 연단에 올랐다.

시게루는 비좁은 연단 대신 연단 아래에서 핸드 마이크를 들고 두 사람을 참가자들에게 소개했다. 그는 방송사 카메라들이 자신이 연설을 할 때보다 더 근접하여 촬영을 시작하자 씁쓸한 미소를 지어 보인 뒤, 차분하게 두 사람을 소개했다.

"오늘 우리의 진중하고 급박한 목소리에 힘을 더해 주기 위해서 일본 최고의 도시인 이곳 오사카의 전 시장이신 도루 선생과 남조선 땅에 우리의 강력한 의사를 전달해 주신 저명한 노부유키 선생이 함께하셨습니다. 우레와 같은 박수로 환영해 주십시오."

도루 시장은 자신보다 더 유명한 우익 노부유키를 먼저 연단으로 올려 보내려고 손사래를 쳤다. 그러자 시게루가 서로 먼저 연설을 하도록 옥신각신하는 두 사람을 한 손으로 가리키며 말했다.

"두 분, 인사께서 서로에게 먼저 연단에 오르는 영예를 양보하시느라 지체되는 것 같습니다. 그러면 얼마 전에 남조선 땅에 우리의 진실을 알리는 말뚝을 설치하신 노부유키 선생을 먼저 모시겠습니다."

그의 말에 결국 노부유키가 먼저 연단으로 올라갔지만, 그는 좁은 연단 위로 도루 시장을 함께 데리고 올라갔다. 그리고 그를 집회 참가자들에게 소개를 하는 것으로 연설을 시작했다.

"노고가 많습니다, 재특회 여러분, 그리고 오사카 시민 여러분. 공직자로서의 제약과 무용한 비판을 감수하고 이 자리를 함께해 주신 우리 오사카 전 시장님께 감사 인사를 먼저 드리는 것으로 말을 시작하고 싶습니다."

잠시 집회자들이 박수를 쳤고 도루는 그들을 향해 화답하고자 한 손을 높이 들어 보였다.

그리고 그때 시게루는 연단으로 올라가, 도루 시장이 쳐든 손을 자신의 왼손으로 잡고 나머지 한 손으로 노부유키의 손을 잡아 허공 높이 쳐들었다. 그러자 박수 소리가 훨씬 더 커져 가며 분위기가 최고조에 이르렀다.

시게루는 노부유키와 도루 전 시장의 손을 잡은 자신의 모습을 방송사 카메라가 정면으로 지켜보고 있음에 내심 흡족해했다.

그 순간 시게루가 꿈속에서도 생각지도 못했던 일이 벌어졌다.

"퍽!"

둔한 타격음과 함께 그의 우측에 서 있는 노부유키가 갑자기 연단 아래로 나가떨어졌다. 그가 어리둥절하여 도루 시장과 함께 연단 아래를 살피자, 머리 윗부분이 박살이 나서 없어진 노부유키의 모습이 이들의 눈에 들어왔고 두 사람은 그 모습에 입이 쩍 벌어졌다. 그때 다시 한 번 "퍽!"하는 소리와 함께 이번에는 도루 시장의 머리가 그의 눈앞에서 폭발해 버렸다.

"푸우웅!"

시게루가 고개를 들어 집회 참가자들 쪽으로 몸을 돌리자, 다음 순간 그의 머리 또한 50구경 저격탄에 의해 폭발해 버렸다.

*　　*　　*

2016년 7월 20일 13시 11분 일본, 오사카 시청 근처, 신축 건물 10층

대덕산 공작조의 조장 리원제는 자신이 날려 보낸 12.7밀리 저격탄에 재특회 회장의 머리가 날아가 버리자, 휴대전화와 연결되어 있는 블루투스 이어셋을 통해 조원들에게 명령을 전파했다.

"전 조원, 작전 개시! 작전 개시!"

10배율 조준경을 통해서 그의 시야에 들어오는 먼 400여 미터 아래쪽, 강 건너 나카노시마 공원 집회 현장에서는 개미 떼처럼 보이는 일본인들이 산지사방으로 흩어지고 있었다. 다음 순간, 그가 기대했던 장면이 연출되었다.

"쾅! 콰아왕~! 쾅!"

집회가 진행되던 농구장 2개 정도 규모의, 녹지 정원과 아스팔트, 콘크리트로 조성된 광장 일대를 어디선가 솟구쳐 나온 까만 연기가 삼켜 버렸다. 그때 발생한 폭발음과 충격파로 주변 빌딩들의 내부와 노변에 주차된 차량들의 경보장치가 일제히 울리기 시작했다. 평화롭던 나카노시마 공원과 그 일대 도심이 순식간에 아수라장이 되는 순간이었다.

집회장을 휩쓸었던 것은 대덕산 공작조의 정찰조원들이 공원 화단 곳곳에 설치해 둔 6발의 크레모아들이었다.

리원제는 조준경을 통해서 보이는 까맣고 더러는 회색의 연기들을 보면서 그곳에서 나는 크레모아의 컴퍼지션B 화약 냄새를 짐작하고도 남았다. 그리고 놀랍게도 집회장을 에워싸고 격발된 크레모아들의 수 백발이 넘는 쇠구슬 공격에서 살아남은 일본인들이 짙은 연기 속에서 빠져나오기 시작했다.

리원제와 공원 인근에 있는 정찰병들의 눈에 가장 먼저 포착된 일본인들은 구일본 제국군의 군복을 입은 재특회의 열혈 청년단원들이었다. 3명의 군복 착용자들이 공원 입구 쪽에서 달려오는 경찰들을 향해 비틀거리며 이동할 때, 리원제가 조원들의 통신망을 통해 지시했다.

"동무들, 5초만 더 기다렸다가 사격하시오."

"네, 조장 동지."

잠시 뒤, 십 수 명의 생존자들이 집회 현장에서 빠져나와 역시 경찰들을 향해 움직였다.

집회를 호위했던 14명의 경찰 병력들 모두가 리볼버 권총을 쳐들고 생존자들과 합류, 대피 과정을 개시할 즈음 마침내, 공원 외곽에 몸을 숨기고 있던 황인범 상사와 김신용 중사, 김도원 중사가 각기 다른 장소에서 모습들 드러냈다. 조경사들이 착용하는 올인원 작업복 차림을 하고 있는 정찰병들은 끌고 다니던 손수레와 더플백 안에서 총기를 꺼내 들었다. 그들은 집회 참가자들과 경찰들이 모여 있는 공원 산책로 안쪽을 향해 RPK74 경기관총을 쳐들었다.

"타타타타타~! 타타타타타~!"

세 곳에서 경기관총 사격이 시작되자 일본인들이 이들의 존재를 파악하지도 못한 채 산책로 바닥에 쓰러져 갔다.

"탕! 탕!"

"타타타타타~!"

몇 명의 경찰관들은 정찰병들이 사격을 가하는 곳을 향해 리볼버 권총 사격을 가했지만 응사하는 그 즉시 제압되었다.

눈 깜짝할 사이에 30명이 넘는 일본인들이 산책로에 피탄되어 쓰러지고 산책로 전체가 피로 물들기 시작했다.

정찰병들의 기관총 사격이 멈출 때에는 집회장 한가운데에서 피투성이가 되어 뒹구는 일본인들의 고통에 찬 괴성과 말소리가 울려 퍼졌지만, 황인범 상사와 그의 조원들은 침착하게 사방을 경계하면서 생존자들을 발견 즉시 기관총탄들을 퍼부었다.

그들을 지켜보던 리원제는 잠시 저격총의 조준경에서 눈을 뗐다. 그런 뒤 육안으로 근처 빌딩들을 천천히 주시해 봤다.

나카노시마 공원을 내려다볼 수 있는 주변 고층 건물들의 대형 유리 벽면에는 공원 쪽에서 일어나는 살육 장면을 지켜보는 일본인들이 셀 수 없이 많았다. 뿐만 아니라 공원을 내려다보는 요도야바시 다리 위에서도 정차된 차량들에서 나온 운전자들이 발을 동동 구르거나 소리치는 모습이 그의 시야에 잡혔다. 그들 중 일부는 스마트폰 카메라로 공원 안에서 일어나는 일을 촬영하고 있었다.

곧 먼 도로 쪽에서도 경찰 차량들의 사이렌 소리들이 동시다발적으로 들려오기 시작했고 리원제는 휴대전화 이어셋을 통해, 자신이 자리 잡고 있는 신축 건물의 맞은편, 6층 건물의 옥상에 있는 정민성 중사에게 지시를 내렸다.

"5조원 동무, 북서쪽에서 경찰 차량들이 접근 중! 공원 지대에 도착하기 전 도로 위에서 제압되도록 정밀 사격 준비!"

"네, 조장 동지."

그의 대답을 듣자마자 리원제는 10층 바닥의 난간 쪽에 설치된 작업 테이블 위에서 무거운 러시아제 대물 저격총 KSVK를 들고 일어섰다. 그는 그의 좌측에 공원을 두고 자리를 옮겨 요도야바시 다리로 이어지는 도로를 내려다볼 수 있는 10층의 북쪽 끝에 위치를 잡았다.

멀리서 경찰 순찰 차량 5대와 앰뷸런스 2대, 화재 진압 차량 3대가 무리를 지어 다리 쪽으로 접근하고 있었다.

그는 그쪽을 향해 KSVK의 총구를 고정할 수 있도록 시멘트 포대들을 쌓아 놓고 묵직한 저격총의 양각대를 올려놨다. 그런 뒤 양반 자세로 앉아서 지상 사격을 준비했다.

*　　*　　*

2016년 7월 20일 13시 17분 일본, 오사카, 나카노시마 공원

"저쪽! 장미 정원 쪽으로 향하는 놈들을 제압하라!"

황인범 상사는 경기관총의 40발 탄창을 교체하면서, 집회 장소의 먼 우측, 공원 동쪽으로 대피하고 있는 2명의 남성과 1명의 여성을 향해 소리쳤다. 그러자 그의 우측 20여 미터 언덕 사면에 있던 김도원 중사가 산책로로 뛰어 내려왔다. 그런 뒤, 서서쏴 자세로 60여 미터 거리의 표적들을 향해 RPK74를 쳐들고 방아쇠를 당겼다.

"타타타~! 타타타탕! 타타탕!"

3번의 짧은 사격 동안의 격렬한 반동에도 그는 총기를 완벽하게 통제했고 그 결과 크레모아 공격에서 살아남았던 3명의 일본인들이 차례차례 쓰러졌다.

김도원은 마지막에 쓰러진 일본인 남성이 촬영용 카메라로 보이는 것을 떨어뜨리며 쓰러지는 것을 보고서야 그들이 집회를 취재하던 방송사 인원들임을 알아봤다.

"탕! 탕!"

그때, 김도원이 집중사격을 가한 반대편 공원 입구 방향에서 권총 총성이 들려왔고 집회 장소 후방에 거리를 두고 서 있던 3명의 정찰병들이 일제히 그곳을 향해 총구를 돌렸다.

황인범 상사는 최초 사격에서 경찰이 모두 제압되었기 때문에 지원 병력이 도착했을지도 모른다 생각했다. 그러나 공원 입구 쪽에서 조경수들 뒤쪽에 몸을 숨겨가며 접근하는 사격수들은 리원제 대위가 머리통을 날려 버린 도루 시장의 경호원들이었다. 3명의 경호원들은 경찰관들과 마찬가지로 리볼버 권총을 한 발씩 쏘면서 다가오다가 곧 적절한 곳에 자리를 잡았다.

황인범은 그의 시야 2시 방향, 강 건너, 멀리에 위치한 신축 건물 10층 쪽을 올려다보면서 블루투스 이어셋을 통해 보고했다.

"조장 동지, 시장의 경호원들이 나타나서 공원 입구를 차단했습니다. 당장 제압하고 퇴출 과정에 들어가도 되겠습니까?"

그가 질문을 할 때쯤에는 공원 위쪽 도로 쪽에서 경찰 차량들의 사이렌 소리가 매우 가깝게 들려왔었다. 그러나 그의 질문에 대한 대꾸 대신, 요란한 차량 엔진 소리와 둔한 충격음이 일대에 쩌렁쩌렁 울렸다. 그와 동시에 "쿵!"하는 진동과 함께 공원을 내려다보고 있는 다리 난간을 뚫고 경찰 순찰 차량 한 대가 공원 녹지대로 추락했다. 리원제 대위와 정민성 중사의 50구경 저격탄에 공격받은 경찰 차량이었다.

이어서 리원제의 목소리가 들려왔다.

"동무들, 약정된 장소로 퇴출하시오! 놈들이 벌떼같이 몰려들고 있소!"

황인범은 그의 지시를 듣는 순간 그의 좌우 측에 있는 조원들에게 수신호를 만들어 보였다.

이들은 전방과 좌우 측을 경계하면서 공원 입구 쪽으로 기동하기 시작했다. 황인범 상사는 현장을 떠나면서도 크레모아의 화연과 흙먼지가 가시고 있는 집회 현장을 주시했다.

집회에 참가했던 100명이 조금 넘는 일본인들이 일부는 즉사하고 일부는 치명적인 부상에 고통에 가득 찬 신음 소리와 괴성을 지르며 뒹굴고 있었다. 황인범은 그들 중 구식 일본 제국군 군복을 입고 있는 자들을 향해 총구를 겨눈 뒤 방아쇠를 당겼다.

"타타타타타타~!"

수발의 기관총탄들이 날아가 몸을 일으키려 하거나 서로 부축한 채 움직이던 사내들을 꿰뚫고 날아갔다.

그러나 그때 황인범의 기관총탄에 맞고 쓰러졌던 사내 하나가 벌떡 일어섰다. 그는 일본 군복 차림에 욱일승천기 머리띠를 머리에 두르고 있는 50대의 남자였다. 그는 허리춤에 차고 있던 일본군 장교들의 일본도를 꺼내 들고 공원 입구로 향하는 정찰병들을 향해 비틀거리며 다가오기 시작했다.

그 광경을 본 황인범과 김신용 중사, 김도원 중사가 피식 웃었다. 황인범이 그를 빤히 응시하는 동안 선두에 섰던 김신용 중사는 입구 쪽에 있던 시장의 경호원들에게 기관총을 난사했다. 그의 무지막지한 제압 사격에 2명의 경호원들이 총탄에 맞고 쓰러졌고 나머지 한 명은 공원 밖으로 달리기 시작했다.

그러자 김신용은 한쪽 무릎을 꿇고 차분하게 사격 자세를 잡은 뒤 방아쇠를 살짝 끊어 당겼다.

"타타탕~!"

경호원의 등판이 그의 5.45밀리 총탄에 박살이 나고 그가 쓰러지자, 김신용이 신속하게 기관총 탄창을 교체한 뒤 몸을 일으켰다.

그때에도 머리와 온몸이 피투성이인 일본인 남자는 일본도를 휘두르며 또, 정찰병들을 저주하는 말을 소리치면서 황인범을 뒤따라오고 있었다. 그러나 황인범 상사는 그에게 눈길 한 번 주지 않고, 공원을 내려다보고 있는 위쪽의 교각들을 살피면서 상황을 파악하고자 애썼다.

그러던 중 일본도를 허공에 휘두르는 소리가 들려올 정도로 일본인 남성이 정찰병들에게 가까워졌고 보다 못한 김도원 중사가 그에게 기관총 총구를 겨눴다. 그러자 황인범이 그를 제지했다.

"아냐! 아냐!"

황인범은 분노에 찬 표정으로 일본도를 휘두르면서 다가오는 그를 잠깐 동안 빤히 쳐다봤다. 그런 뒤 RPK74 기관총을 김도원에게 휙 던져 주고는 일본인을 향해 성큼성큼 걸어갔다. 황인범은 그가 휘두르는 일본도를 옆으로 슬쩍 피한 다음, 팔꿈치로 일본인 얼굴을 가격했다. 그리고 그가 주춤하는 사이에 일본도의 손잡이를 그의 손에서 빼내 잡은 뒤 그와 거리를 두고자 몇 걸음 물러섰다.

황인범은 망설임 없이 일본도로 그 일본인의 목을 내려쳤다.

*　*　*

2016년 7월 20일 13시 24분 일본, 오사카 시청 근처, 신축 건물 10층

리원제 대위와 정민성 중사는 요도야바시 다리를 통과하는 6대의 경찰 차량들에게 20여 발 이상의 저격탄을 날려 보냈다.

그 여파로 운전자가 피탄된 순찰 차량들이 도로 위의 다른 차량들과 부딪치거나 인도 안으로 진출, 주변 건물 벽을 들이받고 멈춰 섰다.

리원제가 운전자의 머리를 날려 버린 순찰 차량 한 대는 근처 다리 난간을 부수고 공원에 추락했고 그다음 순간 리원제는 황인범 상사와 그의 조원들이 움직이는 것을 잠깐 지켜봤다.

리 대위는 잠시 뒤, 황인범이 일본인의 머리를 일본도로 날려 버리는 모습을 보고는 통신망에 소리쳤다.

“빨리빨리 움직이지 않고 대체 뭐하는 것이오, 부조장 동지? 지금 한가하게 일본 놈들 모가지나 쳐 버리고 있을 때요?”

그의 호통에 개미들처럼 보이는 황인범과 2명의 정찰병들이 다시 움직이기 시작하는 게 그의 눈에 보였다.

때마침 나카노시마 공원 옆의 강수면 위로 오사카의 수상 버스 아쿠아라이너 한 척이 천천히 지나가고 있었다.

리원제는 육안으로도 아쿠아라이너 안에 탑승한 관광객들이 황인범 상사 쪽을 향해 스마트폰과 디지털 카메라를 들이대고 있는 것을 확인할 수 있었지만 별다른 조치를 취하지 않았다.

때맞춰, 맞은편 건물에서 지상의 경찰들을 향해 50구경 저격탄들을 날려 보내던 정민성 중사가 다급한 목소리로 그에게 상황을 전파해 왔다.

“조장 동지, 직승기 한 대가 북서쪽에서 날아오고 있습니다.”

리원제는 분해하여 챙겨 가려던 총기를 다시 쳐들고 그쪽 상공을 향해 총구를 겨눴다. 그의 조준경에 보이는 헬리콥터 기체는 오사카 경시청이나 육상자위대의 도색이 아니었다.

"방송사의 직승기인 것 같으니, 그냥 둬, 5조원 동무. 지상에서 일어난 일을 온 세상에 알리기에는 저 직승기 안에 있는 일본 놈들이 필요하다. 어서 현장을 이탈하기나 해!"

"네, 조장 동지."

리원제는 맞은편 건물 옥상을 응시하면서 정민성에게 최종 지시를 하달했다.

그런 뒤, 대물 저격총을 분해한 뒤, 골프 클럽 수납 가방에 하나씩 집어넣었다. 그의 계획대로라면 지금쯤이면 공원 입구를 통해 빠져나온 황인범 상사와 김도원 중사, 김신용 중사도 근처 교각 아래에서 총기와 조경 작업복을 강물에 던져 버린 뒤 근처에 있는 민간인들 틈으로 합류하고 있을 예정이었다.

* * *

2016년 7월 20일 17시 35분 일본, 오사카, 나카노시마 공원

신원 미상의 남자들이 폭발물을 터뜨리고 기관총을 난사한 집회장은 아수라장 그 자체였다. 사고 현장 주변은 오사카 시경의 경찰 병력이 민간인들의 출입을 통제하고 있었기 때문에 방송국의 취재 헬기들이 사건 현장을 빙빙 돌면서 취재를 하고 있었다.

그러나 곧 현장을 맴돌면서 경찰들의 심기를 불편하게 만들었던 방송사의 취재 헬리콥터들의 근처로 또 다른 헬리콥터들이 나타났다.

AH-1S 코브라 헬기 2대가 나타나서 방송사 헬기들과 기수를 마주한 채, 제자리 비행을 하고 있었다. 코브라 헬기의 사수석에 앉아 있는 자위관들은 방송사 헬기 조종사들을 향해 현장에서 이탈하라는 수신호를 해 보였고 잠시 뒤에는 지상에서 스피커를 통한 경고 방송이 이어졌다.

"나카노시마 일대는 현 시간부로 경찰과 자위대의 통제 하에 들어갑니다. 취재 헬기들은 당장 현장에서 이탈하도록 합니다. 반복합니다, 나카노시마 일대는 현 시간부로 경찰과 자위대의 통제 하에 들어갑니다. 취재 헬기는 당장 현장에서 이탈하도록 합니다. 이것은 요청이 아닌 경고입니다!"

지상에서의 경고 방송보다는 육자대의 AH-1S 코브라 헬기에 장착된 20밀리 기관포의 3연장 포신에 압도된 방송사 헬기의 조종사들은 황급히 기수를 돌려 나카노시마 공원 상공에서 벗어났다.

그리고 정확히 5분 뒤, 요란한 터빈 엔진음과 로터 회전음을 앞세우고 CH-47J 2대와 미군 MH-47G 헬기 2대가 나카노시마 공원 근처 4차선 도로 쪽으로 다가왔다.

대형 헬리콥터의 무지막지한 로터 폭풍은 거리 전체의 가로수들을 요동치게 만들었고 헬기들 중 자위대의 CH-47J 헬기들이 도로 위에 먼저 착륙했다.

그사이에 착륙 공간을 확보하지 못한 MH-47G 헬기들은 서로 거리를 둔 채 기체의 후방 램프 도어를 완전히 개방했다. 램프 도어 위에 서 있던 미군 헬기 승무원이 지상을 향해 붉은색, 푸른색 케미 라이트들을 꺾어서 투하했다.

이어서 특수작전군 대원들이 지상까지의 고도를 가늠하며 굵은 로프들을 도로 위로 떨어뜨렸다. 그런 뒤 선두 대원부터 하강 신호를 받자마자 신속하게 로프를 타고 내려오기 시작했다.

40명이 넘는 특수작전군, 경찰 SAT 병력이 패스트 로프 를 통해 투입되는 모습을 도로의 양편에 모여 있는 오사카 경찰과 시민들이 지켜봤다.

먼저 착륙한 CH-47J 헬기 1번기에서 전역합동대테러본부의 현장지휘부 인원들과 그들의 경호 병력이 내렸고 그들의 뒤를 전장형 대위와 이종진 준위, 델타포스의 허드슨 준위와 2명의 델타포스 대원들이 뒤따라 내렸다.

이종진은 하네다 공항에서 출발할 때부터 총기를 소지를 허락하지 않은 전역합동대테러본부 지휘부를 씹어 대다가, 흡사 이라크의 전투 지역처럼 폐허가 된 공원 안팎을 보고는 더 화를 내기 시작했다.

CH-47J 2번기 헬기에서 내린 경찰 SAT 병력은 오사카 시경 경찰관들에게서 주변 통제를 인계받기 시작했고 잠시 뒤, 그들 뒤로 전정희 소령이 이끄는 4명의 정보사 병력이 모습을 드러냈다.

헬기에서 거리를 두고 인도 쪽에 서 있던 이종진 준위는 그때, 병력 중 라현철 준위가 허리춤에 권총집을 착용하고 있는 모습을 가리키면서 전장형에게 소리쳤다.

"에이, 씨! 저 봐요. 저쪽 인원들은 권총 차고 있구만 왜 우리하고 델타만 총을 못 가져오게 하냐구요. 이 답답한 인간들 같으니."

"그만해요, 부중(부중대장)!"

"나, 중대장님한테 미리 말해 두는데, 여차하면 여기 있는 아무 왜놈이나 잡아서 패대기친 다음에 총기 탈취할 겁니다. 빨갱이 새끼들은 기관총탄을 사방으로 흩뿌리고 다니는데 니미, 우리는 빈손으로 다니다가 고것들 만나면 뭐 돌멩이라도 던지라는 거야, 뭐야? 이런 식으로 무슨 지들 뒤치다꺼리를 해 달라고 하는지."

그때, 두 사람과 나란히 서 있던 델타포스의 밀러 대위가 나카노시마 공원의 입구로 이동 중인 특수작전군 병력을 손가락으로 가리켰다.

그러자 허드슨 준위가 전장형에게 시선을 보냈고 전장형은 고개를 끄덕였다. 그 즉시 2명의 707부대원들과 2명의 델타포스 대원들이 4차선 도로를 횡단하여 스즈키 일위가 이끄는 30여 명의 특수작전군 병력의 뒤를 따랐다.

특수작전군 대원들은 공원 입구에서부터 일정 거리를 두고 경계 인원을 배치하면서 공원 내부 집회 현장으로 접근했다.

주변의 가로등 빛과 인근 건물들의 불빛이 공원 안을 환하게 밝혀 주고 있었기 때문에 특수작전군 대원들은 산책로를 사이에 두고 좌우 잔디밭으로 이동하는 모습이 전장형과 델타포스 대원들의 눈에 그대로 보였다.

2대의 코브라 헬기들은 집회장을 향해 탐조등 빛을 투사하고 있었고 가장 선두에 있는 특수작전군 대원들은 개인용 야간 투시경을 착용하여 훨씬 더 밝은 인공조명하에서 일대를 수색했다.

이윽고 공원 입구에서 150미터 떨어진 집회장까지의 수색과 경계 병력 배치가 완료되자, 지휘관 스즈키 일위가 그들의 무선망에 수색 종료를 선포했다.

그때서야 공원 안에 들어온 전장형 대위 일행은 길바닥 곳곳에서 보이는 황금색 기관총 탄피들과 일본인 시신들을 발견할 수 있었다. 그리고 그들이 집회장에 도착했을 때에는 사방에서 코를 찌르는 피비린내와 진한 화약 냄새를 맡게 됐다.

크레모아 폭발이 휩쓸었던 집회장 한가운데를 내려다보던 이종진은 입이 쩍 벌어졌고 델타포스 대원들과 전장형도 그 끔찍한 광경에 말을 잊었다.

이어서 자위대 파견대장과 그의 부관, 경찰지휘부 인원들이 집회장에 도착하여 스즈키 일위와 다나카 마스히로 일등육조(상사)에게서 수색 보고를 듣기 시작했다.

전장형은 곁에 있던 특수작전군 대원에게서 서툰 일본어를 통해 얻은 플래시 라이트로 산책로에서 집회장 쪽을 향해 만들어진 폭발 궤적을 살폈다. 그의 곁에 서 있던 허드슨 준위는 숨을 참고 그것을 지켜보다가 전장형에게 슬쩍 말했다.

"댐 잇, 이거 크레모아 아냐?"

전장형은 고개를 끄덕이며 대꾸했다.

"최소한 3발 이상의 크레모아 같습니다."

두 사람의 시선은 크레모아의 한 발당 700개의 극소형 쇠구슬들이 총탄처럼 날아갔던, 집회장 쪽으로 향했다. 두 사람의 시선이 멈춰 선 곳에는 60여 명이 넘는 일본인들의 시신이 아직도 수습되지 못한 채 널브러져 있었다.

"오우, 쉣!"

허드슨의 입에서 나온 한마디에 전장형은 공감하지 않을 수 없었다. 그의 입에서 혼잣말을 하는 듯한 말이 새어 나왔다.

"정말 쉣이구만!"

뒤늦게 두 사람 쪽에 합류한 이종진 준위와 델타포스 대원들 또한 집회장 광경을 충격을 받은 표정으로 지켜보고 있었다.

전장형은 집회장을 보던 시선을 거둬, 등 뒤쪽의 지휘부을 살피려 할 때 이들의 등 뒤에 내내 서 있었던 라현철 준위와 그의 동료들을 발견했다. 라현철은 전장형과 허드슨 준위가 그랬던 것처럼 크레모아 폭발 궤적들을 응시하고 있었는데 그의 손에는 여러 개의 기관총 탄피들이 쥐어져 있었다. 전장형이 보기에, 그는 그것들을 만지작거리면서 집회자들에게 기관총을 난사한 괴한들의 동선을 머릿속으로 그려 보고 있는 것처럼 보였다.

이윽고 현장에 또 다른 육상자위대 폭탄 탐지 팀들과 수색견 6마리가 도착하여 합류하자, 특수작전군 병력이 공원 일대에 대한 2차 수색에 들어갔다. 그들의 움직임을 지켜보던 이종진이 전장형에게 속삭였다.

"분위기가 이제 급반전될 겁니다. 이러다가 일본하고 북괴 놈들 사이에 전쟁 나는 거 아닙니까? 일본 제2의 대도시에서 이 정도로 많은 민간인이 살상되다니, 이제 앞으로 무슨 일이 일어날까 겁부터 납니다."

전장형은 긴 한숨을 내쉬고는 그에게 힘없이 대꾸했다.

"나중에 우리 중대원들 보게 되면 여기 지휘부 놈들 지시 무시하고 총기 챙기고 다니라 해야 할 것 같네요. 이제부터 정신 바짝 차리지 않으면 우리는 독이 바짝 오른 일본인들과 미친 북괴 놈들 사이에 서 있게 될 것 같습니다."

"네, 중대장님."

이종진은 그와 대화를 마치자마자 신영화 상사에게 전화를 걸었다. 그리고 그때 전장형은 라현철 준위가 집회장에 있는 일본인들의 시신 근처에 혼자 있는 것을 보고 그에게 조심스럽게 다가갔다.

라현철은 욱일승천기 머리띠를 두르거나 구 일본군 군복 차림을 한 사내들의 시신들을 플래시 라이트로 비춰 보고 있었고 전장형은 그를 물끄러미 지켜보고 있었다.

그때 라현철이 먼저 전장형에게 말을 건넸다. 그는 시선을 보내지 않고 등 뒤에 서 있는 전장형의 존재를 미리 알고 있었다는 듯이 말을 했다.

"1차 크레모아 공격에서 살아남은 일본인들을 2차 기관총 사격으로 쓰러뜨린 것 같습니다. 댁들도 그렇게 보고 계시죠?"

전장형은 무슨 대답을 해야 할지 생각했지만 라현철은 그의 대답을 기다리지 않고 몸을 빙 돌려 그를 정면으로 응시했다. 그리고 전장형에게 마치, 이제껏 함께 행동을 해 왔던 동료처럼 자연스럽게 말했다.

"노동당 공작원들 솜씨는 아닙니다. 그리고 전연지대에 있는 경보병 애들이 뗏목을 타고 동해 바다를 건너와서 사격 연습을 한 게 아니면 이거는 모두 정찰병들 솜씨입니다. 대낮에 완전한 적성 지역에서, 망설이지도 않고 이렇게 과감하게 총격을 가한 뒤에 재빨리 사라진 것을 보면 오래전에 다 계획된 일일 겁니다. 이따가 공원 일대의 감시 카메라 영상이 수집되고 분석되면 밝혀지겠지만 최소 3명 이상의 인원이 집회장 전체 공간을 교차 사격권에 두고 집중사격을 했습니다."

전장형은 그의 말을 들으면서 집회장 주변을 천천히 둘러봤다. 라현철은 그런 그에게 자신이 들고 있던 기관총 탄피들을 건네줬고 그는 엉겹결에 그것들을 받아 들었다.

그러자 라현철은 전장형을 정면으로 주시하면서 말했다.

"아마 모르긴 해도 이제 이 열도 땅에 피바람이 불 것 같습니다."

라현철은 전장형을 주시하던 시선을 합동대테러본부 지휘부 인원들 쪽으로 옮긴 뒤 그들 쪽으로 천천히 걸어갔다.

전장형은 손안에 있는 탄피들을 응시하다가 코 쪽으로 바짝 붙여 봤다. 그는 아직도 진한 화약 냄새가 나는 탄피들을 다시 꽉 움켜쥐고는 재특회 회원들이 몰사당한 집회 장소를 물끄러미 응시했다.

그때, 방송국 취재 헬기 한 대가 공원 근처 강수면 위로 저공 비행을 해서 접근하다가 코브라 헬기가 강력한 조명을 투사하자 다시 근처 빌딩 숲 공간으로 기수를 바꿔 달아났다.

전장형은 탄피들을 손에 쥔 채, 뒤쪽에 있는 이종진 준위와 허드슨 준위 일행 쪽으로 걸음을 옮겼다.

*　*　*

2016년 7월 20일 18시 32분 일본, 도쿄, 지요다 구, 일본 총리대신 관저 지하, 위기관리 센터

오사카 도심 한복판에서 일어난 충격적인 사건으로 인해, 비상 소집된 아베 총리의 국가안전보장회의는 사건 보고 직후부터 여러 가지 질문들과 의구심들을 던질 뿐, 그에 대한 명쾌한 대답은 아무것도 나오지 않았다.

심지어 경찰 총책임자와 방위대신조차도 오사카 재특회원들을 학살한 괴한들이 북한인들이라는 실질적인 증거를 확보하지 못한 채 회의에 참석하여 '가정'에 불과한 답변만을 내놓았기 때문에 아베 총리와 그의 측근들은 그들의 모습에 답답한 가슴을 쳐 댔다.

보다 못한 총리가 마침내 긴 회의용 테이블에서 일어나 목소리를 높였다.

"대체, 우리 자위대와 경찰 조직은 이런 일이 생길 때까지 뭐 하고 있었습니까?"

격노한 아베의 말에 방위대신 오사야 타카오와 경찰 수뇌부 간부들이 고개를 떨어뜨렸고 그런 그들을 다른 정부 관계자들이 총리와 같은 눈초리로 쏘아봤다. 총리는 그들을 주시하면서 말을 이어 갔다.

"내, 분명히 며칠 전에 전역합동대테러본부의 본부장에게서 북한 공작원들이 우리 영토에 상륙할 가능성은 0%라고 보고받았소. 그렇게 자신하던 방어선이 무너지면서 이런 엄청난 재앙이 찾아왔는데, 아직까지 북한인들의 소행이라는 심증 하나만 가지고 이렇게 왈가왈부하고 있으면 이제 열도 전체가 동요할 거라는 생각들은 하지 않소?"

그의 시선이 바로 곁에 앉아 있는 그의 동료이자 전역합동대테러본부장인 사카타 타다시에게 향했다. 그 또한 아베의 이글거리는 눈빛에 좌불안석이 되어 있었다.

총리는 거친 손길로 넥타이 매듭을 느슨하게 했다. 그런 뒤, 그는 몇 번 심호흡을 한 뒤 마음을 가다듬었다. 그는 심호흡을 하면서도 그의 좌우에 쭉 늘어서 앉아 있는 정부관계자들과 방위청, 경찰 고위 간부들을 훑어봤다. 그런 뒤, 그는 그의 먼 정면에 있는 대형 모니터를 향해 손가락을 쳐들면서 말했다.

"사상자가 100명이 넘소. 자위관들이나 경찰관들이 아닌 민간인들이란 말이요, 제기랄! 이번 사건은 북한인들이 우리나라에 전쟁을 선포한 것이나 마찬가지입니다. 자꾸 북한인들의 소행을 증명할 확증이 없다고 쩔쩔매는 소리만 하지 말고 대책을 말해 보시오."

그 말에 방위대신이 슬며시 고개를 들고 그를 쳐다봤다. 그러자 총리가 발언 기회를 구하는 그를 향해 짜증스럽게 고개를 끄덕였다.

"총리 각하, 이 비극적인 사건을 이용한다는 불경한 의도는 아닙니다만 어쨌든, 이러한 상황에 적극적으로 대처하고자 우리 육해공 자위대의 힘을 길러 왔고 그 힘을 우리 국민을 보호하기 위해 사용하겠다고 어렵게 법까지 고쳐 내었습니다. 이번 일을 계기로 북한 쪽에 적극적인 보복 행동을 취할 때가 아닌가 싶습니다."

방위대신의 말에 스가 요시히데 내각관방장관이 정색을 하며 대꾸했다. 국가안전보장회의 시작 때부터 관망하는 듯한 태도를 보이던 그가 갑자기 버럭 화를 내는 태도를 보이자 아베 또한 의외라는 표정으로 그에게 시선을 보냈다.

"방위대신께서 지금 북한과 군사적인 충돌을 감수하라고 건의하는 것이라면 상황 파악을 완전히 잘못한 것 아니오? 안보를 위해서 국가 경제와 우리 내각에 대한 국민의 지지를 벼랑 끝으로 내모는 것이라면 나는 이 모든 것이 북한, 방위대신의 말을 그대로 빌리자면 이 시점에서 이 사건의 배후에 있는 것으로 지극히 의심되는 북한이 원하는 것이 바로 이것이 아니겠소?"

그 대목에서 내각회의 구성원들 모두의 머릿속에서는 '미국'이라는 단어가 떠올랐다. 그리고 요시히데 장관이 그들의 마음을 읽었다는 듯 그 단어를 입 밖에 내보냈다.

"섣불리 북한과 군사적인 대치 상태를 만들었다가는 우리나라의 내수 경제는 물론 대외 경제 분야까지 쑥대밭이 될 수 있습니다. 그렇게 되면 우리 내각은 안팎으로 그 존재 필요성을 시험받게 됩니다. 설마 그러한 상황을 원하시지는 않을 거라 생각합니다. 따라서 이러한, 어쩌면 곧 우리 내각에 위기가 될 수 있는 이번 상황을 미국의 군사력과 외교력을 통해 간접적으로 대처하는 것이 훨씬 더 안전하고 확실한 방책이 아닐까 합니다."

그가 말을 마치기가 무섭게 모두의 시선이 외무대신 타나카 신이치에게 향했다. 아베의 시선이 그에게 향하자 그는 잠시 입을 다물고 자신의 앞에 놓여 있는 브리핑 자료를 내려다봤다. 그런 뒤 요시히데 장관에게 시선을 보내며 입을 열었다.

"이미, 이번 사안에 대해서 미국 국무부와 연계하여 논의 중입니다. 미국 측에서도 북한군 특수병력 내지 스파이가 이번 사건을 실행했다는 증거를 확보하면 북한에 대한 강력한 제재를 가할 계획을 세우고 있습니다. 제가 내각회의에 참여하기 직전까지의 상황이 그러합니다."

그때, 아베가 무언가 생각난 듯 엄지와 중지 손가락을 튕기고는 그에게 말했다.

"어차피, 증거가 나올 것은 불을 보듯 뻔한 사실이니 그쪽 국무부와 펜타곤에 7함대의 항공모함을 북한 놈들이 볼 수 있는 곳에 보내달라고 요청하면 어떻겠소? 우리 열도와 반도 사이에 항공모함이 떠 있다는 존재만으로도 일단, 우리 국민들의 불안감이 더 증폭되지는 않을 것 같소."

그러나 아베의 말에 외무대신은 고개를 내저어 보였다. 그런 뒤, 그의 눈치를 보며 말했다.

"총리 각하, 7함대의 항공모함인 조지 워싱턴 함은 아직 미국 본토에서 수리, 정비 중이고 그 대신 이 지역에 전개될 로널드 레이건 함은 현재 IS와의 전투를 지원하고자 중동으로 투입되어서 시간이 조금 걸릴 듯합니다."

외무대신의 설명에 총리를 비롯한 내각 관계자들이 한숨을 쉬었다.

사실, 전 세계 경찰군을 자처하는 미합중국 해군의 항공모함들의 운용, 전개 상황이 실제로 그러했다. 전 세계의 분쟁, 위험 지역에 오랫동안 투입되었던 미 해군 항모들은 파병 기간만큼 누적된 운용 피로를 풀고 수리, 정비를 해야 했고 그 결과, 미 해군 항모 10척 중 5척이 본토에서 정비, 수리함으로써 항모가 없는 함대가 해외에서 활동하는 경우가 다반사였다.

일본인들은 북한에 대한 잠재적인 보복 수단에 대해서도 자신들의 손과 발에 피는 물론 흙조차도 묻히려 하지 않는 분위기가 역력했고 북한과의 정면 승부수를 띄우는 것조차도 자신들에게 절대적으로 유리한 상황에서만 고려해 보려 했지만 그러한 의도를 현실이 뒷받침해 주지는 않았다.

하지만 아베와 자민당의 극우 정치인들인 내각 구성원들은 이제 선택의 여지가 없음을 잘 알고 있었다.

아베 신조는 심호흡을 한 뒤, 모든 내각 구성원들과 자위대, 경찰 지도부 구성원들에게 차례로 시선을 보냈다. 그러고 나서 낮고 굵은 목소리로 말했다.

"이 시점에서조차 우리 내각 지지율이나 내각이 추구하는 정책들의 미래에 신경을 쓰는 것은 정치적인 자살 행위나 마찬가지입니다. 물론, 우리 국가를 운용하는 우리들의 윤리적인 측면에서 또한 용납되지 않는 위선이오. 잠시의 불안한 정세로 인해 우리 내각의 지지율이 하락하는 것이 두려워서, 우리의 할 일을 하지 않거나 미국에게 우리 안보 문제를 떠넘기는 것도 있을 수 없는 일입니다. 나는 감히 여러분에게 힘주어 말하기를, 필요하다면 북한과 전면전도 불사하고 이 사태에 대응해야 한다고 말하고 싶소. 이런 전 국가적 위기 상황 속에서 우리 내각 구성원들도 단합하여 하나 된 마음과 생각을 가져야 합니다. 부디 이 점을 잊지 마시기 바랍니다, 여러 내각 동지 여러분."

그의 연설에 내각 구성원들이 고개를 끄덕이며 대답했다. 아베는 방위대신과 경찰청장관에게 시선을 보내며 말을 보탰다.

"경찰 당국과 조율하면서 자위대를 필요한 지역에 투입하시오. 우리 자위대의 정당한 국토방위의 임무를 수행하는 것이기 때문에 일부 국민들과 좌익 단체의 반발이나 우려 따위는 걱정할 필요가 없을 것이오. 그리고 필요하다면 북한에 대해서 우리가 취할 수 있는 군사적 보복 조치에 대해서도 일단 계획을 세워 보시오."

"네, 각하."

방위대신 오사야 타카오가 고개를 숙이며 대답했다. 그를 향해 아베는 고개를 끄덕여 보인 뒤 굳은 결의를 다지는 듯한 표정을 지어 보였다.

총리의 그러한 모습을 회의용 테이블에서 멀리 떨어진 벽 쪽에서 사카모토 쇼와 하시모토 켄타가 지켜보고 있었다.

*　　　*　　　*

2016년 7월 20일 18시 56분 대서양 상공, 에어포스 원

버락 오바마 대통령과 그의 모든 스태프들은 영국에서 귀국 중에 나카노시마 공원 사건에 대한 소식을 접했다. 국무부와 펜타곤 실무자들은 사태 파악에 나섰고 그들의 1차 보고를 들은 짐 베커 안보 수석은 일본 정부의 관련자들과 통화를 여러 차례 한 뒤에서야 대통령과 독대할 수 있었다.

그가 대통령 집무실에 들어가자, 대통령은 벽면에 설치된 대형 LED TV를 향해 서 있었다.

합참의장 롭 피츠너 장군과 비서실장 켈시 크레이머가 소파에 앉아 그와 함께 CNN 보도를 시청 중이었다. 보도 내용은 '나카노시마 공원의 학살극' 제목을 화면 아래에 달고 진행되고 있었다.

대통령은 한참 동안 화면에서 시선을 떼지 못하다가 베커 수석이 헛기침을 한 번 하자 그때서야 그에게 시선을 보냈다. 그는 큰 충격을 받은 표정으로 베커에게 말을 건넸다.

"짐, 저게 북한인들의 소행이 아니라고 말해 주시오."

그 말에 베커는 어색한 미소를 잠시 지어 보였다가 대꾸했다.

"아직까지는 그렇게 볼 수 있지만 시간이 지나면 북한인들이 연루되었다고 밝혀질 것입니다."

"북한인들의 짓이라고 확신할 만한 무언가가 있다는 말이오?"

"일본 측에서 아직 밝히고 있지는 않지만 현장에 남아 있는 물증들은 그들 소행이라는 결론에 가까워지는 모양입니다. 그리고 NSA에서 방금 전 알려 오기를 중국 정보기관과 러시아까지 북한인들에게 우회적으로 우려의 메시지를 보내고 있다 합니다. 그러한 메시지에서 대해 DPRK 정부는 부인도 부정도 하지 않고 있다고 하니, 아마도 북한이 이 사건 배후라는 것이 밝혀지는 것은 시간문제라고 합니다."

오바마는 고개를 가로저어 보이면서 다시 화면 쪽으로 시선을 보냈다. 마침, 화면에는 일본 경찰 특수병력과 특수작전군 병력이 도심 도로 한복판에 패스트 로프로 전개되는 장면이 방영되고 있었고 잠깐씩 그들을 엄호하는 코브라 헬기가 보였다.

그 장면에 대해 대통령은 화면을 향해 손가락을 쳐들면서 반응했다.

"당장 국가안전보장회의를 주재하시오. 그리고 어차피 회의 참석자들이 한목소리로 결정할 테니 7함대의 항공모함을 북한과 일본 사이 해역으로 전개시키시오."

그 말을 듣자, 베커 수석이 난감한 표정을 지으면서 합참의장 쪽으로 시선을 보냈다. 피츠너 장군은 베커에게 고개를 슬쩍 끄덕인 뒤, 그를 대신하여 대통령에게 말했다.

"각하, 말씀드리기 죄송하지만 조지 워싱턴 함은 현재 본토에서 정비, 보수 중입니다. 그리고 조지 워싱턴 함 대신에 투입된 항모 로널드 레이건 함은 현재 아이시스(IS)에 대한 공습 작전 지원을 위해 잠시 걸프 만에 와 있습니다."

그 말에 대통령이 깜짝 놀란 표정으로 합참의장과 짐 베커를 번갈아 봤다. 합참의장은 테이블 위에 들고 있던 물 잔을 내려놓고 조심스럽게 말을 이어 갔다.

"다른 지역에 있는 항모를 일본으로 불러들이려면 해당 지역의 우방국과 그들을 담당한 정책 담당 부서들 그리고 펜타곤의 협의를 거쳐야 합니다. 당장 안보회의에서 결정하더라도 시간이 다소 걸릴 테니 차선책을 준비하여 사태에 응하시도록 권합니다."

대통령은 찡그린 표정으로 고개를 크게 끄덕여 보였다. 그런 뒤, 크레이머와 베커에게 시선을 보낸 뒤 한 손가락을 쳐든 뒤 힘주어 말했다.

"켈시, 짐! 국무부, 펜타곤과 조율하여 걸프 만에 있는 항모를 최대한 서둘러 일본 쪽으로 움직이도록 손 써 주시오. 그리고 우리 정부의 군사, 외교 라인의 모든 역량을 동원하여 DPRK에 대한 제재를 준비하시오. 또한 만약에 일본과 북한이 전면전이든 국지전이든 군사적인 충돌에 휩싸이는 시나리오에 대비할 수 있도록 하시오.”

“네, 각하.”

“알겠습니다.”

켈시 크레이머와 짐 베커가 서로에게 시선을 보내며 오바마에게 대답했다. 대통령의 시선이 이제 합참의장에게 향했다.

“롭, 남한 정부의 분위기를 파악해 가면서 남한에 있는 우리 미군 병력에게도 유사시를 대비할 수 있도록 준비시켜 줘야 합니다.”

“이미, 페이콤(PACOM: 미군 태평양 구성군 사령부)의 조율 하에 주한미군 사령부가 주일미군 사령부와 이미 공조를 시작했습니다. 주한미군 사령관 말로는 남한이 북한과 일본 사이의 군사적인 충돌에 휩쓸려 갈까 봐 전전긍긍하는 것 같다 합니다.”

그 말에 오바마 대통령은 얼굴을 찡그리며 한탄하듯 말했다.

“맙소사, 정말 북한 놈들은 대체 뭐가 문제지? 대체 뭘 노리고 이런 사고를 치는 거야. 이미 핵실험 때 제재를 받는 것으로 상황 파악을 한 게 아니었나? 그렇게 목줄을 세게 조여 놓았어도 그들의 두려움은 그때뿐이었단 말이오?”

오바마는 남한과 일본을 보호하기 위해서 미군 전력을 증강시킨다면 곧 남중국해 문제로 대치와 대치를 거듭해 온 중국 정부가 강력하게 항의해 오거나 즉각 행동을 취할 것을 계산하면서 답답해했다. 그 잠깐의 순간에 그와 함께 있는 핵심 참모들처럼 그 또한 남중국해서 미 해군 전력을 빼 와 일본으로 집중시키면 중국이 그사이를 노려 무언가 행동을 취할 것을 알고 있었다.

문제의 발단은 북한이지만 늘 그래 왔듯, 중국과 러시아, 대한민국까지 자동 개입되는 해당 지역의 상황이 그로 하여금 계속해서 무거운 한숨만 내쉬게 하는 것이었다.

그의 머릿속을 읽고 있었다는 듯이 크레이머 실장이 조심스럽게 말했다.

“국무부와 함께 중국과 러시아를 자극하지 않는 선에서 최대한 신속하게 조치를 취하겠습니다. 두 국가들과의 백 채널과 유엔 안전 보장 이사회를 통해서 동시에 조율해 가면 될 겁니다. 지난번에 북한 녀석들이 핵실험을 했을 때에도 꽤 효과가 있었던 걸로 기억합니다.”

“그리고~”

오바마가 한 손가락을 쳐들며 무언가 말하려 하자, 크레이머가 고개를 끄덕이며 그가 말하고자 하는 것을 자신의 입을 통해서 확인시켜 줬다.

“남중국해에서 중국에 대해 유지하고 있는 견제가 느슨해지지 않게 하겠습니다. 동시에 센카쿠 열도 쪽에 있는 일본인들의, 만약을 위한 쿼터백 역할 또한 흐지부지되지 않도록 각별히 유의하겠습니다.”

“좋소, 켈시.”

“어렵기는 하지만 불가능한 일들은 아닙니다, 각하.”

“고맙소, 켈시.”

일단의 논의를 마무리하고는 오바마는 소파에 몸을 내던지듯 앉았다. 그런 뒤 그는 그의 참모들과 TV 화면을 주시하면서 모두에게 중얼거리는 듯한 말투로 말했다.

"난리도 이런 난리가 없어, 젠장. 우리가 사소한 실수라도 저지르는 순간 극동 아시아에서 전면전이 일어날지도 모르겠소. 젠장, 젠장!"

베커는 그를 빤히 응시하다가 이내 시선을 돌려 TV 화면을 쳐다봤다. 화면 안에 아베 총리를 비롯해 베커와 연락을 주고받는 아베의 측근들의 모습이 반복해서 등장했다.

2장 오사카 살육전 2

2016년 7월 21일 8시 11분 일본, 오사카, 오사카 경찰청 임시 상황실

오카사 경찰청 건물은 비상 상황 하에 각자의 임무를 수행 중인 경찰관과 자위관들로 청사 전 층이 북적이고 있었다.

경찰청 근처 지역에서는 헬리콥터가 착륙할 지점이 없었기 때문에 특수작전군과 경찰 SAT 병력을 전개시킬 2대의 CH-47J 헬기들은 한 대는 경찰청 주차장에, 다른 한 대는 시 중심에 있는 장소에서 출동 병력과 대기 중이었다.

전장형과 이종진 준위와 함께 새벽 내내 대기했던 건물에서 나와, 주차장에 주기되어 있는 치누크 헬기 뒤쪽에서 바람을 쐬고 있었다. 대형 기체를 바라보고 있는 전장형의 등 뒤에서 이종진 준위가 하네다 공항에 남아 있는 최승희 중사와 위성 전화로 통화를 하고 있었다.

"그래? 알았어. 그거는 내, 중대장님께 얘기 전하마. 어! 그래. 어?"

이종진의 말꼬리가 올라가자 전장형이 어깨 너머로 그를 살폈다. 그리고 곧 이종진이 갑자기 격앙된 목소리로 최승희에게 소리치듯 말했다.

"그니까, 내가 강정훈이 근처에 있는지 잘 보고 있으라고 했잖아. 걔 사고 치면 최 중사 너까지 같이 묶어서 영창에 처넣어 버린다. 일본 사람들, 지금 심기가 불편할 테니 강 중사, 그놈 새끼 어디 쏘다니면서 이상한 짓거리 하지 말라고 해. 네가 못하면 그놈 새끼 모가지를 끈으로 묶어서 네 손목에 묶어서 댕겨. 알았지? 아, 어! 오케이, 송신 끝이다."

통화를 마친 이종진이 위성 휴대전화를 전술 조끼의 허리춤에 꽂아 두고는 옷소매로 이마의 땀을 닦았다. 전장형이 그를 보며 무슨 일인지 물으려 하자, 이종진이 먼저 손사래를 치면서 말했다.

"아, 아무 말씀 마세요, 중대장님. 내, 하네다(공항)로 복귀하면 강정훈이 이놈 새끼 귓방망이를 제주 공항 입구, 돌하르방 앞에까지 날려 버릴 겁니다."

전장형은 그의 말에 두 눈썹을 치켜떠 보였다. 그러자 마지못해 이종진이 대꾸했다.

“최 중사가 정보사, 국정원 인원들하고 상황실 업무를 분담하고 있었는데, 공항 경비대에서 연락이 왔다고 합니다. 그쪽, 경비대 책임자가 그러는데 한국군으로 보이는 인원 한 명이 셀카봉 같은 것을 들고 아파치 헬기 쪽에 어슬렁거려서 자신들이 쫓아냈다고. 그런 일이 다시 발생하지 않도록 주의해 달라고 말했답니다. 셀카봉 가지고 셀카 찍는 등신이 우리 중대에 그놈 말고 누가 있겠습니까. 하여간, 그 진안 촌놈, 정말 가지가지 합니다. 작전장교 귀에 이 말 들어가면 조주환 소령, 그 사람이 강정훈이 그냥 둘 것 같습니까? 아, 참, 이놈 새끼.”

전장형은 답답한 마음에 씩씩거리는 이종진의 한 팔을 슬쩍 잡고 웃어 보였다. 그리고 잠시 뒤, 치누크 헬리콥터의 거대한 로터 블레이드들을 고정하는 타이(Tie)들을 점검하고 있는 승무원들을 지켜보던 이종진이 전장형에게 진지한 말투로 말을 건넸다.

“어제 그 난장판에서 발견한 경기관총 탄피나 크레모아 격발 흔적들 보면 말입니다.”

전장형이 선글라스를 꺼내 들고 착용하려다가 이종진의 말에 행동을 멈췄다. 이종진은 전장형을 정면으로 응시하면서 말을 이어 갔다.

“우리가 앞으로 어떤 깽판으로 발전될지 모르는 상황에 제 발로 들어왔다는 느낌이 듭니다. 이거, 단순히 일본인들 어깨 너머로 아수라장이 벌어지는 것을 보고만 있을 상황이 아닌 듯합니다.”

그 말에 전장형은 고개를 끄덕이면서 선글라스를 착용했다. 그런 뒤 팔짱을 낀 채, 헬기의 후방 램프 도어 쪽에서 분주하게 움직이는 제1 헬리콥터단 소속 승무원 2명을 응시했다.

이종진도 말없이 그와 같은 곳을 응시하기는 했지만 자신의 말에 아무런 반응이 없자 전장형에게 다시 시선을 보냈다. 전장형은 그때서야 그에게 대꾸했다.

"나도 어제 그 공원에서 크레모아 화약 냄새를 맡는 순간 그 비슷한 생각을 했습니다. 우리나 이 일본 쪽 병력이 완전한 적진 한복판에 있는 것도 아니고 도심 한복판에서 이렇게 많은 민간인들 틈에 숨어 있는 적 공작원들을 찾아 제압해야 하는 상황입니다. 그야말로 최악 중에 최악의 상황이 될 겁니다. 최후의 한 명까지 공작원들을 사냥할 기간도 얼마나 길지 모르고, 무엇보다도 잃을 게 없을 그 북한 놈들의 대응에 제대로 대처하지 못하면 일본인 희생자들이 엄청나게 발생할 것이 분명합니다. 이거, 앞으로 전역합동대테러본부 쪽에 우리가 말 한마디 해 줄 때에도 식은땀 흘리면서 긴장해야 할 것 같습니다, 부중."

"아, 그러니까 말입니다. 지금 이 순간은 우리가 군복을 입고 있는 일본인이 아닌 것에 감사하고 싶은 심정입니다."

"그래도 그렇게 막연하게, 강 건너 불구경하듯 마음 갖지는 맙시다. 여기에서 기관총 난사한 새끼들은 다른 은하계에서 온 게 아니라, 우리 군사분계선 너머에서 온 놈들입니다. 이 불꽃이 우리나라에까지 튀지 않도록 우리도 이곳에서 할 수 있는 모든 일은 해야 할 겁니다. 안 그렇습니까?"

"그래도 말입니다. 솔직히, 이 일본인들을 위해서 중대장님이나, 저 호랑말코 같은 강정훈이, 승희, 신 상사가 괜한 위험을 자처하는 것은 아닐 듯합니다."

"무슨 말이에요?"

"이 난장판은 엄밀하게 일본인들과 북괴 놈들의 치킨 게임이든, 아니면 보복 테러전입니다. 대한해협 건너까지 확전되지 않는 이상, 우리 병력이 오늘 당장 목숨을 내걸고 싸울 필요는 없지 않겠습니까? 앞으로 이곳에서 무슨 일이 일어나든 우리의 역할을 충실히 수행하되, 이 원칙은 기저에 깔아 두고 갔으면 합니다."

전장형은 이종진에게 고개를 돌려 시선을 마주했다. 그런 뒤, 차분한 말투지만 힘주어 말했다.

"부중 말씀도 맞는 말이지만, 그래도 말입니다. 이 열도 땅에서 북괴 놈들이 세상 무서운 줄 모르고 이렇게 설치고 다니는 것에 대해 제대로 대처하지 않으면 언젠가 우리 남한 땅에 다시 북괴군 무장 공비들이 나타나는 날이 올지도 모른다는 겁니다. 지금 북한 지도부에 제정신인 인간이 몇이나 있겠습니까? 오늘은 일본이지만, 내일은 우리나라가 될 수도 있습니다. 오늘 이곳에서 북괴 놈들을 끝장내 주지 않으면 앞으로 이런 정도의 도발도 할 만하다고 또 저지를 수 있다고 생각할 겁니다. 그러니 기회만 된다면 우리도, 내키지는 않지만 일본인들과 함께 공작원들을 잡아야 합니다. 아무리 요즘, 이 일본 놈들이 개만도 못한 새끼들이라도 북한의 도발에 대해 강력한 경고의 메시지 정도를 함께 만들어도 된다고 생각합니다."

"중대장님, 그래도 우리가 총격전이 벌어질 때, 일본인들보다 앞장설 필요는 없지 않습니까?"

"제 말은 그게 아니잖습니까, 부중?"

이종진은 더 이상 논쟁하지 않겠다는 듯 전장형 대위를 향해 마지못해 고개를 끄덕여 보였다. 그런 뒤 고개를 다른 곳으로 향하고는 답답한 속내를 표현하듯 긴 한숨을 내쉬었다.

그런데, 잠시 후 경찰청 청사 안에서 사이렌 소리가 울려 퍼지기 시작하더니 이내, 검정색 대테러복 차림의 SAT 대원들과 특수작전군 대원들이 주차장 쪽으로 달려 나오기 시작했다. 그들뿐만 아니라, 청사 바깥에 주차된 경찰 차량들을 향해 오사카 시경 경관들이 달려가는 모습을 보면서, 전장형과 이종진은 곧바로 상황을 파악하게 됐다.

"씨, 우리 말이 끝나기가 무섭게 일이 터지나 봅니다."

이종진이 입에 물고 있던 담배 개비에 불을 붙이지도 못하고 담뱃갑에 다시 넣으며 중얼거렸다.

CH-47J 헬기의 승무원들은 벌써 로터 블레이드들을 고정해 두는 타이를 제거했고 조종사들은 벌써 헬기의 터빈 엔진에 시동을 걸고 있었다.

일본 군경 병력 16여 명이 치누크 헬기의 램프 도어 공간을 통해 기내에 탑승하고 뒤이어 델타포스의 밀러 대위와 허드슨 준위가 나타났다.

밀러와 허드슨은 전장형과 이종진에게 방탄복과 방탄 헬멧을 건네줬고 두 사람이 그것들을 착용하기도 전에 헬기 안으로 이들을 이끌었다. 이들이 함께 램프 도어 바닥 위로 첫 발을 디딜 때, 밀러가 전장형에게 소리쳤다.

“DPRK 공작원으로 의심되는 괴한들이 도심 번화가 한복판에서 기관총을 난사하고 있다는 소식이야! 젠장, 당신들 사이드암도 없는데 괜찮겠어?”

밀러는 전장형 대위와 이종진 준위의 권총집이 비어 있는 것을 물끄러미 바라보며 한마디 했고 그 말에 이종진의 얼굴이 우거지상이 되었다.

전장형은 그의 표정을 못 본 체하며 램프 도어 근처 좌석에 앉았다. 허드슨 준위가 기내에 탑승하면서 승무원에게 엄지손가락을 들어 보이자 승무원이 조종사들에게 탑승 보고를 전파했다.

그 직후, 16명의 일본 특수부대원들과 4명의 한미 연합특수부대원들이 탑승한 거대한 치누크 헬기의 기체가, 램프 도어를 아래쪽으로 개방한 상태로 그대로 이륙하기 시작했다.

*　　*　　*

2016년 7월 21일 8시 24분 일본, 오사카, 신사이바시 거리

“타타타타타! 타타타타타타~! 타타타탕!”

“쾅! 쾅!”

오사카 번화가들 중 하나인 신사이바시 거리 일대에 강력한 폭발음과 대기를 찢어발기는 듯한 총성이 울려 퍼졌다. 도로를 질주하고 있는, 오사카 현지 택시 한 대에서 도로 양편을 향해 RPK 기관총탄을 쏟아 내고 있었다.

현지인들은 생전 처음 듣는 기관총 총성이 울릴 때마다 1층과 2층, 3층 상가, 사무실 빌딩의 유리 벽, 유리창이 박살이 나서 거리 내 행인들에게 쏟아져 내렸다.

"콰~~!"

정민성 중사가 6번째로 투척한 수류탄이, 중무장한 3명의 정찰병이 탑승해 있는 택시 후방에서 폭발했다.

그 직후, 택시를 뒤따르며 리볼버 권총 사격을 가하던 경찰 차량이 도로 한복판에 정차했다. 수류탄 파편에 피해를 입었는지 겁을 먹고 정차했는지는 아무도 알 수 없었지만 정찰병들은 뒤따르는 불청객이 제거되자, 더욱더 과감하게 거리의 좌우를 향해 5.45밀리 기관총탄을 퍼부었다.

대덕산 공작조의 부조장 황인범 상사가 운전대를 잡고, 정민성 중사와 김신용 중사가 각각 RPK74 기관총을 도로 좌우의 번화가를 향해 난사한 지 이제 막 10여 분이 되어 가는 시점이었다.

냉혹한 정찰병들은 민간인들의 피해를 전혀 개의치 않고 무지막지하게 기관총 사격을 가했다. 번화가에서 사람이 모여 있는 곳이면 그 즉시 기관총탄들을 쏟아 부었다.

택시의 조수석과 후방석 차창을 통해 삐죽 삐져나와 있는 기관총 총구에서 화염이 쏟아져 나갈 때마다 일본 제2의 대도시 오사카의 도심 거리가 쑥대밭과 피바다가 되어 가는 순간이었다.

"네거리 11시 방향, 네거리 11시 방향 도로에서 경찰 차량이 달려온다!"

차량을 운전하는 황인범이 소리치자, 조수석에 앉아 이는 김신용 중사가 총구를 그가 경고한 지점으로 돌렸다.

무차별 사격을 가하는 정찰병들의 택시를 소극적으로 저지하려다가 그마저도 포기했던 경찰들과 달리, 이번에 나타난 경찰 차량은 택시를 들이받을 의도를 가졌는지 빠른 속도로 교차로 한가운데를 향해 질주해 왔다.

그러나 김신용은 두 차량이 움직이고 있는 상황에서도 매우 정밀한 사격을 가했다.

"타타타타! 타타타타타!"

경찰 차량의 전면 방풍창 안으로 그가 날려 보내는 총탄들이 집중되어 명중했고 그 직후 차량은 방향을 잃고 인도 안으로 돌진했다. 그런 뒤, 놀라서 도망치는 2명의 행인들을 들이받고 가로등에 충돌했다.

운전석 뒤쪽 후방 좌석에서 사격을 가했던 정민성 중사는 그 광경을 지켜보면서 엄청난 아드레날린에 전율했다. 택시를 몰고 있던 황인범 상사까지 망가진 보닛 쪽에서 짙은 연기를 내뿜고 있는 경찰 차량을 슬쩍 보고는, 고조된 감정을 못 이기고 소리쳤다.

"이야! 이얏! 그거야, 그거, 잘했어, 김신용이!"

황인범은 그 기세를 몰아, 도로 앞쪽에서 신호 대기 중인 수십 대의 세단, SUV 차량들을 피하고자 택시를 중앙선을 넘어, 반대편 차선과 인접해 있는 인도 지대로 몰아갔다.

택시가 인도 턱을 넘는 순간 차체가 크게 들썩였지만 황인범은 노련하게 차량의 중심을 잡고 나서, 이제 넓은 인도 위를 감속하지 않고 나아갔다. 박살이 난 전면 범퍼가 차체 아래쪽에서 끌려가다가 곧 떨어져 버렸다.

황인범은 그때부터 인도 안에 있는 일본인들을 택시로 들이받기 시작했다. 정장 차림에 서류 가방을 들고 있던 남성 2명이 택시에 치여 차체 위로 넘어가 버렸고 그 직후에는 평상복 차림의 남성과 여성 5명이 차체 좌우 측면에 치인 뒤, 인도 좌우로 튕겨져 날아가 버렸다. 정찰병들에게 몇 명의 행인들이 가방과 캔커피 따위를 투척했고 그것들 중 하나가 전면 방풍창에 큰 금이 가게 만들었다.

황인범은 일본인 경찰들 중 그 누구도 이들의 택시에 총탄 한 발도 명중시키지 못했던 상황에서 민간인들이 소지품을 집어 던져 차량에 피해를 입혔다는 사실에 피식 웃었다.

그러던 중 트렌치코트를 입은 노인 한 명이 택시 5~6미터 전방에 나타났다. 그는 혼비백산하여 차도로 뛰어들거나 건물 쪽으로 피하는 사람들과 달리 인도 한가운데 서서 한 손을 들어 보이고 있었다.

"한번 해 보자는 거야? 영감 동무?"

황인범 상사는 스티어링 휠을 꽉 잡고 정면을 뚫어져라 응시했다. 그사이에 두 정찰병들은 차도에서 나란히 달리고 있는 민간인들의 차량들과 업무용 건물의 1층을 향해 미친 듯이 기관총 사격을 가했다.

"타타타타! 타타타타~!"

"타타타타타! 타타타타타!"

황인범이 택시 운전에 집중하는 동안 다른 두 명의 정찰병들은 택시의 우측, 도로에서 주행 중인 차량들을 향해 집중사격을 가했다. 2정의 경기관총 총성이 협소한 차내에서 울리면서, 무지막지한 충격이 기관총 사수들은 물론 황인범 상사의 고막과 뇌를 강타했다. 그러한 충격은 3명의 정찰병들이 무고한 민간인들을 해치고 있다는 본능적인 죄책감을 느끼지 못하게 최면을 걸고 있는 것이나 마찬가지였다.

"이야야야야!"

황인범은 한 손을 쳐든 채 꼼짝 않고 서 있는 노인을 향해 그대로 질주했고 다음 순간, 그 노인이 핏덩이가 되어 전면 방풍창에 붙어 있을 거라 생각했다. 그러나 그가 노인을 들이받기 직전 누군가 노인을 차도 안으로 밀어붙였고 그가 대신 택시에 치였다. 그 순간, 황인범은 급정거를 했고 두 명의 기관총 사수들이 사격을 멈췄다.

조수석에 있던 김신용 중사는 기관총을 황인범에게 건네준 뒤, 방풍 유리를 뚫고 대시보드 쪽으로 들어와 있는 20대 정도로 보이는 남자의 머리를 힘껏 바깥쪽으로 밀어냈다.

그러자 황인범이 그가 건네줬던 기관총의 총구로 박살이 나서 너덜너덜한 방풍 유리창을 쳐 내기 시작했다. 김신용 또한 두 손으로 방풍 유리를 함께 쳐 냈고 곧 이들의 시야가 다시 확보되었다.

그러나 택시의 보닛 위에는 부상을 입은 일본인 사내가 널브러져 있었다. 황인범은 차량 진행 방향을 인도에서 도로 위로 바꿨고 차체가 다시 위아래로 들썩일 때, 일본인 사내가 차도로 나가떨어져 버렸다.

"아!"

도로로 차체가 내려가는 충격에 뒷좌석에서 지나가는 차량들을 향해 사격을 가하던 정민성이 차창 틀에 머리를 부딪쳤다.

차도로 내려간 정찰병들의 택시는 역주행을 하기 시작했고 미처 피하지 못한 승용차들이 택시를 좌우에서 스치듯 들이받고 지나쳤다.

"꽉 잡아! 꽉 잡으라구!"

황인범이 소리치며 가속 페달을 콱 밟았고 택시는 고속으로 다시 한 번 중앙선을 넘어서, 정주행하는 차선으로 들어갔다. 택시가 질주하는 거리는 왕복 2차선 도로였고 아침의 러시아워 시간이었기 때문에 수많은 차량들로 가득했다. 택시 앞쪽의 차량들 그리고 반대편 차선에 있는 셀 수 없이 많은 차량들을 보면서 황인범이 기괴한 목소리로 소리쳤다.

"민성이, 신용이! 우리 더 많은 기관총이 필요하겠다! 더 많은 기관총이 있어야겠단 말이다!"

그 말에 별안간 두 정찰병이 사격을 멈추고 그를 빤히 쳐다봤다. 두 사람도 반쯤 넋이 나간 상태에서 기관총 사격을 가했다가 황인범 상사의 잠꼬대 같은 말투의 말을 듣고서 잠시 의아해하는 상황이었다.

조금 뒤, 택시가 도로 정체 구간에 들어가면서 서행하기 시작했다. 김신용 중사는 전면 유리를 떼어 버릴 때 떨어져 버렸던 내비게이션 액정 화면을 쳐들고 위치를 확인했다. 그런 뒤, 뒷좌석에 앉아 있는 정민성 중사에게 소리쳤다.

"7호 발사관 사격에 들어가자, 민성이!"

그 말에 정민성이 경기관총을 내려놓고 바닥에 뒀던 RPG7 로켓 발사기를 집어 들었다. 김신용은 RPK74 기관총 대신 AKS74U 기관단총으로 무장을 바꾼 뒤, 조수석 출입문을 열고 하차했다.

정체 구간에 멈춰 서 있는 수십 대의 민간인 차량들이 택시를 전후좌우에서 에워싸고 있었는데, 처음에는 택시에서 나온 김신용과 정민성을 많은 운전자들이 대수롭지 않은 시선을 보냈었다.

하지만 곧 두 사람이 휴대한 총기와 대전차 로켓 발사기를 확인한 순간 택시가 정차해 있는 지점 반경 50~60미터는 아수라장으로 바뀌었다.

수많은 운전자들과 그들의 동승객, 승객들이 차에서 내려 도로 바깥으로 내달리기 시작했고 김신용은 그들 중에 정찰병들을 향해 달려오는 자가 있는지 주시했다. 그리고 정민성은 택시 뒤쪽으로 자리를 옮겨 대전차 고폭탄으로 파괴할 표적을 찾아봤다.

거리 곳곳에서 일본인들이 알아들 수 없는 소리를 치고 있었고, 어떤 차량들은 다른 사람들에게 경고하고자 경적을 울리고 전조등을 깜빡거리고 있었다. 그러던 중 김신용 중사가 택시의 5시 방향에 있는 대형 버스 한 대를 찾은 뒤 소리쳤다

"5시 방향에 버스를 잡겠다!"

상황을 전파하며 김신용은 택시에서 약간 거리를 두고 반대편 차선에 있는 버스를 향해 RPG7 발사기의 간이 조준기를 통해 표적 확보에 들어갔다.

정민성이 급히 달려와 그의 곁에서 사주경계에 들어갔고 택시 쪽에서는 황인범 상사가 RPK74를 쳐들고 역시 전방을 경계 중이었다.

김신용은 숨을 참고 버스 차체를 정조준한 후, 로켓 발사기의 공이치기를 당겼다. 그런데 그가 방아쇠에 손가락을 걸치는 순간 정민성이 나지막한 소리로 그에게 말했다.

"안 돼! 안 돼! 버스에 애들이 있다! 다른 표적을 찾아봐, 이 동무야!"

"뭐?"

"저 버스에는 애새끼들이 타고 있잖아! 그 앞에, 그 앞에 있는 버스를 때려!"

김신용은 동료 정찰병의 갑작스러운 주문에 토를 달지 않고 버스의 10여 미터 앞쪽에서 서행 중인 도심 버스를 새 표적으로

삼았다. 그리고 그 순간 새롭게 조준한 버스의 근처에서 일본인 경관들 대여섯 명이 권총을 쳐들고 달려오는 모습이 두 정찰병의 시야에 포착됐다.

김신용은 자신의 심장이 가슴살을 뚫고 나올 듯이 세차게 뛰고 있는 것을 느낄 수 있었다. 그럼에도 그는 숨을 참고 정조준 과정에 들어갔다.

그러자 이제는 거리 위쪽 상공에서 헬리콥터 소리가 시끄럽게 들려오면서 그의 주의력을 흐트러뜨리기 시작했다. 그런 그의 심정을 정민성이 짐작했는지 그가 들을 수 있도록 큰 소리로 말했다.

"민간인들의 직승기다! 신경 쓰지 말고, 어서 격발해, 빨리!"

김신용은 발사기 방아쇠를 당겼고 그 순간 고폭탄이 엄청난 발사음을 퍼트리며 날아갔다.

"콰앙!"

80여 미터 이상을 날아간 대전차 고폭탄이 오사카 도심을 운행하는 버스에 명중했고 엄청난 화염과 연기가 사방으로 뻗어나갔다. 버스가 폭발하면서 파편과 화염에 경관들이 휩쓸렸고 폭발 반경 밖에 있던 나머지 2명은 더 이상 정찰병들 쪽으로 다가오지 않았다.

"2탄! 2탄을 준비하라!"

택시 쪽에서 있는 황인범이 소리치자, 정민성이 김신용이 등에 메고 있는 고폭탄 휴대 가방에서 또 한 발의 탄두를 빼냈다. 김신용이 그것을 넘겨받아 발사기에 삽입할 때, 별안간 황인범

쪽에서 총성이 울려 퍼졌다.

두 정찰병이 힐끗 그쪽을 살피자, 정체 구간 앞쪽에서 이들 쪽으로 내려오던 사내들에게 황인범이 기관총 사격을 가하는 모습이 그들의 눈에 들어왔다.

김신용은 새 고폭탄두를 장착한 발사기를 어깨에 올려 두고, 가까운 곳에 정차해 있는 혼다 세단의 보닛 위로 올라갔다. 그런 뒤, 택시의 전방에 있는 차량들 중 10톤 화물 트럭 한 대를 찾아, 그것을 표적 삼았다.

"펑~!"

두 번째 고폭탄이 발사되어 트럭의 컨테이너에 명중하고 불기둥과 까만 연기가 허공 높이 치솟았다.

그 시점에는 택시 주변, 사방으로 남자, 여자 할 것 없이 모든 운전자들이 차량을 버리고 도주하는 대혼란이 진행되고 있었다.

김신용 중사는 세단 차량의 보닛 위에서 정민성 중사는 그 차량 우측에서, 황인범 상사는 택시의 앞쪽에 서서 100여 명 이상의 일본인들이 혼비백산하여 정체 구역을 빠져나가는 것을 지켜보고 있었다.

그러던 중 갑자기 황인범이 무거운 기관총을 어깨에 견착하고 그들을 향해 사격하기 시작했다. 그는 택시의 우측, 반대편 차선으로 달려가는 사람들과 차량들에게 무차별 사격을 가했다. 기관총 총탄들이 날아들자 사람들이 납작 엎드리거나 차량 뒤로 몸을 숨겼고, 총탄들이 차량들에 박힐 때마다 차창이 박살이 나거나 차체 금속 파편들이 튀어 날렸다.

황인범이 무차별 사격을 가하는 대상인, 일본인들 중에는 10대 아이들을 데리고 있던 사람들도 있었지만 그는 다른 두 명의 젊은 정찰병들과 달리 그들에게까지 기관총을 난사했다. 10대 초반 정도로 보이는 교복을 입은 아이가 3발의 기관총탄에 맞고 쓰러졌고 그 광경에 비명을 지르던 40대 여성 또한 기관총탄에 피탄되어 쓰러졌다.

정민성의 원망 어린 시선이 황인범에게 향했는데, 황인범은 그의 시선에 아랑곳하지 않고 한쪽 무릎을 꿇은 자세로 능숙하게 총기의 탄창을 교체하고 있었다. 정민성이 보기에, 그들의 부조장은 그야말로 적진 깊숙이 침투하여 교전을 벌이고 있을 때와 똑같은 모습이었다.

"펑~!"

김신용이 또 한 발의 고폭탄을 발사했는데, 그가 표적으로 삼은 곳은 택시의 11시 방향에 있는 주유소였다. 180미터가 조금 넘는 거리를 향해 발사한 PG7 탄두는 주유소 한쪽에서 주유 중이던 승합차를 향해 날아갔다. 그렇지만 갑자기 주유소 한쪽에서 택시가 나타났고 그 차체 후방에 고폭탄두가 명중했다. 택시는 명중 순간 근처의 승합차 쪽으로 튕겨져 나가 부딪쳤다.

"이런 빌어먹을!"

김신용은 황급히 자세를 낮췄고 정민성이 그의 등 뒤에서 새로운 탄두를 빼줬다. 그는 신속하게 세 번째 탄두를 발사기에 삽입한 뒤, 다시 일어서서 사격 자세를 취했다. 그때, 어디선가 날아온 총탄이 그의 머리 근처에서 '핑' 하는 비행음을 남기고 지나쳐 갔다.

"후방에 적 사수! 후방에 적 사수!"

정민성이 김신용에게 경고했지만 자세를 낮추지 않고 그대로 정조준 과정에 들어갔다. 정민성은 근처의 다른 택시의 보닛 위에 올라가 권총탄이 날아온 방향을 살폈지만 숨어 있는 사수를 찾을 수가 없었다.

"적 사수가 은폐한 채 사격 중이다! 은폐한 채 사격 중이다!"

그의 경고에도 김신용은 동요하지 않고 RPG7 발사기의 간이 조준기를 통해 까만 연기에 휩싸여 있는 택시와 승합차 쪽을 주시했다. 그때, 또 한 발의 권총탄이 그의 곁을 스치듯 지나갔고 바로 이어서 정민성 중사가 이들의 위치 4시 방향에 있는 경찰관을 향해 AKS74U 사격을 가했다.

"펑~!"

세 번째 PG7탄이 주유소 내, 차량들을 향해 발사했고 이번에는 승합차에 그대로 명중했다. 처음에는 까만 연기가 솟아나다가 곧 불길이 솟구쳤다. 주유소 건물과 주유소 안에서 주유 순서를 기다리던 차량들에서 십 수 명의 사람들이 그 광경을 보고 몸을 숨겼던 곳에서 뛰쳐나왔다.

"11시 방향, 유폭 가능성! 11시 방향, 유폭 가능성!"

김신용이 동료들에게 경고하며 세단 보닛에서 내려왔다. 그와 정민성이 택시 쪽으로 발걸음을 옮길 때 마침내, 승합차에서 번진 불이 주유기에 옮겨 붙으면서 유폭이 시작되었다. 두 번 정도 작은 폭발이 이어졌다가 3명의 정찰병들이 택시 안에 탑승할 때, 주유소 전체가 폭발했다.

"콰아아앙!"

집채만 한 크기의 화염이 허공 높이 떠오르면서 사방으로 불꽃과 파편이 튀어 날렸다. 오사카 시내 한복판에 불지옥이 떨어지는 순간이었다.

*　　　*　　　*

2016년 7월 21일 9시 16분 일본, 오사카, 니시오하시 역 근처 거리

최소 2킬로미터 이상의 신사이바시 거리를 아수라장으로 만든 정찰병들의 택시는 방향을 바꿔, 퇴출 과정에 들어갔다.

황인범 상사는 내비게이션과 정민성 중사가 들고 있는 스마트폰의 전자 지도 확인을 통해서, 혼잡한 지역에서 벗어나고자 좁은 차도는 물론 골목길까지 오가며 질주했다.

총격과 대전차 로켓 공격을 가했던 구획에서 거리를 두고 있는 니시오하시 거리에 진입하면서부터 황인범은 차량을 감속시켰다. 그는 거리에 가득한 차량 행렬 속으로 들어가 교통 흐름에 맞춰 택시를 움직였다. 그 과정에서 정찰병들은 여러 대의 경찰 차량, 앰뷸런스, 소방차가 이들의 옆을 지나쳐 가는 것을 지켜봤다.

번화가의 교차로에서 신호 대기를 할 때마다 정찰병들은 높은 빌딩 옥상에 설치된 전광 광고판에서 실시간으로 방영되는 뉴스 화면을 볼 수 있었다.

화면에는 불과 10분도 안 되는 시간 전에 정찰병들이 쑥대밭으로 만든 도심 상가 건물들과 정찰병들의 갑작스러운 기관총 사격이 야기했던 22중 충돌 사고 현장이 방영되었다.

교차로 부근의 횡단보도 쪽에 서 있던 일본인들은 뉴스 화면을 보며 충격에 빠진 분위기가 역력했으며 정장 차림의 어떤 여성들은 불타는 주유소를 보면서 울음을 터뜨리기까지 했다. 횡단보도의 신호등이 초록 불로 바뀌었어도 사람들은 걸음을 떼지 않고 뉴스 전광판을 뚫어져라 응시하고 있었다. 주변의 모든 일본인들이 비슷한 반응을 보이면서 꼼짝도 하지 않았고, 그 모습은 정찰병들의 눈에 기괴하게 보였다. 그들의 눈에는 마치 거리에 수백 개의 마네킹들이 세워져 있는 것처럼 보이기까지 했다.

그 광경을 빤히 지켜보던 황인범은 그의 조원들에게 말했다.

"오늘 우리가 수행한 임무가 앞으로 이 열도 전체를 완전히 다른 장소로 만들 것이야. 긍지를 가져라. 우리는 백만 인민군 병력이 감히 시도조차도 할 수 없는 절체절명의 임무를 수행하고 있는 것이다. 정민성이!"

그는 말끝에 그의 좌측에 앉아 있는 정민성을 불렀다. 그러자 AKS74U를 두 무릎 위에 올려 둔 채 주변을 살피던 그가 고개를 돌리며 대꾸했다.

"네, 부조장 동지."

"내 말 듣고 있었지?"

"네, 부조장 동지."

"그럼, 다음에는 절대로 표적을 골라서 쓰러뜨리지 마라. 너는 판단을 하는 사람이 아니라 위 동지들의 판단을 실행하는 사람이다. 감상에 빠지지 말란 말이다, 이 동무야. 우리는 적진 한복판에 아무런 지원 없이 임무를 수행하고 있다. 내 말 알겠어?"

말을 이어 가면서, 황인범의 목소리가 격앙되었지만 정민성은 대답이 없었다. 그러자 황인범의 날카로운 시선이 그에게 향했다.

잠시 전까지만 하더라도 황인범과 대화를 하던 것 같은 정민성은 조수석 차창을 통해 택시 바로 옆에 서 있는 모터사이클을 주시하고 있었다. 그 모습을 보고 정민성에게 호통을 치려던 황인범 또한 꼼짝 않고 차창 너머의 모터사이클을 타고 있는 자를 응시했다. 모터사이클에 타고 있는 자는 오사카 시경의 경찰관이었고 그는 조수석 차창을 통해 택시 내부를 지켜보던 중이었다.

경찰관은 헬멧을 쓰고 선글라스를 착용하고 있었기 때문에 정찰병들은 그의 눈빛을 볼 수가 없었다.

그러나 심상치 않은 분위기를 감지한 정민성은 무릎에 총기를 둔 채로 그를 향해 총탄을 퍼부을 태세였다.

황인범은 정민성의 한 손이 총기의 앞쪽을 움켜잡고, 다른 한 손은 총기의 권총 손잡이를 잡고 있는 것을 봤다. 그는 당장이라도 경찰관을 향해 차창을 관통시켜, 총탄을 쏟아 보낼 준비를 했지만 황인범은 그에게 속삭였다.

"기다려!"

세 명의 정찰병의 시선이 경찰관에게 향했고 경찰관은 미동도 하지 않고 차 안을 주시했다. 누군가 총기를 쳐들면 곧바로 총격전이 벌어진 상황이었는데 정찰병들은 임무 수행 후 퇴출 중이었기 때문에 먼저 사격을 가하지 않는 상황이었다.

"빠아앙~!"

별안간, 택시 뒤쪽에서 경적 소리가 크게 들려오면서 정찰병들의 가슴이 철렁 내려앉았다.

황인범은 그 짧은 순간 동안에 정민성이 깜짝 놀라서 사격을 개시했을까 우려했지만 그는 경관과 시선을 마주한 채 꼼짝하지 않았다.

교차로에서 직진 신호가 떨어지면서 이미 택시 앞쪽의 차량들은 수 미터 앞쪽에서 전진하고 있었고 택시 뒤에서는 여전히 다른 차량들이 경적을 울렸다.

놀랍게도 경찰관은 시선을 전방으로 옮긴 뒤, 모터사이클을 타고 택시 앞쪽으로 미끄러지듯 나아갔다.

"부조장 동지, 지금 나가서 조준 사격을 하면 저자를 명중시킬 수 있습니다!"

정민성이 출입문 손잡이를 잡았지만, 황인범이 그를 제지했다.

"아냐! 아냐! 그냥 놔둬! 우리가 다른 방향으로 퇴출로를 바꾼다!"

택시는 교차로에 진입하지 않고 그 자리에서 반대편 차선으로 유턴 과정에 들어갔다.

갑작스러운 차선 침범에 반대편 차량들이 급정거를 하고 경적을 울리는 소동이 일어났지만 황인범은 반대편 차선으로 진입을 마친 뒤, 차량을 가속시켰다.

그는 방금 전 경관이 택시 안에서 기관총을 보지 못했을 거라 생각하지 않았다. 그는 그 경찰관이 자신이 우연히 보게 된 것들을 보지 않은 척했을 거라 짐작했다. 입장을 바꿔 생각해도, 자신 또한 그와 같이 행동했을 것 같았다.

택시는 500여 미터 이상을 직진한 뒤 좁은 교차로에서 좌회전하여 다른 방향으로 이동했다.

그런데 택시가 이동하는 내내, 뒷좌석에 앉아 있는 김신용 중사는 스마트폰을 보고 그다음 차량 뒷유리를 통해 하늘 쪽을 살피는 행동을 반복하고 있었다.

택시가 최초 향하던 방향으로 다시 주행하고 있을 때, 김신용이 뒷좌석에서 황인범에게 보고했다.

"놈들의 직승기가 계속 우리를 따라오고 있습니다!"

"분명해?"

"네, 부조장 동지!"

김신용이 보고한 헬리콥터는 현지 방송사의 취재 헬기였다. 헬기는 정찰병들이 주유소를 파괴한 직후부터 택시의 현장 이탈 그리고 도주로를 바꿔 가며 도심을 휘젓고 다니는 내내 수백 미터 상공에서 택시를 추적하고 있었던 것이다.

황인범은 한가해진 차도 안에서 속도를 더 높이기 시작했다. 도심 시내권이긴 하지만 이 일대는 한적한 편이었다.

현지 기업들의 물류 창고들과 중고 차량 매매 단지가 있는 지역이었기 때문에 차도 좌우측의 인도에는 오가는 사람들조차 많지 않았다.

5분 이상을 말없이 운전하던 황인범이 창고 건물들이 모여 있는 지역에 진입하면서 정민성에게 지시를 내렸다.

"조장 동지에게 우리 도착을 알리고 다음 과정을 준비해도 된다 전파하라."

"네!"

정민성은 휴대전화를 꺼내 그들의 조장 리원제 대위에게 통화를 시도했다. 그동안 택시는 큰 도로에서 다시 중앙선을 넘어 반대편 2개 차선을 가로질렀다. 그런 다음 그쪽의 좁은 도로 안으로 진입, 다시 속도를 높였다. 그리고 그 모든 과정을 해당 지역 상공에 떠 있는 방송사 헬리콥터가 내려다보고 있었다.

* * *

2016년 7월 21일 9시 54분 일본, 오사카, 도톤보리 강과 인접한 사이와이초

이른 아침의 충격적인 도심 테러에 대응하고자 이륙한 2대의 치누크 헬기들은 각기 다른 장소에서 이륙한 뒤, 최초 테러 발생 지점으로 향했다.

가장 먼저 이륙한 치누크 2번기가 오사카 현지 TV 방송헬기와 직접 무선 교신에 성공하여 정찰병들의 택시가 사라진 사이와이초 지역 내, 창고 지대로 가장 먼저 향할 수 있었다.

2번기 조종사들은 실시간으로 방송 헬기 조종사들에게서 테러범들의 택시에 대한 이동 방향을 보고받았고, 기내 안에 탑승해 있는 14명의 SAT 대원들과 특수작전군 대테러부대원들은 그들의 지휘자들에게서 택시로 이동 중인 테러범들의 무장 상황과 대처 전술에 대해서 브리핑을 받았다.

2번기에 탑승한, 양쪽 병력을 통합 지휘하도록 지정받은 마츠오 코이치 일위는 아이패드 화면에서 NHK 방송사가 공중에서 촬영한 현장 중계를 계속해서 돌려봤다. 그는 최소 3정 이상의 자동화기와 대전차 로켓 발사기를 휴대한 테러범들을 확인했고 그때, 모든 대원들이 처음 하네다 공항에서 출동할 때보다 2배가 되는 실탄들을 현재 휴대하도록 했던 자신의 조치에 만족해했다.

아이패드 화면에서 눈을 떼지 않는 그에게 곁에 앉아 조종사들과 인터콤으로 대화를 나눴던 야스모토 히로키 이등육조가 그의 어깨를 두들겼다. 그런 뒤, 코이치 일위의 귓가에 소리쳤다.

"조장! 테러범들의 택시가 지금 사이와이초 쪽, 창고 지대에 들어온 뒤, 2층 창고 건물 안으로 사라졌다고 합니다. 조종사들의 현재 그 위치를 확인하고 전속력으로 헬기를 몰고 있습니다! 4분 후면 투입 지점 상공에 도착합니다!"

코이치는 고개를 크게 끄덕인 뒤, 아이패드를 두 무릎 위에 내려놓았다. 그런 뒤 그의 통로 좌우에 앉아 있는 12명의 대테러 부대원들을 향해 두 손을 들어 보인 뒤 수신호를 만들어 보였다.

"전 대원, 장비 점검!"

그의 지시에 모든 대원들이 일사불란하게 총기와 무전기, 방독면과 방탄복 수납 포켓들을 일일이 확인하기 시작했다. 그사이에 승무원 한 명이 조종석에서 태블릿 PC를 가져와 두 특수작전군 간부들에게 건네주며 소리쳤다.

"투입 지점 일대의 전자 지도입니다! 헬기가 창고 건물 옥상에 바로 착륙할 수도 있고 아니면 급속로프 전개(패스트 로프)로 병력을 투입할 수 있으니, 지금 결정해 달라 합니다!"

코이치는 히로키 이조와 함께 태블릿 PC 화면의 지도를 유심히 살폈다. 그들은 목표 지점인 창고 주변에 많은, 다양한 용도의 건물들이 혼재해 있음을 확인했다. 그들은 당연히 부대원들이 로프를 타고 내려오다가 기관총 사격을 받을 것을 우려했고 당연히 기체의 직접 착륙을 원했다.

두 사람이 잠깐 의견을 나누고 이윽고 코이치가 승무원을 향해 수신호를 만들어 보이며 소리쳤다.

"목표 건물 옥상에 직접 착륙해 달라 요청한다! 직접 착륙하기를 원한다!"

승무원은 PC를 건네받으며 고개를 끄덕였다. 그가 조종실로 향하자, 히로키가 자리에서 일어나, 기체 후미 쪽에 서 있는 고참 대원을 향해 수신호를 만들어 보였다.

그러자 그가 자리에서 일어나 램프 도어를 담당하는 승무원에게 히로키의 지시를 전달했다.

잠시 뒤, 닫혀 있던 램프 도어가 천천히 아래쪽으로 움직였고 잠시 뒤 기체 바깥세상이 모든 부대원들의 눈에 들어오기 시작했다.

치누크 헬리콥터는 안전 고도가 아닌, 전시 때처럼 저공비행을 하고 있었기 때문에 오사카 일대의 빌딩들과 도심 고가도로, 전철이 오가는 교량 따위가 램프 도어 바깥과 각 대원들의 좌석 쪽에 있는 창을 통해서 보였다.

"도착 2분 전!"

히로키 이조가 손가락 두 개를 펼쳐 보이며 소리쳤고, 모든 대원들이 자신의 곁에 있는 대원들에게 동일한 수신호를 릴레이식으로 전달했다. 그런 뒤, 모든 대원들이 착용하고 있는 헬멧의 HD 카메라를 작동시켰다.

코이치 일위는 인터컴을 통해 최종 착륙 과정에 대해 조종사와 대화를 나누는 히로키를 대신해 램프 도어 쪽으로 성큼성큼 걸어 나갔다.

그는 램프 도어 쪽에 있는 굵은 로프 뭉치를 직접 한쪽으로 치워 내려 했고 다른 대원들이 그를 도왔다. 코이치는 완전히 수평 상태로 개방되어 있는 램프 도어 위에 서서 지상을 내려다봤다.

진회색 그리고 초록색의 건물 지붕과 옥상이 그의 눈 아래쪽에서 휙휙 지나쳐, 헬기 진행 방향의 반대편으로 가 버렸다. 도로 위에는 많은 트럭들과 승용차들이 있었지만 사람들의 모습은 가끔 보일 뿐이었다.

그는 오히려 이렇게 한적한 지역에서 테러범들과 일대 교전을 벌이게 되는 게 다행이라고 생각했다.

코이치가 지상으로 추락할까 염려한 헬기 승무원이 그의 허리 쪽을 잡고 있었는데, 그가 잠시 후 코이치의 등을 두들겼다. 코이치가 어깨 너머로 그를 응시하자 그가 현재 기내에서 전파되고 있는 상황을 코이치에게 전달했다.

"1분 전!"

모든 SAT 대원들과 특수작전군 대원들이 각자 휴대한 M4A1, HK416과 MP5A5의 장전 손잡이를 당기고 있었고 바로 이어서 각자 휴대한 권총까지 슬라이드를 당겨 장전하기 시작했다.

코이치는 램프 도어 위에 선 채로, 목에 메고 있는 HK416의 장전 손잡이를 당겼다. 그러고는 총기를 슬쩍 들어 올려 총기 위에 장착된 이오텍 조준경을 통해 지상을 살폈다.

잠시 뒤, 코이치는 기체가 감속하는 것을 느꼈고 때맞춰, 히로키 이조의 목소리가 그의 이어폰에 들려왔다.

"터치다운에 들어간다! 터치다운에 들어간다!"

그의 허리를 잡아 주고 있던, 제1 헬리콥터단 소속의 승무원은 기체 측면에 장착된 74식 기관총을 운용하기 위해 기내 안쪽으로 급히 향했다. 대신, M249 기관총을 휴대한 특수작전군 대원 한 명이 그의 곁으로 다가와 기내 바닥에 앉았다.

코이치는 램프 도어 아래쪽에 보이는 까만 옥상 바닥을 확인한 뒤, 고개를 돌려 이제 기체에서 쏟아져 나갈 대원들을 확인했다. 팽팽한 긴장감이 감돌았고 그 자신은 대원들에게서 비장함까지 느낄 수 있다고 생각했다.

총구를 아래쪽으로 향한 채 잡고 있는 총기의 권총을 꽉 쥐면서 코이치 일위는 잠시 후 지상에서 벌어질 일을 상상해 봤다.

영겁과도 같은 그 짧은 순간, 그는 치열한 총격전 속에서 가까스로 3명의 북조선 테러범들을 사살하고 열도의 영웅이 될 수 있다는 자신감과 용기를 떠올렸다. 육상자위대에서 받을 수 있는 모든 특수전 과정을 거쳐, 미 육군의 특수전 센터, 미 육군 특수부대 교환 훈련 그리고 특수작전군에 합류한 뒤, 영국군 SAS 부대에서 받았던 특수전 훈련까지. 코이치와 그의 고참 특수작전군 대원들은 일본인들을 위협하는 그 어떤, 가공할 적들도 물리칠 수 있다고 생각했었다. 그런 그와 그의 정예의 부대원들은 이제 그 결전의 순간을 앞두고 있었다.

실전을 앞두고 있는 그의 가슴이 터질 듯이 뛰었고 그는 심호흡을 하기 시작했다.

이윽고 둔하지만 강한 충격과 함께 치누크 헬기가 창고 옥상에 착륙했다. 코이치의 눈에는 입체감 없이 까맣게만 보이던 옥상 바닥이 이제 램프 도어 아래에서 방수 페인트칠이 몇 겹으로 칠해진 지저분한 표면으로 가깝게 보였다.

강력한 로터 폭풍이 옥상 바닥을 강타하고 있지만 흙이나 풀포기가 없는 깨끗한 바닥이었기 때문에 특수작전군 대원들의 시야를 방해하는 것은 없었다.

"터치다운! 터치다운! 투입, 투입! 투입!"

히로키 이등육조의 목소리가 모든 대원들의 이어폰에 울렸고, 코이치는 HK416을 쳐들고 가장 먼저 램프 도어에서 옥상 바닥으로 뛰어내렸다. 그와 거의 동시에 5.56밀리 경기관총을 쳐든 자위관이 바닥으로 내려와 주변 경계에 들어갔다. 두 자위관들은 헬기의 후방과 좌우 측면을 경계했다.

코이치는 오전 시간인데도 불구하고 옥상 바닥에서 올라오는 열기에 숨이 턱 막혔다. 그 뒤로 대테러 부대원들이 신속하게 기체에서 이탈했고 6명의 병력이 내려와 더 넓은 반경에, 주변 경계 위치를 잡아 갔다. 하지만 다음 순간 순조롭게 지상에 투입되던 정예의 대테러부대원들이 생각지도 못했던 상황이 벌어졌다.

"퍼퍼펑! 퍼엉~!"

300여 평 정도의 창고 옥상 바닥에 천둥소리가 울리면서 뿌연 연기가 가득해졌다. 강력한 폭발음이 두 귀를 틀어막는 순간, 코이치 일위는 옥상 위에서 나카노시마 공원에서 그랬던 것처럼 수발의 크레모아가 폭발했다고 확신했다.

코이치는 폭발음을 듣는 순간부터 아무것도 볼 수 없었고, 아무 소리도 들을 수 없었다. 무중력 상태 속을 유영하는 것 같은 느낌 속에서 그는 본능적으로 전술적 분석을 하고 있었다.

그는 의식을 잃기 직전의 순간에서 의식의 고삐를 놓치지 않으려고 애쓰고 있었는데, 그의 귀에 들렸다 안 들리기를 반복하는 치누크 헬기의 로터 회전음과 터빈 엔진음이 그를 현실 세계에 붙잡고 있었다. 놀랍게도 코이치는 크레모아 폭발의 충격에서 가까스로 회복했다.

그가 정신을 차리고 기관단총을 쳐들었을 때에는 치누크 헬기가 옥상 바닥에서 5~6미터 정도 이륙한 뒤였다. 헬기는 거센 하강풍을 바닥으로 토해 내면서 힘겹게 이륙하고 있었고 옥상 바닥에는 대여섯 명의 특수작전군 대원들이 뒹굴거나 널브러져 있었다.

그들 중 한 명이 크레모아가 폭발했던 기체 좌측 방향으로 총기를 난사하기 시작했다. 그가 사격을 가할 때마다 총성이 코이치의 고주파음만 들리고 있던 양쪽 귀에 바늘로 쑤시는 듯한 자극을 주었다.

잠시 뒤부터는 마치, 물속에 잠수하고 있는 듯한 느낌이지만, 그는 총성과 헬리콥터 소리를 들을 수 있게 됐다.

코이치는 바닥에서 일어나자마자 그의 대원들을 살폈는데, 얼굴과 온몸이 피투성이가 된 채 쓰러져 있는 대원들이 다수였다. 그의 시선이 이제 10여 미터 정도 상승한 치누크 헬기 쪽으로 향했다. 헬기는 평소와 같은 엔진음을 내고 있었지만 움직임이 둔해 보였다. 그가 시선을 헬기 쪽에서 옥상 쪽으로 옮기려 할 때 별안간 불덩어리 하나가 CH-47J 헬리콥터의 기체 좌측에 명중했다.

"펑~!"

명중하는 순간 진한 화약 냄새와 함께 미세한 파편들이 옥상 바닥으로 튀어 날렸고 코이치는 본능적으로 고개를 숙였다.

"펑~!"

또 한 발의 불덩어리가 날아와 이번에도 기체 좌측에 작렬했다.

* * *

2016년 7월 21일 9시 58분 일본, 오사카, 사이와이초

김도원 중사가 발사한 두 번째 PG7 고폭탄은 치누크 헬기의 기체 측면에 박힌 채 격렬한 불꽃을 내뿜었다. 그 광경을 치누크 헬기의 좌측, 인접한 창고 옥상에서 지켜보던 3명의 정찰병들이 입이 쩍 벌어진 채 지켜보고 있었다.

탄두는 거친 불꽃을 분출하다가 이내 폭발했다.

"쾅~!"

치누크 헬기는 이미 처음 명중해서 폭발한 고폭탄에도 불구하고, 겨우 출력을 유지했다. 그렇지만 기체 안쪽으로 화염과 폭발력을 쏟아 부은, 두 번째 고폭탄 폭발에 순간적으로 엔진 출력을 잃었다. 그 바람에 거대한 기체는 엘리베이터처럼 그대로 내려앉았고, 조종사가 사이클릭 조종간을 움직였던 것 때문에 좌측으로 15도 정도 기울어진 상태로 추락했다.

모두가 예상했던 재앙이 이루어지는 것이 그 순간이었다. 옥상 바닥으로 추락하던 기체가 급속하게 왼편으로 기운 상태에서

2개의 메인 로터 블레이드들이 착륙 지점 왼편에 인접한 창고 건물의 외벽에 연달아 부딪쳤다.

박살이 난 블레이드 조각들이 하늘 높이 치솟았고 거대한 기체는 두 창고 건물 사이의 공간으로 서서히 기울었다가 결국 20여 미터 아래쪽으로 추락하고 말았다. 기체의 후미 쪽이 먼저 떨어졌고 그다음 기수 부분이 떨어졌는데, 기수 부분은 특수작전군 병력이 투입된 창고의 외벽에 기댄 상태가 되었다.

추락 순간, 조종사들이 연료 라인을 차단했는지 기체의 엔진부에서 큰 화재가 발생하지는 않았지만 까만 연기와 흰 연기가 솟아나서 주변 상공에 퍼지기 시작했다.

"타타타타타타! 타타타타타타!"

"타타타타타타~!"

리원제 대위가 자신들이 자리 잡고 있는 창고 옥상과 건너편 창고 옥상 사이에, 흡사 거대한 탑처럼 보이는 CH-47J 헬리콥터의 기체를 주시하는 동안 김신용 중사와 김도원 중사가 건너편 옥상의 특수작전군 대원들을 향해 RPK74 기관총 사격을 가했다.

그쪽에서도 2명 정도의 병력이 20여 미터가 조금 넘는 이쪽을 향해 단발 사격을 가해 왔지만 리원제 대위는 아무렇지 않은 듯 고개를 빼고 추락한 헬기 기체를 바라보고만 있었다.

조금 뒤, 정찰병들과 마주 보고 총격전을 치르던 특수작전군 위치에서 빨간 연막이 퍼지기 시작했다. 연막이 퍼지면서 양측이 서로의 위치를 최종적으로 확인할 수 있는 순간 건너편 옥상 바닥에서 무언가 정찰병들의 위치로 날아왔다.

새까만 돌멩이 같은 것이 날아왔지만 충분한 운동에너지를 가지고 있지 못했는지 이쪽 옥상 바닥이 아닌, 아래쪽 골목 쪽으로 떨어졌다.

"쾅!"

뒤늦게 골목 바닥 쪽에서 수류탄 폭발음과 강력한 충격이 창고 건물 일대를 뒤흔들었다. 한발 늦게 상황을 파악한 정찰병들은 각자 휴대 가방 속에서 M67 세열수류탄을 한 발씩 꺼냈다.

리원제 대위가 고개를 두리번거리며 주변 상공을 살필 때, 김도원 중사와 김신용 중사가 차례로, 수류탄의 안전 손잡이를 날려 보냈고 그 즉시 있는 힘껏 골목 너머 옥상 구획을 향해 수류탄을 투척했다. 4발의 크레모아 공격을 받은 특수작전군 대원들과 달리 멀쩡한 두 정찰병은 묵직한 수류탄을 여유 있게 힘을 조절하면서 던졌다.

"쾅! 쾅!"

수류탄 두 발이 거의 동시에 폭발했고 자세를 낮췄던 정찰병들이 다시 몸을 일으켰다. 3명의 정찰병들 모두 무릎쏴 자세를 취하고 있었는데 짙은 연막 너머의 특수작전군과 SAT 대원들 쪽에서는 더 이상 대응사격이 이어지지 않았다.

그런데 그때서야 정찰병들은 자신들의 눈앞에 기괴한 상황이 펼쳐져 있는 것을 깨달았다. 추락한 치누크 헬기의 기수 부분이 정찰병들이 포진한 옥상 높이보다 2~3미터 아래쪽에 있었는데, 기수 방풍창들 너머로 2명의 조종사들이 정찰병들을 빤히 쳐다보고 있었다.

기체 아래쪽과 중간에서는 유압 계통에 불길이 번져서 점차로 불길이 거세져 갔지만, 상대적으로 기수 앞부분은 아무런 피해를 입지 않은 듯 멀쩡했다. 그리고 그 안에서 제1 헬리콥터단 소속의 정예 조종사들이 정찰병들을 지켜보고 있었다.

리원제는 그들의 모습에 황당하다는 듯 코웃음을 친 뒤 중얼거렸다. 치누크 헬기의 조종석은 웬만한 소구경 총탄에는 방탄이 됐고 양측의 거리가 20여 미터도 되지 않았기 때문에 40밀리 유탄을 발사하여 조종석을 파괴하기에도 애매한 상황이었던 것이 그 이유였다. 리원제는 한시가 급한 상황에서 조종사들을 사살하기 위해 시간을 허비할 수 없다고 판단했다.

"저 동무들 어제 꿈자리가 기가 막히게 좋았겠구만."

그 말을 하고는 리원제는 발치 아래 두었던 휴대 가방을 챙겨서 양어깨에 멨다. 그런 뒤 경기관총 총구를 건너편 옥상 쪽에 겨누면서 조원들에게 지시했다.

"일단, 다음 과정을 대비해 이탈한다!"

김도원과 김신용은 휴대한 가방과 RPG7 발사기를 챙겼다. 그런 뒤 경계 상태를 유지하면서 옥상 출입구 쪽으로 뒷걸음질 치기 시작했다. 그들이 7~8미터 후방에 있는 출입 문가에 도착하자 리원제 대위에게 수신호를 보내왔다.

리원제는 그를 빤히 올려다보고 있던 자위관 조종사들을 잠시 째려보다가 그의 조원들을 향해 뒷걸음질 치기 시작했다.

그 시점에는 근처 상공에서 또 다른 CH-47J 헬리콥터 소리가 가까워지고 있었다.

*　　*　　*

2016년 7월 21일 10시 3분 일본, 오사카, 사이와이초 인근 상공

교전 현장으로 접근하는 CH-47J 1번기는 2번기의 기체가 창고 건물 사이에 추락, 전복되어 있는 모습을 NHK 방송사 헬기의 생중계를 통해 파악하고 있었다. 각 지휘관, 지휘자들은 휴대하고 있던 스마트폰과 태블릿 PC를 통해 교전 상황을 파악하고 큰 충격을 받았다.

전장형 대위와 이종진 준위 또한 허드슨 준위의 작전용 랩톱 컴퓨터 화면을 통해 교전 지점 상황을 지켜봤다. 방송사 촬영 화면을 살피던 몇몇 대원들과 달리 전장형과 델타포스 업저버들은 주일미군이 전개시킨 MQ-9 리퍼의 전송 화면을 보고 있던 중이었다.

치누크 2번기가 지상에서 대전차 로켓 사격에 피격되었다는 보고를 받은 1번기의 조종사들은 헬기를 초저공비행 상태로 전개시켰다. 그들은 도로를 따라, 도로 양옆의 가로수나 전신주가 기체 밑바닥에 닿을 듯 말 듯한 정도인 포복 비행을 하면서도 기체를 거의 최고 속도로 몰고 있었다.

"1분 전! 1분 전!"

특수작전군의 다나카 마스히로 일등육조가 기내에 탑승한 대원들에게 소리치며 수신호를 전파하자, 모든 대원들의 휴대화기를 장전하기 시작했다. 그들을 지켜보던 한국군과 미군 업저버들에게 현장 지휘관인 스즈키 일위가 다가와 소리쳤다.

"2번기가 추락된 지점 근처의 도로에 착륙할 예정입니다. 그곳에서 우리 병력을 3개조로 나누어 교전 지점을 포위, 적들을 수색, 격멸할 것입니다. 당신들은 헬기 안에서 대기해 주십시오. 헬기는 우리 병력을 지상에 전개시킨 뒤, 신속하게 대기 공역으로 이동할 겁니다."

긴장감에 목소리조차 떨고 있는 듯한 특수작전군의 장교는 말을 마치고 인터컴 헤드셋을 벗어 들었다. 그때, 밀러 대위가 그의 한 팔을 잡고 물었다.

"2번기에서 투입된 병력 중 현재 임무를 수행할 수 있는 대원들이 몇이나 됩니까?"

그 말에 타이조는 근처에 앉아 있는 부대원들을 슬쩍 살핀 뒤 고개를 가로저었다. 그러자 밀러가 타이조의 팔을 잡아끈 뒤, 그의 귓가에 대고 소리쳤다.

"우리들도 함께 가게 해 주시오. 앞장서서 거들지는 못해도 당신들을 뒤에서 엄호해 주겠소!"

그 말에 타이조는 고민하는 듯한 표정을 지었고, 밀러 대위만큼 일본어를 유창하게 하지는 못하지만 분위기를 파악한 이종진 준위는 미간을 찡그리며 전장형에게 시선을 보냈다.

스즈키 일위는 밀러에게 한 손을 들어 보인 뒤, 휴대하고 있는 2개의 전술 무전기들 중 작전지휘부와 연결된 헤드셋의 키를 누르고 직속상관과 대화를 시도했다. 그동안 밀러 대위와 허드슨 준위는 그들이 휴대한 MP7A1 기관단총에 탄창을 결합했다. 그 모습에 이종진은 더 우거지상이 되어 전장형에게 시선을 보냈고 전장형은 스즈키 일위의 모습을 지켜보며 이종진에게 잠시 기다리는 듯 검지 손가락을 들어 보였다.

이종진 준위는 헬기 안에 탑승해 있는 모든 인원들 중 자신과 전장형 대위만이 총기가 없다는 사실을 굉장히 마음에 들어 하지 않았지만 무엇보다도 지상에서 벌어지는 난장판에 일본인들과 함께 휩쓸리고 싶지 않았다. 그는 전투에 대한 두려움보다 단 한 번도 실제 작전에 투입된 적이 없는 특수작전군 병력의 대응이 더욱더 걱정스러웠던 것이었다.

그러나 스즈키 일위나 작전 지휘부는 병력이 부족한 상황에서 실전 경험이 풍부한, 최정예 특수부대원들의 지원을 마다할 상황이 아니었다. 스즈키 일위는 밀러 대위에게 오케이 사인을 손가락으로 만들어 보인 뒤 헬기의 램프 도어 쪽으로 자리를 옮겼다.

"어떻게 할 거야, 전?"

밀러 대위가 전장형에게 묻자, 전장형이 이종진에게 시선을 보냈다. 이종진은 고개를 가로저어 보였지만 머뭇거리는 전장형에게 밀러 대위가 자신의 글록22 권총을 건네주면서 말했다.

"오늘 이 상황이 우리들의 전쟁은 아니지만, 내일 일은 모르지 않지 않나?"

전장형은 밀러가 건네주는 권총을 물끄러미 바라보며 꼼짝하지 않았다. 허드슨 준위 또한 자신의 권총과 탄창을 이종진 준위에게 건네주려 하다가 전장형을 응시했다.

5~6초 정도 망설이던 전장형은 밀러의 우측 좌석 위에 올려 둔 랩톱컴퓨터의 화면에 전송되는 추락한 제1 헬리콥터단의 치누크 헬기 기체를 보는 순간, 위아래 입술을 입 안으로 집어넣으며 입을 다물었다.

결국 전장형은 밀러가 건네주는 총기와 2개의 예비 탄창들을 건네받았다. 이종진은 그 모습에 적잖이 당황한 기색을 보였고 그 때문에 이번에는 허드슨이 이종진의 눈치를 살폈다.

전장형 대위는 이종진에게 시선을 보내며 말했다.

"부중, 일단 함께 내려가 봅시다! 우리가 지상에 있어야 특수작전군에게 자문이든 조언이든 해 줄 수 있을 거 아니요?"

"에이, 씨. 진짜! 중대장님, 제정신 아니에요. 그거 알고나 있습니까?"

이종진은 허드슨의 손에서 글록22와 예비 탄창을 낚아채며 그에게 대꾸했다.

그때쯤 치누크 헬기는 감속 과정에 들어갔고, 투지와 두려움 양쪽을 오락가락하는 심정의 특수작전군과 SAT 대원들이 기체 후미 쪽을 향해 서 있었다. 그들은 아래쪽으로 개방된 램프 도어 너머로 보이는 거리를 보면서 고도를 가늠할 수 있었고 램프 도어 쪽에는 지휘관 타이조 스즈키 일위가 서 있었다.

이윽고 육중한 수송 헬기의 기체가 까만 아스팔트 도로 위에 내려앉을 때, 조종석 쪽에서 인터컴 헤드셋을 착용하고 있던 스즈키 일위의 부조장 마스히로 일조가 한 손을 쳐들며 소리쳤다.

"터치다운! 투입! 투입!"

가장 먼저 스즈키 일위가 HK416을 쳐들며 뛰쳐나갔고 그 뒤로 M4A1 소총을 쳐든 특수작전군 병력이 뒤따라 나갔다. 기내 중간 즈음에 앉아 있었던 707부대원들과 델타포스 대원들도 그들의 뒤를 따라 달려 나갔다.

전장형은 시끄러운 로터 회전음과 거센 로터 하강풍 속으로 달려 나온 순간 혹시라도 도로 좌우측에서 크레모아들이 폭발할지 모른다고 우려했고 그러한 생각이 들자 등골이 오싹해졌다.

3장
업저버
(Observer)

2016년 7월 21일 10시 23분 일본, 오사카, 사이와이초 교전 지점 근처

치누크 헬기에서 지상으로 전개된 23명의 대테러 부대원들은 1번기의 추락 현장을 포위하고자 3개 조로 나누어 이동했다.

추락 지점 확보 및 구조 임무를 위해 마사히로 일조가 이끄는 1조는 교전 지점의 주도로를 따라 1번기의 추락 지점으로 곧장 향했다. 그리고 스즈키 일위가 이끄는 2조는 도로 우측의 골목길로 들어간 다음, 주도로와 평행하는 좁은 골목길로 이동하여 교전 지점으로 향하고, SAT 대원들로 구성된 3조는 1조 병력과 함께 주도로를 타고 이동하다가 교전 지점을 우측에 두고 지나친 다음, 우회하여 교전 지점을 포위할 계획이었다.

모든 특수부대원들이 3개조로 나누어, 사주경계 상태를 유지하면서 도로와 인도 위를 달리고 있었다. 이들의 전술 부츠 소리와 총기, 각종 전술 장비들이 덜그럭거리는 소리가 조용한 거리에 울려 퍼졌다.

델타포스 업저버들은 마사히로 일조의 1조 병력의 뒤를 따르고 있었고 잠시 뒤, 전장형과 이종진은 스즈키 일위의 2조 병력을 따라 주도로에서 우측에 있는 골목길로 방향을 바꿨다. 차량 2대가 겨우 통과할 수 있는 골목길의 좌우에는 공장, 창고 건물과 그것들을 에워싸고 있는 담, 울타리들이 있었다.

스즈키 일위와 4명의 특수작전군 대원들은 좌우 방향을 각자 개인화기로 경계하며 이동했고 전장형과 이종진은 권총을 어깨 높이로 쳐든 채 그들 뒤를 따랐다.

스즈키 일위의 바로 등 뒤에 있는 특수작전군 대원이 GPS 지도로 이들의 이동 거리와 경로를 수시로 업데이트해 줬는데, 그는 모든 대원들이 팀 무선망과 연결된 헤드셋을 착용하고 있음에도 불구하고 반복해서 큰 목소리로 이동 거리와 방향을 소리쳤다.

스즈키 일위와 문제의 대원이 좁은 골목 삼거리에 다다를 때, 또다시 그가 큰 소리로 소리쳤다.

"좌회전! 좌회전 후, 163미터 전방에 목표 지점! 좌회전 후, 163미터 전방에 목표 지점!"

전장형은 자꾸, 침투기도를 흐트러뜨리는 그의 뒷모습을 못마땅한 표정으로 지켜보며 앞서 달리는 대원들을 따라 좌회전을 했다.

그런데 이들 특수부대원들이 좌회전을 한 뒤, 골목길을 따라 30여 미터 이상을 올라가자, 어느 건물 출입구 쪽에서 승합차 한 대가 나타났다.

모든 부대원들이 자신들을 향해 다가오는 승합차를 향해 총구를 겨눴지만 승합차는 상황을 파악하고 있지 않은 듯 여전히 느린 속도로 골목 도로를 타고 내려왔다. 현지 가전제품 회사의 로고와 광고 글이 차체에 붙어 있는 승합차는, 골목 도로 좌우에서 무릎쏴 자세를 취하고 있는 대테러부대원들 앞에서 정차했다.

선두에 서 있던 스즈키 일위는 운전석에 있는 자에게 뭐라 말을 건넸고 그쪽에서 차창 바깥으로 한 손을 내밀고 대꾸했다. 그때 다른 대원들의 엄호를 받으며 2명의 대원들이 승합차의 조수석과 우측 측면 출입문을 열어 차내를 확인했다.

불과 10초도 되지 않는 시간에 승합차에 대한 수색, 확인이 끝나고 승합차는 다시 움직이기 시작했다. 동시에 스즈키 일위와 그의 대원들 또한 다시 뜀걸음으로 이동을 속개했다.

대형 끝에 있던 전장형과 이종진은 두 사람 사이로 지나쳐 가는 승합차를 빤히 쳐다봤고 전장형은 승합차 우측에 있는 운전자와 잠시 시선이 마주쳤다.

그때에는 특수작전군 대원들은 두 사람에게서 10여 미터 이상 거리를 앞서 있었다.

전장형은 다시 시선을 거뒀지만 미심쩍은 마음이 그를 떠나지 않았다. 그는 이종진 준위와 나란히 발걸음을 재촉했지만 몇 걸음 가다가 다시 걸음을 멈췄다. 그가 우측 어깨 너머로 승합차를 살폈을 때, 서행하는 승합차의 차체 후방 문이 위쪽으로 움직이는 것이 그의 시야에 잡혔다.

전장형은 그 짧은 순간, 대수롭지 않게 그 광경을 넘어가야 할지 아니면 앞서 달려가는 일본군들에게까지 경고를 해야 할지 고민했다. 골목 안에는 그를 포함해서 5명의 정예 특수부대원들이 있었지만 그는 아무도 감지하지 못하는 잠재 위협 요소를 감지했다.

승합차는 멈추지 않고 천천히 이동하고 있었지만 이제 후방 문이 물건을 실고 내릴 때처럼 위쪽으로, 완전히 개방된 상태였다. 전장형은 본능적으로 승합차 쪽을 향해 몸을 빙 돌렸고 이종진은 뒤늦게 그의 행동을 감지하고 걸음을 멈추는 순간이었다.

"승합차 후방에 적 사수! 적 사수!"

전장형 대위는 그의 우측 철망 펜스에 몸을 밀착시키며 동시에 승합차를 향해 권총을 쳐들었다. 다음 순간, 그와 승합차 후방 쪽의 정찰병이 동시에 총기 방아쇠를 당겼다.

"탕! 탕! 탕! 탕! 탕!"

"타타타타타~!"

전장형이 발사한 다섯 발의 권총탄들이 승합차 차체에 박히는 순간, 그쪽에서도 기관총탄들이 날아왔다.

전장형의 좌측에서 이종진 준위 또한 몸을 골목 바닥에 눕힌 상태에서 승합차를 향해 권총탄을 퍼부었다. 두 특전대원들은 2~3초의 시간 동안에 40여 미터가 조금 넘게 떨어져 있는 북괴군들에게 17발의 권총탄을 날려 보냈고 그 때문에 잠시 경기관총 사격이 주춤했다.

이어서, 두 국군 특수부대원들의 등 뒤에서 뒤늦게 상황을 파악한 특수작전군 병력이 승합차를 향해 집중사격을 가했다.

좁은 골목 안에서 7~8정의 자동화기들이 동시에 총성을 만들었고 그 소리는 모든 사람들의 고막을 굵은 바늘로 쑤시는 것 같은 충격을 선사했다. 총성과 총성 사이에, 지시를 내리거나 상황을 보고하는 일본 말들이 시끄럽게 메아리쳤다.

"탕! 탕! 탕! 탕! 탕!"

마지막 탄이 발사되면서 슬라이드가 후퇴 고정되고 전장형은 민첩하게 골목 바닥으로 엎드렸다.

그런데 그때 그의 우측 철망 펜스 너머에서 셰퍼드 한 마리가 나타나 전장형을 향해 미친 듯이 짖기 시작했다. 셰퍼드는 철망과 철망 사이를 한껏 벌린 아가리로 물어뜯으면서 20센티도 안 되는 거리에 있는 전장형을 위협했다. 전장형은 넋이 빠질 듯한, 비현실적인 상황에서 필사적으로 상황에 집중하고자 애썼다.

"에이, 씨팔! 별 지랄 같은~!"

전장형은 경비견을 힐끗 보고서 육두문자를 내뱉었다. 그가 권총 장탄을 마칠 때, 특수작전군 군복을 입은 누군가가 그의 곁을 지나쳐 간 뒤 전장형 바로 앞쪽에 엎드려 쏴 자세를 잡았다. 엄청나게 큰 총성이 울리는 사이에 특수작전군 대원이 몸을 날린 뒤 들려온 "퍽!"하는 충격음을 들으면서 전장형은 그가 참고 있을 통증과 충격을 짐작할 수 있었다.

후방에서 날아오는 아군들의 5.56밀리 소총탄에 맞을 각오를 하고 약진한 후, 전장형의 바로 앞쪽에 몸을 날렸던 자는 스즈키 일위였다. 승합차 쪽에서 2정의 경기관총이 불을 뿜고 있는 상황에서도 그와 그의 부대원들은 침착하게 대응 사격과 약진을 병행하던 중이었다.

그러던 중 누군가 발사한 40밀리 유탄 한 발이 50여 미터 정도 거리에 있는 승합차 쪽에 착탄했다.

"쿠웅!"

폭발과 동시에 까만 연기가 솟아나 승합차를 삼켜 버렸고 그 시점에도 특수작전군 대원들의 사격을 계속됐다.

일본군들은 각자 총기의 광학 조준 장비를 통해 사격을 가했기 때문에 이들의 대응 사격은 매우 정확했고 심지어 전장형과 이종진까지도 권총에 장착된 가시 레이저 표적 지시기를 통해 정밀한 사격을 가했다.

그 결과, 정찰병들의 최초 기습 사격이 특수작전군 대원들에게 큰 피해를 입히지는 못했다. 전장형이 보기에 그들이 민간인들에게 총탄들을 퍼부을 때와, 이들 특수부대원들에게 총격을 가할 때는 완전히 다른 상황이었다.

"켄토, 웃떼! 웃떼, 켄토~!"

스즈키 일위가 몸을 일으키며 대형 후방에 소리쳤다. 그러자 누군가 또 한 발의 40밀리 유탄을 발사했다.

"퍽~! 콰앙!"

두 번째 유탄이 정확하게 승합차가 있던 곳에 착탄했고 그 순간 무언가 깨알같이 작은 것들이 전장형과 스즈키 바로 곁에 있는 철망 펜스와 그것에 고정돼 있는 함석판에 박혔다.

두 사람은 머리를 바짝 숙이고 있지 않았다면 그 파편에 맞았을 것이 분명했지만 스즈키 일위는 전장형을 힐끗 보고는 다시 몸을 일으켰다. 그런 뒤 승합차 쪽을 향해 HK416 을 쳐들고 방아쇠를 덜컥 당겼다.

"타타타타타! 타타타타타!"

그는 탄창을 비우고 나서 굉장히 빠른 움직임으로 탄창을 교체했다. 그 시점에는 승합차 쪽이 뿌연 연기에 휩싸여 있었고 상황을 파악한 특수작전군 대원들이 잠시 사격을 중단했다.

승합차는 골목을 따라 내려가다가, 잠시 전 이들 병력이 진입했던 방향으로 우회전하여 주도로로 나가려다가 정차한 상태였다. 차량이 다시 움직이자, 스즈키 일위를 비롯해 모든 특수작전군 대원들이 각자 동료의 뒤통수나 등판에 총탄을 퍼붓지 않도록 유의하면서, 이동 간 사격을 재개했다.

전장형이 육안으로 확인할 수 있는 빨간색 가시 레이저 탄착점 4개가 모두 차체에 찍혀 있었고 그곳에 총탄들이 집중되었다. 수십 발의 소총탄들이 박힌 승합차는 좁은 삼거리 지점에서 천천히 우회전하여, 최초 이들 병력이 헬기에서 투입되었던 주도로 쪽으로 향하기 시작했다.

"하야꾸! 하야꾸!"

스즈키가 소리치면서 기관단총의 견착 자세를 유지하면서 달려 나갔고 그의 뒤를 전장형과 이종진, 나머지 4명의 대원들이 신속하게 뒤따라 달렸다.

전장형과 스즈키 일행이 골목을 거슬러 달려가 우회전하자, 가장 먼저 모퉁이를 돌았던 스즈키 일위와 그의 대원 한 명이 주도로 쪽으로 나가는 승합차를 향해 완전 자동 사격을 가했다.

"타타타타타타! 타타타타타!"

뒤이어 합류한 대원들 또한 23~24미터 전방에 보이는 승합차를 향해 총탄을 퍼붓기 시작했다.

전장형과 이종진은 골목 좌우의 벽면에 서서 전방을 주시했다. 이윽고 승합차가 주도로 한복판에서 화물 트럭 측면을 들이받고 멈춰 섰다. 설상가상으로 오사카 도심 버스 한 대가 화물 트럭의 후방을 들이받으면서 차량들이 앞쪽으로 밀렸다.

그와 동시에 집중사격이 멈추고 골목 일대가 믿기지 않는 정적에 휩싸였다. 스즈키는 어깨 너머로 고개를 돌려 전장형과 그의 대원들을 살폈다.

전장형은 그 순간 스즈키 일위가 이제 곧 일어날 상황에 대해 이미 당황한 상태라고 짐작했다. 화물 트럭과 도심 버스에서 민간인들이 하차하는 순간, 적 공작원들의 방패 내지 인질이 될 거라는 사실을 깨달은 스즈키가 그의 대원들에게 소리쳤다.

"적 차량을 접수한다! 지금! 지금!"

그의 지시에 모든 대원들이 일사불란하게 사격 자세를 유지한 채, 신속하게 달려 나갔다.

전장형 대위는 권총의 장탄 상태를 한번 확인한 후 일제 약진하는 자위관들의 뒤를 쫓았고 이종진이 큰 소리로 투덜거리며 그를 뒤따라 달렸다.

특수작전군 병력이 20여 미터의 거리를 달려가 2차선 왕복 도로 안으로 진입하는 찰나, 승합차에서 3명의 괴한들이 불쑥 튀어나왔다. 그들 중 한 명이 다른 한 명을 부축하고 있었고, 배낭 따위를 메고 있던 자는 충돌했던 트럭 그리고 버스를 살피고는 재빨리 몸을 빙 돌렸다.

그는 골목 입구를 막 빠져나와 승합차를 향해 돌격해 오는 자위대원들을 향해 다시 RPK74 기관총을 쳐들었다. 그리고 양측이 거의 동시에 사격을 개시했다.

"타타타타타! 타타타타타~!"

"탕! 탕! 탕! 탕!"

스즈키 일위와 그의 대원들은 골목을 빠져나오기 직전, 자신들에게 쏟아지는 기관총탄들과 맞닥뜨렸다. 그러나 그들은 엄폐하고자 우왕좌왕하지 않고 골목 양쪽의 건물 벽, 철망 펜스에 바짝 붙어 이동하면서 응사했다. 서로가 서로를 노려보면서 한 치도 물러서지 않고 사격을 가한 지 5초 정도가 지나고 나서야, 괴한과 특수작전군 대원들이 각자의 위치에서 엄폐물 쪽으로 이동했다.

스즈키는 골목 입구 한쪽에 쌓여 있는 폐타이어들 뒤에 자리를 잡은 후 사격을 가했고 전장형이 그의 등 뒤쪽에 합류했다. 스즈키는 그 정신없는 와중에도 전장형의 몸이 엄폐물 바깥으로 노출되지 않도록 그의 몸을 자신의 등 뒤쪽으로 잡아끌었다.

전장형이 그에게 감사하다는 인사를 하려는 찰나 수 발의 기관총탄들이 폐타이어들에 명중하면서 타이어들이 들썩거렸다. 스즈키는 입 속까지 튀어 날아온 고무 조각들을 뱉어 내고는 무선망에 소리쳤다.

"적들이 흩어지지 않게 한곳으로 몰아! 적들이 흩어지지 않게 해! 한쪽으로 몰고 고립시켜!"

그의 지시가 떨어지자마자, 3명의 특수작전군 대원들이 엄폐 위치에서 주도로 쪽으로 진출을 시도했다.

그러나 그들이 인도 지대에 진입하자마자 선두에 있던 대원의 기관총탄에 맞고 쓰러졌다. 그가 총탄에 맞는 순간 뒤쪽으로 나가떨어지는 바람에 두 번째로 서 있던 대원까지 휘청했다. 그러나 가장 뒤에 서 있던 세 번째 특수작전군 대원은 민첩하게 한편으로 물러선 뒤, 직전방의 괴한을 향해 집중사격을 가했다.

그들이 물러서지 않고 사격을 가할 때, 또 다른 2명의 특수작전군 대원이 스즈키와 전장형의 곁을 지나쳐 간 뒤, 인도로 진입하여 동일한 사격 대형을 형성해 전진하기 시작했다.

스즈키 일위와 전장형이 신속하게 골목길을 건너, 기관총탄에 피탄된 대원들에게 다가갔다. 그들은 선두에 섰던 부상자를 골목 입구 쪽으로 대피시키고 다시 교전에 합류하려 했다.

스즈키 일위는 그들에게 승합차의 좌측을 포위하라 구두와 손짓을 섞어 지시를 내리는 동안, 전장형은 2발의 기관총탄에 피탄된 자위관의 방탄복 안쪽으로 한 손을 쑤셔 넣어서 부상 정도를 확인했다. 세라믹 방탄판과 방탄복의 기본 방탄 소재 덕분에 전장형의 손에 피가 묻어나지는 않았고, 전장형은 그의 손바닥을 자위관에게 보여 주며 고개를 끄덕여 보였다. 그러자 자위관 또한 안도하면서 힘겹게 고개를 끄덕여 보였다.

그때 스즈키가 전장형의 한 팔을 자신의 어깨로 툭 치면서 소리쳤다.

"레디! 전장형 상! 레디!"

전장형이 그를 향해 몸을 빙 돌리려 했을 때, 부상당한 자위관이 갑자기 전장형의 한 손을 덥석 잡았다. 그런 뒤 자신의 목에 걸려 있던 3점 총기 멜빵을 해체하여 전장형에게 M4A1 소총을 건네줬다.

전장형은 아무 망설임 없이 글록22를 허리 뒤춤에 꽂아 넣고, 자위관의 총기와 3개의 예비 탄창들을 건네받았다. 그런 뒤, 그를 기다리고 있던 스즈키 일위와 2명의 자위관들 쪽으로 몸을 빙 돌려 앉았다. 그러자 스즈키가 몸을 일으키면서 소리쳤다.

"이마(지금)! 이마!"

3명의 자위관과 전장형은 골목 출입구 바깥으로 달려 나갔다. 이들의 우측 1시 방향에서는 정차해 있던 세단 승용차를 엄폐물로 2명의 자위관들이 괴한들을 향해 엄호사격을 가하고 있었다.

"탕! 탕! 탕! 탕!"

"타타타타~! 타타타타타!"

스즈키와 전장형 일행은 엄호사격을 가하는 특수작전군 대원들의 좌측 10시 방향을 향해 수 미터를 달려 나간 뒤, 인도와 도로의 경계 지대에 위치한 커다란 변압기 뒤쪽에 도착했다.

전장형은 엄폐하기 직전에 변압기 전방 15~16미터 정도 떨어져 있는 화물 트럭과 승합차 사이에서 사격 중인 한 명의 사수를 발견했다. 전장형은 자신의 총기의 탄창을 빼내, 남아 있는 탄을 확인하는 것 대신 아예 새 탄창으로 교체했다.

그가 신속하게 새 탄창을 삽입하고 노리쇠 멈치를 눌러 장탄을 마칠 때, 이들의 우측 3시 방향, 20여 미터 정도 떨어진 승용차 쪽 대원들이 시끄럽게 소리치기 시작했다. 그들 중 한 명이 무언가를 도로 바닥에서 집어 든 뒤 승합차 쪽으로 투척하려는 순간 허공을 찢어발기는 폭발음과 함께 진하고 뿌연 연기가 그들의 위치를 통째로 삼켜 버렸다.

반사적으로 인도 바닥에 납작 엎드려 있던 스즈키 일위가 전장형의 몸을 한쪽으로 밀어내면서 그쪽으로 머리와 상체를 들이밀었다.

전장형은 저쪽의 누군가가 괴한이 투척한 수류탄을 다시 주워 던져 버리는 과정에서 수류탄이 폭발했을 거라 짐작했다.

다음 순간 스즈키와 그의 대원들이 갑자기 꼼짝 않고 우측의 세단 승용차 쪽을 응시했다. 그들은 동료 자위관들의 생존을 확인하고자, 자욱한 연기가 가실 때까지 기다리는 동안 전장형은 변압기 너머로 주도로 안을 확인했다.

승합차와 충돌한 화물 트럭의 운전석 쪽에서 시끄러운 말소리가 들리고 이어서 기관총 총성이 들려왔다.

전장형은 공작원들이 트럭을 탈취하여 현장을 빠져나갈 거라 계산하고 몸을 일으켰다. 그는 변압기 쪽에 몸을 밀착시킨 상태에서 M4A1 소총 총구와 머리, 상체 일부만을 승합차 쪽을 향해 노출시켰다. 그와 동시에 15~16미터 전방의 화물 트럭 타이어들을 향해 엄청나게 빠른 단발 사격을 가했다.

"탕! 탕! 탕! 탕! 탕! 탕!"

그가 날려 보낸 총탄들이 트럭의 좌측 앞 타이어를 망가뜨렸는데 별안간 트럭의 조수석 문이 덜컥 열렸다. 그 직후 트럭을 운전했던 운전자가 그곳을 통해 뛰어내린 뒤 골목 입구를 향해 달려오기 시작했다.

전장형 대위가 만들어 낸 총성에 정신을 차렸던 스즈키 일위가 자위관 한 명을 운전자 쪽으로 내보냈고 그가 달려 나가서 넋이 빠져 있는 듯한 민간인 운전자를 붙잡았다.

자위관이 50대 정도로 보이는 운전자를 변압기 쪽으로 대피를 시키는 내내, 그가 일본어로 시끄럽게 떠들어 댔다. 그가 횡설수설하듯이 자위대원들에게 경고한 내용은 "무장한 괴한들이 도로 건너편 골목 쪽으로 도주한다!"였다.

그 말에 스즈키 일위는 전장형과 그의 대원들에게 승합차 방향을 가리키며 소리쳤다.

"전 대원 앞으로! 적들이 이곳을 이탈하게 두지 마라!"

스즈키가 먼저 달려 나가자, 전장형은 분위기를 파악하고 다른 2명의 특수작전군 대원들과 함께 그의 뒤를 따라 나갔다.

4명의 특수부대원들은 곧장 화물 트럭과 승합차가 있는 12시 방향을 향해 나아갔고, 높은 고도에서 선회 중인 방송사 헬리콥터가 이들의 모습을 내려다보고 있었다.

뿐만 아니라, 뒤늦게 교전 지점을 확인한 다른 2개 조의 SAT 대원들과 나머지 특수작전군 병력이 스즈키 일행의 한참 먼 3시 방향, 인도 지대에 나타났다.

그들을 발견한 스즈키 일위는 조별 무선망에서 그들을 호출한 뒤, 그들에게 교전 지점을 멀리 우회하여 포위선을 구축하도록 말했다. 그가 교신에 집중하는 사이에 전장형과 대원 한 명이 그를 앞서 가 승합차 쪽으로 향했다.

승합차의 왼쪽에는 추돌했던 화물 트럭이, 승합차의 오른쪽에는 도심 버스가 정차해 있었다. 그리고 정차해 있는 차량들 너머에는 반대편 차선과 인도 지대, 그리고 또 다른 창고와 공장 지대가 위치해 있었다.

전장형은 M4A1 소총의 개머리판을 짧게 조정한 후, 총기를 머리와 팔, 어깨로 감싸듯 완전 견착했다. 그런 뒤 이오텍 조준경에 눈가를 밀착시키고 옆걸음질을 치면서 늘어서 서 있는 차량들을 따라 이동했다.

그와 특수작전군 대원은 서로를 엄호해 주면서 화물 트럭을 지나쳐, 코를 찌르는 화약 냄새가 나는 승합차 쪽으로 접근해 왔다.

승합차의 조수석 쪽 창이 나타나자마자, 전장형은 방아쇠를 반쯤 당겼다. 그는 터질 듯이 뛰고 있는 심장과 잔뜩 힘이 들어가 있는 목덜미와 어깨, 계속해서 들어오는 땀방울들로 쓰라린 두 눈을 인지하지 못한 상태로 완벽하게 상황에 몰입해 있었다.

전장형과 자위관이 승합차를 지나, 차량 행렬의 우측 끝 지점에 도착할 때까지 스즈키 일위와 나머지 한 명의 대원은 화물트럭 뒤쪽, 즉 충돌한 3대의 차량들의 좌측 끝에서 대기 중이었다.

이윽고 전장형 일행이 도심 버스 쪽에 도착하자, 전장형은 흠칫 놀랐다. 총기의 광학 조준경을 통해서 주시하는 그의 시야에 갑자기 여러 명의 얼굴들이 나타났기 때문이었다. 버스 차창에는 십 수 명의 승객들이 공포에 질린 표정으로 전장형과 자위대원을 주시하고 있었다.

전장형은 버스 차체가 끝나는 지점을 향해 총구를 겨누고 있었고 자위관은 버스 차창 쪽을 향해 총구를 겨눈 채 걸음을 이어 갔다.

그런데 그때 무언가 딱딱한 것이 차체에 부딪치는 소리가 버스 아래쪽에서 들려왔다. 동시에 차량들의 위치의 반대편 지점에서 스즈키 일위의 목소리가 다급하게 들려오기 시작했다.

심상치 않은 느낌에 전장형은 황급히 아스팔트 바닥 위로 엎드렸다. 그런 뒤 버스 차체와 도로 사이의 공간을 훑어봤다. 까만 물체가 시야에 들어오자마자, 전장형은 본능적으로 한 팔을 길게 뻗었다. 그의 손끝에 둥근 M67 수류탄이 잡힐 듯 말 듯했는데, 그는 그 순간 불과 몇 분 전 비슷한 상황에서 수류탄을 주워 던지려다가 변을 당한 자위관들의 모습을 자신도 모르게 떠올렸다. 하지만 전장형은 수류탄을 포기하고 몸을 일으켜서 대피하는 시간이 더 걸릴 거라 판단하고 오른 어깨가 빠질 정도로 팔을 힘껏 뻗었다.

"탕! 탕! 탕! 탕! 탕!"

전장형은 그의 머리 위쪽에서 들려오는 총성에 깜짝 놀랐다. 그와 함께 있던 자위관이 승객의 짐을 싣도록 되어 있는 버스 차체 아래쪽 구획을 향해 소총 사격을 가하고 있었다.

그는 5.56밀리 소총탄들이 차체 내외부를 관통하여 반대편에 있는 괴한들을 쓰러뜨리고자 사격을 가한 것이었지만 전장형은 지금 당장 일어나서 그의 엉덩이를 발로 차 버리고 싶었다.

그 정신없는 와중에 마침내 묵직한 수류탄이 땀에 젖은 그의 손아귀에 들어왔다. 전장형은 그것을 잡자마자 젖 먹던 힘까지 짜내어, 오른 손목에 집중시켰다. 그는 단 한 번의 손목 스냅에 목숨이 걸려 있다 생각하며, 힘껏 수류탄을 도로 바닥 위로 굴려서 던져 버렸다. 수류탄은 그의 생각보다도 훨씬 더 강한 운동 에너지를 가지고 맞은편에 있는 괴한들 쪽으로 굴러갔고 그 직후 폭발했다.

"펑!"

지축을 흔드는 폭발과 함께 버스 차창 유리들이 깨져서 쏟아져 내렸다. 일대에 정차해 있거나 주차해 있는 모든 차량들의 도난 경보기들이 울리기 시작했다.

전장형은 몸을 일으키면서 M4A1 소총 개머리판을 어깨에 밀착시켰다. 그러고는 폭발 충격에서 정신을 차리려는 자위관의 어깨를 힘껏 때리고는 버스 차체 뒤쪽으로 달려갔다.

전장형은 무장 괴한들이 수류탄 폭발에 정신을 차리지 못하는 짧은 순간에 과감한 반격을 취하려 했고, 그의 의도를 현장의 모든 특수작전군 대원들도 파악했다.

전장형은 버스 후방을 지나서 괴한들이 머무르고 있을 반대편 차선 지대로 진입하는 순간 누군가와 정면으로 부딪쳤다. 그는 버스 쪽으로 나가떨어졌고 그와 부딪친 사람은 도로 바닥 위로 엉덩방아를 찧고 넘어졌다.

하지만 채 1초도 되지 않는 짧은 순간, 전장형은 중심을 잃고 버스 차체에 등을 부딪치는 순간에 방금 전 자신의 몸에 부딪힌 것이 뜨거운 기관총 총열이라고 판단했다. 말 그대로 바지에 오줌을 쌀 것 같은 무시무시한 공포와 충격이 전장형을 엄습했지만 그는 본능적으로 눈앞의 상황에 반응했다.

버스 차체에 등을 기대고 선 전장형은 왼손으로 M4A1의 총열 덮개 쪽을 잡고 있었지만 오른손은 권총 손잡이를 놓은 상태였다. 그의 오른손은 민첩하게 허리 뒤춤에 꽂아 둔 글록22 권총을 뽑아서 허리 옆쪽에 붙여 잡았다.

"탕! 탕!"

그가 날려 보낸 권총탄이 도로 바닥에 앉은 채 RPK74 총구를 전장형에게 들이대던 괴한의 가슴과 얼굴을 꿰뚫고 날아갔다.

전장형은 M4A1을 바닥에 내던지듯 내려놓고 권총을 어깨 높이로 쳐들며 완벽한 사격 자세로 전환했다. 그의 총구가 향한 곳은 그가 제압한 괴한이 달려왔던 방향이었다. 수류탄 폭발에

서 비롯된 먼지와 연기가 자욱한 곳이었지만 전장형은 뭐든 나타나면 당장에 명중시킬 수 있다 생각했다.

그렇지만 연기가 흩어진 허공에는 사람의 모습 대신 인도와 도로 사이에 서 있는 가로수들과 주차되어 있던 경차 한 대가 전부였다. 경차 쪽에 또 한 명의 괴한이 누워서 꼼짝 않고 있었는데, 스즈키 일위와 그의 자위대원들이 그를 발견하고 그 즉시 대응했다.

"탕! 탕! 탕! 탕! 탕!"

"타타타타! 타타타탕!"

전장형이 보기에 이미 죽은 것처럼 보였던 괴한을 향해 스즈키와 특수작전군 대원이 이동 간 사격을 가했다. 10여 미터 거리에서 1미터 정도 거리가 될 때까지 스즈키 일행은 계속 총탄을 퍼부었고 다음 순간, 전장형의 곁에서도 총성이 울렸다. 전장형과 함께 행동했던 자위관이 뒤늦게 도착하여 전장형이 진즉에 사살한 괴한을 향해 역시 소총탄을 퍼붓기 시작한 것이었다.

이윽고 총성이 멈추고 주변에는 승용차와 트럭의 경보장치 소리만 남았다. 전장형은 권총 사격 자세는 유지한 채, 총구를 지면 쪽으로 고정하고서 사방을 둘러봤다.

무지막지한 총격전이 일어나는 내내 멀리 도로의 좌우 방향에 정차한 수십 대의 차량들과 운전자들의 모습이 그의 눈에 들어왔다.

그가 어깨 너머로 도심 버스의 차창들 쪽을 보자 공장이나 물류 창고에서 일하는 남녀노소 일행이 경악을 금치 못하는 표정으로 전장형을 주시하는 게 보였다.

잠시 후, 직전방의 인도 지대와 넓은 공장 건물들 너머 상공으로 치누크 헬기가 접근했고 요란한 헬기 소리 속에서 공장 부지 안을 향해 도어 건 사격을 가하는지 50구경 중기관총 총성이 울려 퍼졌다. 그 시점에도 교전 지점의 먼 상공에는 방송사의 헬리콥터가 선회하며 지상의 모든 상황을 촬영하고 있었다.

5분 정도의 시간이 지나자, 뒤늦게 SAT 대원들 4명과 델타포스 대원들이 버스 쪽으로 다가왔고 그들 속에서 이종진 준위가 전장형을 발견하고 그에게 달려왔다.

전장형은 버스에 등을 기댄 채, 그때서야 안도의 한숨을 내쉬었다. 그는 이종진이 자위관들에게서 얻어온 압박대를 갖다 대기 전까지, 자신의 한 손과 이마에 피가 흐르고 있는 것을 몰랐다.

*　　*　　*

2016년 7월 21일 12시 06분 일본, 오사카, 사이와이초

교전 현장에서는 북괴군 공작원들의 승합차와 트럭이 아직도 전소 중이었고 그곳에서 솟구치는 까만 연기가 주변 창고, 공장 지역 상공에 퍼지고 있었다.

오사카 시경의 경찰과 사복 경관들이 교전 지점 일대를 수색, 확보한 상태에서 뒤늦게 합류한 전역합동대테러본부 병력이 공작원들의 장비와 시신을 정밀 수색 중이었다.

20여 명의 자위대 정보본부 그리고 오사카 경찰청 소속 분석 인력이 정찰병들의 총기, 총탄, 수류탄과 무전기를 모두 챙겨서 분석했다.

그들 외에도 자위대의 UH-60JA 헬기 앞에서는 헬기 옆쪽에 놓여 있는 군용 바디 백을 살피고 있던 자들이 있었다. 전정희 소령과 그의 정보사 대원들이었다. 라현철 준위는 바디 백 속의 있는 공작원들의 얼굴을 확인 중이었는데, 그는 수류탄 폭발로 엉망이 된 공작원과 상대적으로 멀쩡한 다른 공작원의 얼굴을 한참 동안 주시하면서 전정희 소령, 일본 측 분석관과 대화를 나눴다.

총격전에서 부상당한 자위관들에게 응급처치를 해 주던 5대의 민간, 자위대 앰뷸런스들 쪽에서 있던 전장형 대위는 그들을 물끄러미 바라보다가 드레싱이 끝나자 자위대 의무관에게 인사를 하고 그들 쪽으로 향했다.

오랫동안 대화를 나누던 그들은 전장형이 그들 쪽에 도착할 즈음 해산했지만 라현철은 혼자 남아 공작원들의 시신들을 물끄러미 내려다보고 있었다.

"북쪽에서 온 인원들 맞죠?"

전장형의 목소리에 라현철은 조금 전부터 그와 함께 있었던 것처럼 놀라지 않고 시선도 보내지 않았다.

전장형이 그와 나란히 서서 10여 초 정도가 지나고 라현철이 한숨을 내쉬고서 대답했다.

"나카노시마 공원에서 크레모아와 경기관총만 사용한 점에 대해서 우리 정보과장에게 짐작 가는 부대를 말해 줬습니다. 오늘 이 정찰병들이 내 짐작이 옳았다는 증명해 줍니다."

"정찰조원들이었습니까?"

"75정찰대대 대덕산 공작조 병력입니다. 오래전에 북아프리카에서 무력혁명수출 사업을 함께했었는데 그때에도 이 동무들 공작조 조장 리원제라는 자가 교전 초반에 강구지뢰(크레모아)와 기관총을 집중시켜서 적들을 제압하는 전술을 사용했었습니다. 그자는 그 전술을 위해서 자기 조원들이 강구지뢰 대여섯 발과 기관총탄 수백 발을 짊어지고 다니도록 훈련시켰습니다. 여기 있는 자들은 리 상위의 조원들이 틀림없습니다. 지금 일본 열도에 75정찰대대 병력이 상륙하여 활동하고 있을 겁니다."

그 말을 들으며 전장형은 전역합동대테러본부의 지휘부 인원이 모여 있는 통신용 밴 트럭 쪽으로 시선을 보냈다. 그들은 라현철 준위에게서 수집한 정보를 그들이 운용하는 모든 통신 방식을 이용해 보고하느라 바빠 보였다.

"뭐가 좀 나왔습니까?"

이종진 준위가 전장형과 라현철 사이에 불쑥 나타나며 물었다. 라현철은 말없이 자리를 떴고 전장형은 이종진이 건네주는 생수병을 받아 들며 대답했다.

"이놈들 북괴군 75정찰대대 정찰병들이라고 확인됐습니다. 이제 일본하고 북괴 놈들이 맞짱 뜰 상황이 올 것 같습니다."

전장형은 생수병을 쳐들고 물을 들이켜려다 동작을 멈추고 이종진에게 물었다.

"부중, 괜찮아요? 어디 다친 데 없어요?"

이종진은 화약 냄새가 풍기는 군복과 방탄복을 일없이 털면서 대답했다.

"다친 데는 없는데 앞으로도 이 상태가 유지될지는 모르겠습니다, 중대장님."

전장형은 대답을 듣고서 물을 길게 한 모금 마셨다. 조금 뒤, 스즈키 일위가 멀리에서 다가오는 것을 발견하고 그를 주시했다.

스즈키의 검정색 대테러복 전체는 흙먼지로 지저분했고 얼굴과 목, 곳곳에 피와 검정 그을음이 묻어 있었다. 스즈키는 전장형과 이종진에게 다가와 차례차례 악수를 청했다. 그런 뒤 유창한 영어로 말했다.

"감사합니다, 전 상이 아니었으면 우리 병력도 놈들 기습사격에 피해가 컸을 겁니다."

전장형은 건조한 미소를 애써 지으며 대꾸했다.

"아닙니다. 우리의 임무를 수행하고자 애썼을 뿐입니다. 스즈키 일위가 우리 입장에 있었다면 똑같이 행동했을 겁니다."

말을 마치기 전에 전장형은 그의 등 뒤에서 이종진 준위가 땅이 꺼지게 한숨 쉬는 소리를 들었다.

그러나 전장형은 자신의 손을 힘껏 잡고 있는 타이조 스즈키의 얼굴을 보면서 같은 임무를 수행하는 사람들 사이의 동질감을 느끼며 만족해했다. 그는 피와 땀, 먼지로 지저분한 자위관

장교의 얼굴 속에서 그에게 익숙했던 중대원, 특전부대원들의 모습을 발견하면서 적어도 자신이 위험 속에 몸을 내던진 것이 가치 있는 일이었다고 안도했다.

그러나 전장형은 스즈키 일위의 등 뒤쪽 멀리에서, 압박붕대와 거즈 따위로 상처 처치를 끝내고 주변 경계에 들어가는 수십 명의 특수작전군 대원들을 보면서 자신도 정의 내릴 수 없는, 막연한 부담감에 가슴이 무거워지는 것을 느꼈다.

그는 저 많은 일본인 특수부대원들이 앞으로 가공할 전력을 가진 정찰병들과 일대 전투를 앞두고 있음을 확신하고 있었던 것이 그 이유였다.

*　　*　　*

2016년 7월 21일 12시 35분 일본, 도쿄, 하네다 공항, 전역합동대테러본부

켄타로 이좌와 그의 부관 우에토 유이 일위가 차량으로 전역합동대테러본부에 도착하자마자, 그들에게 육자대 정보분석관 2명이 헐레벌떡 달려왔다. 그들 중 한 명이 방금 출력한 빳빳한 A4 용지들을 켄타로에게 들이대며 흥분한 목소리로 말했다.

"조장, 오사카에서 파괴 행위를 자행한 놈들이 북조선 정찰조원들로 신원이 확인됐다 합니다. 첩보가 아닌 확인된 정보입니다."

켄타로는 넓은 격납고 안에 임시로 설치돼 있는 정보본부 파견대의 구획으로 걸음을 이어 가면서 보고서를 읽었다.

보고서에는 북한에서 탈북한 전력이 있는 국군 정보사 요원이 직접 확인한 공작원의 소속 부대와 그 임무, 활동 전력이 정리되어 있었다.

"75정찰대대에 대한 모든 정보를 수집하고 보고 준비해. 그리고 경찰이랑 다른 유관 기관들이 이 인물들의 입국을 확인하고 있는 것을 실시간으로 모니터해서 정보 공유하고."

"네, 조장."

"아마 내각 정보 조사실이랑 경찰이 오사카 시의 모든 CCTV들을 확인하려 할 테니, 우리 쪽에서 지원 가능한 인력이 있는지 본부장님 쪽에 먼저 확인해 봐."

"알겠습니다, 조장."

켄타로는 좁은 통로 건너편의 공안 조사청 파견대와 도쿄, 오사카 시경 파견 인원들의 구획을 빤히 쳐다봤다. 그들 또한 동일한 정보를 넘겨받고 분주하게 움직이고 있었다.

켄타로는 스마트폰을 꺼내 들면서 유이 일위에게 지시를 내렸다.

"교전 현장에서 수집된 디지털 정보가 곧 이쪽 대테러본부 분석실로 올 거야. 가서 기다렸다가 디지털 정보가 들어오는 대로 바로 추가 분석 들어가! 우리가 필요한 것은 이제 북조선 테러범들이 어떤 의도를 가지고 어떻게 들어 왔냐가 아니야. 앞으로 초점을 맞춰야 할 것은 얼마나 많은 공작원들이 더 남아 있고 그들이 무엇을 노리고 있는 가야, 알겠지?"

"네, 조장."

"그래, 어서 가 봐!"

그녀가 자리를 뜨자, 켄타로는 스마트폰에서 존 캐플린의 번호를 눌러 그에게 전화를 걸었다. 송신음이 가는 동안 켄타로는 격납고 안을 천천히 둘러봤다. 내각 산하의 지원 인력, 경찰과 시경 인력, 자위대 인력 등 100여 명이 넘는 정보 요원들이 분주하게 움직이는 모습이 그의 눈에는 마치 여왕개미를 위해 바쁘게 움직이는 일개미들처럼 보였다.

그가 격납고 한쪽 구석에 메인 로터는 제거된 채 방치되어 있는 미제 벨 제트레인저 헬리콥터 한 대를 발견하고 그것을 의아한 시선으로 응시할 때, 캐플린의 목소리가 들려왔다.

"사토!"

"존! 소식 들었지? 북한 놈들이야."

"알고 있어. 내가 뭘 해 주면 되겠나?"

"NRO 쪽을 통해서, 일전에 우리에게 격침된 공작선과 해자대에 의해 전멸한 반잠수정 편대의 발진 기지를 알아볼 수 있을까?"

"지난 사건들은 왜?"

"오사카에서 사살된 공작원들이 75정찰대대 소속이라고 하는데, 그 두 사건에서 격침된 적들도 75정찰대대 소속인지 확인하고 싶네."

"시간이 좀 걸릴 거야."

“최대한 빨리 해 줘. 그래야 만약에라도 남아 있는 놈들 잔당의 규모와 어떤 임무를 가지고 있을지 추적할 수 있을 것 같아.”

“알겠네.”

캐플린이 통화를 마치려고 할 때, 켄타로가 그를 붙잡았다.

“이봐, 존!”

“그래~!”

“이번에는 내가 요청한 정보를 그대로 전달해 줘. 당신들의 의도대로 가공하지 말고.”

“걱정 말게!”

통화를 마치자, 켄타로는 격납고 안 곳곳에서 전화기들이 불이 난 듯 울리고 있음을 뒤늦게 알아차렸다.

그가 정보본부 전용 구획에 들어와 자신의 책상 쪽에 앉을 때쯤에는 이미 북조선 공작원들과 관련된 정보 보고서 폴더가 5개나 올라와 있었다.

가장 위에 있는 폴더는 북한 정찰총국의 대외 비밀공작부대인 75정찰대대에 대한 보고서였다. 그는 손으로 휘갈겨 쓰여 있는 폴더 제목을 보면서 고개를 가로저었다. 그러고는 자리에 앉아서 폴더를 펼쳤는데 그가 75대대의 편제에 대한 페이지를 다 읽기도 전에 통로 건너편이 시끌벅적해졌다.

켄타로가 폴더를 두 손에 들고 자리에 일어나서 그들을 살피자, 그의 분석관 한 명이 다가와 켄타로 이좌의 책상 위에 스마트폰을 올려 줬다.

켄타로의 시선이 뉴스 속보가 방송 중인 스마트폰 화면으로 향하는 순간 그는 자신도 모르게 막연한 한숨부터 내쉬었다. 뉴스 화면에는 오사카 항만지대 곳곳에서 치솟고 있는 불기둥들과 '항만지대 연쇄 폭발 중!' 이라는 뉴스 제목이 떠 있었다.

켄타로가 묻기 전에, 분석관이 상황을 설명했다.

"30여 분 전부터, 오사카 항만지대 내, 크레인 하역장과 화학약품 창고, 정박 중인 유조선 한 척에서 고성능 폭발물로 추정되는 연쇄 폭발이 발생했다고 합니다. 6분, 15분, 11분, 일정하지 않은 간격으로 폭발이 일어났고 지금도 진행 중일 거라 합니다. 현재 항만지대 전체에 대해 폐쇄와 지역 내 민간인들의 대피 과정이 이루어지고 있습니다."

"맙소사, 오사카가 빌어먹을 쑥대밭이 되어 가고 있구만."

켄타로는 혼잣말을 하듯 말하고는 의자에 털썩 앉았다. 그런 뒤 자신이 들고 있는 폴더 표지와 스마트폰 화면을 번갈아 봤다. 그는 현재의 상황보다도 앞으로의 상황에 대한 조바심에 서서히 압도되어 갔다.

*　　*　　*

2016년 7월 21일 16시 54분 일본, 도쿄, 지요다 구, 일본 총리대신 관저 지하, 위기관리 센터

오사카 시내에서의 테러에 대한 뉴스 속보가 열도 전역에 퍼지면서 일본인들은 충격에 휩싸였다. 대낮에 민간인들과 그들의 생활 터전을 향해 무차별 기관총 사격을 가하고, 자신들을 보호해 줄 거라 믿었던 대테러부대의 헬기까지 추락시킨 테러범들에 대한 일본인들의 분노는 시간이 갈수록 공포로 바뀌어 가고 있었다.

시민들의 우려 섞인 항의와 문의가 일본의 모든 유관 기관에 쏟아져 들어왔고 아베 내각의 구성원들은 하루 종일 사건에 대한 수습 때문에 눈코 뜰 새 없이 바쁜 하루를 보내고 있었다.

그들 외에도 내각 회의가 열리는 청사 근처에는 북한 영토를 항공자위대 전폭기로 맹폭해야 한다는 전쟁 요구 시위를 진행 중인 극우 단체들까지 등장하여 혼란을 가중시켰다.

오사카 시와 전역합동대테러본부에서 파악한 1차 피해 상황 집계 보고서를 읽고 있는 아베 총리의 두 손이 심하게 떨리는 것은, 회의실의 모든 국가안전보장회의 구성원들도 알아볼 수 있었다.

'자위대'가 '군대'가 아니라는 법체계로 인해 '계엄령'이 없는 일본이지만 오사카 시내로 이미 육상자위대 병력 일부가 투입되어 오사카 시경 병력과 함께 집중 경계 작전에 들어갔다.

그럼에도 불구하고 오사카 시는 사실상 도시 기능이 일시적으로 중단된 공황 상태였고 북괴 공작원들의 테러 행위와 그 사상자에 대한 유언비어가 서서히 일본 전역에 퍼지고 있는 상황이었다.

아베 신조가 읽고 있는 보고서는 바로 그러한 상황에 대한 것이었다. 보고서를 다 읽은 총리는 그것을 회의용 테이블 위에 내려놓은 뒤 고개를 푹 숙였다. 한참 뒤에 그는 고개를 회의실 천장 쪽으로 쳐들고 양 손가락들로 두 눈을 지그시 누른 채 꼼짝하지 않았다.

그사이에 총리의 은밀한 오른팔인 사카모토 쇼와 하시모토 켄타가 조용히 회의실에 들어왔다. 두 사람은 다른 사람들의 눈에 띄지 않도록 한쪽 벽면을 따라 천천히 걸어간 뒤, 총리 근처에 자리를 잡았다.

이윽고 아베가 자세를 바로 하고서 그의 좌우에 늘어서 앉아 있는 12명의 국가안전보장회의 구성원들과 군경 수뇌부들을 주시했다. 그러고는 버럭 소리를 지르며 보고서를 허공 높이 던졌다.

"이게 대체 일어날 수 있는 일이오? 나카노시마 공원의 학살극이 벌어진 지 얼마나 많은 시간이 지났다고 이런 초유의 살육전과 사보타지가 또 벌어졌단 말이오? 우리 자위관이나 경찰관도 아닌, 거리를 오가던 민간인들이 기관총탄과 수류탄 파편에 죽고 다쳤다니 이게 있을 수 있는 일이오?"

그의 호통에 방위대신과 내각 정보 조사실, 정보본부, 공안조사청을 비롯한 경찰청의 수장들이 가장 먼저 고개를 떨어뜨렸다.

사카모토는 총리의 어깨 너머로, 그들의 모습을 냉소적인 눈빛으로 응시하면서 고개를 가로저었다. 자위대 정보기관 출신인 그가 보기에도, 오사카 2차 테러는 충분히 예측 가능한 상황임에도 불구하고 경찰과 자위대, 정보기관이 재빨리 조치를 취하지 않은 결과였기 때문이었다.

아베 신조의 분노에 찬 목소리가 이어졌다.

"도심 한복판에서 134명이 넘는 민간인 사상자가 발생하고 그것도 모자라서, 최정예라고 자랑하는 특수작전군의 헬기가 추락하고 12명이 죽고 다쳤소. 그것도 4~5명으로 추정되는 북조선 테러범들에게 말이오. 게다가 이제 이 나라의 제2의 도시 오사카가 도심 기능이 마비된 상태로 오사카 시민 전체가 집안에 숨죽인 채 앉아 있소. 어떻게 21세기의 우리나라에 이런 테러 행위가 일어날 수가 있단 말이오? 말해 보시오, 타카오 상, 마사노부 상, 타다시 상!"

그의 시선이 방위대신 오사야 타카오와 전역합동대테러본부장 사카타 타다시에게 향했다.

그러자, 비록 아베의 측근들이지만 이번 사건에 대해서는 무력하기만 했던 두 정치인이 아베에게 연신 머리를 조아려 보이기만 했다.

"죄송합니다, 총리 각하. 최선을 다해 추가 테러 시도를 차단하고 테러범들을 속히 소탕하겠습니다."

방위대신이 겨우 변명을 했지만 아베는 그를 본체만체하면서 이번에는 정보기관 수장들에게 시선을 보냈다. 그들에게 그의 질타가 이어졌다.

"당신들을 위해 얼마나 더 많은 정찰위성을 띄우고, 얼마나 더 많은 예산과 인력을 증원해 줘야 이런 말도 안 되는 사건을 예방할 수 있겠소? 만약 민간 기관이든 자위대 소속 기관이든,

고도의 정보 수집 능력을 구축하는 데 자신이 없다면 차라리 그 예산을 모두 달러로 바꿔서 바다 건너 저 북조선 놈들에게 경제 원조를 해서 그놈들을 슬슬 달래는 게 낫지 않겠소? 나와 우리 국민들이 원하는 것은 이런 말도 안 되는 사건이 터지고 나서 수집된 정보가 아니라 사건이 터지기 전에, 사건에 대해 경고하고 사건을 차단할 수 있는 정보란 말이오. 당신들과 당신들이 이끄는 그, 고급 인력들이 생각하고 있는 정보 수집의 목적이 혹시 우리와 다르다는 말이오?"

그의 호통에 이번에는 내각 정보 조사실의 북한 담당 책임자 미즈시마 히로와 정보본부의 지휘관 타나카 신이치 육장보(소장/준장)가 쩔쩔매기 시작했다.

"아닙니다, 총리 각하. 변명의 여지가 없습니다."

육자대 정복을 입고 있는 신이치 육장보가 아베와 다른 내각 요인들에게 고개를 꾸벅 숙이며 대꾸했다.

그러나 총리는 그의 반응을 무시하고 그들 쪽으로 걸음을 옮겼다. 그러고는 그들 뒤쪽에 서서 불특정한 누군가에게 삿대질을 하듯이 손가락을 쳐들고, 더욱더 격앙된 목소리로 말했다.

"내가 지금 이 시점에서 정말로 이해할 수 없는 것은 말이오. 왜 북조선 놈들에 대해 응징을 가할 수 있는 방책을 논의하라 했더니, 다들 주일미군과 미 백악관과 국무부만 쳐다보고 있는 겁니까? 이런 상황을 대비해 자위대가 존재하고, 또 적극적인 군사 작전을 수행하도록 이 나라 헌법까지 뜯어고치지 않았습니까? 그것도 여러분들이 함께!"

아베의 호통에 방위대신이 벌떡 일어나 아베 그리고 다른 내각 요인들에게 차례로 고개를 조아려 보이며 대답했다.

"죄송합니다! 죄송합니다!"

방위대신을 비롯한 육해공 자위대 수장들이 어찌할 바를 모르고 허둥대자 아베는 그때서야 자신의 분노를 추스르기 시작했다.

잠시 동안 침묵이 흐르고 아베는 방위대신에게 자리에 앉도록 손짓을 해 보였다. 그러고는 자신의 자리로 돌아와 내각 구성원들을 말없이 응시했다.

그때, 사카모토 쇼가 슬쩍 다가와 아베에게 귓속말을 전했다. 그가 귓속말을 하는 동안 함께 왔던 하시모토 켄타가 아베의 눈앞에 태블릿 PC를 들이대고 무언가를 그가 읽도록 거들었다.

때맞춰, 뒤늦게 회의실에 들어왔던 전역합동대테러본부의 전령인 육자대 간부가 전역합동대테러본부장 곁으로 다가가 그에게 메모를 전달했다. 사카타 타다시는 그것을 읽으면서 총리 쪽을 힐끔힐끔 쳐다봤고 그가 예상한 것처럼 곧 총리가 입을 열었다.

"잠시 전에 북조선 정부가 이번 사태에 대해 입장을 밝혔다고 합니다. 외무대신은 부처로 돌아가 이에 대한 공식적인 대응과 발표를 준비하도록 하시오. 그리고 곧 미 펜타곤 측에서 우리와 북조선 해역 사이에 보내 줄 항모에 대해 논의하자 할 테니 최대한 서둘러 달라 요청하기 바라오. 그런 뒤에 이번 사태에 대한 대책을 다시 논의합시다. 이상이오."

외무대신이 자리에서 일어나 총리 쪽으로 목례를 하고 회의실을 떠나기 시작했다. 회의실 구석에서 대기했던 그들의 수행원들까지 움직이면서 회의실 안이 부산해졌지만 그들이 신속히 회의실을 빠져나가면서 회의실은 다시 조용해졌다. 마지막으로 나가는 내각 공보관 인원들이 출입문을 닫자, 사실상 회의를 중단시켰던 사카모토 쇼와 하시모토 켄타가 총리와 나머지 내각 구성원들에게 보고를 시작했다.

미 국무부, 국방부 백 채널을 가동시키고 있던 사카모토가 먼저 입을 열었다.

"미국 쪽이 적극적인 개입 의사를 밝혔습니다. 한 시간 내로, 백악관에서 공식 논평을 통해 북한의 테러 행위를 비난함과 동시에 중동에서 항모 한 척을 빼내 바로 보내 줄 거라 했습니다. IS 섬멸전에서 전력 공백을 감안하고 항모를 보내 주는 거니, 우리 내각 입장에서는 최대한 감사해야 할 겁니다. 뿐만 아니라 B-2 폭격기들을 주일미군 기지로 이미 출격시켰다고 합니다, 총리 각하. 또한 현재 유엔 안전보장이사회에서도 이번 사건들을 의제로 상정 중입니다."

아베가 아이패드 화면 안에 있는 미 백악관과 국무부 공식 발표 일정을 확인하고 고개를 끄덕이자 사카모토는 다른 화면으로 전환시켜, 걸프 만에서 일본 해역까지 미 해군 항공모함 로널드 레이건 함의 이동 경로를 총리에게 보여 주며 큰 소리로 말했다.

"항모가 도착하는 데는 시간이 다소 걸리겠지만, 그 전에

B-2 폭격기들이 먼저 도착하여 무력시위를 할 예정입니다. 이미 북조선과 열도 본토 사이 해역을 차단한 채 대기 중인 우리 해상자위대 이지스 함과 미 7함대 이지스 함들이 북조선 본토에서 발사될지 모르는 장거리 미사일 탐지, 요격 준비 태세를 갖추고 있습니다. 괌 기지에서도 미 태평양군 소속의 전력이 오키나와로 이동 준비 중이라고 합니다."

아베는 사카모토에게 시선을 보내며 물었다.

"이 정도면 충분히 놈들의 추가 도발에 대비할 수 있는 것으로 보입니까?"

그 말에 사카모토는 곁에 있는 하시모토를 힐끗 본 뒤 대답했다.

"적어도 대외적으로는 그렇게 보입니다."

"대내적으로는 어떻소?"

총리의 질문에 이번에는 국내 정세 파악과 각 유관 기관의 대처 상황을 조율했던 하시모토가 대답했다. 그 역시, 총리에게 시선을 두고 있지만 회의실 안의 모든 사람들이 들을 수 있을 만큼 큰 소리로 보고했다.

"대내적으로는 우리 내각이 어떤 대책을 내놓아도 국민들이 집 밖으로 나올 것 같지 않습니다. 2차 세계대전 이후, 처음으로 일본 본토 안에서 총성과 폭발음이 울렸다는 충격이 벌써부터 모든 계층의 국민들을 꼼짝 못 하게 하고 있습니다. 경찰과 자위대에 대한 불신이 너무 커서, 자신들이 직접 집과 거리를 지키겠다는 우익 단체들까지 떠들고 있어서 혼란이 가중되는 경우도 있습니다. 차라리 우리 항자대의 전폭기들이 북조선 놈들의 해상 작전 기지들을 맹폭하는 것과 같은 보복 조치가 있어야 국민들이 우리 자위대를 믿고 집 밖으로 나올 수 있지 않을까 싶습니다."

총리가 하시모토의 말에 기가 막힌다는 듯 혀를 차자, 하시모토가 그의 눈치를 보며 말을 덧붙였다.

"지금 시점에서는 의미 없는 말이겠지만, 내각 공보관들이 사전에 특수작전군 헬기가 추락하는 장면이 방송되지 않도록 했다면 자위대에 대한 불신이 덜 할 텐데, 그 장면의 파급 효과가 너무 큽니다, 각하. 차라리, 북조선 공작원들을 사살하는 장면이 방송되었다면 더 나을 텐데."

아베는 그의 말을 무시하고 고개를 쳐들어 천정을 응시했다. 그런 뒤 힘없이 말했다.

"내, 이래서 오래전부터 우리 언론사 놈들의 목에 목줄을 걸어 놔야 한다고 하지 않았소. 우리가 오랜 시간과 많은 노력을 들여 실행한 일조차도 자신들의 입맛대로 가공해서 이해한 채, 그것을 진실이라 보도하는 위선자 떼거리들인데, 이자들이 자신들의 손으로 야기하는 혼란이 어떤 결과를 가져올지 걱정이나 할 것 같소? 북조선의 개자식들은 왜 이 방송사 놈들의 빌딩을 폭파시키지 않았는지 모르겠소, 젠장."

그러자 하시모토가 그의 눈치를 보면서 대꾸했다.

"죄송하지만 총리 각하, 그래도 이 상황을 우리 내각의 미래를 보전하는 방향으로 이끌고 나아가기 위해서는 언론이 필요합니다. 그 점에 대해서는 이번 실수와 같은 일이 없도록 제가 각별히 신경 쓰겠습니다."

총리는 마지못해 고개를 끄덕였다. 그런 뒤, 내각 구성원들 특히, 방위대신과 전역합동대테러본부장 쪽을 응시하며 물었다.

"나머지 북조선 테러범들을 잡을 수 있겠소?"

그 질문에 방위대신과 전역합동대테러본부장, 그리고 경찰청 장관인 니시다 마사노부가 머리를 조아리며 대답했다.

"네, 총리 각하."

그들 중 마사노부가 그의 맞은편에 앉아 있는 자위대, 경찰 정보기관 수장들을 힐끗 쳐다본 뒤 말을 보탰다.

"현재 나라 안을 지켜보는 모든 CCTV들과 정찰위성들을 각 책임자들의 직접 감독 하에 확인, 감시하고 있습니다. 곧 이 잔인무도한 테러범들을 응징할 수 있는 기회를 잡을 수 있을 것입니다, 총리 각하."

아베는 그의 말을 들으면서 마지못해 고개를 끄덕였다. 잠시 동안 안전보장회의실 안에 무거운 침묵이 가득해졌다. 회의 구성원들과 군경 수뇌부들은 숨죽인 채 팔짱을 낀 채 꼼짝 않고 있는 총리를 지켜보고 있었는데, 잠시 뒤에서야 그가 팔짱을 풀고 고개를 들었다. 그런 뒤, 모두에게 말했다.

"뭣들 하시오? 어서 당신네들이 약속한 본연의 임무들을 실행하시오!"

아베는 그들과의 격식 따위는 안중에도 없는 듯, 얼른 회의실에서 나가라는 손짓을 만들어 보였다. 무례한 총리의 행동에 사람들이 서로의 표정을 살피면서 자리에서 일어났다.

아베 신조는 출입문으로 향하는 그들의 뒷모습을 못마땅한 표정으로 바라보고 있었고 그의 곁에는 사카모토 쇼가 마치 그림자처럼 붙어 서 있었다. 마지막 한 사람까지 모두 회의실을 나가고 나서, 총리가 고개를 슬쩍 돌려 사카모토를 응시했다. 그러자 사카모토가 그에게 귓속말로 속삭였다.

“며칠 안에 다음 단계로 일을 진행시키도록 하겠습니다.”

그 말을 듣고서, 총리가 테이블 위에 올려 둔 아이패드를 응시했다. 그는 아이패드 화면에 표시된 미 해군 항모의 이동 경로선을 응시하고 있었는데, 그의 의도를 파악한 사카모토가 총리의 표정을 살피면서 나지막하게 말했다.

“저쪽은 걱정하지 않으셔도 됩니다, 총리 각하. 현재의 상황들이 가져올 결과는 아무도 상상할 수 없을 만큼 내각과 관계국들에게 유익할 것입니다.”

그 말에 총리는 반응을 보이지 않고 계속해서 아이패드 화면을 주시하기만 했다.

* * *

2016년 7월 21일 20시 12분 일본, 도쿄, 하네다 공항, 전역합동대테러본부

전장형, 이종진이 스즈키 일위의 병력과 하네다 공항에 도착하는 시점에는 공항 내, 격리 지역에 있는 전역합동대테러본부 구획이 다른 '일본군' 병력들의 투입 과정으로 분주한 상태였다.

전장형 일행이 치누크 헬기에서 내리자마자, 출동 대기 중이었던 또 다른 특수작전군 병력이 헬기에 탑승했고, 헬기는 최소 기체 정비를 마치고 5분도 되지 않아 다시 이륙했다.

밤하늘로 멀어져 가는 헬기를 전장형이 올려다보자, 이종진이 그의 팔을 잡아끌었다. 앞서 가는 특수작전군 대원들을 따라 격납고로 향하는 두 사람의 시야에 전보다 훨씬 더 많은 병력 수송용 트럭들과 코마스 LAV(경장갑 기동 차량)들 그리고 그것들에 탑승한 지원 병력들이 잡혔다.

"이제 일본 열도가 제대로 뒤집히고 있나 봅니다."

전장형은 전역합동대테러본부가 사용하는 4개의 격납고들을 좌에서 우로 천천히 둘러본 뒤에 대꾸했다.

"이러다가 일본하고 북한하고 맞짱 뜰까 걱정입니다. 이제 일본인들이 할 수 없는 게 뭐가 있겠습니까? 대놓고 전쟁하겠다고 헌법까지 뜯어고쳤는데. 먼 데도 아니고 바로 동해 건너에서 북괴 놈들이 위협을 가하는데……."

"내 말이 그 말 아닙니까. 시범 케이스로 일본이 미국을 뒤에 업고 북한 놈들 귀싸대기를 날린다면 니미, 대한민국에까지 똥물 튀고 난리가 날 텐데. 에이, 씨! 하여간 이 빨갱이 새끼들 때문에 세상이 어지럽지 않을 때가 없어. 썅놈의 새끼들 같으니."

이종진이 그의 말에 격하게 반응하는 동안 두 사람이 한국군과 미군이 함께 사용하는 4번 격납고 쪽에 가까워졌다. 그 앞에서 대기 중이었던 신영화 상사를 앞세우고 최승희 중사, 강정훈 중사가 두 사람에게 다가왔다.

그들은 모두 실탄과 수류탄, 전술탄(섬광탄, 연막탄)이 수납된 방탄복을 착용하고 있었고 각자의 총기 그리고 전장형, 이종진에게 건네줄 총기와 장비도 휴대하고 있었다.

"단결~! 수고하셨습니다!"

신영화 상사가 전장형과 이종진에게 거수경례를 하며 이들을 맞이했다. 전장형은 거수경례를 하던 그의 손을 자신의 두 손으로 감싸 잡으며 말했다.

"신 상사, 실탄하고 전술탄, 통신 장비 모두 작전 투입 대기 상태로 분배했죠?"

"네, 중대장님."

"지휘부에서 얘기 넘어온 것 있나요?"

"아까, 작전장교님이 그러는데 앞으로는 최대한 이 사람들 전투에 참여하지 말고 전술적인 조언과 정보만 넘겨주라고 그랬답니다. 중대장님, 오사카 도로 한복판에서 적 공작원들에게 총질하는 거 대한민국 저녁 뉴스에 나왔다고 합니다."

신영화는 말을 마치며 전장형을 향해 어색한 미소를 지어 보였고 강정훈 중사는 익살스러운 표정을 지으며 전장형을 향해 엄지손가락을 쳐들어 보였다. 그 모습에 이종진 준위는 혀를 끌끌 차면서 그의 엄지를 한 손으로 감싸 잡아 꺾어 버렸다. 그러며 한마디 했다.

“너, 이놈 새끼! 이 섬나라 전체가 비상시국인데 또 셀카봉이나 야동 DVD 같은 거 들고 미친놈 같이 쏘다니면, 여기 공항 활주로 미싱 하우스(바닥 물청소) 시킨다! 알았어?”

“아! 아! 예, 알겠습니다!”

손가락이 꺾인 상태로 제압된 강정훈이 엄살을 떨며 대꾸하자, 이종진은 그의 손가락을 놓아준 뒤 최승희 중사에게 시선을 보냈다. 그러자 그녀가 그에게 MP5A5 기관단총과 글록17 권총, 예비 탄창들을 건네줬다.

전장형 또한 신영화 상사에게서 자신의 총기와 실탄을 넘겨받는 동안, 최승희가 그에게 보고했다.

“중대장님, 특공지역대 병력이 지금 다른 정보사 인원들이랑 함께 출동했습니다. 델타 쪽도 몇 명 같이 나간 것 같습니다.”

“그래, 알겠다! 작전장교님은?”

“오후 내내 제1 격납고에 있는 대테러본부 상황실에 있습니다. 두 분 도착하면 바로 합류하라 연락 왔었습니다.”

“오케이!”

전장형은 권총을 총집에 넣고 탄창들을 방탄복에 결합되어 있는 수납부에 넣으면서 대답했다. 그때, 마찬가지로 방탄복을 착용하던 이종진이 그에게 심드렁하게 말했다.

“저기, 있잖습니까, 중대장님. 우리 방탄복 안에 추가로 삽입할 방탄판 좀 자위대 애들한테 빌려달라고 좀 해 주십시오. 걔네들 거 신형 방탄판 있다던데. 빨갱이 새끼들이 경기관총으로 쏴 대는데, 이거, 우리가 이참에 국산 표준 방탄복의 실전 교보재 될 수는 없잖습니까? 믿을 놈들을 믿어야지.”

그 말에 전장형이 고개를 끄덕였다. 그러고는 제1 격납고 쪽으로 발걸음을 옮기고 이종진이 그의 뒤를 따랐다. 조금 뒤, 두 사람은 파견 병력의 선임장교 조주환 소령을 격납고 입구에서 발견했다.

그는 담배를 태우면서 누군가와 위성 통신 전화기를 통해 통화 중이었다. 그가 전장형과 이종진을 발견하자 전장형이 그에게 거수경례를 했고 그가 고개를 크게 끄덕였다. 두 사람이 다가가자, 그가 통화를 마치고 이들을 맞이했다.

“아, 2중대장, 수고 많았어.”

“아닙니다, 작전장교님.”

“아냐, 아냐. 정말 애썼다. 현지에서 교전 상황 보고가 이쪽 본부에 다 전파됐어. 일본 측에서 무지 고마워하네. 대한민국 특수부대원이 목숨 걸고 일본인들을 위해 싸워줬다고.”

조주환이 전장형의 어깨를 툭툭 치면서 말했다. 그러자, 이종진이 전장형 등 뒤에서 중얼거렸다.

“아이, 그래도, 일본 놈들 할 일을 왜 우리가…….”

그 말에 전장형이 뒤도 돌아보지 않은 채, 한 손가락을 쳐들어 그의 말을 제지했다. 그러자 조주환이 하품을 길게 한 뒤, 말을 이어 갔다.

“2중대 잠깐 쉬었다가 대기하고 있어. 상황이 급박하게 돌아가고 있는데 내가 보기에는 여기 상황본부 윗대가리들이 뭘 어떻게 해야 할지 모르고 헤매고 있는 것 같아. 병신들이 해외에 자위대 파병하고 북괴 놈들이 도발하면 지들 자위대를 한반도에 보내네 어쩌네 해도 막상 일 터지니까 뭘 하나 제대로 할 줄 아는 게 없어. 뭐 전쟁 좀 해 보려면 다들 윗대가리에 물어봐야 한다고 한참을 머뭇거리더라구."

그 말에 전장형이 한쪽 눈썹을 치켜세우자, 조주환이 얼굴을 찡그리며 말했다.

"아, 진짜야! 염병, 치누크 헬기 거기서 추락했을 때도 오사카 외곽에 대기 중이던 코브라 헬기들을 보내자니까, 상황실에서 육자대 간부하고 공자대 간부가 한참을 쑥덕쑥덕하더니 오사카 시경하고 여기 본부장한테 뭘 물어봐야 하네, 어쩌네. 그래서 도심 상공 진입 허가를 받아서 코브라 헬기들이 일단 교전 지점으로 이동하고 있는데, 내각 뭐시기 하는 인간이 갑자기 또 전화 와서 뭐라 씨부렁거리니까 또 헬기를 임시 대기 공역에 대기시키자고 하더라. 그런데 항공 관제하는 인원들이 그 근처 민간 공항 관제소에서 난리 치니까 빨리 그 공역에서 나가달라고 지랄, 그래서 코브라 헬기들이 다시 오사카 외곽으로 돌아갔다니까. 그러는 사이에 전 대위네 특수작전군이 도심 한복판에서 OK 목장의 결투 찍은 거지. 참~, 나! 일본 군바리들 이래서 어디 전쟁하겠어? 병력하고 장비를 도심 지대에 투입시켜서 훈련을 자주 안 해 본 나라니까 뭘 해도 아마추어고 뭘 해도 다 실험이야, 실험. 지들 민간인들 교보재 삼아서. 얼뜨기들도 이런 얼뜨기들이 없어. 특수작전군이다 뭐다, 다들 해외에서 난다 긴다

하는 최정예한테 훈련받고 교환 훈련하면 뭘 해? 이 특수병력을 운용하는 인간들이 죄다 책상물림 아마추어들인데. 니미, 전쟁을 책으로 배운 새끼들이야, 죄다."

전장형은 그의 말을 들으며, 조주환 소령의 어깨 너머로 격납고 출입문을 바쁘게 오가는 자위대 간부들과 사복 차림의 일본인들을 힐끗힐끗 쳐다봤다. 그런 뒤, 더 이상 근처를 지나치는 일본인이 없자 그에게 말했다.

"정보사 쪽 인원들한테 소식 들으셨습니까? 테러범들이 북괴군 75정찰대대 소속이라는 거."

"어. 그 정보 때문에 지금 난리 났어. 상황실에 있는 일본인들은 북한과 전쟁을 각오하고 보복해야 한다는 말부터 하필 북한이냐는 말까지 난리 치고들 있지."

"정말 이러다가 무슨 일 나는 거 아닙니까? 일본도 일본이지만 미국이 가만히 있지 않을 거고, 중간에 끼어 있는 대한민국은 또 무슨 꼴을 당할지."

이종진 준위가 두 사람의 대화에 끼어들자, 조주환이 짧아져 버린 담배 개비를 길게 한 번 빨고는 그의 말에 고개를 끄덕였다.

조주환 소령은 담배 연기를 내뿜은 뒤, 들고 있던 위성 전화기를 쳐들면서 말했다.

"안 그래도, 지금 사령부(특전사령부) 쪽에서 이쪽으로 추가 병력 보낼지도 모른다고 그러더라. 우리 쪽에서는 일본 영토 안에서 활개 치는 빨갱이들을 지금 당장 죄다 잡아서 버릇을 잡아놔야 나중에 남한 땅에 기어들어 와서 똑같은 깽판을 치지 않을 거라는 막연한 전략적 계산만 하고 있는 거지. 어쨌든, 이렇게 되든 저렇게 되든 지금 여기 있는 인원들은 죄다 한 빵이 칠 각오하고 있어야 해. 내 말, 무슨 말인지 알아듣겠지, 두 사람?”

“네!”

“알겠습니다.”

조주환은 격납고 출입문 쪽을 바라보며 두 사람에게 말을 추가했다.

“나, 다시 상황실 들어가서 저 인간들 무슨 삽질을 하나 보고 있을 테니, 2중대는 잠깐 쉬었다가 바로 출동 대기 상태로 있어. 지금 5중대 병력하고 특수작전군 대기 병력이 오사카로 날아갔지만 도쿄 도로 이어져 있는 주요 구간하고 중요 시설들에 대한 일본인들의 경계 태세가 구축되고 있어. 이 사람들, 지금 수도 도쿄에서 무슨 일이 터질까 걱정이야. 만약 도쿄에서 일 터지면 이따가 복귀하도록 되어 있는 스즈키 일위네 병력이 다시 투입될 테니, 그때에도 전 대위네 중대가 같이 나갈 생각하고 있어.”

“네, 작전장교님.”

“가서 석식부터 먹어, 두 사람. 공항 기내식 주더라. 비즈니스석 기내식. 니미, 니뽄 땅에 와서 먹는 짬밥이 기내식이라니 황당하다. 무슨 우동 정식이나 스시 정식 같은 거는 안 주나? 하여간 군바리들 좆 나게 굴리면서 대접 시원찮게 하는 거는 이 나라 놈들도 똑같아. 이 지겨운, 병역 미필 고위 공무원 새끼들.”

조주환은 속사포같이 자기 할만을 하고는 고개를 한 번 끄덕인 뒤, 출입문 쪽으로 걸어갔다.

전장형은 그의 뒷모습을 보다가 고개를 빙 돌려, 멀리에 주기되어 있는 2대의 AH-64DJ 아파치 헬리콥터들을 응시했다.

헬기들 쪽에는 자위대의 무장사와 정비사들이 기체 양쪽에 장착된 2.75인치 로켓탄 발사기에 로켓탄을 집어넣고 있었다.

이종진 준위는 생수를 길게 한 모금 들이켠 뒤, 전장형이 주시하고 있는 곳을 보면서 말했다.

"갑시다, 중대장님. 언제 또 바빠질지 모르니 가서 한숨 돌립시다."

이종진이 몸을 휙 돌려, 중대원들이 대기하는 곳으로 향하자 전장형도 그의 뒤를 따라 걷기 시작했다.

그때, 이들이 걱정하고 있는 일들이 마치 딴 세상일이라는 듯 하네다 공항의 다른 활주로 구획에서 2대의 여객기들이 차례로 엄청난 엔진 소리를 토해 내면서 밤하늘을 향해 이륙했다.

4장 화물

2016년 7월 21일 20시 34분 미국, 워싱턴 D.C., 백악관

짐 베커는 백악관 기자단 앞에서 레이 그린, 백안관 대변인이 일본 내 북한의 테러 행위에 대한 미합중국 정부의 공식 입장을 밝히는 것을 지켜보고 있었다. 그린 대변인은 몇 번의 수정을 거쳐서 완성된 원고를 늘 그러했듯 자연스럽게 읽어 내려갔다.

"따라서, 미합중국 정부는 극동 아시아의 가장 중요한 안보동맹 파트너인 일본이 더 이상 북한의 테러에 위협받지 않도록 모든 수단과 방법을 동원할 것입니다. 더불어, 대통령님께서 이번 오사카 테러 사건에 대해 강한 분노와 우려를 표명했다는 것을 알립니다. 이번 사건에 대해 북한 정부가 공식적으로 사과하고 재발 방지에 대해 구체적인 대책을 제시하지 않는다면, 오사카의 일본 국민들이 입었던 피해보다도 훨씬 더 큰 피해를 입게 될 것입니다. 현재 아이시스(IS) 세력과의 전투를 지원해 주고 있던 로널드 레이건 함이 걸프 만에서 일본으로 이동 중이며, 7함대의 기존 전력 증강을 위해서 제3함대에서 추가적인 전력 지원이 있을 겁니다. 이에 동시에 괌 기지에서 B-2, B-52 폭격기들이 이륙했으며 일본 요코다 기지에서 F-22 전폭기들 또한 유사시 북한 내 군사시설에 대한 공습을 위한 완벽한 준비 상태로 대기, 만약의 사태에 대비하고 있음을 또한 알립니다."

공식 발표를 마친 그린이 발표 내용이 출력되어 있는 문서들을 정리하면서 그의 앞쪽에 앉아 있는 20여 명이 넘는 기자단 쪽으로 시선을 보냈다. 필요한 내용을 급히 정리한 몇몇 기자들은 이미 질문을 위해 거수하려고 그의 눈치를 보던 참이었다.

"자, 발표 내용과 관련하여 질문을 받겠습니다."

그러자, 트리뷴지의 노련한 여기자 니콜 포레스터가 가장 먼저 손을 들었고 다른 일간지, 방송사의 기자들 또한 뒤따라 손을 들었다. 그린이 그녀를 손가락으로 지명하자 그녀가 물었다.

"북한 쪽에서 현재 백악관 공식 입장 발표 직전에 이번 오사카 도심 테러와 그 전에 있었던 반잠수정 침투 사건은 현 북한 정권에 반기를 들었던 일부 강경파 장성의 일탈 행위라고 발표했습니다."

그녀는 잠시 말을 멈추고 그린 대변인 뒤쪽에 서 있는 짐 베커와 몇몇 안보참모, 국무부 인사들에게 시선을 보낸 뒤 말을 이어 갔다.

“다시 말해서, 북한 정부는 사실상 일본 내 테러 행위들에 대해서 유감 표명을 했고 또 그 책임자들을 제거했다고 공식 발표를 한 겁니다. 그러면 이 시점에서 반드시 짚고 넘어갈 점이…… 오늘 우리 정부의 입장 발표가 그러한 북한 정부의 해명과 그들이 이미 취한 일련의 조치들을 감안하고 이루어졌는가입니다.”

그린은 어깨 너머로 짐 베커를 슬쩍 봤고, 짐 베커는 그를 향해 고개를 끄덕였다. 이어서 그린이 니콜의 질문에 답변을 주었다.

“니콜이 현재 지적한 사실들은 이미 국무부와 펜타곤을 통해서 확인되었고 그 점들에 대해서 충분히 논의하고 분석한 결과에 따라 오늘 이 입장 발표가 이루어졌음을 알립니다.”

니콜은 그린 대변인을 의구심을 가지고 있는 듯한 시선으로 응시하며 다시 물었다.

“그렇다면, 현재의 조치들로 인해서 일본과 북한 사이에서 군사적인 충돌이 일어날 가능성을 우리 정부가 각오하겠다는 것으로 이해해도 될까요?”

그린은 착용하고 있던 뿔테 안경을 벗어 들고 단호한 표정을 연출해 보이며 답했다.

“당연합니다. 동북아시아의 가장 중요한 우방국이자 안보 동맹국인 일본이 북한의 위협과 일탈 행위에 국가 기능이 영향을 받는 상황은 절대로 용납할 수 없는 일이라고 대통령 각하 그리고 국가안전보장회의가 의견 일치를 보였습니다. 이에 따른 우리 미합중국과 일본의 모든 군사적, 외교적 조치는 현재 북한 정권이 주장하고 있는 해명의 영향을 받지 않을 것입니다."

그러자 이번에는 기자단 좌석들의 가장 뒤쪽에 앉아 있던 UAS 투데이의 중견 기자, 더글라스 달튼이 가장 먼저 손을 번쩍 들었고 대변인이 그를 손가락으로 가리켰다.

"레이! 이번 조치로 인해 동북아의 군사적 긴장 상태가 조성된다면 한국과 중국 또한 영향을 받을 텐데 그 점에 대해서는 어떤 방향으로 대처할 생각입니까?"

대변인은 백악관 스태프들과 5번의 리허설을 하면서 대비했던 질문들이 나오자, 내심 반가워하면서도 표정으로는 매우 진지하고 우려스럽다는 분위기를 연출했다.

"덕(더글라스)이 지적하신 대로 중국과 한국에 대해서도 이미 정부 차원의 논의가 오가고 있습니다. 이에 관련하여 중국 정부는 북한 측의 추가적인 테러 행위가 없도록 설득하겠다는 협조 의사를 밝혀 왔으며 남한 정부는 휴전선은 물론 그들의 해안선 전체에서, 북한에 대한 경계 태세를 강화하며 사태의 추이를 지켜보겠다는 의사를 전달받은 바 있습니다. 이제 유엔 안전보장이사회에서도 이 안건에 대해서 논의 중이니 곧 우리 정부의 입장과 일치하는 결론이 도출될 것으로 봅니다."

짐 베커는 레이가 다른 기자들의 질문들 또한 노련하게 대처하는 것을 지켜보다가 출입 문가에서 그에게 손을 들어 보이는 제이크 어윈을 발견하고 걸음을 옮겼다.

그가 출입문을 통해 브리핑실을 나서자, 좁은 복도에서 제이크 어윈과 NSA 내에서 그와 비슷한 직책을 가진 알렉스 베이츠 중령이 그를 맞이했다.

“제이크? 중령?”

베커가 미합중국에서 가장 은밀한 기관의 동북아 지부장들에게 고개를 끄덕이며 인사를 건넸다. 그들은 베커에게 고개를 끄덕여 인사를 한 뒤 바로 용건을 꺼냈다.

“북한 정부가 공식적으로 밝힌 해명이 확인되었습니다. NSA에서 감청한 내용이 그자들이 밝힌 내용 중 일부를 증명합니다.”

제이크 어윈이 베이츠 중령에게 시선을 보내자, 그가 베커에게 문서 폴더를 건네줬다. 대통령 안보 수석이 그 폴더를 펼쳐, 보고서를 읽는 동안 베이츠 중령이 설명을 보탰다.

“보고서에서 밝히고 있는 시기에 북한에서 75정찰대대의 지휘관으로 보이는 자가 북한군 보위사령부와 호위사령부 병력으로 구성된 태스크포스에 의해서 제거됐다고 합니다. 이 태스크포스는 김정은 정권에 반기를 들고자 모의 중인 군부 인사들을 찾아 체포, 즉결 처형을 했는데 그 날 75정찰대대의 지휘관의 차량을 대전차 로켓으로 박살 낸 뒤에 이 사실을 군부와 노동당 지도부에 알렸다고 합니다.”

“그렇다면 그자들이 일본 정부에게 둘러대는 말이 모두 사실이란 말인가요?”

베커의 물음에 어윈과 베이츠가 잠시 서로를 응시한 뒤, 함께 고개를 끄덕였다.

"일단 현재의 첩보를 분석한다면, 그렇습니다, 짐. 북한 내 은밀한 소식통에 따르면, 현재 75정찰대대의 지휘관에게 정찰병들로 하여금 일본에 상륙, 공격하도록 명령을 내린 군 장성들을 찾고 있다고 합니다. 군부가 또 다른 숙청의 회오리바람에 휩쓸릴까 몸을 사린다고 합니다."

베이츠의 설명을 들으면서 동시에 보고서에서 상세한 내용을 읽은 베커의 시선이 잠시 뒤 제이크 어윈에게 향했다. 그리고 잠시 뒤, 두 사람은 베이츠 중령이 알 듯 모를 듯한 눈빛을 교환했다.

*　　*　　*

2016년 7월 21일 20시 06분 북한, 인민무력부 총참모부 1호 청사, 지하 벙커 5층 기밀회의실

75정찰대대의 반잠수정들이 해자대의 공격에 격침됐을 시점부터 북괴군 지휘부는 전시 상황에 들어갔었다. 그들은 한미 연합군이 '키 리졸브'나 '파울 이글'과 같은 대규모 군사훈련을 실시할 때마다 그러했듯 지하 깊숙한 벙커에서 상황을 파악하고 대비했다.

북한 정부는 공식적으로 반잠수정 침투 사건과 오사카 도심에서의 테러 행위를 '북한 정부를 전복시키려는 반혁명 세력 중,

극단주의적 사고를 가진 강경파 장성의 단독 행동이고 더 나아가 이는 북한 정부의 서방 세력과의 대립, 고립화를 가속시켜 정권 붕괴를 노린 의도' 라고 일본과 미국, 유엔 측에 입장을 밝혔다.

하지만 발표와 별개로 북괴 인민군 전체는 사실상 전쟁 대비 태세를 유지하던 중이었다.

총참모부 1호 청사, 지하 5층의 상황실에서 한성현 중장이 만약의 경우 전면전이 될 수도 있는, 대일본 공작에 대한 관련자들과 논의 중이었다.

그는 제1 위원장과 총참모부, 노동당 지도부의 은밀한 결정을 전달했고 그의 친중파 정적 최철규 중장과 그의 측근, 그리고 총참모부의 작전국 부국장 박재윤 소장과 김승익 소장을 포함한 정찰총국, 총참모부의 핵심 간부들이 그 결정의 실행 방안에 대해 머리를 모으고 있었다.

"중국 당 지도부 쪽은 어떻소?"

한성현의 물음에 최철규가 회의용 테이블의 주재자 좌석에 앉아 있는 그를 못마땅한 듯 쳐다보며 답했다.

"표면적으로는 큰 우려를 표하기는 했지만, 일본과 미국을 혼쭐 내 준 것에 대해서는 내심 만족스러워하는 것 같습니다. 열도 내에서의 우리 우군의 활약으로 센카쿠 열도 쪽에서는 열도 놈들을 몰아냈고 남중국해에서는 미제 놈들을 몰아냈소. 당연히 얼마 전의 우리 혈맹 간의 적대적이기까지 했던 분위기에 비하면 지금은 훨씬 더 나아졌다고 판단하오. 아무튼 불과 5명의 정찰병 동무들이 이렇게 대단한 외교적, 군사적 성과를 가져온 것도 놀라움을 금치 못하겠소."

그의 말에 구석 자리에 앉아 있던 총참모부의 작전국 부국장 박재윤 소장이 조심스럽게 대꾸했다.

"그렇지만 우리 공화국에게 더욱더 시급한 사안은 북일 간에 벌어질 수 있는 전쟁 정황이 아닐까 싶습니다, 부총참모장 동지. 우리 공화국의 공중, 해상 선제공격 시도를 차단하고자 미제 놈들의 이지스 함과 항모까지 동해로 우르르 몰려와 열도 놈들과 몇 겹의 대열을 갖추고 있습니다. 이제 머지않아 지난번처럼 유엔의 책상물림 세력들과 함께 우리 공화국의 목줄을 조이려고 덤벼들 겁니다."

그 말에 불쾌한 듯 최철규 중장이 얼굴을 찡그리며 그에게 시선을 보내려는 찰나, 이를 먼저 눈치 챈 박재윤이 선수를 쳤다.

"아, 물론 부총참모장 동지 말씀처럼 우리 혈맹인 중국 당 지도부 동지들이 이번에는 우리 공화국과 뜻을 함께해 주고 있으니 미제 놈들이나 열도의 괴뢰 놈들도 경거망동을 하지는 못할 겁니다. 게다가 동해 건너 열도뿐만 아니라 남조선 놈들까지 잃을 것이 많기 때문에 쉽사리 우리 공화국 영토에 과감한 선제공격을 할 수 있는 자들도 아닐 겁니다. 우리가 이번에 열도 안에 있는 동무들(정찰병들)과 꼬리 자르기를 확실히 한다면 앞으로 그 동무들은 열도 괴뢰들의 문제가 될 겁니다."

최철규는 박재윤에게 보내려던 시선을 테이블의 끝 즈음에 앉아 있는 총참모부의 다른 국장, 부국장들에게 보냈다. 그러자 그들이 기다렸다는 듯이 최 중장과 한성현 중장에게 보고했다.

"유엔을 통해서 우리 공화국의 입장을 분명히 밝혔고, 일본은 물론 미제 놈들과 남조선에까지 개별적으로 이번 정황에 대해서 우리 공화국이 직접적으로 관련된 것이 없다고 선을 그어 놓은 상황이기 때문에 미제 놈들과 일제 놈들이 선불리 군사적인 도발을 감행해 볼 수도 없는 상황이 분명한 듯싶습니다. 현재까지 총참모부의 모든 역량을 동원하여 분석한 결과, 적들의 해상과 공중 봉쇄 태세가 전부입니다."

그 말을 듣고 최철규 중장은 만족스러운 미소를 지었지만 한성현 중장은 테이블 위에 올려 둔 두 손에 턱을 괸 채 아무 말도 하지 않았다.

최철규는 마치 자신과 같은 미소를 짓도록 강요하듯이 다른 정찰총국 간부들에게도 시선을 보냈고 그들이 억지로 미소를 지을 때까지 시선을 고정했었다.

그들 사이의 불편한 분위기가 이어질 때, 한성현이 자리에서 일어났다. 그리고 모두의 시선이 그에게 향하자, 그가 느린 말투로, 힘주어 말했다.

"뭐가 어찌 됐건, 우리 인민군은 열도 놈들뿐만 아니라 미제, 남조선 괴뢰 놈들과의 전쟁을 대비해야 하는 정황이오. 동무들이 각자 맡은 바 책무를 이행하는 데 실수를 할 경우, 그 작은 실책이 공화국 전체를 불바다로 휩쓸어 버릴지도 모른다는 점을 명심하기 바라오."

그의 당부에 모든 간부들이 차렷 자세를 취하며 대답했다.

"네, 부총참모장 동지!"

"알겠습니다!"

한성현은 두 눈을 더 크게 뜨고 간부들에게 첨언했다.

"잊지 마시오, 동무들! 우리는 공화국의 운명을 걸고 이번 임무를 수행하고 있는 것이오. 동무들의 목숨은 물론, 동무들 가족의 목숨을 걸고 임무를 수행한다 여기시오. 임무에 실패한다면 우리는 모두 개죽음을 당할 거라 스스로에게 매일 각인시키란 말이오."

"알겠습니다!"

한성현 중장의 말에 모든 장령과 군관들이 자세를 바로 하며 대답했다. 한성현은 그들 중 테이블 중간 즈음에 앉아 있는 김승익을 응시하다가 그와 시선이 마주치자 고개를 끄덕여 보였다. 그런 뒤 모두에게 말했다.

"그럼 모두 각자의 위치로 돌아가서 이 절체절명의 임무를 수행하시오. 제1 위원장 동지와 공화국은 동지들의 업적을 앞으로 수 대에 걸쳐서 칭송할 것이오."

그의 격려를 들으면서 간부들이 자리에서 일어나 출입문으로 향했다. 벙커버스터의 폭발력을 버티도록 제작된 두꺼운 철제 출입문을 통해 사람들이 나가고 회의실에는 한성현 중장과 최철규 중장, 김승익 소장만이 남아 있었다.

최철규는 테이블 위에 시선을 둔 채 말없이 담배를 태웠고 한성현은 뒷짐을 진 자세로 그와 김승익을 응시하며 서 있었다.

마침내, 출입문이 닫히자 그쪽을 응시하던 김승익이 시선을 두 부총참모장들 쪽으로 향했다.

"승익 동무?"

한성현이 무언가를 재촉하는 듯한 표정으로 입을 열고 최철규 또한 담배를 비벼 끄면서 김승익에게 시선을 보냈다. 김승익은 자리에서 일어나며 두 장령에게 대답했다.

"화물이 목적지로 문제없이 이동 중입니다. 오늘 밤늦게나 내일 새벽이면 도쿄도 안으로 도착할 것 같습니다."

"일본 놈들의 차단소나 검문, 경계에 대한 대책은 확보되었소?"

"네, 부총참모장 동지. 열도 내의 우리 협력자들이 그에 대해서 모든 조율을 해 줬습니다. 틀림없이 도쿄도 안으로 진입하여 백두산 공작조에게 전달될 예정입니다. 이후부터는 백두산 공작조 동무들이 잘 알아서 조치할 것입니다."

김승익의 설명에 한성현과 최철규가 서로 시선을 마주하고는 고개를 끄덕였다. 잠시 뒤, 한성현이 다시 김승익 쪽으로 시선을 보내며 말했다.

"실수가 없도록, 도쿄도 내의 모든 우리 공작 역량을 동원하시오. 이중으로, 삼중으로 백두산 공작조를 보호하고 보조할 수 있는 지원선 구축에 총력을 집중시키시오, 승익 동지."

"알겠습니다, 부총참모장 동지."

김승익이 고개를 꾸벅 숙여 보이며 대답하자 한성현이 만족스러운 표정으로 고개를 끄덕였다. 최철규는 새 담배 개비를 꺼내 들며 못마땅한 표정으로 한성현 중장을 올려다보고 있었다.

*　　*　　*

2016년 7월 21일 22시 23분 일본, 도쿄 신주쿠, 백두산 공작조 은신처

뉴스에서는 하루 종일 오사카 도심에서 일어난 총격전에 대한 보도와 이와 관련된 분석, 대담, 만평이 방영 중이었다. 어느 채널을 돌려도 방영 내용은 똑같았으며 곽성준 소좌와 지동현 상사는 교전 현장의 실제 촬영 영상들을 찾아, 반복해서 시청하던 중이었다.

두 사람이 방 한쪽에 세워 둔 LED TV를 뚫어져라 살피는 동안, 다른 한쪽에서는 정찰조의 변신수 김무영 중사와 통신수 민준호 중사가 랩톱컴퓨터 2대로 이들 정찰병들이 기다리고 있는 화물의 위치를 추적하고 있었다.

"저쪽에 권총을 들고 뛰어오는 놈은 일본 놈이 아닙니다. 군복하고 방탄복을 보면 남조선 특전대인 것 같습니다. 저기, 저기! 골목에서 큰길로 막 나오는 놈도 마찬가지입니다."

지동현 상사는 검정색 대테러복에 자동화기를 소지한 자위관들과 달리 보이는 2명의 국군 특전대원들을 식별했다. 그 말에 곽성준은 팔짱을 낀 채 말없이 응시했다. 지동현은 채널을 바꿔, 몇 군데 보도 영상을 보다가 이번에는 현장에서 있었던 현장 취재 기자의 멘트 영상에서 채널을 고정했다. 취재 기자 후방 멀리에 잇는 앰뷸런스 쪽에서 다시 '디지털 특전복' 차림의 사내들을 찾아냈던 것이다.

그 영상을 보면서 곽 소좌가 입을 열었다.

"아마, 저 동무 혼자만 이곳에 와 있는 게 아닐 게요. 모르긴 해도, 적 특전대가 지역대 규모보다는 1~2개 중대 단위로 와 있지 않을까 싶소. 남조선 놈들도 열도 놈들이 불벼락을 맞는 모습을 손가락만 빨고 지켜보지는 않을 거요. 다음 차례가 자기들이 될지 모른다고 호들갑 떨 테니."

그 말에 지동현이 담배 개비를 꺼내 물면서 피식 웃었다. 그는 라이터의 불을 켜고 담배에 불을 붙이기 전에 대꾸했다.

"그래도 그놈들이 호들갑 떠는 것밖에 더 하겠습니까? 공화국하고 전쟁을 시작할 배짱도 없는 놈들이. 이제껏 그래 왔듯이 말로 겁박이나 지르고는 또 얌전해지겠죠. 더군다나, 남조선 인민들이 이 일본 놈들을 얼마나 철천지원수로 여기는데, 남조선 땅에 피바람이 부는 것을 각오하고 이놈들을 도와주겠습니까? 아마, 저 텔레비전에 나온 특전대 동무들이, 이번 일에 대해서 남조선 괴뢰들이 동원할 수 있는 모든 유색역량이 되지 않을까 생각합니다."

말을 마치고, 지동현은 담배에 불을 붙였다. 그동안 곽 소좌는 어깨 너머로 방 한쪽에서 랩톱컴퓨터들로 무언가를 모니터하는 김무영과 민준호를 응시했다. 두 사람은 무언가를 확인하는지 서로의 모니터들을 번갈아 보면서 속닥거리고 있었다.

잠시 후, 김무영이 랩톱컴퓨터를 통째로 들고 일어섰다. 심상치 않은 분위기를 감지한 곽 소좌가 그에게 자리에 앉으라는 손짓을 하면서 그에게 다가갔다.

곽성준이 묻기 전에 김무영이 그를 주시하며 말했다.

"조장 동지, 화물이 원래의 이동로에서 벗어나 엉뚱한 방향으로 이동하고 있습니다."

곽 소좌는 그와 민준호 중사 사이 공간으로 고개를 들이밀고 두 컴퓨터의 모니터들을 살피며 물었다.

"언제부터?"

"이제 반 시간 정도 됐습니다. 혹시, 그쪽 현지의 도로 사정 때문에 우회 하는가 했는데 완전히 반대 방향으로 이동하고 있습니다."

"화물이 향하는 방향은?"

그의 질문에 민준호가 구글 지도가 떠 있는 화면을 곽 소좌에게 들어 보이며 대답했다.

"이쪽 도쿄 내륙이 아니라, 다시 아타미 항구 쪽으로 돌아가고 있습니다."

곽성준은 창가 쪽에서 외부를 살피고 있던 기석천 중사에게 시선을 보내며 한 손을 들어 보였다. 그러자 그가 위성 휴대전화기를 들고 곽 소좌에게 다가왔고, 뒤늦게 상황을 파악한 지동현 상사도 그에게 다가왔다.

곽성준은 암기하고 있던 번호를 눌렀고 수신음이 들리기 시작하자, 지동현에게 급히 설명했다.

"부조장 동지, 지금 화물이 다시 항구 쪽으로 돌아가고 있다 하오. 만약의 경우를 대비하여 다시 확인해 보시오."

"네, 조장 동지."

지동현은 랩톱컴퓨터들을 살피기 위해 다른 두 정찰병들 쪽으로 향했다. 그동안에도 계속해서 신호는 가고 있었지만 위성 전화 건너편의 노동당 소속 공작원은 응답해 오지 않았다.

"조금 있으면 화물이 원래 이동로에서 1시간 거리까지 멀어져 갈 겁니다."

곽성준은 전화를 끊고 다시 번호를 누른 다음 신호음이 가는지 확인했다. 그런 뒤, 그 전화를 기석천 중사에게 건네주며 말했다.

"저쪽에서 전화를 받는 동무가 있으면 내게 바로 보고해."

"예, 조장 동지!"

곽성준은 지동현과 두 정찰병들 쪽으로 다가가 모니터들을 주시했다. 화물의 이동 방향과 근처 도로를 도상으로 확인한 지동현이 다급한 목소리로 그에게 보고했다.

"화물이 이렇게 멀어져 간다면 내일 초저녁이면 아타미 항구 지역에 도착합니다. 화물을 운반하는 동무들은 연락이 되지 않습니까?"

곽성준은 대꾸 없이, 지동현의 손가락이 가리키고 있는 도로와 그 일대 지역을 주시하고 있었다. 지동현은 아직도 위성 전화기를 들고 응답을 기다리고 있는 기석천 중사를 힐끗 본 뒤에 모니터에서 시선을 떼지 못하는 곽 소좌에게 조심스럽게 말했다.

"만약 노동당 쌤빼(신병, 아마추어)들이 위성 전화를 받지 않고 계속 저 방향으로 이동한다면 우리 모르게 임무 자체가 취소되었거나 아니면 저 동무들이 딴생각을 하고 도망가는 수도 있습니다. 그렇지만, 조장 동지."

지동현이 하던 말을 잠시 중단하고 곽성준의 옆모습을 쳐다보자, 그의 시선을 감지한 곽성준이 그를 정면으로 응시했다. 지동현이 다시 말을 이었다.

"조장 동지, 화물을 다시 확보하거나 아니면 화물을 가지고 저 간나들이 무슨 장난을 치는지 확인하기 위해 도쿄 바깥으로 나간다면 다시 못 들어올 수도 있습니다. 이제 아니, 이제가 아니라 이미 도쿄 전체를 에워싸고자 일본 놈들이 경찰과 자위대 놈들을 투입하고 있을 겁니다. 나갔다가 들어오는 것이 문제가 아니라 아예 도쿄 바깥으로 나가려다가 우리 존재가 탄로 날 수도 있습니다. 조금 더 기다려 보실 생각은 있으십니까?"

곽성준은 수염으로 까칠해진 턱을 한 손으로 만지면서 구글 지도와 화물에 장착된 GPS 송신기의 이동 궤적을 응시했다. 김무영 중사가 곽 소좌에게 그가 궁금해할지 모르는 정보를 전달했다.

"지금 출발해서 부지런히 달려가면 새벽에는 따라잡을 수 있습니다."

그 말을 듣고 곽성준의 시선이 다시 지동현 상사에게 향했다. 그리고 지동현에게 물었다.

"부조장 동지의 생각은 어떠하오?"

"조장 동지께서만 우리의 최종 임무 내용을 알고 계시기 때문에 제가 중대한 결정에 영향을 끼칠 수 없지 않습니까?"

곽성준은 랩톱컴퓨터들이 놓여 있는 테이블 쪽으로 기울이고 있던 몸을 바로 세웠다. 그는 지동현과 다른 3명의 조원들 얼굴을 차례차례 본 뒤에 말했다.

"그래도 이 임무는 나 혼자 완수할 수는 없소. 동무들, 한 명 한 명이 모두 이 임무를 위해서 필수 불가결하오. 늘 그랬듯 부조장 동지의 전술적인 분석이 필요하오. 말해 보시오."

지동현 또한 다른 조원들의 표정을 슬쩍 살피고 난 뒤 조심스럽게 대답했다.

"이 화물이 우리 백두산 정찰조의 임무 완수를 위해서 반드시 필요한 것이라면 당연히 도쿄 도 밖으로 나가는 모험을 감수해야 하지 않겠습니까? 그러나, 화물 자체가 우리 임무를 좌지우지하는 요소가 아니라면 당연히 숨죽이고 있어야 할 듯합니다. 이제 열도 전체에 있는 일본군과 경찰이 우리 북조선 정찰병들을 찾으려 두 눈에 불을 켜고 다닐 겁니다."

곽성준은 그의 말을 들으며 고개를 끄덕였다. 그런 뒤, 손목시계를 보고 나서 그의 조원들에게 말했다.

"동무들, 이 화물은 우리 임무의 핵심 요소이오. 일단 도쿄로 다시 들어오지 못할 각오를 하고서라도 화물을 확보하는 것을 현시점에서 가장 중대한 목표로 간주하시오."

"알겠습니다."

"알겠습니다, 조장 동지."

곽성준의 시선이 김무영, 민준호, 기석천에게 차례차례 향했고 조원들은 그때마다 그에게 대답했다.

마지막으로 곽성준의 시선이 지동현에게 향했다. 지동현은 곽성준의 마음을 읽은 듯, 다른 조원들에게 검지를 쳐들어 보이며 지시를 내렸다.

"석천이, 준호와 함께 내려가서 차량과 무기를 점검해."

"예, 부조장 동지."

"그리고 무영이는 실시간으로 도로 상황을 살필 수 있는 방법들을 강구해서, 우리가 도쿄를 빠져나가 화물 쪽으로 가는 시간 동안에 활용할 수 있도록 준비해!"

"네!"

곽성준은 지동현이 조원들에게 각자의 임무를 정해 주는 동안 말없이 TV 화면을 응시했다. 화면 안에는 총기를 비롯한 각종 전투 장비를 갖춘 육상자위대 보병들과 오사카 시경 병력이 오사카 거리로 투입되는 모습이 보였다.

다른 3명의 정찰병들이 각자의 임무를 실행에 옮기는 모습을 보다가, 지동현이 곽 소좌와 함께 TV 앞에 섰다. 그때 곽성준이 그에게 작은 목소리로 물었다.

"부조장 동지, 우리 백두산 조(백두산 정찰조)는 아직 세상에 모습을 드러내면 안 되지만 화물이 우리 임무의 전부이오. 우리 조원들의 희생을 각오하고 다시 탈취해 와야 하오."

"알겠습니다. 그렇지만 혹시 공화국의 지휘부 동지들이 임무 내용에 대해 변경을 가한 것이 아닐지 걱정이 됩니다. 그렇지 않고서야 왜 노동당 얼뜨기 동무들이 우리의 교신 시도도 무시하고 항구로 되돌아가고 있겠습니까?"

그 말을 듣자, 곽성준은 지동현을 빤히 응시했다. 그리고 그가 자신에게 시선을 보내오자 낮고 굵은 목소리로 말했다.

"부조장 동지, 이 화물이 동원되는 임무는 총참모부나 노동당 지도부가 아니라 공화국 최고 지도자에게서 하달된 것이오. 그런 우려는 접어 두고 모든 수단과 방법을 동원하여 화물을 찾아와야 할 것이오."

그 말에 지동현은 말없이 고개를 끄덕였다. 그는 오사카에서 다른 정찰조들이 민간인들을 살상하고 도심 거리를 쑥대밭으로 만드는 것보다도 훨씬 더 무시무시한 임무가 자신들에게 주어졌다는 사실에 압도되고 있었다.

* * *

2016년 7월 22일 04시 17분 일본, 가나가와 현과 시즈오카 현의 경계 구획 내, 고속도로 구간

곽성준 소좌의 4명의 정찰병들이 '화물'의 위치를 추적하여 반경 500여 미터까지 접근해 온 시점은, 그들이 도쿄 내 은신처에서 출발한 지 5시간이 넘어가던 때였다.

그동안 정찰병들은 2번의 도로 검문 지점들을 위조된 신분증과 차량 등록증으로 통과했다. 이들은 모두 일본의 사설 통신 기업 소속의 기술자들로 위장, 전자, 전기 장비와 재료들로 가득한 작업용 밴 트럭을 타고 이동했는데, 차체 앞뒤에 붙여놓은 '긴급 수리'라는 글자판이 유용하게 쓰였었다.

게다가 억수같이 쏟아지는 비도 검문소를 운영하는 일본인 경찰들뿐만 아니라 도로 안의 운전자들이 정찰병들의 존재에 신경을 쓰지 않게 만드는 데 일조하고 있었다.

시야가 좋지 않음에도 불구하고 정찰병들은 고속도로를 전속력으로 달려, 이곳 도로 구획에 들어왔다.

"무영이, 저기서 좌측으로!"

"알겠습니다."

조수석에 앉아 있는 지동현 상사의 지시에 따라, 고속도로를 타고 가던 정찰조의 밴이 이윽고 좌측의 좁은 차선 지대로 진입했다.

고속도로를 빠져나와 20여 분 이상을 남서쪽으로 달리던 밴이 수풀 언덕과 논밭이 있는 지대로 들어오면서 주변의 조명이 사라졌다. 깜깜한 시골길을 밴 차량이 힘겹게 달리는 동안에도 지동현과 곽성준 소좌는 각자의 GPS 추적기와 전자 지도를 통해 위치를 확인 중이었다.

마침내, 목표 지점을 앞두고 밴이 감속하기 시작했다. 밴이 정차한 곳은 사방이 논과 밭인 어느 농장 근처였다.

정찰병들은 밴 차량 내부의 모든 조명을 끈 뒤, 차량의 차창과 출입문을 개방했다. 그런 뒤, 야간 투시 장비들을 통해 목표 지점을 살폈다. 좁은 도로를 타고 밴 차량의 11시 방향으로 300여 미터 정도를 올라가면 농장 하나가 있었고, 그곳에는 2층 주택과 창고, 넓은 단층 축사 2채가 보였다. 축사들 사이의 대형 창고에 곽성준 소좌의 정찰조가 회수하려던 '화물' 이 있었다.

이들이 화물이라 칭하는 것은 바로 메르세데스 벤츠 사에서 제작한 5톤 화물 트럭이었다. 화물 트럭 안에는 백두산 정찰조가 도쿄 도심에서 사용할 전술 무기가 은닉되어 있었고, 곽 소좌의 입장에서는 이 화물 트럭 없이는 백두산 정찰조의 임무를 시작조차 할 수 없는 상황이었다.

10여 분 넘게 농장 쪽을 살핀 뒤, 곽성준이 기석천 중사에게 고개를 돌렸다. 그러자 그가 곽 소좌가 기다렸던 대답을 해 줬다.

"저쪽 동무들(노동당 소속 공작원들)에게 (위성) 전화를 30번이 넘게 해 봤지만 아직도 응답이 없습니다."

곽성준의 시선이 이번에는 그의 좌측 앞쪽에 앉아 있는 지동현에게 향했다. 그는 농장 쪽을 살피던 야시경을 내려놓고 곽 소좌에게 다음 지시를 재촉했다.

"조장 동지?"

곽성준은 말없이 다시 한 번 위성 전화 통화를 시도하는 기석천과 멀리에 보이는 농장을 번갈아 응시했다. 곽 소좌는 애초에 도쿄의 요코하마 항으로 벤츠 트럭들을 들여왔으면 모든 공작이 수월했을 텐데, 이 화물의 추적을 막기 위해 다른 지역인 아타미 항구로 우회시켜 들여오려다 일이 꼬였음에 짜증을 내면서도 동시에 우려했다. 그렇지만 그는 그런 감정들에 반응할 시간적 여유가 없었다. 그는 지동현에게 고개를 끄덕였고 지동현이 3명의 조원들에게 지시를 내렸다.

“가자, 동무들!”

*　　*　　*

2016년 7월 22일 4시 37분 일본, 시즈오카 현 외곽

창고 안에는 3명의 사내들이 벤츠 트럭 안에 있는 화물을 살피고 있었다. 공공장소에서 볼 수 있는 냉온수기보다 조금 큰 철제 컨테이너는 전자식 잠금장치가 장착되어 있었기 때문에 이들은 컨테이너를 열지 못하고 끙끙대던 중이었다.

이 화물을 하이재킹한 무리의 미국인 리더, 닐 젠킨스는 레드 비어드 아래에서 5년 가까이 일했던 전직 용병이었다. 그는 총기와 폭약은 물론, 통신 장비와 보안 장치와 같은 것들도 다룰 만큼 노련한 자였지만 그에게 있어서도 이런 종류의 컨테이너는 처음 보는 것이었다.

그의 고용인이 컨테이너 안에 소형화시킨 핵 기폭 장치와 플루토늄이 있다 했지만 그는 결국 그것을 두 눈으로 확인하지 못하고 컨테이너 통째로, 일본에서 빠져나갈 선박에 적재해야 할지도 모른다 생각 중이었다.

젠킨스와 중국 소수민족 출신의 용병 2명, 자위대 출신의 일본인 기술자 1명은 레드 비어드가 사전에 넘겨준 정보에 따라 일본에 먼저 입국하여, 일본의 대형 쇼핑몰에서 주문, 구매한 4

대의 벤츠 트럭들을 기다렸다.

그런 뒤, 시즈오카 현의 아타미 항에서 이 4대의 벤츠 트럭들 중 2대가 노동당 공작원들에 의해 도쿄 도로 향할 때 미행을 시작했다. 이 화물 하이재커들은 문제의 트럭들이 항만지대를 빠져나와 고속도로 상에서 잠시 휴식을 취할 때 은밀하게 기습, 3명의 트럭 탁송자들을 소음권총으로 사살하여 트럭들을 탈취했다.

그들은 자신들이 사살한 탁송자들이 북한 공작원들인 줄을 몰랐지만 그래도 이 특별한 화물과 관련된 자들이 평범한 사람들이 아니라는 것을 짐작하고 있었다. 그래서 한시가 급하게, 이 화물을 가지고 일본을 떠나려 했지만 하이재커들이 밀항할 선박이 비상사태가 선포된 오사카 항에서 뒤늦게 출발하는 바람에 이곳에서 초조하게 시간을 보내고 있었다.

"안 되겠소, 닐. 이대로 그냥 트럭에 싣고 항구로 들어가는 수밖에 없겠소."

트럭의 화물 트레일러 안에서 정밀한 공구들로 컨테이너를 열어 보려던 하이재커 한 명이 혀를 내두르고 그에게 말했다.

"항구에서 검문을 피하려면 시간이 더 지체될 수 있으니 방법을 찾아보라구."

젠킨스가 난감한 표정으로 그에게 대꾸했지만 그는 젠킨스가 말을 채 끝나기도 전부터 고개를 내저어 보였다. 그는 확대경과 플래시 라이트가 장착된 헤드셋을 머리에서 벗어 들며 다시 말했다.

“시도는 해 보겠지만 내용물이 워낙 민감한 거라서 우리가 시도할 수 있는 게 한계가 있단 말이오.”

젠킨스는 얼굴을 찡그리고는, 이번에는 트레일러 바깥에 서 있는 다른 한 명에게 시선을 보내며 소리쳤다.

“우리 선박은 아직이야?”

“앞으로도 대여섯 시간은 걸릴 거라고 합니다.”

“대여섯 시간?”

비옷을 입고 스마트폰을 들고 있는 중국인 용병이 젠킨스에게 고개를 크게 끄덕여 보였다.

젠킨스는 더욱더 찡그린 표정을 지으며 트레일러에서 창고 바닥으로 내려왔다. 바닥에는 하이재커들이 사살한 2명의 공작원들의 피가 흥건하고 고여 있었다. 그는 창고 구석의 비료 포대들이 쌓여 있는 창고 구석으로 걸어갔다. 그곳에는 어깨와 옆구리, 허벅지 쪽에 모두 6발의 권총탄을 맞은 탁송자가 포박된 채 앉아 있었다.

젠킨스는 그에게 다가가 총상을 입은 탁송자의 허벅다리를 다짜고짜 힘껏 밟았다. 그러자 그가 고통에 찬 비명을 질렀지만 입에 물려 놓은 재갈 때문에 그 소리가 크게 울려 퍼지지 않았다.

젠킨스는 탁송자에게 큰 소리로 물었다.

“패스워드! 패스워드!”

그러자 탁송자는 재갈을 물린 상태로 일본어로 대꾸했다.

“이에, 이에! 패스워드가 와카리마센~! 노 패스워드! 노 패스워드!"

젠킨스는 이번에는 그의 옆구리를 발로 짓밟았다. 그러자 탁송자의 상처가 크게 벌어지면서 피가 한 움큼 솟아 나왔다. 놀랍게도 그는 그 고통 속에서도 분명하게 소리쳤다.

"노 패스워드! 노 패스워드! 와카리마센! 와카리마센! 아이 돈 노우!"

젠킨스는 답답한 마음에 곁에 서 있던 비옷 차림의 하이재커의 품속에 손을 집어넣었다. 그리고 그의 허리춤에 꽂아 둔 22구경 소음권총을 꺼내 들고 탁송자의 멀쩡한 다리와 팔 쪽을 향해 총구를 겨눴다. 그런 뒤 천천히 그에게 말했다.

"패스워드! 패스워드!"

그가 탁송자를 겁박 지르고 있을 때, 트레일러 안에서 컨테이너를 개방하려던 하이재커와 창고 바깥을 감시하던 하이재커까지 모든 인원들이 젠킨스의 고문 과정을 지켜봤다.

이들은 모두 정체불명의 부상자의 사지를 산 채로 찢어서라도 컨테이너의 전자자물쇠 번호를 얻어, 화물의 무게를 최소화한 상태로 밀항을 시도하고자 했기 때문에 이 잔혹한 장면에 눈 하나 꿈쩍하지 않았다.

"퍽! 퍽!"

젠킨스가 탁송자의 멀쩡했던 다리의 무릎과 허벅다리에 2발의 권총탄을 발사했다.

"아아아~!"

탁송자가 목청이 터질 듯이 소리를 질렀고, 사람의 소리처럼 들리지 않는 비명이 구식 형광등 빛이 가득한 창고 안에 쩌렁쩌렁 울렸다. 그 끔찍한 모습을 창 출입 문가에 서 있는 하이재커는 담배 개비를 물고 구경했고, 트레일러 쪽에 서 있는 자는 스마트폰으로 촬영을 하면서 지켜봤다.

젠킨스는 방금 전 피와 살이 튀어 날린 탁송자의 새로운 상처를 또다시 짓밟고자 한 발을 쳐들었다.

그러나 그 순간, 그의 시야가 깜깜해졌다. 그는 순간 48시간 이상을 잠을 자지 못하고 긴장 상태를 유지했던 자신의 머리가 이상해졌나 생각했지만 다음 순간 누군가 창고 안의 조명 전원을 차단했다고 생각했다.

"이봐, 대체 뭐하는 거야?"

젠킨스가 창고 출입 문가에 있는 동료를 향해 소리쳤지만 그 직후, 본능적으로 공포를 감지하고 입을 다물었다.

그는 재빨리 쪼그려 앉으면서 총구를 창고 출입문 쪽을 겨눴는데 그때, 출입문 쪽과 트럭 트레일러 쪽에서 여러 사람이 움직이는 소리가 들려왔다. 이어서 둔탁한 충격음과 트레일러 안에 있었던 하이재커의 "아!"하는 소리가 들려왔다.

젠킨스는 까맣게 막혀 있는 그의 시야 안에 별안간 오색의 띠들이 어지럽게 뒤섞여 돌기 시작하는 것을 보게 됐다. 그 비현실적인 것들이 그의 몸을 몰핀 약효처럼 꼼짝 못 하게 만들어 가기 시작하자, 그는 본능적으로 권총 방아쇠를 당겼다.

"퍽! 퍽! 퍽! 퍽! 퍽! 퍽!"

젠킨스는 그의 좌에서 우로, 창고 안으로 쳐들어온 괴한들이 맞기를 바라며 권총탄들을 날려 보냈다. 마지막 총탄이 발사되자 그는 권총을 내버린 뒤, 자신의 허리춤에서 CZ75 권총을 꺼내 들었다.

그리고 그가 권총의 슬라이드를 당겨 장전을 할 때, 그의 좌측에서 사람의 빠른 발소리가 가깝게 들려왔다.

"탕! 탕! 탕! 탕! 탕!"

그는 그 방향을 향해 계속해서 방아쇠를 당겼는데 그 자신이 만들어 낸 총성으로 인해, 그의 청각이 일시적으로 마비되었다.

젠킨스는 이러한 상황에서도 침착하게 판단하고 계산했다. 그는 규모를 알 수 없는 괴한들에게 3명의 동료들이 제압당했을 거라 판단하고 탁송자를 방패로 삼아 저항하겠다고 결심했다. 그는 몸을 뒤쪽으로 넘어뜨려서, 비료 포대들에 등을 기댔다. 그런 뒤 왼쪽으로 손을 뻗어 탁송자를 붙잡았다. 그런 뒤 탁송자 쪽으로 자리를 옮겨 그와 나란히 앉았다.

다음 순간, 엄청난 빛이 그의 두 눈을 강타했다. 100평 규모의 창고 내부 조명들이 모두 작동되는 순간이었다. 어안이 벙벙한 그가 머리를 좌우로 거칠게 흔들어서, 정신을 차려 보려 했지만 눈앞에 벌어져 있는 광경이 아직도 그가 정신을 차리지 못하게 했다.

젠킨스의 좌측 10시 방향에 있는 창고 출입문 쪽과 1시 방향의 벤츠 트럭 후방에는 2명의 하이재커들이 쓰러져 있었다. 불과 30여 초 전만 하더라도 그와 나란히 서서 탁송자를 내려다보던 하이재커 또한 창고 바닥에 쓰러져 한 바가지가 넘는 피를 흘리고 있었다.

젠킨스는 극도로 위험한 화물을 나르던 자들이 순순히 화물을 탈취당할 거라 여겼던 자신의 계산 착오를 뼈저리게 후회하고 원망했다. 그는 신음 소리를 내고 있는 탁송자의 머리에 권총 총구를 겨누고 눈앞에 서 있는 2명의 괴한들을 겨우 올려다볼 수 있었다.

한 명은 소음기가 장착된 Vityaz(러시아제 PP-19-01 기관단총) 기관단총을 가지고 있었고 젠킨스의 바로 앞쪽 2미터도 안 되는 곳에 서 있는 자는 짧은 날을 가진 나이프를 쳐들고 서 있었다.

젠킨스는 그의 눈앞에 서 있는, 통신 회사나 케이블 방송 회사 야외 작업자들이 착용하는 올인원 작업복 차림의 괴한들이 단순한 무기 밀매자들이라고는 생각하지 않았다.

어쨌든, 그는 자신의 목숨만이라도 구제하기 위해서 그의 코앞에 나이프를 쳐들고 서 있는 자에게 소리쳤다.

"물러서! 물러서! 물러서지 않으면 이자를 당장……."

그러나 젠킨스는 갑자기 무언가가 자신의 목울대를 강타한 느낌을 감지했고 그곳에서 바람이 새어 나가고 있다 느꼈다. 그가 이상한 느낌에 시선을 가장 가까운 곳에 서 있는 괴한에게 보내자, 그가 들고 있던 나이프 날이 없어진 것이 보였다.

괴한은 나이프의 손잡이만 잡고 있었고 짧은 칼날은 젠킨스의 목 한가운데에 박혀 있었던 것이었다. 젠킨스가 탁송자의 관자놀이에 대놓고 있던 총구를 자신의 전방 쪽으로 향하자, 그의 눈앞에 괴한이 다가와 서 있었다.

괴한은 젠킨스의 바로 앞쪽에 한쪽 무릎을 꿇고 앉아 그와 시선을 마주했다. 그러고는 한 손바닥으로 그의 목에 꽂혀 있는 나이프 날을, 망치로 못을 박듯이 가격했다.

*　　*　　*

2016년 7월 22일 5시 6분 일본, 시즈오카 현 외곽, 농장 창고

곽성준이 하이재커의 숨통을 끊어 놓자, 그의 등 뒤에서 다른 조원들의 보고가 이어졌다.

"화물 확보했습니다!"

"창고 내부 수색 완료! 현 정황 이상 무!"

지동현 상사가 Vityaz 기관단총을 가지고 곽성준의 곁으로 다가왔다. 그는 피투성이가 되어 있는 탁송자의 입의 재갈을 벗겼고 탁송자는 금방이라도 숨이 넘어갈 듯한 목소리로 말했다.

"놈들이 화물을 노리고 덮쳤소. 우리 동무들이…… 손쓸 새도 없이…… 화물의 존재가 노출되었으니…… 조치를, 조치를…… 취해야 하오."

지동현 상사가 미국인 하이재커의 시신을 한쪽으로 밀어 버린 뒤, 탁송자의 몸을 바닥에 눕혀 줬다. 지동현은 지혈을 하기에는 너무 늦은 상태라고 곽 소좌에게 표정으로 보고했다.

곽성준이 자신의 45구경 권총을 꺼내 장탄하는 동안, 지동현은 탁송자의 머리 쪽으로 몸을 숙이고 말했다.

"고생 많았소. 동무가 화물을 끝까지 지켰다고 내, 꼭 공화국의 동지들에게 전달하겠소. 그러면 동무의 가족들이 앞으로 평생 고생 않고 지낼 수 있을 거요."

지동현의 말에 탁송자가 고개를 겨우 끄덕였다. 잠시 후, 그의 두 눈에서 눈물이 흘러나오기 시작했다. 그는 지동현 상사 쪽으로 오른팔을 쭉 뻗었다. 그런 뒤 두 무릎을 꿇고 있는 지동현의 한쪽 다리를 잡고 힘겹게 말했다.

"내 이름은 정형식이오. 정형식. 내 이름을 꼭 전달해 주시오."

"알겠소, 동지. 정형식 동지."

탁송자는 그때가 돼서야 편안하게 누웠다. 지동현은 그를 내려다보면서 차마 자신의 기관단총 총구를 겨누지 못하고 곽성준 소좌에게 시선을 보냈다. 그러자 곽성준이 지동현 곁에 나란히 앉았다. 곽 소좌는 탁송자의 뒤통수를 한 손으로 받쳐 들고 말했다.

"동무가 가장 좋아하는 음식이 뭐요?"

탁송자는 그 말에 희미한 정신으로도 답했다.

"썩장(청국장)이오."

"그럼 지금 이 순간 동무가 북조선의 고향 집에서 썩장에 이밥을 먹는 모습을 떠올려 보시오."

탁송자가 눈을 감고 보일 듯 말 듯한 미소를 짓기 시작하는 순간, 곽성준이 권총 총구를 탁송자의 머리에 대고 방아쇠를 당겼다.

"탕~!"

곽성준은 괴한의 목에 박혀있던 나이프의 날을 뽑아 들었다. 그런 뒤 그것을 총탄처럼 발사했던 나이프 손잡이에 다시 꽂았다. KGB들이 냉전 시대에 애용했던 나이프였지만 곽성준은 경계병들을 제거할 때, 여전히 유용하게 사용하는 무기였다.

김무영 중사가 하이재커들의 시신을 확인하는 동안 지동현 상사와 곽 소좌는 트레일러 안에서 화물을 확인했다.

곽성준이 전자 자물쇠의 패스워드를 입력하자, 잠금장치가 풀렸다. 그는 컨테이너를 개방하여 내용물을 천천히 꼼꼼히 확인했다. 그 모습을 지켜보던 지동현이 조심스럽게 그에게 말을 건넸다.

"우리 임무를 예정대로 수행할 수 있겠습니까?"

그 말에 곽성준은 핵 기폭 장치와 소형 플루토늄 캐니스터를 확인하면서 고개를 끄덕여 보였다. 그는 폭발 장치를 완벽하게 확인한 뒤, 다시 컨테이너의 뚜껑을 닫았다. 그런 뒤 앉은 자세에서 고개를 어렵게 뒤로 돌린 후 지동현에게 또박또박 말했다.

"이제 우리 백두산 정찰조가 열도를 불바다로 만들 수 있는 무기를 확보했소, 부조장 동지. 잘 들어 두시오. 이 컨테이너 안에 있는 것은 그냥 폭탄이 아닌 소형 핵폭탄이오. 우리의 임무는 도쿄 시내 한복판에서 이 핵폭탄을 격발시키는 것이오."

그 말에 지동현과 다른 정찰병들의 입이 쩍 벌어졌다. 곽성준은 충격을 받은 조원들을 향해 건조한 미소를 지어 보였다.

*　　*　　*

2016년 7월 22일 5시 11분 일본, 가나가와 현, 고속도로 구간

베넷 준위는 랜드로버 SUV 차량의 후방 좌석에서 로우 중사와 함께 랩톱컴퓨터로 정찰위성 전송 사진을 살피고 있었다. 전송 사진과 영상에는 약간의 시간차를 두고, 핵폭탄을 수송하는 것으로 추정되는 벤츠 트럭의 모습이 들어 있었다.

제이크 어윈의 심복들이 아직도 레드 비어드의 술수에 놀아나며 시간을 허비하는 동안 앤더튼의 인원들은 그들이 가진 모든 작전 역량을 동원하여 이 수상한 벤츠 트럭들을 찾아냈었다.

앤더튼은 레드 비어드가 우회 소유한 3척의 화물 선박들의 운송 화물 중 그가 주로 거래했던 무기와 원유, 광물이 아닌 벤츠 트럭들을 걸프 만 항구에서 적재한 것을 수상쩍게 여겼다. 그리고 몇 번의 시행착오를 거쳐 화물선이 잠시 들렀던 말레이시아 항구에서 CIA 정보원들을 화물선 안에 투입, 문제의 화물선에서 비정상적인 수치의 방사능이 발생하고 있음을 확인했다.

앤더튼은 그의 직속상관들의 시야 밖에서 NSA와 NRO의 핵심 부서에 은밀하게 협조를 요청했고 동시에 벤츠 트럭들이 하역될 예정인 일본으로 엡실론 팀을 은밀하게 투입했다.

벤츠 트럭들은 일본의 아타미 항구에서 하역 작업 후, 현지 탁송자들에게 인계되었고 4대의 트럭들은 2대씩 짝을 지어 서로 다른 방향으로 향했다. 이때 NRO와 NSA의 전자정보분석 팀은 이들 중 어느 쪽에 핵폭탄이 적재되어 있는가를 고민했어야 했지만 분석 팀의 전문가들은 곧 도쿄도 지역을 향해 이동하는 트럭들이 표적 차량들이라고 결론지었다.

반나절 늦게 항만지대에 도착했던 델타포스 대원들은 그 차량들에 대한 위성 추적 영상 정보를 뒤따라 이동 중이었다. 엡실론 팀은 새트컴을 통해서 미 본토의 제이슨 앤더튼과 실시간으로 교신을 하면서 트럭들의 이동 경로를 뒤따라가고 있었다.

하지만 문제의 트럭들이 한적한 도로변의 무인 주유소(셀프 주유소)에 들렀던 시점 직후, 갑자기 방향을 바꿔 다시 항만지대로 돌아가면서부터 베넷은 심상치 않은 분위기를 감지했다. 이 모든 사건들이 몇 시간 전에 일어났음을 알고 있는 그가 영상 정보를 살피는 대원을 재촉했다.

"스티븐, 조금 더 다음 시간대로 돌려볼 수 없을까?"

다급해진 베넷의 재촉에 로우 중사가 고개를 내저었다.

"안 됩니다, 취프. 그랬다가는 표적 차량이 도로를 바꿔 타는 타이밍을 놓쳐서 우리가 더 뒤처질 수도 있습니다. 지금 정도도 굉장히 빨리 살피고 있는 겁니다."

베넷은 새트컴의 송수화기를 집어 들고 앤더튼을 호출했다.

"여기는 엡실론이다!"

"엡실론, 고우~!"

베넷은 앤더튼의 목소리를 알아듣고서 바로 그가 원하는 바를 말했다.

"표적 차량의 현재 위치를 바로 알려 줄 수 있는가?"

"그것은 불가능하다. 엡실론이 수신하고 있는 영상 정보들이 정상적인 계통을 거치지 않고 은밀하게 전달되고 있다. 잘 알고 있지 않나, 프랭크?"

베넷은 차창을 통해 억수같이 쏟아지는 빗줄기들과 주변을 오가는 차량들의 전조등 빛이 어지럽게 퍼지는 광경을 보면서 고개를 내저었다.

"그래도 한번 알아봐 주기 바란다. 이렇게 시간을 허비하면서 움직이기에는 이곳 상황도 우호적이지 않다."

베넷이 앤더튼에게 말한 것은 현재 엡실론 팀이 주일 미 대사관이나 미 태평양 구성군 사령부 심지어 JSOC(미군 합동 특수전 사령부)가 모르게 일본에 들어와 있는 것을 의미했다.

앤더튼은 CIA가 가장 긴급한 경우 사용하는 채널을 통해 엡실론 팀이 일본 내 입국을 지원했지만 엡실론 팀은 공식적으로 미 본토, 포트 브랙(Fort Bragg)에서 대기하고 있도록 되어 있었다.

때문에 고속도로 진입로 상에 설치된 일본 군경의 검문소나 경찰의 불심검문에 엡실론 팀이 노출된다면, 그것도 차량 안에 델타포스 대원들의 위성통신 장비들과 5정의 특수작전용 기관단총과 실탄, 저격소총이 일본인들에게 발견된다면 외교 문제로까지 비화될 수 있는 상황이었다.

그리고 다른 그 무엇보다도 베넷 준위와 앤더튼에게 부담을 주는 사실은 바로 두 사람이 CIA 고급 간부, 제이크 어윈 몰래 추적하는 핵폭탄이 실재하는지 여부였다. 레드 비어드의 취조 내용을 불법적으로 수집하여 독단적으로 일본 내에서 이를 추격하는데, 만약 레드 비어드의 술수에 이들이 놀아난 것이 되어도 문제가 됐지만, 만약 그의 말대로 소형화된 핵무기가 일본 영토에 밀반입되었다는 것을 증명해도 문제가 되는 상황이었다.

베넷은 이 모든 위험 요소들이 일본 영토 내에 밀반입돼 있을지 모르는 핵무기 핵심 부품의 회수를 위해서라면 감수할 만하다고 여겼지만, 미국 본토의 고위층은 그렇게 생각하지 않았다.

앤더튼과 그의 팀원들은 자신들의 목을 걸고, 조직 내 핵심 간부들의 등 뒤에서 비밀공작을 추진한다고 여기고 있었기에 베넷의 모든 요청들에 응해 줄 수는 없었다.

앤더튼은 마지못해 베넷에게 대꾸해 줬다.

"라저, 엡실론!"

베넷은 못마땅한 표정으로 송수화기를 좌석 위에 던져두었다.

그 사이에 이들의 차량은 고속도로를 빠져나와 한적한 지역으로 들어가기 시작했다. 표적 차량의 이동로를 분석하는 로우의 안내에 따라서 델타부대원들의 차량이 해당 지역 내 일반도로로 진입하는 중이었다. 잠시 뒤, 로우 중사가 랩톱 화면에서 시선을 떼지 않고 베넷의 한 팔을 잡았다.

"취프!"

그는 무거운 야전용 랩톱컴퓨터를 베넷에게 넘겨줬고 베넷은 컴퓨터 화면을 응시했다. 그는 그 직후 운전석에 앉아 있는 레닉스 중사에게 소리쳤다.

"대런, 지금부터 서행해! 다음 네거리가 나올 때까지 서행해!

우리의 진행로 좌측 노변에 벤츠 트럭 한 대가 있을 것이다!"

베넷의 지시에 랜드로버는 감속한 후, 통행 차량이 거의 보이지 않는 깜깜한 일반도로를 타고 달렸다. 왕복 2차선 도로의 좌우에는 수풀 지대가 대부분이었고 간간이 옹벽과 사유지를 둘러싸고 있는 철망 펜스 따위가 나타났다.

잠시 후, 레닉스가 급히 감속하며 보고했다.

"11시 방향, 차량 첵!"

엡실론 팀의 차량 전방 50~60미터, 노변에 벤츠 트럭 한 대가 주차되어 있었다.

"차 세워!"

"라저 댓!"

레닉스는 차량을 천천히 노변 쪽으로 몰아갔고 조금 뒤 정차했다. 그는 운전석 쪽에서 차량의 모든 실내외 조명을 차단한 채 시동만 켜 두었다.

베넷은 로우 중사에게 랩톱을 건네주지 않고 자신이 직접 아직도 전송 중인 영상 정보를 살폈다. 그는 시간대를 건너뛰어 가장 최근에 가까운 시간대에서 현재의 엡실론 팀이 정차한 장소를 찾아봤다.

몇 번의 시행착오 끝에 그는 현 위치에 주차되어 있는 벤츠 트럭의 영상을 찾았다. 그는 그 앞뒤 시간대의 영상들을 여기저기 확인해 봤는데, 이는 나머지 한 대의 벤츠 트럭의 행방을 찾기 위해서였다.

랩톱컴퓨터의 자판과 모니터 이에 베넷의 땀방울들이 계속해서 떨어졌고 그때마다 로우 중사는 손수건으로 그것들을 닦아냈다.

마침내, 베넷은 트럭들 2대가 함께 있었던 시점을 찾아냈다. 첫 번째 트럭에서 두 번째 트럭으로 사람들이 오가는 모습, 이어서 두 번째 트럭이 현장을 벗어나 북서쪽으로 향하는 부분까지 볼 수 있었다. 하지만 그 이후의 영상은 아직도 전송 중이었기 때문에 즉시 확인할 수 없었다.

"두 번째 트럭이 이곳에서 북서쪽으로 출발했다. 이 트럭을 수색한 뒤, 우리가 찾는 화물이 없다면 우리도 북서쪽으로 향한다. 다들 준비해!"

그의 지시에 로우가 휴대 가방에서 GPNVG-18 야시경과 총기들을 하나하나 꺼내 팀원들에게 전달했다. 베넷은 M24A3 저격소총을 운전석 쪽으로 건네주고 자신은 야간 투시경을 착용하면서 그에게 말했다.

"일이 틀어지면 일단 현장에 있는 자들을 모두 사살하고 랭글리(제이슨 앤더튼)에게 연락해!"

"네, 취프."

베넷은 야간 투시경의 전원을 작동시켜, 시야가 확보되는지 확인했다. 그런 뒤 전술 조끼와 무전기, 무전기 헤드셋을 착용하고 HK416을 장전했다. 준비를 마친 베넷은 좌측에 앉아 있는 로우를 살폈고 그가 자신의 MP7A1 기관단총 준비를 마친 상태라는 의미로 두 손가락으로 OK를 만들어 보이자 고개를 끄덕이며 말했다.

"쇼 타임!"

두 델타포스 대원들은 출입문을 열고 차 밖으로 나왔다. 그때부터 두 사람은 머리와 허리를 최대한 숙인 상태에서 전방 사격 자세를 만들었다.

"전방 상황 이상 무! 이동해도 좋다!"

운전석 차창을 열고 차창 밖으로 M24A3 저격소총을 내밀고 사격 자세를 잡고 있는 레닉스가 무선망에 보고해 왔다. 그러자 두 델타부대원들이 약간의 좌우 간격을 두고 트럭을 향해 달려갔다.

베넷은 억수같이 퍼붓는 빗줄기들로 인해 청력으로 주변을 경계할 수 없음이 내심 신경 쓰였지만 선택의 여지가 없음을 잘 알고 있었다.

벤츠 트럭은 잡풀이 무성한 노변에, 화물을 실는 트레일러를 델타포스 대원들 쪽으로 두고 서 있었다.

야시경이 제공하는 초록색 시야 안에 3명의 델타부대원들의 총구에서 뻗어 나간 적외선 레이저 탄착점들이 트럭 뒤쪽에 찍히는 것이 보였다.

"목표 트럭까지 20미터 미만이다! 좌우 출입문 개방 징후 없음!"

베넷과 로우를 엄호하는 레닉스의 속삭이는 목소리가 두 사람에게 전파됐다.

드디어 두 엡실론 팀원들이 트럭을 코앞에 두었다. 베넷은 트럭 운전석과 조수석 쪽을 향해 손짓을 해 보였고 도로 위에서 기동하던 로우 중사가 고개를 끄덕이며 앞쪽으로 나아갔다.

두 사람은 각자 맡은 운전석, 조수석 출입문 개방 준비를 마친 뒤, 헤드셋의 키를 한번 눌렀다. 잠시 뒤, 베넷이 무선망에 속삭였다.

"개방!"

베넷은 운전석 출입문을 힘껏 열어젖히며 운전석 안으로 총구를 쳐들었다. 동일한 조치를 취한 로우가 먼저 보고해 왔다.

"조수석 이상 무!"

"운전석 이상 무!"

두 사람은 곧바로 왔던 길을 거슬러 트럭의 트레일러 문 쪽으로 걸음을 옮겼다. 두 대원이 잠시 뒤 취할 행동을 읽은 레닉스가 2차로 상황 보고를 해 왔다.

"트럭 후방 출입문 이상 무! 내부 수색에 대비하겠다!"

베넷 준위와 로우 중사는 트럭 뒤쪽으로 와, 양쪽 출입문의 개방 손잡이를 각자 하나씩 잡았다. 베넷은 야시경을 통해 랜드로버 쪽에서 레닉스가 아예 차 밖으로 나와서 저격소총으로 자신들 쪽을 조준하고 있는 것을 확인했다.

"개방한다! 셋! 둘! 하나!"

베넷과 로우가 있는 힘껏 출입문을 열면서 트럭 좌우 측으로 물러섰다. 그때 레닉스가 트레일러 내부를 야시 조준경을 통해 수색했다.

"트레일러 내부 이상 무!"

레닉스의 보고에 베넷과 로우가가 트레일러 안으로 머리를 들이밀었다.

내부에는 아무것도 없었다. 베넷은 야시경을 통해 트레일러 바닥을 천천히 살펴본 뒤, 야시경 몸체를 눈가 위쪽으로 올려 썼다.

그런 뒤, HK416의 전술 라이트를 켠 뒤 그 불빛으로 바닥을 비췄다. 그는 한쪽 눈은 감고 나머지 한쪽 눈으로 바닥에 나 있는 핏자국을 확인했고 그다음 트레일러의 안쪽 벽을 살폈다.

베넷은 벽면에 움푹하게 들어간 곳을 몇 군데 발견했고 이내, 트레일러 안으로 올라갔다. 로우는 트레일러 쪽에 밀착하여 트레일러 내외부를, 레닉스는 랜드로버 쪽에서 트럭 일대를 경계했다.

잠시 뒤, 베넷의 목소리가 무선망에 전파됐다.

"트레일러 내벽에서 사람의 몸을 관통한 뒤 박히거나 튕겨 나간 소구경 탄들의 흔적과 탄피들이 남아 있다. 최소한 4명 이상의 사람들이 총격전을 치른 것처럼 보인다. 이들 중 총탄에 피탄된 사람 또한 2명 이상으로 추정된다."

베넷은 트레일러 바닥에 납작하게 찌그러져 있는 권총탄 한 개를 주워들어 챙겼다. 그런 뒤 뒷걸음치면서 내부 전체를 꼼꼼하게 살폈다.

그는 트레일러에서 내려오고 나서, 트럭 내부를 전송용 HD 카메라로 촬영했다. 두 사람은 경계를 늦추지 않고 랜드로버로 돌아왔고 두 사람이 탑승하고 나서야, 레닉스도 운전석에 탑승했다.

탑승과 동시에 베넷은 랩톱에 전송된 영상 정보를 확인한 후 레닉스에게 말했다.

“대런, 일단 북서쪽으로, 최고 속도로 밟아 봐!”

“네, 쥐프!”

차량이 다시 도로로 나가 속도를 내기 시작했고 베넷은 야시경과 몸에 걸친 전술 장비를 벗어 놓고 짧은 한숨을 쉬었다.

곁에 있던 로우 중사는 그의 HD 카메라에 전송용 케이블을 꽂은 뒤 새트컴에 연결했다.

베넷은 북서쪽으로 앞서 출발한 나머지 한 대의 벤츠 트럭에 핵 기폭 장치가 적재되어 있을 것이라 거의 확신했다.

그리고 이제부터 엡실론 팀이 맞닥뜨릴 상황이 전보다 훨씬 복잡하고 어려워질 것이라 생각했다.

그는 핵무기 부품을 항구에서 넘겨받아 하이재커들에게 탈취당한 자들과 레드 비어드가 보낸 하이재커들, 양쪽 모두를 상대해야 할지 모르는 상황을 예상하고 있었다. 그것도 CIA나 JSOC 소속의 특수전 전력의 지원을 받지 못한 채 동시다발적인 전투를 치를 수도 있을 거라 계산했다.

그런 복잡한 그의 머릿속에 자꾸만 트럭을 수색할 때 떠올랐던 막연한 두려움과 후회가 떠올랐다.

5장
맞수 대 맞수

2016년 7월 22일 12시 11분 미국, 워싱턴 D.C., 백악관 짐 베커의 집무실

짐 베커는 4시간의 가까운 시간 동안, 대통령을 포함한 국가안전보장회의 구성원들과 북한, 일본 사태를 논의하고 대책을 세운 뒤 집무실로 돌아왔다.

그가 집무실로 들어오자, 한 시간 전부터 집무실 한쪽 벽에 설치된 화상 회의용 모니터들과 위성통신 장비를 작동시켜 둔 그의 보좌관 오스틴이 그에게 보고했다.

"짐, 제이크 어원이 한 시간 전부터 랭글리에서 대기하고 있습니다."

"고맙네, 샘."

오스틴은 고개를 끄덕이고는 말없이 나갔다.

베커가 그에게 미리 자리를 비워 주도록 했던 이유는 잠시 후, 그의 집무실로 합류한 사람들 때문이었다. 베커는 자신의 책상에 3개의 잔을 올려놓고 서랍 속에서 꺼낸 버번 위스키를 조금씩 따라 부었다.

잠시 후, 노크 없이 집무실 출입문이 열린 뒤 합참의장인 롭 피츠너 장군과 NSA 국장 크리스 베이커와 CIA 국장인 월터 탤벗이 들어왔다.

세 사람이 집무실 중앙에 있는 소파들에 자리를 잡자, 베커가 그들에게 버번 잔을 하나씩 건네줬다. 자신을 포함한 네 사람이 각자의 잔을 들고 자리를 잡고 나서야 화상 회의 장비용 리모컨을 집어 들었다.

그가 통신 연결 버튼을 누르자, 신호음과 함께 5초 후 버지니아주 랭글리에 있는 제이크 어윈의 모습이 벽걸이 모니터에 나타났다.

"제이크! 오래 기다리게 해서 미안하오."

"짐!"

어윈은 모니터를 보고 서 있는 베커와 그의 뒤쪽에 앉아 있는 세 사람을 보고 그들에게도 인사를 건넸다.

"장군님, 국장님!"

그의 인사에 세 사람은 고개를 끄덕여 보이거나, 버번 잔을 높이 쳐들어 인사했다. 어윈은 그들이 기다리고 있던 소식을 바로 전달했다.

“아프간에서 체포했던 레드 비어드의 최종 심문 결과 보고가 확인되었습니다. 아직 관련 기관, 부서에 전달되기 전이기 때문에 여러분께 먼저 의견을 구하고자 합니다.”

그 말에 베커가 의아해하는 듯한 표정을 짓자, 어윈이 헛기침을 한번 한 뒤 말했다.

“하미드 자히드, A.K.A. 레드 비어드는 파키스탄의 핵 기술자 아부 아마르에게서 2개의 핵 기폭 장치를 건네받았고 동유럽 몰도바에서 이미 밀수해 둔 핵물질과 결합, 1개의 소형화된 핵폭탄을 만들어 낸 것 같습니다.”

“맙소사, 제이크!”

베커가 기가 막히다는 반응을 보였고, 소파에 몸을 깊숙이 기대고 앉아 있던 합참의장과 탤벗 국장, 베이커 국장도 몸을 일으켜 바로 앉았다. 피츠너 장군이 버번 잔을 내려놓고 물었다.

“그 소형 핵폭탄의 존재를 증명할 수 있겠소, 제이크?”

“네, 장군. 파키스탄에 있는 레드 비어드의 창고를 기습하여 수색한 결과, 그의 창고에 실제로 핵물질이 보관되었던 것으로 확인됐습니다. 분석 팀들의 추측으로는 레드 비어드가 조립, 반출한 핵폭탄은 오래전, 우크라이나나 카자흐스탄 등지에서 도난당한 러시아군의 SS급 핵무기에서 확보된 플루토늄, 우라늄을 기반으로 제작된 것 같습니다. 레드 비어드의 기술 인력은 그것들을 사람들이 직접 옮길 수 있을 정도로 소형화시켰고 아마르 녀석이 만들어 준 기폭 장치로 인해 완성체가 된 겁니다.”

그의 설명이 끝나기가 무섭게 짐 베커가 넥타이 매듭을 느슨하게 풀어 내면서 물었다.

"그러면 현재 그 핵폭탄의 소재 파악과 구매자 추적은 진행되고 있소?"

"네, 짐. 핵폭탄을 운송했던 트럭과 선적했던 선박을 확인했고 구매자 또한 레드 비어드의 협조로 계좌 추적과 동시에 각국 정보기관과 인터폴에 있는 요주의 인물들과 비교 분석 중입니다."

그때, 탤벗 국장이 손을 쳐들면서 어윈의 설명을 제지하면서 물었다.

"제이크, 핵폭탄의 최종 도착지! 최종 도착지가 어디요?"

어윈은 비록 원격 회의이지만, 모니터를 통해서 오바마 행정부의 군사정책을 좌지우지하는 핵심 인물들의 눈치를 살폈다. 그런 뒤, 어렵게 대답했다.

"레드 비어드의 말에 따르면 일본이라고 합니다. 하지만 일본 내 어떤 항구에 핵폭탄이 하역되었는지는 아직도 입을 다물고 있습니다. 다만, 그가 어제 협상의 미끼로서 알려 줬던 핵폭탄의 구매자 추적에 모든 역량을 집중시키고 있습니다."

탤벗 국장은 자리에서 일어나 짐 베커 곁에 나란히 섰다. 그런 뒤, 심각한 표정으로 어윈에게 물었다.

"제이크, 지금 일본이라고 했소?"

"네, 짐."

"그 핵폭탄이 어느 정도로 소형화되었소?"

"레드 비어드가 현재 자신의 신변과 관련하여 우리 쪽과 최종 협상을 진행하고 있습니다. 자신의 신변과 자산을 보장해 준다면 이보다 훨씬 더 구체적이고 정확한 정보를 넘겨주겠다고 합니다."

그 말에 탤벗 국장은 인상을 쓰면서 고개를 내저었고 베커는 버럭 소리를 질렀다.

"빌어먹을, 제이크! 그런 놈과 협상을 하느라 귀중한 시간을 지체시킬 수는 없지 않소? 고문이든 심문이든 수단과 방법을 가리지 말고 조치를 취해야 하지 않겠소?"

그 말에 어윈이 난감한 표정으로 대답했다.

"곧 필요한 정보를 확보하여 보고 드릴 테니 조금만 더 기다려 주십시오."

그의 답변을 듣고, 베커와 나머지 사람들이 서로의 표정을 살폈다. CIA와 NSA 국장은 자기들끼리 귓속말로 속삭인 후 베커에게 시선을 보냈다. 그러나 그들은 베커가 깊은 생각에 빠진 듯한 모습을 보이자 모두 입을 다물고 버번을 홀짝거렸다.

이윽고 베커는 무언가 결론지은 듯 표정을 정리하고는 피츠너 장군과 베이커 국장, 탤벗 국장을 차례차례 응시했다.

그는 자신의 버번 잔을 내려놓고 리모컨을 집어 들었다. 그리고 그것으로 잠시 위성 화상 통신을 차단하는 버튼을 눌렀다.

제이크 어윈의 직급에서는 들을 수도 들어서도 안 되는 대화를 다른 세 사람과 나누기 위해서였다.

베커는 탤벗 국장을 향해 먼저 말했다.

"조지, 제이크가 보고한 내용을 바로 극비로 분류하여 우리들만 확인, 열람 가능하게 조치할 수 있겠소?"

뜻밖의 말에 탤벗 국장이 한쪽 눈썹을 치켜세웠다. 그러자 베커가 다른 사람들에게도 천천히 시선을 보내면서 말했다.

"지금부터의 대화 내용은 철저하게 우리들에게만 국한되어야 합니다. 대통령 각하께서는 아예 우리의 대화가 있었다는 사실조차도 모르시겠지만, 그렇다고 이 논의 내용이 각하를 배제하고 우리 행정부의 전복을 꾀하는 악의적인 것은 절대로 아닙니다."

그 말에 세 사람이 고개를 끄덕이거나 그에게 시선을 보냈다. 베커는 그때서야 조심스럽게 말했다.

"일단, 일본 정부에 이 핵폭탄에 대해서 경고를 해 줄 계획입니다. 그런 다음, 그 이후의 문제에 대해서는 우리 정부와 미군은 물러서서 지켜봐야 합니다."

그 말에 그와 미리 교감을 했던 탤벗 국장과 베이커 국장은 크게 반응을 보이지 않았지만, 합참의장은 깜짝 놀란 표정을 지었다.

"짐, 우리는 지금 핵 테러 가능성을 두고 이야기하고 있는 것이오. CIA와 JSOC 인원이 목숨을 걸고 이 핵물질을 추적해 온 것은 우리 미합중국의 국익만을 위해서가 아니라 전 세계에서의 핵 테러 확산 방지를 위한 목적이지 않습니까? 이 점은 우리 백악관의 주인들이 바뀌어 온 수십 년의 시간 동안에도 절대 바뀐 적이 없는 원칙이오. 대체 왜 이 핵폭탄 문제 해결을 일본인들에게 그대로 떠넘긴다는 게 무슨 말입니까? 제가 며칠 자리를 비운 사이에 우리나라의 가장 중요한 우방국이었던 일본이 적대국가로 새롭게 분류되었습니까? 아무리 외교와 정치가 중요하지만 젠장, 우리는 지금 소형화된 핵폭탄에 대해 이야기하고 있단 말입니다. 이 핵폭탄이 도쿄 시내 한복판에서 터지지 않으란 법이 있소?"

말을 하면서 점차 흥분해 가는 피츠너 장군과 달리 베커는 제이크 어윈의 최초 보고를 받을 때보다 더 침착한 모습이었다. 베커는 탤벗과 베이커에게 슬쩍 시선을 보낸 뒤 정의감에 휩싸여 있는 합참의장에게 차분하게 답했다.

"롭, 우리가 지금 일본으로 향하고 있을 핵폭탄의 존재를 은폐한다든지 아니면 일본인들에게 엿을 먹이고자 그들이 감당할 수 없는 핵 테러 시도 저지를 숙제처럼 던져 주는 것이 아니오. 당연히, 우리는 은밀하게, 비공식적으로 그 문제의 핵폭탄을 추적하고 만약의 경우 직접 처리할 것입니다. 그렇지만 공식적으로는 말입니다. 대외적으로는 일본 정부가 단독으로 그 핵폭탄을 찾아, 제거하는 그림이 필요합니다. 비록 위험 부담이 있기는 하지만 이것이 통제 불가능한 거는 아니지 않습니까?"

베커의 말에 피츠너 장군이 한발 물러섰다. 베커는 그 기세를 몰아 합참의장에게 자신의 의견을 피력하기 시작했다.

"문제의 핵폭탄을 통제 가능한 상황에서 우리 국익을 극대화시킬 수 있는 방안이 내게 있습니다. 우리 미합중국이 극동아시아에서 가장 중요한 우방국(일본)을 내쳐 버리겠다는 것이 아니라 윤리적인 의무를 다하면서 우리 몫의 파이를 챙길 수 있다는 겁니다. 다만 이 핵폭탄의 추적과 폭발 시도를 막는 작전을 일본인들이 직접 할 수 있도록 주도권을 최대한 양보하는 것입니다.”

합참의장이 다른 두 사람과 마찬가지로 베커의 말을 진지하게 경청하는 모습을 보이기 시작했다. 그러자 백악관을 포함한 워싱턴 정가에서 가장 교활하고 노련한 정객인 짐 베커가 낮은 목소리로 말을 이어 갔다.

“우리 정보기관이나 특수작전 팀이 핵폭탄을 추적해서 회수하는 것보다는, 공식적으로 일본 정부가 자력으로 핵폭탄을 찾는 것처럼 우리는 보이지 않게 모든 인력과 장비를 동원하여 지원합니다. 그런 다음, 그 핵폭탄의 존재와 DPRK의 도심 테러를 연계시켜서 동북아시아 내에서의 군사적 긴장감을 최고조로 몰아갈 수 있습니다. 그러한 상황을 이유 삼아서, 일본이 주변국들의 눈치를 보지 않고 동북아 안보 환경에서 주도적인 역할을 하도록 만들어 주는 겁니다. 중국과 한국의 반발이 워낙 거세왔지만 이번에 북한 놈들이 일본에 인적 피해를 입히고 일본 영토 내로 핵물질을 반입했다는 식으로 몰아가면 아무도, 이후의 일본의 군사력 팽창과 전개에 대해서 이의를 제기하지 못할 겁니다. 어차피, 일본 열도 내의 핵 테러 시도 자체만으로 일본은 자위권을 현 정국보다 더 적극적으로 과감하게 내세울 수 있고 또 일본 정부가 공공연하게 자신들에게 위협이 되는 국가에 대해서는 선제공격도 할 것이라고 주장해 왔으니 이번 위기를 자신들의 기회로 삼도록 우리는 거들어 줄 뿐입니다. 그런 다음, 우리는 주일미군과 주한미군에게 투입된 병력과 자원 일부를 남중국해 견제를 위해서 필리핀 쪽으로 돌리면 모두가 윈윈하는 상황이 되겠지요."

그 말을 듣고 피츠너 장군은 잠시 생각에 몰두하는 모습을 보였다.

사실, 베커는 한국, 중국과 러시아의 반발을 무마시킬 수 있는 이런 상황이 오기를 내심 기다렸었다. 이러한 상황이 있든 없든, 동북아에서의 미군 전력을 일부를 빼내야만 동중국해와 중동에서의 우위를 확보하는 것이 가능했기 때문이었다.

때문에 그는 북한의 테러 행위와 핵무기의 일본 내 반입 이슈를 최대한 이용해야 한다 생각했고 또 그 점을 대통령과 국가안전보장회의 구성원들에게 어필할 계획이었다.

그런 점에서, CIA 국장과 NSA 국장은 이미 며칠 전에 조율이 끝났고 이제 그들 두 사람의 도움으로 합참의장을 자기편으로 만드는 과정이 오늘 그의 집무실에서 일어나고 있었던 것이다.

피츠너 장군은 그의 양쪽에 앉아 있는 두 정보기관의 수장들과 달리, 베커의 책상 위에 있는 보고서의 존재를 알지 못했다.

베커의 책상 위에 있는 보고서는 영국의 대외정보기관 MI6 국장이 미 본토에 있는 MI6 지부장을 통해 직접 전달한 극비 정보 보고서였다. 그 안에는 MI6가 제3세계 암시장에서 플루토늄을 입수했던 레드 비어드와 파키스탄에서 핵폭탄 부속 장치를 만들어 거래하던 아부 아마르의 접선과 거래에 대한 내용이 담겨 있었다.

영국 정보기관은 CIA보다 훨씬 먼저, 사제 핵폭탄의 제작과 거래 가능성을 의심해 왔고 그것이 동북아시아로 흘러들어 갈 거라는 경고를 일주일 전에 짐 베커에게 은밀하게 알려 왔었다.

따라서 그는 이 극비 정보를 대통령에게 알리기 전에 CIA와 NSA 국장들과 며칠에 걸쳐서 논의를 해 오고 있었고 그 와중에 제이크 어윈이 레드 비어드의 심문 내용 중 확인된 것들을 보고해 온 상황이었다.

베커의 입장에서 합참의장을 자기편으로 만들면, 자신의 계획을 오바마 대통령에게 납득시키기에 훨씬 수월했기 때문에 그는 의도적으로 이 자리를 연출했었고 이제 잠시 후 피츠너 장군이 그의 편에 합류할 것처럼 보였다.

"좋소, 짐. 내가 당신의 계획을 위해 해야 할 일이 무엇인지 말해 보시오."

합참의장이 빈 버번 잔을 베커에게 내밀며 말하자, 베커가 미소를 지어 보였다. 그는 위스키 병을 집어 들고 피츠너 장군의 잔을 채워 주면서 말했다.

"내가 대통령을 설득하도록 도와주면 됩니다. 굳이 있는 사실을 왜곡하거나 은폐할 필요도 없소. 이 모든 일련의 조율 내용이 우리나라의 국익을 위한 것이니 나중에 의회에 있는 자들이 우리를 귀찮게 할 일도 없을 겁니다. 롭, 당신은 국가안전보장회의 구성원들 중 국방부 고문들을 설득하여 우리 편으로 만들어 주면 됩니다. 그런 뒤 대통령에게 대면 보고를 할 때 월터(탤벗 국장)와 크리스(베이커 국장)와 함께 내 의견에 힘을 실어 주시오."

그 말에 합참의장은 두 정보기관의 국장들을 차례차례 쳐다봤다. 그런 뒤 마지못한 듯 고개를 끄덕이며 대답했다.

"그 점에 대해서는 걱정 마시오."

베커는 만족스러운 표정으로 고개를 끄덕였다. 그는 몸을 빙 돌려 화상 회의용 모니터를 향해 리모콘을 쳐들고 버튼을 눌렀다. 그러자 대기 중이었던 제이크 어윈의 모습이 다시 나타났다.

"제이크!"

"네, 짐."

"일본 쪽에 전해 줄 정보들을 취합하여 우리 쪽과 국무부에 전달해 주시오. 또 레드 비어드를 최대한 쥐어짜서 핵무기를 추적하여 회수할 수 있는 핵심 정보를 얻어 내시오. 필요하면 그 자를 사자 우리에 던져 버리든지 아니면 중국 놈들의 만리장성이라도 사다 줘서 회유하시오. 한시가 급하오, 제이크."

"알겠습니다."

화상 회의를 마치고 모니터가 대기 화면 모드로 전환되자, 베커가 리모컨으로 회의 장비 전원을 껐다. 그는 책상 위에 올려 두었던 자신의 잔을 들고 버번을 한 번에 들이켰다.

독주의 향이 그의 식도를 타고 올라와 콧속에 가득 차자, 베커는 그 진한 향을 즐겼다. 그런 그의 모습을 세 사람의 미합중국 정부 핵심인사들이 지켜보고 있었다.

*　　*　　*

2016년 7월 22일 13시 23분 일본, 가나가와 현, 후지사와 시 외곽

엡실론 팀은 하이재커들이 몰사당한 시즈오카 현의 농장을 거친 뒤, 다시 유턴하여 가나가와 현으로 들어온 핵무기 탑재 차량을 추격해 왔다.

베넷은 핵무기를 적재한, 현지 통신 회사의 밴 트럭이 가나가와 현을 통해, 결국 도쿄로 향해 가고 있다고 결론지었다.

제이슨 앤더튼이 핵 물질의 흔적이 확인됐고 이것이 도쿄로 향하고 있다는 베넷의 보고 내용에 대해 대처하는 동안 베넷 일행은 최고 속도로 고속도로를 타고 이동하여 도쿄 도로 향하는 길목에 위치한 가나가와 현의 후지사와 시 외곽에 도착했다.

2시간 전부터 표적 차량이 마을의 한 구획에서 이동하지 않은 상황이었기 때문에, 베넷은 잘하면 일본 군경의 도움을 받아 핵폭탄의 도쿄 내 진입을 막을 수 있을 거라 기대하고 있었다.

"취프!"

"응?"

주차 건물 2층 공간에서 자리를 잡고 있는 베넷과 로우 중사에게, 주차 건물의 맞은편 빌딩 옥상에 있는 레닉스가 호출해 왔다. 베넷은 표적 차량의 주차 장소 맞은편 30여 미터 지점에 랜드로버를 주차해 놓은 상태였고, 레닉스 중사는 주차 건물 맞은편 5층 건물의 옥상에서 M24A3 저격소총으로 주차장 입출구 그리고 2층 내부를 감시하고 있었다.

"이 마을 말입니다."

"마을이 뭐?"

"예전에 람슈타인에서 시간을 보냈을 때 생각나지 않습니까?"

그가 무료한 기다림을 보내고 있는 베넷과 로우에게 상기시키는 장소는 2년 전 이들 팀이 중동에서 본토로 귀국하던 과정에서 잠시 머물렀던 람슈타인 미 공군기지 근처의 마을이었다.

"하루 반나절 동안 우리가 맥주란 맥주는 다 거덜 냈던 람슈타인 기지 근처의 그 마을 말입니다. 오즈의 마법사에 나오는 것 같이, 괴상한 타일들로 포장된 도로가 있었던."

그의 뜬금없는 말에 베넷과 로우가 잠시 서로를 마주 봤다. 두 사람의 대꾸가 없어도, 레닉스는 마치 차량 안에 그들과 함께 있는 것 같은 말투로 말을 이어 갔다.

"그 날 스턴이 거의 꼭지가 돌 정도로 마셔서, 그 술집에 있는 모든 여자들과 키스를 했다 했잖습니까?"

그 말에 베넷이 문제의 밴 차량 쪽으로 시선을 보내면서 대꾸했다.

"그랬었나?"

"예."

베넷의 물음에 곁에 앉아 있는 로우 중사가 미소를 지으며 대꾸했다. 레닉스는 로우의 대꾸에 고무되었는지 약간 고무된 어투로 말을 이어 갔다.

"그런데, 취프하고 스턴만 모르는 사실이 있습니다."

베넷은 잠시, 레드 비어드 체포 작전 당시, 탈레반군의 수류탄 폭발에 한쪽 어깨와 팔이 누더기처럼 보일 정도로 중상을 입고 후송된 스턴 하사의 얼굴을 떠올렸다. 베넷은 레닉스가 꺼낸 이야기가 동료 부대원인 스턴이 걱정되고 마음이 쓰이는 것 때문이라는 것을 알고도 남았다. 베넷은 내키지는 않지만, 레닉스와 로우의 사기를 위해서 관심이 있는 것처럼 반응을 보였다.

"무언가, 또 불길한 이야기가 나올 것 같은데, 그렇지?"

베넷의 대꾸에, 로우가 피식 웃었고 잠시 후 레닉스가 스턴을 골려 먹을 때처럼 말했다.

"사실 말입니다. 그 날 밤에 스턴 녀석이 키스를 했던 사람들은 여자들이 아니라 모두 게이 남자들이었습니다. 취프는 먼저 맛이 가서 몰랐겠지만, 취프가 엎드려서 자고 있던 바는 게이 바였습니다. 스턴은 그 날 밤 그 마을에서 그놈이 평생 볼 수 있는 게이들을 다 만나서 모두 키스를 한 것이었죠. 나중에 이 일이 끝나면 취프가 알려 주십시오."

"뭐야?"

"아, 참, 그 날 그 마을 게이 친구들 술값은 곯아떨어져 자고 있던 취프의 지갑에서 빼내서 계산한 것이었죠. 미합중국 육군 취프가 게이 바에 미국과 독일의 우호 관계를 위해 2천 달러가 넘는 미화 달러를 지불했었죠."

레닉스는 말을 마치자마자 참고 있던 웃음을 터뜨렸고 황당해

하는 베넷의 모습에 로우도 웃었다.

"젠장할, 대런, 이 미친 녀석. 그 공작금이 없어져서 내가 사유서를 쓰고 작전과에서 한바탕 한 거를 알고나 있어? 이 변태 자식들 같으니."

그 말에 레닉스가 바로 대꾸했다.

"현지(이라크)에서 밥 먹듯이 변절했던 쥐새끼 같은 정보원 놈들에게 그 돈을 쓰느니, 람슈타인의 멋진 게이 친구들에게 한잔 사는 게 더 낫지 않습니까?"

"닥쳐, 정신 나간 놈 같으니."

베넷도 고개를 가로저으며 웃었다.

잠시 후, 다시 무거운 침묵이 양쪽의 무선망에 감돌다가 이내 베넷과 로우가 2층 주차장 진출입구에서 움직임을 발견했다.

"대런, 진회색 혼다 시빅이 1층에서 올라왔다. 보이는가?"

"예, 취프!"

"외부 상황은?"

"이상 없습니다. 시빅은 밖에서 진입한 것이 아니라 1층 주차장에서 올라간 것 같습니다."

"시빅이 이제 우리 차량 앞쪽을 지나쳐갈 것이다. 주시해, 대런!"

"라저 댓!"

시빅은 서행하면서 주차할 빈자리를 찾는 것처럼 보였지만, 베넷과 로우는 각자 두 무릎 위에 올려 둔 총기의 안전장치를 풀었다.

이윽고 시빅이 랜드로버를 향해 다가왔다. 조수석에 앉아 있는 로우 중사가 차량 출입문 손잡이를 당겨서, 만약의 경우 출입문을 박차고 나갈 준비를 했다.

"어때?"

베넷의 나지막한 목소리에 로우는 총기 조정간을 연발에 두는 것으로 대답했다.

마침내, 시빅이 랜드로버에 더욱 가까워졌고 두 델타포스 대원들이 숨을 죽인 채 차량의 운전석을 주시했다.

양쪽 차량이 모두 짙은 썬팅을 한 상태였기에, 서로가 서로의 움직임을 확인할 수 없었다.

베넷은 시빅의 운전석 쪽을 실눈을 뜨고 주시하면서 무선망에 보고했다.

"시빅이 우리 위치에서 5~6미터 정도 거리에……."

그러나 베넷이 말을 채 마치기도 전에 그의 좌측, 조수석에 앉아 있는 로우가 별안간 베넷을 자신의 상체로 덮쳤다.

"로~켓!"

영문을 모르고 어리둥절했던 베넷이 로우가 경고한 메시지를 알아듣는 찰나, 전방 방풍창 앞으로 새까만 연기를 내뿜는 무언가가 쌩하고, 우에서 좌로 지나쳐 갔다. 그 직후 랜드로버 좌측에서 "쾅!"하고 둔한 폭발음이 울려 퍼졌다. 그 폭발로 인해 2층 주차장에 주차되어 있는 20여 대 정도의 차량들의 도난경보기가 울리기 시작했다.

베넷은 폭발의 충격에 어리둥절했지만 곧 이어진 상황에 대비하고자 움직였다.

“대런, 로켓 공격을 받았다! 지금부터 적들이 보이는 즉시 대응해! 절대로 표적 차량이 이곳을 떠나게 하면 안 돼!”

“라저 댓, 취프!”

베넷은 운전석 출입문을 열면서 몸을 일으키려 했다. 하지만 다시 한 번 로우가 그의 머리를 찍어 누르면서 시빅을 향해 MP7A1 기관단총 사격을 가하기 시작했다.

“타타타탕! 타타타타!”

그가 날려 보낸 총탄들이 전방 방풍창을 뚫고 랜드로버의 11시 방향에 있는 시빅 운전석 쪽에 박혔다. 그곳에서도 로우와 베넷을 향해 자동화기를 발사하고 있었다.

베넷은 로우에게 깔려, 운전석 바닥만을 주시하고 있었지만 상황을 파악할 수 있었다.

차량 엔진부 쪽에 박히는 총탄들의 진동을 느끼면서 그는 로우와 시빅 운전자가 총격전을 치르고 있음을 알고 있었다. 로우가 그에게 뒤늦게 경고를 전파했다.

“직전방에 적 사수! 직전방에 적 사수! 총기 교체~!”

로우는 그때서야 운전석 쪽에서 조수석 쪽으로 몸을 비켜 줬다. 그와 동시에 로우는 베넷이 건네준 HK416을 넘겨받았고 그 즉시 7~8미터 전방의 시빅 운전석을 향해 총탄을 퍼부었다.

“타타타타타타~!”

무지막지한 총성이 협소한 차 안에 가득 찼지만 두 사람은 이미 반쯤 귀가 먹은 상태였기 때문에 이에 개의치 않았다.

그때 베넷은 몸을 일으켜 세우면서 시동을 걸었다. 그리고 운전대를 왼쪽으로 깊이 꺾으면서 가속페달을 힘껏 밟았다.

"우우웅! 퍽!"

급가속해 튀어 나간 이들의 차량이 시빅 차체의 우측면을 들이받았다. 랜드로버는 시빅을 들이받은 후에도 계속 전진하여 시빅을 반대편 주차 구획으로 밀고 갔다. 랜드로버에 의해서 밀려가던 시빅이 반대편 공간에 주차된 경차 후방을 들이받았다. 그때에는 랜드로버 차체까지 크게 요동쳤다.

"맙소사, 프랭크!"

충격과 동시에 전개된 에어백 때문에 HK416 총몸에 얼굴을 부딪친 로우가 뒤늦게 소리쳤고 베넷은 그때서야 가속페달에서 발을 뗐다.

베넷은 몸을 일으켜 세우면서 품 안에서 글록22 권총을 꺼내 들었다.

"하차해서 적 차량 확보해!"

베넷이 HK416을 쳐들고 차 밖으로 나가는 로우에게 소리쳤다. 그러나 베넷이 운전석 출입문을 열어젖히는 순간, 어지러운 퍼즐 조각들처럼 보이는 박살 난 전면 방풍창을 통해 시빅 운전석에서 나타난 사람의 형체를 발견했다. 그는 그 즉시 권총을 얼굴 높이로 대충 쳐들고 방아쇠를 당겼다.

"탕! 탕! 탕! 탕! 탕!"

5발의 총탄들이 방풍창을 뚫고 나갔고 베넷은 감으로도 그가 적 사수를 제압했음을 확신할 수 있었다. 그는 운전석 출입문을 힘껏 밀어내고 머리와 우측 어깨를 차 밖으로 내밀었다.

폭발과 총격의 충격에 어리둥절한 상태임에도 그는 많은 델타 포스 대원들이 그러하듯이 기계적으로 능숙하게 오감을 통제했다.

차 밖으로 향하는 그의 시야에 주차장 천장의 LED 조명 때문에 크리스털 조각들처럼 보이는 방풍창 유리 조각들과 뿌연 연기가 가득한 침침한 주차장 공간이 들어왔다. 차량 경보장치들이 시끄럽게 울려 퍼지고 비상등들이 이곳저곳에서 깜박이고 있었지만 그는 이 혼란스러운 상황 속에서 침착하고자 애썼다.

그러나 다음 순간 베넷은 자신을 향해 맹렬한 속도로 질주해 오는 괴한들의 밴 트럭을 그의 우측 방향에서 발견했다.

불과 잠시 전까지만 해도 이들이 시선을 떼지 않고 있던, 사람이 탑승하지 않았던 트럭이 거대한 기관차처럼 엡실론 팀을 향해 돌진해 오고 있었다.

하차하려던 베넷은 다시 차 안으로 몸을 내던지며 소리쳤다.

"표적 차량이 덮친다! 조심해!"

그가 운전석과 조수석 쪽에 그의 몸이 떨어질 때, 이번에는 엄청난 충격이 랜드로버를 강타했다. 강력한 충돌 충격을 받은 랜드로버는 그 즉시 주차장 통로의 좌측 방향으로 밀리기 시작했다.

밴 차량은 바퀴 쪽에서 요란한 마찰음과 연기를 낼 정도로 속도를 내고 있었고, 그 동력에 의해서 랜드로버 차체가 계속해서 차량 통로를 따라 밀려났다.

베넷은 몸을 일으켰고 차량 바깥쪽에 있던 로우 중사를 생각할 겨를도 없이 차창을 통해 밴 차량을 주시했다.

베넷은 그때, 자신이 지저분한 가죽 시트 위에서 생을 마감할지 모른다고 느꼈고 그 사실을 깨닫는 순간 그의 온몸이 전율에 휩싸였다.

그렇지만 노련한 특수부대원은 전투를 위해 만들어진 기계처럼 움직였다. 역시 짙은 썬팅이 되어 있었지만 그는 최소한 누군가 운전석 쪽에 있고 그가 랜드로버를 주차장 한쪽 끝으로 밀어붙이고 있음을 알 수 있었다.

"탕! 탕! 탕! 탕! 탕!"

베넷은 수발의 권총탄들을 밴 차량을 향해 날려 보냈고 그 순간 언제부터 들려왔을지 모를 레닉스 중사의 목소리가 들렸다.

"추락한다! 차량이 추락합니다, 프랭크!"

그의 목소리를 듣는 즉시, 베넷은 어렵게 어깨 너머로 고개를 돌렸다. 그때 랜드로버의 차체 좌측이 금속 패널과 철제 케이블로 만들어진 주차장 벽면을 들이받았다. 그것들이 순식간에 베넷의 시야에서 사라지고 대신 짙은 회색의 아스팔트 바닥이 그의 눈앞으로 쇄도해 왔다.

* * *

2016년 7월 22일 13시 37분 일본, 가나가와 현, 후지사와 시 외곽

로우 중사는 눈앞에서, 그의 팀장이 탑승한 랜드로버가 밴 트럭에 의해 2층 바깥으로 추락하는 것을 지켜볼 수밖에 없었다. 밴 트럭이 랜드로버를 밀어붙이는 내내 그 또한 밴의 측면 출입문을 열어젖히고 사격을 가하는 괴한에게 응사하고 있었기 때문이었다. 그러나 결국에 랜드로버가 시야에서 사라지자 로우는 극도의 흥분 상태에 빠졌다.

"타타타탕! 타타타타!"

핵무기가 적재된 것으로 추측되는 밴 트럭을 향해 절대 총격을 가하지 말라는 베넷의 지시를 무시하고 그는 베넷에 의해 제압된 시빅과 그것이 충돌했던 경차 사이에 서서 MP7A1 기관단총을 난사했다.

그의 이어폰에서 레닉스 중사가 고래고래 소리치고 있었지만, MP7A1의 총성 때문에 그는 아무 소리도 들을 수 없었다.

하지만 그의 총기에서 마지막 탄이 나가고 그는 민첩하게 자세를 낮췄다. 그런 뒤 탄창 멈치를 눌러 빈 탄창을 떨어뜨리려는 순간 그의 위치로 무언가 둔탁한 소리를 내면서 떨어졌다. 밴 트럭 쪽에서 투척한 묵직한 물건이 로우 중사의 근처 벽면에 맞고 그가 서 있는 바닥으로 굴러 내려왔다.

로우는 황급히 그의 바로 앞쪽 바닥에서 굴러 내려오는 세열 수류탄을 집어 들었다. 그의 위치 근처 바닥에 뒤늦게 발견한 것까지 포함하여 모두 2개의 수류탄들이 떨어져 있었고 그는 다른 한 손으로 나머지 한 개를 집어 들면서 몸을 일으켰다.

0.1초도 되지 않은 순간에 로우의 머릿속에는 그의 삶에서 있었던, 의미 모를 사건들의 광경 수십 개가 스쳐 지나갔다.

"아!"

그는 양손으로 들고 있던 수류탄들을 밴 트럭 쪽을 향해 던지려는 순간 오른손에 있던 수류탄이 그의 손아귀에서 빠져나가기 직전에 폭발했다.

"펑~!"

*　　　*　　　*

2016년 7월 22일 13시 38분 일본, 가나가와 현, 후지사와 시 외곽

지동현 상사와 기석천 중사는 괴한들의 사격에 제압된 민준호 중사를 밴 트럭에 옮겨 실었다. 두 사람이 목과 어깨에 최소 3발 이상의 권총탄에 피탄된 그를 트럭 측면 출입문을 통해 탑승시키는 동안 곽성준은 수류탄으로 제압한 괴한에게 다가갔다.

피투성이가 되어 쓰러져 있는 백인을 내려다보면서 곽성준은 그가 어쩌면 단순한 무기 하이재커가 아니라 미군이나 미 정보요원일지도 모른다고 생각했다.

"조장 동지!"

뒤쪽에서 그를 부르는 지동현 상사의 재촉에도 불구하고 그는 만약을 위해 괴한의 장비를 챙겨 가고자 바닥을 두리번거렸다.

곽성준은 엉망이 되어 있는 미니 쿠페 아래쪽에서 MP7A1 기관단총을 찾아 집어 들었다. 그리고 백인 괴한이 사용했다가 박살이 난 소형 무전기 조각과 성대 마이크도 확보했다.

"조장 동지!"

지동현이 다시 한 번 그를 불렀을 때에는 밴 차량이 후진하여 그의 위치까지 와 있었다.

곽 소좌가 밴 트럭으로 달려가 탑승하자, 기다렸던 김무영 중사가 가속페달을 밟았다. 정찰조의 차량은 다시 후진하여 처음 나타났던 반대편 방향으로 움직였다.

이동로의 끝에 도착하자, 그곳에서 RPG7 로켓발사기와 Vityaz 기관단총을 휴대한 기석천 중사가 조수석으로 올라탔다.

곽성준은 김무영과 기석천에게 소리쳤다.

"신속하게 현장을 이탈하고, 5조원 동무는 우릴 미행하는 자들이 있는지 확인하면서 우리 기동에 방해하는 모든 존재를 제압하라!"

"네, 조장 동지!"

김무영은 빈 주차 공간에서 밴 트럭을 후진으로 집어넣었다가 다시 빠져나오면서 1층으로 이어지는 출구통로로 차량을 몰아갔다.

밴이 1층에 도착하자, 화재 경보로 인해서 몰려든 일본인들 대여섯 명이 서성거리고 있었고 그들의 모습에 정찰병들은 총기를 감추고 최대한 조심스럽게 행동했다.

"저놈들, 모두 민간인들입니다. 이대로 주차장을 빠져나가서 다음 대책을 세우면 될 겁니다."

김무영은 침착하게 밴을 서행 상태로 몰아가면서 좌석 뒤쪽의 조장과 부조장에게 말했다.

일본인들 몇 명이 차량 앞쪽의 그릴 쪽과 범퍼가 일부 망가져 있는 정찰병들의 밴을 의아한 표정으로 지켜보고 있었다. 조금 뒤, 그들은 곧 차량 뒤쪽에 나 있는 총알구멍들을 볼 것이었고 그 점을 계산한 기석천이 올인원 작업복 차림의 그들을 응시하면서 물었다.

"10시 방향의 노동복(작업복) 차림 놈들이 우리를 의심스럽게 쳐다봅니다."

그 말에 곽성준이 두 앞좌석 사이로 고개를 슬쩍 내밀며 말했다.

"휴대전화나 무전기 따위를 꺼내 들었는가?"

"아닙니다."

"그러면 모두들 사격하지 마. 이 일대를 벗어날 때까지는 도로 내에 차단소(검문소)가 설치되면 안 된다. 우리 화물이 먼저야."

기석천은 출입문의 차창을 내리려다가 말고 그들을 뚫어져라 주시했다.

마침내 밴 트럭이 주차장 출입구를 통과해 건물 바깥으로 나왔다. 바깥에 나와 도로 구획에 진입하자마자 햇빛이 차 안으로 쏟아져 들어왔다. 차량이 입구에서 좌회전하여 마을 외곽으로 향하는 도로를 타고 달리기 시작했고 그때까지 곽성준과 기석천은 주차장 쪽을 주시하며 긴장을 늦추지 않았다.

주차 건물을 한참 뒤쪽에 두고 나서야 곽성준은 차창 쪽에 밀착시켰던 몸을 원위치 시켰다. 그리고 좌석 가운데에 앉혀 둔 민준호 중사를 살폈다.

곽성준은 육안으로 민준호의 상태를 확인할 수 있었다. 권총탄이 관통한 그의 목에서는 바람 빠지는 소리가 들렸고 그 부상 부위와 쇄골이 박살이 난 어깨 쪽에서 대량의 피가 흘러나왔다. 이미 그가 흘린 피가 차량 중간 열의 시트 전체를 적셨고 바닥에도 고이기 시작했다.

곽성준의 시선은 그의 시선을 그대로 좇고 있던 지동현의 시선과 마주쳤다. 그는 한 손에 몰핀 주사제가 들어 있는 주사기 5개를 들고 곽성준을 빤히 쳐다보고 있었다. 다량의 몰핀을 주사해서 민준호를 안락사 시키려는 조치에 대해서 곽성준의 허락을 구하는 것이었다.

곽성준은 Vityaz 기관단총을 좌석 한쪽에 내려놓고 지동현의 손에서 주사기들을 빼앗았다. 그러고는 그것들을 민준호의 목에 한 번에 놓아 줬다. 곽성준은 주삿바늘들을 그의 몸에서 빼내면서 그의 머리를 자신이 품 안으로 끌어들였다. 곽 소좌는 그 상태로 그의 조원의 숨이 끊어질 때까지 기다렸다가 잠시 뒤 그의 머리를 품 안에서 내보내 줬다.

그때까지 곽성준과 지동현은 서로를 말없이 응시했다.

조금 뒤, 밴 트럭이 작은 교차로를 앞두고 신호등 신호에 맞춰서 정차했다. 앞쪽에 앉아 있는 김무영 중사는 리어 미러를 통해 민준호를 응시하고 있었고 조수석에 앉아 있는 기석천 중사는 어깨 너머로 고개를 돌려 역시 그를 응시했다.

4명의 정찰병이 전사한 조원을 두고 잠시 동안 시간을 갖는 것이었다. 아무도 입을 열지 않고 움직이지도 않았다.

곽성준은 그의 조원들이 충분히 민준호의 명복을 빌어 줄 시간을 주었다고 생각한 뒤, 기석천 중사를 향해 한 손을 쳐들며 말했다.

“도쿄까지 돌아갈 이동로를 알려 줄 테니, 전자 지도를 건네 줘, 5조원 동무!”

그의 지시에 기석천이 조수석 아래쪽에 둔 백팩에서 태블릿 PC를 꺼냈다. 그런 뒤 그것을 곽 소좌에게 건네주는 순간 “퍽!” 하는 소리와 함께 파편 따위가 내부에 튀어 날리며 아이패드가 박살이 나 버렸다.

정찰병들의 시선이 본능적으로 차내 우측 차창으로 향했다. 박살이 난 우측 차창을 통해 햇살이 쏟아져 들어왔고, 유리 조각들에 얻어맞은 지동현이 민준호 쪽으로 몸을 숙인 채 소리쳤다.

“적 사격이다! 적 사격이다!”

김무영은 그 즉시, 전방 상황을 살피면서 가속페달을 깊이 밟았다. 밴 트럭이 요란한 타이어 마찰음을 내면서 전방에서 진행 중인 차량들 사이로 튀어 나갔다.

사방에서 경적 소리가 들려왔고 밴을 피하려다 다른 차량들이 서로 충돌하는 소리가 들려왔다.

곽 소좌는 지동현 쪽으로 자리를 옮겼다. 그는 좌석 위로 엎드려 있는 지동현의 등판을 깔고 앉다시피 한 자세로 차창 바깥을 향해 총기의 총구를 내밀었다.

하지만 그가 예측했던 것처럼 밴 트럭을 추적하면서 사격을 가하는 적 차량이 있는 것은 아니었다.

그가 어리둥절해할 때 그는 그의 머리 위로 스치는 총탄의 초음속 비행음을 감지했다. 그와 동시에 운전석 쪽 차창이 박살이 나면서 김무영의 괴성이 들려왔다.

"아!"

곽성준은 반사적으로 고개를 돌려 밴 트럭의 후방에 보이는 건물 지역을 살폈다. 2~5층 정도의 사무용 건물, 상가 건물이 빼곡하게 들어차 있는 도심 거리가 그의 시야에 들어왔지만 정찰병들에게 총탄을 날려 보내는 자의 모습을 확인할 수 없었다.

그때 또 한 발의 총탄이 날아와 밴 트럭의 후방 출입문을 관통해 들어온 뒤 곽성준과 지동현이 앉아 있는 중간 열 좌석을 2차로 관통한 후 조수석에 박혔다.

"아아아!"

기석천이 저격탄에 피탄되자, 김무영 중사가 괴성을 지르면서 차량을 지그재그로 몰기 시작했다.

*　　*　　*

2016년 7월 22일 13시 41분 일본, 가나가와 현, 후지사와 시 외곽

레닉스는 주차 건물 맞은편 사무실 건물 옥상에서 1.6킬로미터 떨어진 교차로 내, 밴 트럭을 M24A3 저격소총으로 공격하고 있었다. 그가 발사한 3발의 .338 라푸아 매그넘탄들이 모두 표적 차량에 명중했다. 핵무기가 적재되어 있을 거라는 베넷의 경고에도 불구하고 그 또한 밴 트럭 안에 사람이 앉아 있을 만한 공간에 정밀한 사격을 가했다.

"탕!"

또 한 발의 총탄이 발사되고 잠시 뒤 그 총탄이 그가 고배율 스코프로 주시하던 밴 트럭에 명중했다.

밴 트럭은 레닉스의 저격탄들에 혼쭐이 난 뒤 도로 위를 지그재그로 달렸다가 갑자기 중앙선을 넘어 반대편 차선의 노변에 정차했다.

레닉스는 장전을 마치자마자 잠시 전과 달리 이제는 정조준이 가능해진 차량의 뒤쪽 타이어를 노렸다.

"탕~!"

그가 또 한 발의 장거리 저격탄을 발사했고 그 총성이 주차 건물 일대에 울려 퍼졌다. 주변에 쩌렁쩌렁 울리는 총성은, 1천 미터가 넘는 거리 내 긴급 표적에 대한 정밀 사격을 위해 그가 총기의 소음기를 제거한 결과였다.

그가 사격할 때마다 들려온 총성으로 인해 현지 사람들 이 거리에 멈춰 선 채로 그를 올려다보고 있었다. 인접한 건물의 창가에서도 그를 발견한 현지인들이 수군거리거나 자기들끼리 큰 소리로 떠들고 있었다.

그러나 그가 잠시 그의 위치 아래쪽과 주변 상황을 살핀 사이에 밴 트럭 쪽에서 뿌연 연기가 치솟고 있었다.

"빌어먹을!"

연기가 점차로 밴이 정차했던 지점 일대로 퍼졌고 레닉스의 시야가 그로 인해 제한받기 시작했다. 그는 그 연기가 연막탄에서 비롯된 것임을 알고 조금 있으면 밴 트럭을 놓칠지도 모른다고 판단했다.

"탕!"

레닉스는 황급히 가장 빠른 속도로 총탄을 날려 보냈지만 결국 밴 트럭이 있던 지점에 퍼진 연막으로 인해 사격 기회를 놓쳤다.

밴은 정차했던 지점에 투척한 연막탄들 외에도 차체에서도 연막을 전개시키며 도로 위를 달렸다. 그런 다음, 다음 교차로에서 좌회전한 뒤 그쪽 거리로 사라져 버렸다.

레닉스는 육안으로 그곳을 주시했다.

밴 트럭이 사라진 교차로 지점에는 도로 일대에 퍼져 있는 연막 때문에 주행하지 못하는 현지인들의 승용차와 버스가 비상등을 켠 채 정차해 있었다.

그의 시선이 이제 주차 건물 쪽으로 향하자, 막 도착한 소방차량들과 앰뷸런스, 경찰 차량이 보였다. 뿐만 아니라 정복 경관들과 함께 몇몇 민간인들이 레닉스의 위치를 손짓으로 가리키며 떠들고 있는 모습도 포착됐다.

레닉스는 그들의 모습과 2층에서 떨어져 전복되어 있는 랜드로버를 빤히 응시했다.

*　　　*　　　*

2016년 7월 22일 21시 56분 일본, 도쿄, 하네다 공항, 전역합동대테러본부 제4 격납고

제4 격납고는 넓은 구획을 6등분하여 미군 델타포스, 국군 707부대와 일본 각 현의 차출, 지원 나온 SAT 병력이 사용하고 있었다.

정보사, 국정원 인원은 일본 정보본부와 내각 정보 조사실, 공안 조사청과 경찰 정보 부서들이 몰려 있는 제2 격납고를 함께 사용하고 있었기 때문에 제4 격납고의 공간은 모두에게 충분했다.

격납고의 서쪽은 넓은 테이블들 4개를 설치하여 특수부대원들이 식사를 하거나, 아니면 총기와 전술 장비를 점검할 수 있게 해 놨다.

전장형과 그의 4명의 중대원들이 한쪽 끝 테이블에서 늦은 식사를 하는 동안 반대편 테이블에서는 델타포스 대원들이 어디선가 받아 온 추가 장비들을 펼쳐 놓고 점검 중이었다.

그들이 모두 4대의 AN/PEQ-1C SOFLAM(특수작전용 레이저 표적 지시기), 그리고 그것들과 함께 사용할 야전용 랩톱컴퓨터들을 꺼내 놓고 정비하는 모습을 보면서 이종진 준위가 작은 목소리로 말했다.

“델타네가 가져온 것 보십시오, 중대장님.”

그 말에 전장형이 숟가락을 입에 물고 그의 먼 좌측으로 시선을 보냈다. 최승희 중사와 신영화, 강정훈도 차례차례 그들 쪽으로 시선을 뒤따라 보냈다.

10여 미터 정도 떨어져 있는 그쪽 테이블에서 시선을 떼지 않고 이종진이 말을 이어 갔다.

“앞으로 상황이 장난 아닐 것 같습니다. 밀러 대위네가 쓸데없이 정밀 폭격 유도 장비를 가지고 다닐 사람이 아니잖습니까. 저 사람, 75레인저부대 출신이라서 무거운 거 가지고 걸어 댕기는 거 정말로 싫어한다고 그러던데. 저 무거운 광학 장비들을 일본인들 앞에 자랑하려고 휴대하지는 않을 것이 분명합니다.”

전장형 일행이 자신들을 응시하는 모습을 발견한 허드슨 준위가 이들에게 한 손을 들어 보였다. 그러자, 특전대원들은 서로 약속이라도 한 듯 곧바로 시선을 거둬들였다. 이들은 모두 이라크에서 밀러 대위와 그의 델타부대원들이 치열한 교전 지대 한복판에서 저 레이저 표적 지시기와 랩톱컴퓨터를 이용하여 놀라운 만큼 정밀한 폭격을 유도했던 것을 지켜본 적이 있었기 때문에 현재의 상황을 짐작하고도 남았다.

특히, 이종진은 바그다드 외곽의 HVT 체포 작전 당시, 이들을 퇴출시키는 험비 행렬을 향해 돌진하는 자살 폭탄 트럭 2대를 밀러 대위가 40밀리 보포스 포 사격을 유도, 정확하게 파괴하는 것을 그의 곁에서 지켜본 적이 있었다.

그 생각을 하자 식욕을 잃어버린 이종진이 기내식 트레이 위에 숟가락과 포크를 신경질적으로 내려놓고 말했다.

"앞으로 무슨 난장판이 벌어질지 모르는데 밥이 넘어갈 수가 없지, 니미 씨! 대체 왜 우리가 이 열도 놈들하고 빨갱이들 깽판 속에 들어와 있는지 도저히 이해가 안 되네. 그리고 이 염병할 기내식도 작작 좀 내주지. 무슨 전투식량 고급 버전도 아니고, 하여간 이 왜놈들은 상식이라는 게 없어. 썅놈의 새끼들. 앞에서는 굽실굽실 예의란 예의는 다 갖추면서 뒤돌아서면 대체 상식이라는 게 없어."

그 말에 강정훈이 이종진과 똑같은 표정으로, 용기 안에 미트볼을 포크로 찍어 들고는 대꾸했다.

"우리 하네다 공항 터미널 가서 비빔밥이라도 먹고 오면 어떻겠습니까? 거기 한식당이랑 중식당도 있다던데."

그 말에 이종진이 더 우거지상이 되었고 다른 중대원들이 피식 웃었다. 이종진은 포크를 집어 들고 대각선 위치에 앉아 있는 강정훈 중사에게 삿대질하듯이 쳐들며 말했다.

"말이 되는 소리를 해라, 이 호랑말코야. 이 자식은 중사 몇 호봉인데 원칙이나 규율 같은 것에 대해 개념이 이등병 수준이야? 너, 이놈 새꺄, 국군 복무 신조는 둘째 치고 공중도덕 지킬 수 있는 상식이라도 있냐? 이 에버랜드 동물원에 팔아 버릴 놈 같으니."

그 말에 강정훈이 트레이 위에 포크와 나이프를 내려놓고 허리를 꼿꼿이 세우며 대답했다.

"아, 부중대장님은 제가 원칙이나 규율과 거리가 멀다고 생각하십니까? 저, 이래 봬도 여단에 있었을 때랑 지금까지 짬밥 먹는 동안 2번이나 대대장 표창을 받은 모범 군인입니다."

그 말에 전장형과 신영화의 시선이 강정훈에게 향하자, 최승희가 들고 있던 포크를 허공에 들고 흔들었다. 사람들의 시선이 강정훈에게서 그녀에게 향하자 그녀가 씹고 있던 음식을 급히 삼키고 말했다.

"그래, 표장 받았지, 강 중사. 말 잘했다, 이놈아. 네놈, 표창들 한 번은 홍대 근처에서 술에 떡이 된 취객이 게이들에게 겁탈당하려는 것을 구해 줘서 받았고 또 한 번은 대대에 들어오는 짬 아저씨네 돼지 축사가 폭우에 침수됐을 때, 혼자서 돼지 10마리 넘게 구해 줘서 받았지. 표창도 표창인데, 다 이상한 것들로 받았잖아. 말뚝 박겠다는 군인이 무슨 근무 잘해서, 사격이나 훈련 잘해서 받은 표창은 하나도 없고 죄다 '세상에 이런 일이' 에 나올 법한 일들로 표창받고 그걸로 유세 떨고 야단이네. 내가 중대장님이랑 부중대장 계셔서 말을 안 하려고 했는데, 너는 성격은 개차반이고 하는 짓은 더 개차반이야. 바빠서 좋겠다. 지구의 평화를 지키느라."

그 말에 강정훈이 최승희를 쏘아보며 대꾸했다.

"닥쳐라, 임마. 어쨌든 그게 다 내가 모범 부사관이라는 것을 증명하는 거 아니냐?"

"모범은 무슨, 모범 부사관이 죄다 알래스카에서 라면 끓여 먹고 있냐?"

"닥치고 가서 건빵이나 구워~ 조신하게 신부 수업이나 하지, 왜 군대에 들어와 가지고 죄 없는 남군들 물어뜯는데?"

"건빵이 아니라, 쿠키라고 잡놈아. 쿠키!"

늘 보는 최승희와 강정훈의 입담 대결에 신영화와 전장형까지 식사를 멈추고 구경했다. 늘 보는 모습이기에, 두 사람의 표정 또한 평소와 별반 다를 게 없었지만 이종진 준위는 얼굴 안의 모든 피부 세포를 찡그리고 있는 듯한 모습이었다.

그 표정을 먼저 발견한 최승희 중사가 먼저 입을 다물고 다시 식사에 열중했지만 강정훈은 다시 그녀에게 퍼부을 말을 생각해 낸 분위기였다. 그러나 그가 그녀에게 말을 건네기 전에 이종진이 그를 먼저 제지했다.

"그만들 해라, 이놈들아. 정말 분위기 파악 못 하냐? 이것들 정말 쏴 죽일까 보다. 언제 전쟁 터질지 모르는 동네까지 와서, 정말!"

이종진이 분노를 겨우 억누르는 듯한 말투로 경고하자 두 사람은 조용히 식사에 열중했다. 그때, 평소에 늘 말수가 적은 신영화가 생수병 뚜껑을 돌려, 열면서 입을 열었다.

"최 중사, 강 중사, 정말 긴장해. 아까 정보사 쪽 인원이 그러는데 지금 제2 격납고에 있는 탈북 군관 출신 인원들한테 여기 일본인들이 북조선으로 꺼지라고 쓴 쪽지를 화장실하고 공용 정수기 쪽에 붙여 놨다고 하더라."

그 말에 전장형과 이종진의 두 눈이 휘둥그레졌다. 신영화는 생수병을 입가까지 쳐든 채 그들에게 설명을 보태 줬다.

"정보사 인원들이 그러는데 라현철 준위하고 다른 2명의 탈북 군관들이 그 쪽지를 발견했다고 합니다. 그것 때문에 정보사 간부하고 국정원 책임자가 일본 측에 항의를 했는데, 그 자리에 있었던 합동대테러본부 간부들 반응이 그냥 형식적으로 사과를 한 것처럼 보였답니다. 오사카에서 사상자 숫자가 엄청나게 나오니까, 일본 군경 애새끼들이 죄다 적개심에 예민해져서, 이제는 머리를 조아리며 인사치레하는 것도 생략하는 분위기라고 합니다."

그 말을 듣던 이종진이 전장형을 곁눈질로 보며 대꾸했다.

"이제 앞으로 두고 보십시오, 중대장님. 나중에는 북조선 출신 탈북 군관들한테만 지랄하는 게 아니라 우리한테까지 원망과 분노를 쏟아 낼지 모릅니다. 저런 배은망덕한 새끼들을 위해서 우리가 목숨 걸고 빨갱이 새끼들하고 전투를 치를 필요가 없습니다. 일본 놈들이 어떤 놈들인지 잊었습니까?"

전장형은 즉석커피가 들어 있는 종이컵을 일없이 만지작거리면서 낮은 목소리로 답했다.

"그래도 그게 아닙니다, 부중. 우리가 저 사람들 눈치나 반응 보고 임무를 수행하러 온 것이 아니잖습니까. 우리는 우리 지휘부 명령대로 주어지는 임무들을 실행하면 됩니다."

그러자, 이종진이 갑자기 자신이 착용하고 있는 방탄복을 한 손으로 두들기면서 목소리를 높였다.

"보십시오, 중대장님. 우리 입고 있는 방탄복 안에 들어 있는 것은 밀러 대위 네가 빌려준 미제 방탄판이지, 자위대 놈들이 빌려준 신형 세라믹 방탄판이 아닙니다. 이것만 봐도 모르겠습니까? 우리가 이 나라에서 어떤 대접을 받고 있는지?"

이종진의 한층 높아진 목소리에 전장형의 시선이 그에게 향했다. 전장형은 이종진처럼 감정적인 분위기를 보이지 않았는데, 오히려 그 모습이 이종진 준위에게는 더 위압적으로 보였다.

"죄송합니다, 중대장님."

이종진은 전장형과 두 사람의 대화를 못 본 척하고 있는 중대원들의 눈치를 살피며 말했다.

전장형은 종이컵 안의 커피를 다 마신 뒤, 컵을 구겨서 빈 음식 용기 안에 넣었다. 그런 뒤, 의자에서 일어나 등받이에 걸어둔 방탄복과 총기를 챙기면서 중대원들에게 말했다.

"부중대장 말씀도 일리가 있는 것은 나도 안다. 여기 분위기나 우리 임무가 마음에 들지 않겠지만 그래도 나는 여기에서 일어나는 난장판을 여기에서 끝내야, 우리 대한민국에서 북괴군이 준동하는 일이 없을 거라 생각한다. 우리 임무를 수행하는데 있어서 우리들 각자의 개인적인 감정이나 의견, 판단 따위가 일체 반영되지 않기를 바란다. 그 점에 대해서는 다들 내 뜻을 따라주기 바란다, 2중대. 식사 마저 하고 언제 출동할지 모르니 짬짬이 쉬고 있어!"

전장형은 묵직한 탄입대들과 전술탄 수납 포켓이 붙어 있는 무거운 방탄복을 착용했다. 그런 뒤, 총기를 가지고 격납고 출입구를 향해 천천히 걸어 나갔다. 그는 등 뒤에서 중대원들이 자신을 응시하고 있는 것을 알고 있었고 그들의 시선이 이유 없이 불편하다고 생각했다.

전장형은 격납고를 나와, CH-47J 헬기가 주기되어 있는 곳으로 걸음을 옮겼다. 주기 공간과 차량이 다닐 수 있는 공간을 구분해 놓고자, 자위대원들이 모래주머니들을 쌓아 놓은 경계선이 있었는데 전장형은 그곳으로 걸어가 모래주머니들 위에 앉았다.

전장형은 어지러운 머릿속을 달래고자 고개를 들고 밤하늘을 응시했다. 밤하늘에는 또렷하게 보이는 별빛들 외에도 공항 상공을 오가거나 선회하는 여객기들의 항행들이 보였다. 그가 보기에, 어지럽고 혼란스러운 지상 상황과 달리 적어도 높은 상공은 평화롭기 그지없어 보였다.

전장형이 오사카의 아스팔트 바닥에서 얻어 온, 양 팔뚝과 팔꿈치의 상처들을 만지작거리며 밤하늘을 올려다봤다. 그런데 조금 뒤, 누군가의 인기척이 느껴졌다. 그는 우측 어디에선가 느껴지는 인기척의 주인공이 일본인일 거라 짐작하고 일부러 그쪽으로 시선을 보내지 않고 자신의 여유에 집중했다.

그렇지만 그쪽에서 전장형에게 말을 걸어왔다.

"2중대장님 아니오?"

북한사람 특유의 딱딱한 말투를 듣는 순간, 전장형은 그가 라현철 준위일 거라 생각했다. 그가 고개를 돌려 등 뒤쪽을 응시하자 자위대의 경장갑 기동 차량에 등을 기대고 서 있는 라현철의 모습이 그의 눈에 들어왔다.

라 준위가 담배를 빨자, 빨간 불빛에 그의 얼굴이 전장형의 눈에 얼추 보였다. 전장형은 담배 개비의 길이로 보아, 라현철이 먼저 이곳에 와 있으면서 자신이 이곳에 앉아서 몇 번의 한숨을 쉬는 것을 지켜봤을 거라 생각했다. 그 생각에 멋쩍어진 전장형이 머리를 가로저으며 웃자, 라현철이 담배 연기를 내뿜고는 물었다.

"왜 웃고 있소? 재미있는 일이 있으면 같이 웃읍시다. 안 그래도 일본 땅에 온 뒤로 웃을 일이 단 한 번도 없었는데."

전장형은 라현철의 말투 때문에 그가 정말로 궁금해서 그런지, 아니면 자신과 서먹한 분위기를 바꿔 보려는 건지 알 수 없었지만 몸을 빙 돌려 앉았다. 그러자 라현철이 전장형 쪽으로 담배를 입에 물고 걸어왔다. 그는 대뜸 담뱃갑을 들이대며 물었다.

"한 대 하겠소? 미제 카멜 담배요. 나는 박하 맛 담배를 좋아하는데, 2중대장님은……."

전장형은 손사래를 치면서 대답했다.

"감사합니다만 담배 안 합니다."

라현철은 담뱃갑을 전투복 상의 주머니에 넣은 뒤, 전투복 하의의 건빵 주머니에서 뭔가를 꺼내 들며 전장형에게 들이밀었다.

"그럼 이거는 어떻소?"

그가 들이민 것은 민간 항공기 여행객들이 기내에서 제공받는 작은 샘플 양주병이었다.

전장형은 그것들 중에서 굳이 플래시 빛을 비추지 않고, 손끝으로 쵸니 워커 병들을 골라낼 수 있었다. 전장형이 2개의 샘플 양주병들을 집어 들고 미소를 짓자, 희미한 주변 조명으로도 그의 표정을 읽어 낸 라현철이 웃으면서 말했다.

“역시 군복 입은 사내들에게 이 둘 중 하나는 가장 훌륭한 벗이 틀림없소.”

전장형은 그것들을 바로 마시지 않고 허리 쪽 수납부에 넣으면서 인사를 건넸다.

“감사합니다.”

“일없소. 나중에 또 생각나면 저쪽 격납고로 와서 날 찾으시오.”

전장형은 고개를 크게 끄덕여 보였다. 라현철은 전장형의 옆쪽 모래주머니들 위에 앉아서 담배 개비의 마지막 한 모금을 길게 빨았다. 그런 뒤, 담뱃불을 손끝으로 튕겨 날려 버린 뒤 꽁초를 주머니 속에 넣었다.

두 사람은 잠시 동안 말없이 함께 앉아 있었고 이들 주변으로 항공유 수송 트럭 한 대가 지나갔다. 차량들이 멀어져 가고 나서야, 전장형이 라현철에게 조심스럽게 말을 건넸다.

“일본인들이 기분 나쁜 쪽지를 붙여 놨다면서요.”

그 말에 라현철은 콧방귀를 낀 뒤에 대답했다.

“우리 야전 침대들이 모여 있는 곳으로 수류탄이 날아오는 것보다는 낫지 않겠소.”

그 말에 전장형의 시선이 그에게 향했다. 그는 담담하게 말을 이어 갔다.

"내가 일본인이라도 눈이 뒤집혔을 것이오. 2번에 걸쳐서 죄 없는 민간인들이 200명이 넘게 죽고 다쳤소. 자신들의 안방에 낯선 자들이 들어와 총질을 하고 폭발물을 터뜨리면 그 누가 격노하지 않겠소? 난 빨리 이 정황이 끝났으면 하고 바랄 뿐이오. 당신네들도 마찬가지겠지만."

전장형은 그가 새 담배 개비를 꺼내 물고 불을 붙이는 모습을 빤히 지켜봤다.

라현철은 담배를 길게 빨고는 한참 동안 담배 연기를 내뿜지 않다가, 마치 긴 한숨을 쉬는 것처럼 연기를 내뿜었다.

전장형이 그에게 묻기를 망설였던 질문 하나를 던졌다.

"나와 우리 부중대장 또 일본 군인들이 한때 라현철 준위의 동료들이었던 정찰병들을 사살했습니다. 우리에게 적개심이 들지 않습니까?"

그 말을 하고는 전장형은 주머니 속에서 꺼내 든 샘플 양주 뚜껑을 돌려 열었다. 그리고 그것을 든 채로 라현철의 대답을 기다렸는데 그는 전장형의 예상대로 너무도 담담하게 대꾸했다.

"전쟁이 그런 것이 아니겠소. 모르긴 해도, 아마 더 많은 정찰병 동지들이 당신네들이나 일본 놈들한테 사냥당할 텐데, 내가 연민의 정을 느낀다고 달라지는 게 뭐가 있겠소? 씁쓸하기는 씁쓸하지요. 오늘 사살당한 동무들 중에 정민성이라는 동무는, 그 동무가 처음 정찰병이 되었을 때, 내가 데리고 있었던 자요. 고향이 량강도 산골짜기인데 투박한 성격과 달리 정말로 마음이 늘 따뜻했던 사람이었소. 아마 그 말고도 더 많은, 나와 고락을 겪었던 정찰병들이 이 땅에 와 있을 것이오. 그리고 결국에는 다들 짐승처럼 사냥당하겠지."

전장형은 그 말을 들으면서 샘플 병 안에 담긴 독주를 한 번에 들이켰다. 그가 목구멍에서 넘어오는 독한 술 냄새를 겨우 삼킬 때, 잠시 끊어졌던 라현철의 말이 이어졌다.

"어차피 말이오. 당신들, 특전대나 한때 나와 함께 싸웠던 정찰병들이나, 이 일본군들이나 모두 장기판 위에 졸들이오. 2중대장도 그 점은 잘 알고 있지 않소? 장기를 두는 작자들의 목적을 위해서 아무렇지 않게 소모되어 버릴 운명들일 텐데 우리가 무슨 생각을 하고, 어떻게 느끼는가에 대해 누가 신경을 쓰겠소? 어차피, 열도에 들어와 있는 정찰조 동무들도 당신들과 일본 놈들이 죽이지 않더라도 반드시 세상 어디에선가 개죽음을 당할 동무들이오. 오히려 군인으로서 임무를 수행하다가 사살당하는 것이 그 동무들 가족에게는 훨씬 나을지도 모르오."

전장형은 라현철을 빤히 응시했는데 놀랍게도 라현철은 전장형의 생각을 읽고 있는 것처럼 말을 이어 갔다.

"내가 왜 남한에 넘어왔는지 궁금하시오?"

전장형은 말없이 그를 주시했다. 그는 전장형의 반응과 상관없이 자신이 던진 질문에 자신이 대답했다.

"오래전에 우리 공작조가 일본을 경유지로 삼아, 제1 위원장을 위한 서류 가방 하나를 몰래 들여간 적이 있소. 그런데 일이 틀어져서 반잠수정이 높은 파도에 표류하다가 침수되었소. 잠수정에 탑승한 5명의 동무들 중에 나와 곽성준 대위라는 군관만

살아남아, 닷새 동안 동해에 표류하다가 중국 어부들에 의해 구출되었소. 우리 두 사람은 그때까지도 제1 위원장을 위한 서류 가방을 가지고 있었는데, 나중에 우리 정찰총국장이 우리 두 사람 앞에서 직접 그 서류 가방을 열어 줍디다. 그 안에 뭐가 있었는지 아시오?"

라현철이 담배 개비의 마지막 한 모금을 빨자, 전장형이 그의 대답을 말없이 꼼짝 않고 기다렸다. 라현철은 담배 연기를 길게 내뿜고는 대답했다.

"바로 다이아몬드가 있었소. 아프리카에서 밀수한 다이아몬드 말이오! 그 투명한 돌조각들을 위해서 3명의 정찰병들이 물귀신이 되었다는 사실을 안 이후로 나는 공화국을 떠날 생각을 했던 것이오."

전장형이 그 말에 기가 막힌 듯 콧방귀를 끼자, 라현철은 억지로 미소를 지어 보이고는 몸을 일으켰다. 그러고는 이제껏 전장형과 말 한마디 나눈 적이 없었다는 듯 자리를 떴다.

전장형은 그의 뒷모습을 보며 빈 샘플 양주병을 만지작거렸다.

6장
위기 설계자들

2016년 7월 23일 1시 56분 일본, 도쿄, 하네다 공항, 전역합동대테러본부 제2번 격납고

켄타로 이좌는 그의 정보본부 인원들 그리고 통로 맞은편의 내각 정보 조사실, 경찰 정보 부서 인원들로부터 수집된 정보들을 밤새 살피고 있었다. 그의 부관 우에토 유이 일위도 바로 옆쪽 책상에서 2대의 랩톱컴퓨터와 1대의 데스크톱 컴퓨터로 실시간으로 업데이트되는 정보를 분석했다.

켄타로 이좌는 아직도 잉크 냄새가 나는 출력 자료를 읽다가, 갑자기 근처에서 커피 냄새가 나는 것을 감지했다. 그는 책상 위쪽에서 시선을 떼지 않고 통로에 서 있는 방문객에게 심드렁하게 말했다.

“그 커피들 중에 카푸치노 한 잔은 있겠지, 존?”

그 말에 통로에서 그를 내려다보던 존 캐플린이 피식 웃었다. 그런 뒤, 4잔의 테이크 아웃 커피 잔들이 고정되어 있는 1회용 트레이를 켄타로 책상 위에 올려 두었다.

켄타로 이좌가 그때서야 몸을 바로 한 뒤, 기지개를 켜며 존 캐플린과 그의 요원에게 시선을 보냈다. 그러고 나서 트레이에 있는 커피 잔들 중 카푸치노와 에스프레소를 꺼내 들고 자리에서 일어났다. 그는 유이 일위의 책상 쪽으로 다가가 그녀에게 에스프레소를 건네줬다.

캐플린이 그가 앉아 있던 자리에 앉고 켄타로는 여성 자위관 책상에 엉덩이를 걸치고 앉았다.

켄타로는 커피를 한 모금 마신 뒤, 뻣뻣해진 뒷목을 풀어주기 위해서 고개를 뒤로 젖히고 좌우로 움직였다. 그는 그 상태로 캐플린에게 말했다.

“이봐, 이제 우리나라 전체가 전시 상황에 돌입했어. 난 자네가 당신네 백악관 대변인이 가장 중요한 우방국이라고 했던 우리에게 2차로 가공된 정보 따위를 전달하러 온 것이 아니기를 바란다고.”

켄타로는 고개를 바로 하고 그를 주시하며 말을 마쳤다. 그러자, 캐플린이 함께 온 요원에게 손짓을 해 보였고 그가 켄타로에게 다가가 서류 가방을 주었다.

켄타로가 서류 가방 속에서 문서 폴더를 꺼내 펼치자, 판독을 위해 확대한, 여러 장의 정찰위성 사진과 출력된 보고서들이 있었다. 켄타로가 테이크 아웃 커피 잔을 내려놓고 우에토 유이와 정찰사진들을 살피자, 캐플린이 그에게 자신이 가져온 정보를 설명해 줬다.

"자네가 요청했던 정보들이야. NRO와 NSA에서 확인해 줬기 때문에 정확도는 100%이지. 지난달에 자네들이 격침시킨 공작선 그리고 얼마 전에 역시 자네들이 물고기 밥으로 만들었던 반잠수정의 특수부대 병력, 모두 75정찰대대 소속이야. 그 75정찰대대의 지휘 계통에 있는 장성들이 거기 보고서에 있어. 지휘 계통의 꼭대기에는 정찰총국 국장이 있고 그 위에는 DPRK의 위대한 지도자가 있겠지."

켄타로와 유이 일위가 그가 가져온 보고 내용을 읽고 확인하는 동안, 캐플린은 트레이에서 커피 잔을 꺼내 동행한 요원에게 건네줬다. 그가 나머지 한 잔은 꺼내 들고 한 모금 마실 때 켄타로 이좌가 그에게 물었다.

"CIA는 이 상황을 어떻게 보고 있지? 이 모든 테러 행위가 놈들이 밀반입하려다 잃어버린 핵 기폭 장치와 관련돼 있는 건가? 아니면 아까 북조선 정부가 발표했듯이, 김씨 정권에 엿을 먹이려고 강경파 장성 몇 명이 일탈 행위를 한 거라고 보는가?"

그의 질문에 캐플린은 커피를 두어 모금 더 마신 뒤에 차분한 목소리로 대꾸했다.

"그거야, 이제부터 자네들의 숙제가 될 것 같은데. 우리도 방금 당신이 물어본 질문에 대해 모든 분석 인원들이 매달려 있지만, 이 모든 군사 작전에 동원된 놈들의 병력이 75정찰대대라는 사실 외에는 아무것도 알아낼 수가 없다고. 게다가, DPRK 놈들이 완전히 미치광이 편집증 환자들이라서 이놈의 의도나 행동에 어떤 의미를 부여해야 할지 감을 못 잡겠어. 그 점은 당신네들도 마찬가지 아냐?"

캐플린은 말을 마치며 통로 너머에서 북적거리고 있는 내각 정보 조사실 분석관들과 요원들을 턱으로 가리켰다.

켄타로 이좌는 다시 커피 잔을 든 채 한숨을 내쉬었다. 캐플린은 뭔가 생각에 잠긴 듯 시선을 바닥에 두고 있는 켄타로 이좌에게 조심스럽게 말을 건넸다.

"뭐가 어쨌든, 말이야. 내가 당신이라면 이미 일어났던 사건들보다도 앞으로 또 일어날지 모르는 사건을 예상하는 데에 모든 정보력을 집중시킬 거야. 오사카에서 아직도 사살하지 못한 적 특수부대원이 있지 않아? 게다가 조금 있으면 동이 틀 텐데, 아직도 오사카 시내 곳곳에서 시한폭탄이 터지고 있어. 도심 어딘가에 숨겨진 폭탄들을 수색하고자 오사카 도시 전체를 들었다가 놓고 있는데 핵 기폭 장치 문제는 조금 있다가 캐 봐도 되지 않겠어? 일단, 현재 오사카 상황 정도로 많은 양의 플라스틱 폭약과 신관이 들어왔다면 그 밀수선을 추적하고 그와 관련된 모든 사람들을 체포해서 적 잔당을 소탕하는 것이, 이 격납고 안에 있는 모든 사람들이 할 일이 아닌가 싶은데."

켄타로는 캐플린의 말에 동의한다는 듯 고개를 끄덕여 보였다. 잠시 후, 캐플린은 트레이에 남아 있는 마지막 남은 커피 잔을 꺼내 들며 말했다.

"내가 보기에는 말이야. 사토, 어찌 됐건 당신네 나라에서 3차 대전이 시작되지 않게 애써야 할 거야. 내가 당신이라도 3차 대전이 일어나는 것을 원치 않겠지만, 그 3차 대전이 일본 땅에서 시작되는 것은 더더욱 원치 않을 거야."

말을 마친 뒤, 캐플린은 커피를 마셨다. 그리고 그런 그의 모습을 켄타로 이좌와 유이 일위가 물끄러미 바라봤다.

전역합동대테러본부의 정부 수집, 분석을 위한 두뇌들이 집결해 있는 제2 격납고 안에서 켄타로와 캐플린 일행이 있는 곳을 제외한 모든 곳에서 정보 요원들이 바쁘게 움직이고 있었다.

*　　*　　*

2016년 7월 23일 14시 32분 일본, 도쿄, 하네다 공항, 전역합동대테러본부

아베의 오른팔 사카모토 쇼는 아베의 정치 공작을 담당한 하시모토 켄타와 함께 북한의 도심 테러 사건 이후로 많은 일본 정계, 경제계 고위 인사들의 총리에 대한 비공식 접촉시도들을 직접 대응해 왔다.

그는 그들 중 다수가 일본과 북한 사이에 전쟁이 발발하지 않도록 조언하거나 부탁하는 내용의 메시지들을 보내왔음에 기막혀했지만, 아직까지 생존해 있는 과거 군국주의 시절의 요인들이 북한과 전쟁을 불사하라는 주문에도 오싹해했었다.

사카모토는 아베 측근의 자격으로 전역합동대테러본부를 방문, 본부장인 사카타 타다시에게 아베의 지시 사항을 직접 전달할 예정이었다. 공항 경찰 차량들의 에스코트를 받으며, 그의 벤츠 세단이 하네다 공항의 격리 지역에 도착하자 그때부터는 육자대와 경찰 차량들이 그를 전역합동대테러본부의 격납고 구획으로 에스코트했다.

두 번의 검문을 통과하면서 그는 완전무장한 자위대원들과 특수작전군 병력을 보면서 자신이 군복을 입었던 시절을 회상했다.

그는 일찍이 정보본부 소속으로 비밀공작 활동에 참가했는데 주로 중국과 한국의 정부, 군부, 정재계 인사들과 접촉하거나 동향을 감시하여 일본의 군국주의 정책 전개의 대외적인 밑그림을 미리부터 그리는 데 큰 역할을 담당했었다.

사카모토는 자신이 정계에 몸담아서 아베를 돕지 않고 군에 남아 있었다면 과거보다 훨씬 더 강력한 군대가 된 자위대의 핵심 인물이 되지 않았을까 생각하면서 미소를 지었다.

그가 차창 바깥에 보이는 거대한 격납고들을 응시하면서 자신만의 상념에 빠졌을 때, 그의 위성통신 전화기가 울리기 시작했다. 5대의 스마트폰과 1대의 위성통신 휴대전화를 가지고 있는 그의 보좌관이 조수석 쪽에서 그를 향해 시선을 보냈다.

사카모토는 위성 전화를 걸어오는 사람들은 모두가 그에게 VIP였기 때문에 지금 그의 업무를 감안하여 피할 수 없다 생각했다. 그는 보좌관에게 고개를 끄덕였고 보좌관이 묵직한 위성 전화기를 그에게 건네줬다.

"사카모토 쇼입니다."

"오래간만입니다. 미스터 쇼."

사카모토는 목소리의 주인을 단번에 알아볼 수 있었다. 자신과 이 전화 목소리의 주인이 이제껏 아베와 오바마 대통령 사이의 군사정책 협의를 주도해 왔기 때문이었다.

"아, 베커 상. 반갑습니다."

사카모토는 짐 베커가 미국 대학의 노교수와 같은 외모를 가졌지만 외모와 달리 교활하기 그지없는 독사 같은 자라고 늘 생각해 왔다. 더구나 현시점에서 그의 목소리는 사카모토를 긴장하게 만들고도 남았다.

사카모토가 목소리를 가다듬고 다음에 이어 갈 형식적인 영어 인사말을 떠올리는 사이에 베커가 먼저 말을 이어 갔다.

"단도직입적으로 말씀드리겠습니다, 미스터 쇼."

"예? 예! 말씀하십시오."

"우리 정보기관에 따르면, 일본 내에 핵폭탄이 반입된 것 같습니다."

"예?"

사카모토가 깜짝 놀라 반응했다.

"현재 핵폭탄을 제조, 밀반입시킨 무기 거래상을 최종 심문하고 있기 때문에 조만간에 핵폭탄에 대한 자세한 정보가 확보될 겁니다. 그 즉시 귀국 정부의 관련 기관에 정보를 보내드릴 테니 그 전에 귀국 정부가 취할 수 있는 모든 안전조치를 취하시도록 강력하게 권합니다."

"더 자세한 정보는 없습니까?"

"현재 CIA에서 귀국의 전역합동대테러본부 지휘부와 방위대신 쪽에 수집되고 확인된 모든 정보를 보내고 있습니다. 나와 통화를 마친 후 확인해 보시면 됩니다."

"알겠습니다, 베커 상. 다시 확인하고 연락드리겠습니다. 감사합니다."

"미스터 쇼!"

"예, 말씀하십시오."

"이것이 진짜 핵폭탄일 확률이 90% 이상이오. 내가 당신이라면 당장 일본의 모든 항구와 주요 도로를 차단하고 핵폭탄의 육상 이동을 한시적으로라도 막아 볼 것이오."

그 말에 사카모토는 콧방귀를 끼면서 회의적인 말투로 받아쳤다.

"베커 상, 핵폭탄을 찾아, 막는 것이라면 이 나라의 모든 인적, 물적 자산을 동원해야겠지만 현재 이 나라에는 1억 2천 명이 넘는 인구가 인간의 모세혈관들 못지않게 많은 도로를 이용해서 살고 있습니다. 게다가 열도를 둘러싸고 있는 셀 수 없이 많은 항구를 봉쇄하고 핵폭탄의 반입 여부를 찾는 것은 그야말로 덤불 속에서 바늘을 찾는 격입니다."

"알고 있습니다, 미스터 쇼."

"현재 오사카 테러로 인해서 다수의 특수전 병력과 감시 전력이 그곳에 전개되어 있고, 서부 해안선 일대에도 우리 자위대가 대규모로 투입되어 북한의 추가 도발에 대비하고 있습니다. 제 시간 안에 우리 국토 안에서 핵폭탄을 찾는 것은 불가능할 수도 있으니 귀국 정부의 도움이 절대적으로 필요할 듯합니다."

"무슨 말인지 알겠소, 미스터 쇼. 그 점에 대해 대통령께 말씀 드려 보겠소."

"감사합니다, 베커 상."

"다시 연락하겠소. 그럼 이만."

사카모토는 통화를 마치고 위성 전화를 빤히 쳐다봤다. 그동안 그의 세단은 격납고 바로 앞쪽의 검문소에서 기관단총을 휴대한 경찰관들의 신분 확인 절차를 밟고 있었다.

이윽고 사카모토의 신분이 확인되고 세단이 검문소를 통과하여 제1 격납고 쪽으로 향하고 나서야 사카모토는 고개를 들었다. 전역합동대테러본부의 지휘부가 사용하는 제1 격납고에서 여러 명의 군경 간부들이 그의 방문을 통보받고 달려 나오고 있었다.

*　*　*

2016년 7월 23일 14시 37분 일본, 도쿄, 지요다 구, 총리 관저 5층

총리대신 아베는 두 번의 인명 테러 사건으로 인해 대혼란에 빠진 국민들에게 단합을 주문하고 아울러 일본을 위협하는 강력하고 실재하는 적들을 섬멸하겠다는 내각의 각오를 호소하여 국면 전환을 꾀하고 있었다. 그는 은밀하게 실행되었던 수많은 여론조사들과 경찰, 정보기관의 동향 파악을 통해 현시점에서 일본 국민들에게 무엇이 필요한지를 고심했다. 그런 다음, 내각의 공보관들과 측근들이 내놓은 회심의 일격이 바로 내각에 호의적인 NHK 방송사를 통한 대국민 담화문 발표였다.

하시모토 켄타와 방위대신 오사야 타카오 그리고 몇 명의 아베의 측근들이 내각관방장관이 준비해 둔 발표 장소에서 아베를 기다리고 있었다.

하시모토는 이제껏 여섯 번에 걸쳐서 아베에게 담화문 발표 시에 각각의 대목에서 필요한 표정과 제스처, 목소리 톤까지 반복하여 학습시킨 뒤, 이제 노련한 총리대신의 실행을 기다리는 중이었다.

그런데 그의 진동 모드로 해 둔 휴대전화가 울리기 시작했다. 전화를 걸어온 자가 사카모토 쇼임을 확인한 그가 곁에 앉아 있는 방위대신에게 고개를 숙여 인사한 뒤 잠시 자리를 떠났다.

그는 발표실의 뒤쪽 창가로 가서 조용히 전화를 받았다.

"하시모토입니다."

"켄타 상!"

"예, 쇼 상!"

"미국인들이 우리 열도 땅에 핵폭탄이 반입됐다고 경고해 왔습니다!"

"예?"

"소형화된 핵폭탄이 이 나라에 반입되었으니 국가적인 수준에서 대처하라고 경고해 왔습니다. 그들이 모든 것을 알고 있소, 켄타 상."

"총리께 바로 알리겠습니다."

"타카오 상(방위대신)이 함께 있습니까?"

"예."

"타카오 상에게도 방위청에 미국 쪽에서 보낸 관련 정보가 있을 테니 확인해 보라 전해 주시오."

하시모토가 어깨 너머로 발표장 좌석들, 가장 앞쪽 열에 앉아 있는 그를 살피자 이미 누군가와 심각한 표정으로 전화 통화를 하고 있는 그의 모습이 보였다.

"알겠습니다, 쇼 상. 일단 총리 각하에게 알리겠습니다."

"난 지금 전역합동대테러본부에 와 있소. 이곳에도 미국 측이 보낸 정보가 들어와 있으니 이를 근거로 우리 인원과 장비를 동원하여 핵폭탄을 추적할 수 있는지 알아보겠소. 총리 각하께 그렇게 전하시오."

"알겠습니다, 켄타 상."

"고맙소. 그럼~!"

통화를 마치자마자 하시모토는 발표장을 떠나 아베의 대기실로 쓰이는 관방장관 집무실로 향했다. 다급한 그의 발걸음을 방위대신이 따라잡았고 하시모토는 그에게 물었다.

"타카오 상께서 보고하시겠습니까?"

"쯧, 누가 하든 무슨 차이가 있겠소. 같이 얘기해서 우리가 각자 아는 내용을 종합합시다."

"알겠습니다, 대신!"

두 사람이 함께 집무실 출입문을 덜컥 열고 들어갔다. 하시모토는 타카오가 앞서가도록 걸음을 늦췄고 그가 아베에게 보고했다.

"총리 각하, 미국 국무부와 CIA에서 긴급한 소식이 날아왔습니다!"

커다란 관방장관의 책상에 앉아서 메이크업을 받고 있던 아베가 깜짝 놀라 반응하고 메이크업을 해 주던 여성이 빠른 걸음으로 장관실을 나갔다. 그러자 방위대신이 그에게 잔뜩 긴장한 목소리로 보고했다.

"우리 영토 안에 핵 테러 시도가 있을 거라고 경고해 왔습니다."

아베는 들고 있던 담화문 대본을 내려놓고 얼굴에 묻어 있는 파우더를 수건으로 훔쳤다. 그동안에 하시모토가 말을 이어 갔다.

"전역합동대테러본부에서 켄타 상이 이 메시지를 접수하여 그쪽 사람들과 조치를 취하겠다고 했습니다."

아베의 시선이 타카오에게 향하자, 타카오 또한 차렷 자세를 하듯 몸을 바로 하면서 말했다.

"방위청에서 각 자위대와 관련 기관들에게 통보하고 준비 행동을 개시했습니다. 경찰청에도 이 정보를 공유하도록 허락해 주시면 그들과 협의하며 바로 수색, 추적에 들어가겠습니다, 총리 각하!"

"그렇게 하시오, 타카오 상. 그런데 그 핵폭탄을 대체 어떻게 찾을 수 있단 말이오?"

"하~!"

타카오는 아베 앞에서 땅이 꺼지게 한숨을 내쉰 다음 대답했다.

"솔직히 우리(방위청) 실무자들에게 저도 그렇게 물었습니다. 그들 말로는 우리 영토에 있는 그 많은 항구를 일일이 확인하고 각각의 도로에 검문소들을 운영하는 것에 너무 많은 시간이 필요하고 또 우리 자위대 병력이 서부 방면과 오사카 일대에 너무 넓게 분산되어 있습니다. 지상 검문과 수색을 제외한 나머지 항공 정찰과 정보 지원을 미군들이 맡아 준다면 조금 더 수월할 수 있겠습니다."

"그 점은 내가 적당한 실무자들을 통해 미국 측에 요구하겠으니 일단 핵폭탄이 유입될 수 있는 대도시들이나 우리 자위대의 전략 시설 또, 주일미군의 전략 시설을 선별하여 1차 차단선을 만드는 게 어떻겠소?"

"아, 총리 각하께서도 잘 아시는군요. 저희도 그렇게 생각하고 있었습니다."

"생각만 하지 말고 어서 행동에 옮기시오, 타카오 상!"

"그럼 저는 먼저!"

타카오는 아베에게 깍듯이 목례를 하고서 장관실 바깥으로 나갔다. 그가 나가고 나자, 아베가 커다란 회전의자에 털썩 앉았다. 그런 뒤 고개를 내저으며 중얼거렸다.

"기어이 이렇게 되는구만."

그 말에 하시모토는 아베의 눈치를 보면서 조심스럽게 말했다.

"각하, 이제부터는 실수의 여지가 있어서는 안 됩니다."

"언제는 있었는가?"

"잘 아시고 계시겠지만 내각의 운명은 물론 각하와 저, 그리고 우리의 후원자들의 생존이 걸려 있습니다. 무엇보다도 각하의 결단과 실천에 우리 모두의 생존이 걸려 있다는 것을 감히 상기시켜 드립니다."

아베는 의자를 빙 돌려서 창가 쪽으로 시선을 옮겼다. 그는 창밖의 전경에 시선을 두었다. 빼곡히 붙어 있는 빌딩들과 인파로 넘쳐 나는 거리를 보면서 아베의 한숨은 깊어져 갔다.

한동안 두 사람은 말없이 있었고 조금 뒤, 노크 소리와 함께 내각관방장관 스가 요시히데가 출입문을 열고 들어왔다. 아베와 하시모토의 시선이 그에게 향하고 그가 조심스럽게 물었다.

"타카오 상에게 대충 얘기를 들었습니다, 총리 각하! 대국민 연설을 연기하시겠습니까?"

그 말에 아베는 하시모토에게 시선을 보냈고 두 사람이 서로를 응시한 채 잠시 골똘히 생각하는 모습을 보였다. 요시히데는 문가에 꼼짝 않고 서서, 두 사람의 분위기를 살폈다. 이윽고 아베가 자리에서 일어나며 그의 질문에 대답했다.

"아니요, 요시히데 상. 담화는 예정대로 진행하겠소. 다만, 핵폭탄에 대한 내용은 철저하게 확인될 때까지 당분간 기밀로 유지하도록 합시다."

"네, 총리 각하."

아베가 출입문 쪽으로 걸어 나가자, 하시모토가 그의 재킷을 집어 들고 뒤따랐다. 그가 아베에게 재킷을 입혀 줄 때 아베가 혼잣말을 하듯 말했다.

"죽기 아니면 까무러치기야! 끝까지 가 보자구."

아베는 옷매무새를 한번 살피고는 출입문을 향해 당당하게 걸어 나갔다. 그러나 그는 출입 문가에서 걸음을 멈추고 고개를 돌려 하시모토를 응시했다. 하시모토가 뒤늦게 그에게 시선을 보내자 아베가 호통하듯 소리쳤다.

"뭐하나, 하시모토! 나랑 함께하자 하지 않았나?"

하시모토는 깜짝 놀라 그를 향해 달려갔고 두 사람은 방송 장비가 준비된 발표실로 했다.

*　　*　　*

2016년 7월 23일 14시 52분 일본, 도쿄, 하네다 공항, 전역합동대테러본부

켄타로 이좌는 일본 영토 내로 반입된 것으로 추측되는 핵폭탄의 존재에 다른 사람들처럼 엄청난 충격을 받았다. 그의 육감은 핵폭탄이 북한인들과 관계가 있을 거라고 그에게 힘주어 말하고 있었지만 어디에서 무엇부터 해야 하지 알 수가 없었다.

유이 일위와 또 다른 분석관 노무라 야스카제 일위가 켄타로에게 건네준 자료는 핵폭탄이 어느 정도의 위력을 가졌고 어느 정도의 크기로 이동 중인가가 아니라, 핵폭탄이 밀반입됐을 법한 항구들의 목록이었다.

"이게 다야?"

켄타로가 답답한 한숨을 쉬며 물었다. 그러자 유이 일위가 콧대 위에 걸쳐진 뿔테 안경을 올려 쓰면서 대답했다.

"네, 조장. CIA에서 조만간에 추가 정보를 보내 준다고 했는데, 그 안에 더욱 구체적인 내용이 있을 듯합니다. 본부장(전역합동대테러본부)은 일단 주요 도로와 항구를 봉쇄하고 무제한 검문을 시작함으로써 시간을 벌어 보자고 합니다."

"그리고?"

"핵폭탄 추적에 실마리가 될 수 있는 건 뭐든 우리에게 가져오라고 닦달할 생각입니다."

켄타로는 그 말에 얼굴을 찡그리면서 고개를 내저어 보였다. 그런 뒤, 그녀에게 말했다.

"일단, 미국 쪽에서 구체적인 정보를 보내오기 전까지는 미치광이 테러범 자식들이 일반적으로 확보하거나 거래했던 핵물질들이 무기화됐을 때, 그 핵폭탄의 위력과 피해 반경을 계산해 봐! 자위대 안에 전문가들을 찾아 그들에게 부탁해! 그리고 북한인들의 공작선에서 건져 낸 핵 기폭장치가 최대, 어느 정도의 플루토늄이나 우라늄을 무기화시킬 수 있는지 계산해 봐! 전에 어느 핵물리학자가 내각에 그 내용을 자문해 준 적이 있으니 그 사람을 찾아서 다시 확인해!"

"알겠습니다, 조장."

"노무라, 다른 모든 업무들을 중단하고 우에토의 팀원들에게 최대한 업무 지원을 해 줘!"

"네, 조장."

두 사람은 각자 자신들의 팀원들이 분주하게 일하는 구획으로 향했다. 그러나 유이 일위가 뭔가 깜빡한 듯한 제스처를 만들어 보이면서 켄타로에게 다시 돌아왔다. 그러고는 그에게 막 출력된 용지들을 들이밀었다.

켄타로가 책상 위에 벗어 둔 안경을 다시 집어 들면서 물었다.

"뭔가?"

"후지사와 시에서 외국인 3명이 현지 경찰에게 체포됐는데 총격전이 있었다고 합니다. 처음에는 현지 주차 건물 안에서 자동차 추돌 사고와 폭발이 있었다고 신고가 들어왔는데 그곳에서 어떻게 해야 할지 우리 쪽에 물어 옵니다."

"왜 경찰청에 보고하지 않았데?"

"외국인들 중 의식이 있는 자가 미 외교관 신분증을 제시했다고 합니다."

"의식이 있다니, 대체 무슨 말이야?"

"3명 중에 한 명은 폭발에 의해 사망했고 다른 한 명은 차량

사고로 인해 의식이 없다고 합니다. 멀쩡하지만 입을 다물고 있는 나머지 한 명이 미 외교관 신분증을 제시하는 것을 보고 현지 경찰서장이 미 정보기관 요원들인가 싶어서 우리 쪽에 먼저 물어 왔습니다. 30분 내로 어떻게 해야 할지 말해 주지 않으면 가나가와 현의 지휘부를 통해서 경찰청에 보고한다고 합니다."

"제기랄, 이걸 왜 이제서야 얘기하는 거야?"

켄타로는 자리에서 벌떡 일어나서 한쪽 파티클에 붙어 있는 일본 지도를 주시했다. 그런 그의 뒤에서 유이 일위가 그의 눈치를 보며 답했다.

"중대 사안이라서 바로 보고 드리려고 했는데……."

"그래, 그래. 무슨 말인지 알아. 핵폭탄이 들어왔다고 하는데 그게 대수겠어."

"캐플린 요원에게 알릴까요?"

"아냐, 아냐! 우에토, 내가 직접 그곳으로 가 볼 테니 이 정보는 일단 우리가 독점한다. 미국 놈들 귀에 들어가지 않게 단속하고 내각의 관료 놈들에게도 아직 알리지 마. 우리가 수사 방향을 잡기 전에 내각 정보 조사실이나 공안 조사청이 들이닥치면 일대 혼선만 야기될 거야. 당장 그 경찰 간부에게 전화해서 정보본부 실무자가 급파된다고 알리고 보안 유지 하도록 부탁해!"

*　　　*　　　*

2016년 7월 23일 1시 34분 일본, 가나가와 현, 후지사와 시 경찰청

켄타로 이좌는 제1 헬리콥터단의 UH-60JA 헬기 편으로 후지사와 시 경찰청으로 향하는 내내, 스마트폰으로 아베 총리의 대국민 담화를 시청했었다. 그는 총리가 끔찍한 테러 행위들을 국민 분열보다 국민 단합의 계기로 만들어 가자는 호소에 공감했지만, 이번 위기 상황을 정면으로 돌파하겠다는 내각의 의지 표현으로써 야스쿠니 신사 참배를 강행하겠다는 선포는 공감하지 않았다.

하지만 켄타로는 내각의 여론 공작 세력이 이 담화문 내용에 따라 일본 국민들의 반응을 조작하여 곧 언론을 통해 보도할 것임을 잘 알고 있었고 그 생각을 하면서 쓴웃음을 지었다.

이윽고 헬기가 고도를 낮추며 후지사와 시 경찰청 주차장으로 진입했다. 켄타로는 기내 창을 통해 몇 명의 경찰 간부들이 주차장 한구석에서 그를 기다리고 있는 것을 볼 수 있었다.

기체가 지상에 착륙하고 헬기 승무원이 켄타로 이좌와 그를 수행하는 호리카와 신타로 일등육조에게 엄지손가락을 들어 보인 뒤 출입문을 개방했다.

켄타로가 기내로 쏟아져 들어오는 거센 하강풍을 온몸으로 맞으면서 아스팔트 바닥으로 내려가자 경찰 간부 3명이 그를 맞이하고자 다가왔다. 켄타로는 서류 가방을 옆구리에 낀 채 그들에게 한 손을 들어 보이면서 달려 나갔다.

켄타로 이좌와 그의 수행원이 그들과 인사를 나눴다.

"정보본부의 사토 켄타로입니다."

"이곳 책임자 마쓰이 쇼지 경시정(경찰서장)입니다! 어서 오십시오!"

켄타로는 그와 악수를 나누면서, 머릿속으로는 어떻게 하면 저렇게 주름 하나 없이 경찰 정복을 빳빳하게 다려 입을 수 있는지 궁금해 했다.

"이쪽입니다!"

자신을 경부보라고 소개한 사내가 경찰서 정문 쪽으로 켄타로와 신타로 일조를 안내하고 그를 따라 이동할 때, 켄타로는 서류 가방 속에 있는 휴대전화가 울리는 것을 알아차렸다.

그는 재킷 주머니에 넣어 둔 2대의 스마트폰이 아닌, 서류 가방 속에 넣어 둔 위성 휴대전화기가 울리고 있는 것에 의아해하며 잠시 걸음을 멈췄다. 켄타로는 경찰 간부들과 신타로에게 먼저 가라는 손짓을 하고는 위성 전화기를 꺼내 들었다.

"켄타로입니다!"

그가 전화에 응답하자, 다짜고짜 영어가 들려왔다.

"켄타로 중령, 맞습니까?"

켄타로는 그와 주로 함께 활동해 온 CIA 선임 요원 캐플린과 그의 요원들이 그를 '중령'이라 부른 적이 없었다는 점을 떠올리며 낯선 목소리에 경계심을 가졌다.

"맞습니다. 실례지만 신분을 밝혀 주십시오."

켄타로가 영어로 차분하게 대답하자, 낯선 목소리가 한층 더

친근해진 분위기를 담고 대답했다.

"저는 CIA의 WMD 추적 팀 팀장 제이슨 앤더튼입니다. 켄타로 중령과 긴급히 나눌 이야기가 있어서 항공자위대의 마츠다 요스케 대령에게 부탁해서, 중령의 긴급 연락처를 얻었습니다."

항자대의 요스케 일좌는 정보본부 내에서 대북 정보 수집, 분석을 담당하고 있는 켄타로의 전임자였다. 켄타로는 이 CIA 간부가 정보본부의 선임자인 그와 접촉할 수 있었다는 점에 다소 안심하고 대꾸했다.

"반갑습니다, 미스터 앤더튼. 무슨 일로 연락을 주셨습니까?"

"혹시, 켄타로 중령은 우리 기관의 그곳 현지 담당자인 캐플린 요원에게서 일본으로 밀반입된 핵폭탄에 대해 사전에 언질을 받은 바 있으십니까?"

그 질문에 켄타로가 아랫입술을 꼭 깨물었다. 사안이 워낙 시급하여 경황없이 지나갔지만 매일 같이 연락을 주고받는 캐플린 쪽에서 핵폭탄에 대한 일언반구조차 없었다는 사실이 그를 분노하게 만들었던 것이다. 상대방은 그런 켄타로의 속마음을 파악하고 있는 것처럼 말을 이어 갔다.

"캐플린 요원은 민감한 핵물질이 일본에 밀반입되었을 가능성을 미리 알고 있었습니다. 그럼에도 불구하고 켄타로 중령에게 그 사실을 알리지 않았고 앞으로도 그런 방식을 고수할 것입니다."

그 말에 켄타로는 잠시 어리둥절해했다. 단 한 번도 연락하거나 함께 일해 본 적이 없는 CIA의 중요 부서에서 갑자기 그에게 연락을 한 뒤, 캐플린에 대해 경계할 것을 주문하고 있는 상황이었다. 그는 얼마 나누지 않은 대화 내용만으로도 이 통화가 앞으로의 상황 전개에 큰 영향을 미칠 거라 확신했다. 켄타로는 이제는 경찰청 정문 앞에 서서 그를 기다리는 일행을 빤히 응시하며 위성 전화기에 대꾸했다.

"원하는 게 뭡니까? 미리 분명하게 밝히건대, CIA 조직 내, 암투에는 개입하고 싶지 않습니다."

"알고 있습니다, 중령. 요스케 대령께서 당신에 대해 추천했을 때 미리 말해 줬습니다."

"원하는 것을 말해 주십시오."

"일본에 반입된 핵폭탄은 우리 추적 팀이 수 개월간 추적했던 것입니다. 우리가 그 핵폭탄을 찾도록 도와주십시오."

"그것이 당신네가 원하는 것이라면 이미 늦지 않았습니까? 이미 핵폭탄 반입에 대해서는 알 만한 사람들은 다 알고 있고 이제 열도의 모든 자위관과 경찰, 정보 요원들이 그 핵폭탄을 찾고자 움직일 겁니다."

켄타로가 앤더튼의 말에 다소 김빠진 심정으로 대꾸했지만 앤더튼은 곧 그의 귀에 솔깃한 말을 했다.

"캐플린 요원과 그의 직속상관 제이크 어윈이 차단하고 있는 핵폭탄 관련 정보를 켄타로 중령에게 먼저 전달해 줄 수 있습니다. 정보는 우리가 공급할 테니, 켄타로 중령이 은밀하고 확실한 방법을 강구하여 핵폭탄을 회수하십시오."

그 말을 듣고, 정신이 바짝 든 켄타로는 신축한 5층짜리 경찰청 청사 앞에 서 있는 일행에게 먼저 들어가라는 손짓을 만들어 보였다. 그들이 고개를 갸우뚱하며 정문으로 들어가자, 켄타로가 목소리 톤을 높여 말했다.

"이 모든 내용과 당신들의 신분, 임무가 미리 확인되어야 합니다."

"당연한 말씀이라 생각합니다."

"좋소, 내가 어디에서부터 시작해야 할지 말씀해 주시오, 앤더튼 씨."

"제이슨이라 불러 주면 고맙겠소."

"좋소, 제이슨. 다시 한 번 묻겠습니다. 원하는 게 무엇이오?"

"지금 중령이 만나 보려고 하는 외국인들의 신변을 확보한 후 캐플린 패거리의 레이더망 아래로 숨겨 주시오."

"예?"

켄타로는 혹시나 하는 마음에 해가 기울어 가는 하늘을 올려다봤다.

잠시 뒤, 미 본토에서 정찰위성을 통해 켄타로의 모습을 지켜보고 있는 앤더튼의 말이 이어졌다.

"중령이 서 있는 곳에서 4시 방향에 주차 공간을 보시오."

그 말에 켄타로의 시선이 우측 어깨 너머로 향했다. 그곳에는 은색 승합차가 경찰 순찰 차량들과 승용차 사이에 주차되어 있었다.

"승합차 안에 우리 쪽 사람이 있을 겁니다. 경찰서 안에 있는 우리 쪽 인원과 근처 병원에 있는 인원 그리고 임무 수행 중에 전사한 자의 시신을 모두 확보해서 그곳을 이탈해 주시기 바랍니다.”

“대체 무슨 말이오, 제이슨? 이런 경우가…….”

“중령, 그들은 중령과 같은 군인들입니다. 목숨을 걸고 테러범들에게서 핵폭탄을 탈취하려다가 죽고 다치고 체포된 상황입니다. 우리 WMD 추적 팀이 합법적인 절차를 생략하고 긴급하게 투입한 미군 특수부대원들입니다. 절차상의 문제가 있지만 중령께서 잘 처리해 주신다면 우리가 서로를 돕고 신뢰할 수 있는지 확인할 수 있는 첫걸음이 될 겁니다.”

켄타로는 자신의 땀이 흠뻑 묻어 있는 위성 휴대전화기를 귓가에 댄 채 꼼짝하지 않았다. 그는 승합차 쪽과 경찰청 청사를 번갈아 응시했다. 그는 과연 앤더슨이라는 자와 거래를 하는 것이 국익에 도움이 될 것인지, 아니면 국가 안보에 해를 끼치는 것인지를 가늠하고 있던 중이었다.

그렇지만 켄타로는 크게 고민할 필요가 없었다. 그는 늘 캐플린 요원과 그의 정보 요원들을 신뢰하지 않았고 그들이 켄타로의 부서와 긴밀한 협조 관계를 유지하고 있지 않았다는 사실을 확인한 이상, 새로운 정보 활동 파트너를 두는 것이 그의 임무에 해를 끼칠 거라고 생각하지 않았기 때문이었다.

켄타로는 헛기침을 해서 목소리를 가다듬었다. 그런 뒤, 앤더슨에게 대답했다.

“알겠습니다, 제이슨. 대신 이 미군 인원들을 빼돌리는 것에 대해서 후폭풍이 있지 않도록 그쪽에서도 관련 기관들을 통해 후속 조치를 취해 주시기 바랍니다. 일단, 이 일부터 처리하겠소. 캐플린 패거리를 우회해서 우리의 협조 관계가 진행 가능하고 또 그래야 할 이유가 있는지는 다시 확인합시다."

"좋습니다, 중령."

켄타로는 전화를 끊고, 멀리에 주차된 승합차를 향해 한 손을 들어 보였다. 그러자, 차량 쪽에서 그를 향해 전조등을 두 번 깜박임으로써 반응을 보였다.

켄타로는 경찰청 건물을 향해 걸어가면서 앞으로 일어날 일들에 대해서 막연한 긴장감을 느꼈다.

* * *

2016년 7월 24일 0시 26분 일본, 도쿄, 우에노, 백두산 공작조 은신처

곽성준이 핵폭탄이 적재된 차량을 약정된 장소에 대놓고 새로운 은신처가 있는 곳으로 돌아온 시각은 자정이 막 넘어서였다.

만약의 경우, 확보해 둔 세 군데의 또 다른 은신처 중에 하나인 이곳은 현지의 낡은 가정집이었다. 아메요코 시장 근처에 위치한 긴 골목길에는 정찰조의 은신처와 같은 단층, 2층 가정집들이 있었는데 세대 대부분이 근처의 사무실에서 일하는 남성들이 자취, 하숙을 하는 곳이었기 때문에 남성들 몇 명이 한집에 머무는 것이 이상하게 보이지 않았다.

밤늦은 시각임에도 2층 집의 테라스, 창가 쪽에는 캔맥주를 마시며 대화를 나누거나 혼자 시간을 보내는 남자들의 모습이, 좁은 골목길을 걸어 올라가는 곽 소좌의 눈에 더러 보였다. 그는 아메요코 시장에서 구입한 먹을거리를 든 채 골목길을 비추는 보름달을 올려다보며 걸음을 이어 갔다.

그는 평화롭기 그지없어 보이는 동네의 전경을 보면서 얼마 전 그가 겪었던 치열한 총격전과 살육전이 다른 세상에서 일어난 일처럼 느껴진다고 생각했다.

곽성준은 편의점을 지나친 뒤, 그의 우측에서 나무판자로 세워 만든 벽에 나팔꽃들이 피어 있는 것을 발견했다. 그는 잠시 걸음을 멈추고 나무판자 벽과 굵은 전선 외피에 따라 올라간 덩굴과 그것에 매달려 있는 수많은 꽃봉오리들을 멍하니 쳐다봤다.

곽 소좌의 등 뒤쪽, 편의점에서 도시락과 음료가 든 비닐봉지를 가지고 나온, 정장 차림의 남자 2명이 그를 지나치고 나서야 그는 정신을 차렸다. 나라 전체가 비상시국에 야근을 하고 있다는 푸념을 하는 두 남자들의 뒤를 따라 은신처로 향하면서, 곽성준은 그들의 지겹고 힘든 일상이 자신의 일상이었으면 얼마나 좋을까라는 공상을 해 보기도 했다.

곽성준은 힘없이 골목길을 터벅터벅 걸어 올라가다가 우회전하여 은신처가 있는 작은 골목길로 들어왔다. 전방으로 10여 미터 정도를 가자 오래된 붉은 벽돌 담장에 둘러싸인 단층 건물이 그의 시야에 잡혔다.

곽 소좌는 그곳의 출입문 쪽에서 낯선 실루엣을 발견했다. 지동현 상사가 대문 앞에 전신주 쪽에 등을 기대고 앉아 있었다.

곽성준은 그에게 다가가 말없이 그를 내려다봤다. 지동현은 한 손에 들고 있는 소시지 조각을 떼어다가 길고양이에게 먹이고 있었다.

"뒤처리를 하시느라 애쓰셨소, 조장 동지."

주변을 의식해서 지동현이 작은 목소리로 속삭였다. 그가 말한 뒤처리는 미 정보 요원으로 추측되는 괴한들의 총탄에 목숨을 잃은 두 명의 조원, 민준호와 기석천의 시신들을 백두산 공작조를 지원하는 노동당 소속 공작원들에게 넘기고, 그런 다음 핵폭탄을 도쿄 시내 중심가의 약정된 장소에 두고 온 것을 의미했다.

곽성준은 말없이 지동현의 곁에 쪼그려 앉았다. 그런 뒤, 지동현이 두 마리의 고양이들에게 소시지 조각들을 떼어 먹이는 것을 한동안 지켜봤다.

한참이 되어서야 지동현이 입을 열었다.

"내가 이 고양이 새끼들에게 소시지를 먹이는 것을 기석천이가 봤으면 난리를 쳤을 겁니다. 사람도 없어서 먹을 수 없는 귀하디귀한 음식을 동물에게 먹인다고."

그 말에 밤하늘을 말없이 응시하고 있던 곽성준의 시선이 그에게 향했다. 지동현 상사는 넋두리를 하듯 말을 이어 갔다.

"이 고양이 놈들이 죽은 기석천이와 민준호라고 생각하고 주는 겁니다. 내가 아까 조장 동지를 기다리려고 대문 앞에서 담배를 꺼내 피는데, 이 고양이 놈들이 저 맞은편 집 대문 앞에서, 마치 석천이하고 준호가 그랬듯이 담배 연기를 내뿜는 저를 한심하다는 듯이 쳐다보지 않겠습니까? 그래서 제가 이리 오라 손짓을 했더니 단번에 제 발치까지 옵니다. 이놈들 눈망울을 보니 느낌이 꼭 석천이하고 준호를 보는 느낌이 들어서 제가 이걸 조금 먹이는 겁니다. 석천이 놈이 좋아할 것 같은 음식으로 말이오, 조장 동지."

곽성준은 그때에서야 지동현이 앉아 있는 자리에 대여섯 개쯤 보이는 소시지 포장 껍질들이 버려져 있음을 발견했다.

마지막 소시지를 다 떼어 먹이자, 고양이들이 한동안 지동현과 곽성준을 꼼짝 않고 응시했다. 그러다가 지동현이 고양이들을 쫓아 보내는 듯한 손짓을 하자 슬금슬금 지동현의 눈치를 보면서 자리를 떠났다.

골목 안으로 멀어져 가는 작은 고양이들을 보면서 지동현이 조용히 말했다.

"잘 가라. 민준호, 기석천."

곽성준은 엉뚱하지만 지금 순간에는 공감이 가는 부조장의 행동을 말없이 지켜보기만 했다.

지동현은 담배를 꺼내 물고 불을 붙였다. 두 모금을 빨아 연기를 내뿜고 나서 그는 곽 소좌에게 고개를 빙 돌렸다. 그에게 곽 소좌가 먼저 말을 건넸다.

"도시락을 사 왔으니 가서 좀 드시오, 부조장 동지."

"조장 동지께서는 요기를 좀 하셨소?"

“내 걱정 말고, 들어가서 무영이랑 먼저 식사하시오. 약정된 시간이 되면 지휘부에 우리 준비 상태를 알려야 하오.”

“알겠습니다, 조장 동지. 차질 없도록 하겠습니다.”

“천천히 마저 피우시오. 그거 다 태우면 들어갑시다.”

“감사합니다, 조장 동지.”

지동현은 나무 기둥 전신주에 등을 기대고 앉아 담배를 태웠고 곽성준도 그의 곁에 꼼짝 않고, 도시락들이 든 비닐봉지를 안고 쪼그려 앉아 있었다.

다시 두 사람 사이에 침묵이 흐리고 골목 안의 주택들에서 이런저런 소리가 들려왔다. 남자들, 여럿이 술을 마시며 떠드는 소리, TV나 라디오에서 들려오는 엔카 소리, 스포츠 중계방송 소리 등 일본인들의 일상이 골목길 안에 그대로 울려 퍼졌다.

지동현이 담배를 거의 다 태워 갈 무렵, 곽성준이 조금 전 지동현이 그러했듯이 혼잣말을 하는 듯한 말투로 말했다.

“부조장 동지!”

“네.”

“열한 명이오.”

“예?”

“열한 명이오. 내가 내 손으로…… 고통스러워하던 동무들의 숨을 끊어 놓은 게.”

지동현은 그 말을 들으면서 꼼짝 않고 그를 응시했다.

“분명히 이틀 전까지만 해도 열 명이었는데 이제 준호까지 열한 명이 되었소.”

15년 동안 곽 소좌와 정찰병 생활을 해 온 지동현은 왜 곽성준이 동료나 부하들의 숨을 끊어 놓는 데 앞장섰는지 잘 알고 있었다. 그는 곽 소좌가 가장 위험한 임무와 작전에 참가해 왔고 늘 아군의 피해가 컸던 탓에 아무도 하지 않으려 했던 일을 도맡아 했음을 곁에서 지켜봐 왔다.

지동현뿐만 아니라, 백두산 공작조와 다른 공작조의 고참 정찰병들은 오래전에 곽성준이 반혁명군(쿠데타군)과의 전투에서 복부 총상을 입고, 뱃가죽 바깥으로 쏟아져 나오려는 창자를 한 손으로 막고 다른 한 손으로 총격전을 치렀던 전투를 기억했다.

곽성준은 그 날의 무지막지한 고통을 머릿속에 각인시켰고, 이후로 전투 중에 극한의 고통을 느끼며 죽어 가는 정찰병들을 늘 자신이 직접 안락사를 시켜 왔다. 아무도 그런 그의 행동에 손가락질을 하지 않았고 오히려 다행스럽게 여겼지만, 지동현 자신은 그가 그러한 행동에 대해 혼자 감당하고 있는 무언가가 있을 거라 짐작했었다.

"그런데 말이오. 늘 내가 방아쇠를 당겨서 고통을 끝내 줬던 동무들의 얼굴이 내 머릿속에 단 한 번도 떠오른 적이 없는데 우리가 도쿄에 들어온 때마다 하나둘 떠오르더니 이제는 모두가 떠오르고 있소. 잠깐씩 쪽잠을 자거나 졸다가 눈을 뜨기 전까지 그 얼굴이 모두, 고통의 정점에서 괴로워하던 표정으로 내 눈앞에 나타나오. 그러면 내가 다시 그 동무들의 머리에 권총탄을 박아 주고 그때가 되면 내가 잠에서 깨어나고. 계속 이런 식이오. 요즘에는."

"조장 동지가 임무에 대한 부담이 너무 커서 그러나 봅니다. 그런 꿈이나 의식의 잔영들에게 의미를 두지 마십시오. 다 잊어버리고 늘 그랬듯 임무 수행에 집중해 보시기를 권합니다."

지동현의 조심스러운 대꾸에, 곽성준이 그를 빤히 응시하며 물었다.

"정말 그 모든 게 의미가 없다 생각하오?"

지동현은 마지막 한 모금을 빨고 담배꽁초를 바닥에 비벼 끈 뒤, 그의 한 손을 곁에 앉아 있는 곽성준의 손등 위에 올려놓았다.

"기운 내십시오, 조장 동지. 조장 동지가 얼마나 고통스럽고 힘든지 우리 모두가 알고 있습니다."

곽성준은 말없이 자신의 오른손 손등 위에 포개어져 있는 지동현의 왼손을 응시했다. 조금 있자, 곽성준이 말없이 고개를 끄덕여 보였다. 그런 뒤, 자신이 품에 안고 있는 도시락 봉지를 보며 말했다.

"공화국에 가면 이 비닐봉지 안에 있는 도시락을 먹기 위해 수십 명의 인민들이 머리가 터지게 싸울 거요. 그런 도시락이 식기 전에 먹어야 하지 않겠소?"

그 말을 마치며 그가 자리에서 일어났고 지동현과 함께 몸을 일으켰다.

두 사람은 주변을 살핀 뒤, 별다른 이상 징후가 없자 집 안으로 들어갔다.

곽 소좌와 지 상사가 집안에 들어가자, Vityaz 기관단총을 들고 출입문 쪽을 주시하는 김무영 중사의 모습이 두 사람의 눈에 보였다.

곽 소좌가 거실 쪽으로 들어오자 거실 한구석에 있는 텔레비전이 그의 시선을 끌었다. 화면에는 아베 총리가 연설을 하고 있었고 그것을 시청하던 김무영이 곽성준과 지동현에게 말했다.

"총리 놈이 공화국과의 전쟁도 불사하겠다고 선포했습니다. 지들 국민들을 안심시키고 괴뢰 정부의 유색역량을 과시해 보겠다는 취지 같습니다."

지동현이 김무영에게 도시락들을 건네줬고, 김무영을 그것들을 거실 한쪽에 있는 테이블 위에 꺼내 놓기 시작했다.

그동안 곽성준은 지동현과 나란히 서서 TV 화면을 주시했다. 아베의 연설은 더욱더 대담해져서 담화라기보다는 선전포고처럼 강한 웅변의 분위기로 이어져 갔다. 지동현이 TV 음량을 높이자, 아베의 목소리가 거실 안에 울려 퍼졌다.

"따라서, 저와 내각 구성원들은 북조선 테러분자들의 위협에 굴복하지 않겠다는 의지의 표현으로서 8월 1일에 있을 야스쿠니 신사 참배를 강행할 예정입니다. 이렇게 국가 전체의 안전과 우리가 중요하게 생각하는 모든 가치가 위협받는 시점에서, 우리가 주변국들의 압력에 또, 테러분자들의 위협에 굴하지 않고 신사 참배를 하는 것은 굉장히 큰 의미와 격려가 될 것이라고 믿습니다. 이에 대해……."

야스쿠니 신사 참배 대목에서 지동현이 곽성준에게 시선을 보냈다. 곽성준은 아베에게서 시선을 떼고 있지 않았지만 지동현의 시선을 감지하고 그에게 말했다.

"이제 결전의 날이 다가오고 있소, 부조장 동지."

"네, 조장 동지."

"미안하지만 식사는, 우리 지휘부에게 교신을 한 뒤에 해야겠소. 당장 우리의 준비 태세를 알리고 후속 조치에 대해 지시를 받도록 하시오."

"알겠습니다."

지동현은 도시락들을 꺼내 놓고 기다리던 김무영에게 고갯짓을 해 보였다. 두 사람은 북한의 작전 지휘부에게 은밀한 전문을 전송할 수 있는 위성, 컴퓨터 장비가 있는 안방으로 향했다.

곽성준은 TV 화면을 응시하면서 앞으로 일어날 상황들을 머릿속으로 그려 보고 있었다.

*　　*　　*

2016년 7월 26일 15시 21분 미국, 워싱턴 D.C., 상원 군사위원회 비공개회의

긴급하게 소집된 상원 군사위원회의 비공개회의는 북한의 군사 도발과 그 여파에 대해서 미군이 어느 정도로 개입하고 또 대비해야 하는 가가 주요 의제였다. 오늘 이 자리에는 군사위원회를 구성하는 의원들 중 6명의 의원들이 참석하여 그들 앞에 국방차관과 미 합참의장 롭 피츠너 외에도 육군, 해군, 공군 등

각 군 참모총장과 해병대 사령관과 해안경비대 사령관을 앉혀 놓고 그들이 궁금해 하는 현안에 질의응답 시간을 가졌다.

짐 베커와 2명의 안보수석실 스태프 그리고 CIA의 극동 아시아 책임자 제이크 어윈이 방청석에 앉아서 그들을 지켜보고 있었다.

베커는 이미 일본 내의 핵폭탄 추적 대책에 대한 미 정부의 전략에 대해서 오바마 대통령의 비공식 재가를 받아 놓은 상태였기 때문에 의원들의 질문에 답변하는 군부 장성들은 모두 베커 안보 수석이 예상하고 있는 내용을 언급했다.

그러나 회의가 마무리되어 가려던 찰나, 회의 내내 말이 없던 얼 피츠제럴드 의원이 자신의 마이크를 툭툭 치는 소리를 내서, 모두의 시선을 끌어냈다. 베커는 그의 모습에 올 것이 왔다 라는 생각을 하면서 긴장한 시선으로 그를 주시했다.

피츠제럴드 의원은 미 펜타곤이나 정보기관, 국무부 라인에 정보 소스를 두고 있지 않고 영국 MI5, MI6 등 유럽의 연줄을 통해 민감한 군사정보를 취득하여 펜타곤 장성들에게 곤란한 질문을 하곤 했다.

그가 유럽 정보기관들과 공생 관계에 있는 다국적 기업들의 로비를 받는다는 소문도 있지만 베커는 피츠제럴드 의원이 청문회나 심리에서 날카로운 질문을 내놓는 것에 늘 관심을 가져왔었다. 그에게 있어, 피츠제럴드 의원의 시각은 미합중국 정책에 대한 제3세계들의 분위기를 확인할 수 있는 좋은 기회였기 때문이었다.

그는 베커가 예상했던 질문을 던졌다.

"존경하는 합참의장 그리고 이 자리에 동석한 장군들께 질문을 드립니다. 현재 일본 내에 구매자가 확인되지 않은 소형 핵폭탄이 밀반입되어 일본 정부가 다각적으로 추적, 수색하고 있다고 들었습니다."

그 말에 몇몇 의원들이 자기들끼리 수군거렸다. 그러나 피츠너와 그의 장성들은 차분한 모습을 보였다.

"네, 피츠제럴드 의원님. 현재 그 사안에 대해서 우리 미군은 비공식적이지만 국가적 차원의 대규모 인력과 장비를 동원하여 일본 정부를 돕고 있습니다."

피츠너 장군의 답변에 그가 안경을 올려 쓰면서 물었다.

"대규모 인력과 장비에 대해서 조금 더 상술해 주시면 감사하겠소, 합참의장."

피츠너는 곁에 앉아 있는 장성들을 힐끗 본 뒤, 천천히 대답했다.

"NRO와 NSA의 정찰위성과 감청위성 그리고 그것들을 운용하는 인력 외에도 정밀한 핵무기 탐지 능력을 갖춘 NEST(Nuclear Emergency Support Team: 미 에너지국 직속 핵 위기 대응 팀) 선발대와 JSOC(미군 합동특수전사령부)와 CIA, DIA의 WMD(대량살상무기) 추적 인력이 동원되고 있습니다. 뿐만 아니라, 만약의 경우 일본 내 도심에서 핵폭탄이 폭발하는 경우를 대비하여 페이콤에서 사상자 처리 및 구호 작전을 실행 직전 단계에서 대기 중입니다. 이 부분에 대해서는 대통령께서도 재가를 내려 주셨고 일본 정부에서도 충분하다고 협의해 준 상황입니다."

"잘 알겠습니다, 피츠너 장군. 그런데 지금 이 시점에서 우리가 주목해야 할 점 한 가지가 아직도 간과되고 있는 듯합니다."

피츠제럴드의 말에 합참의장이 긴장된 시선을 그에게 보냈다. 그는 회의실 안의 모든 사람들을 여유 있게 둘러보고서 말을 이었다.

"바로 구매자에 대한 것입니다. 과연 누가 그 사제 핵폭탄을 구매해서 왜 일본 영토 안으로 반입 했는가 입니다. 이 점 또한 핵폭탄의 소재 못지않게 중요한 요소인데, 그 점에 대해서도 우리 위원회에 설명해 줄 수 있는 게 있습니까?"

그의 질문에 합참의장은 테이블 위에 있는 문서를 슬쩍 내려다봤다. 그때 그의 수행 장교 한 명이 그에게 다가와 귓가에 잠시 속삭였고 의원들은 인내심 있게 그의 답변을 기다렸다. 마침내, 합참의장이 마이크를 입가로 잡아당기며 대답했다.

"잠시 답변이 지체된 점에 대해 먼저 사과 말씀을 드립니다. 우선 CIA와 밀접한 협조 관계를 유지하고 있는 NSA의 1차 정보 분석 내용에 근거하여 의원님의 질문에 설명을 드리겠습니다. 문제의 소형화된 핵폭탄은 무기 밀매상 하미드 자히르가 미리 구매했던 플루토늄에 파키스탄인 기술자 아부 아마르에 의해 제작된 기폭 장치를 결합시킨 것으로 추측하고 있습니다. 그런데, 하미드 자히르가 이 핵폭탄 제작을 의뢰하고 최종적으로 구매했다고 밝힌 제3의 인물은, 그 신분이 2중, 3중으로 가공되었던 것으로 밝혀져서 금융거래 및 화물 이동 관련 기록으로 다시 그 구매자의 실체를 추적 중입니다."

"현시점에서 만약, 장군께 누구를 이 핵폭탄의 구매자로 의심하고 있느냐 묻는다면 어떻게 대답하시겠습니까?"

피츠너 장군은 쓰고 있던 안경을 벗어 놓고 피츠제럴드를 정면으로 응시했다. 그는 의원의 질문 속에 함정이 있거나 아니면, 자신이 지원하는 오바마 행정부의 이번 결정에 트집을 잡으려는 의도가 있는지 파악하고자 했다. 하지만 피츠제럴드는 악의 없는 표정으로 피츠너를 향해 고개를 끄덕여 보이면서 답변을 재촉했다.

그는 마이크 쪽으로 고개를 살짝 숙이며 대답했다.

"다른 많은 실무자들도 그러하지만, 저 역시 북한 측을 강력하게 의심하고 있습니다. CIA의 최종 보고가 이를 확인해 줘야겠지만 일단은 저와 다른 실무자들의 의견은 그와 같습니다. 다만 심증 외에 확인할 방법이 없는 게 유감일 따름입니다."

피츠너가 답변을 마치자, 피츠제럴드가 문서 한 장을 집어 들었고 그를 잘 아는 의원들과 장성들은 그가 그 문서를 흔들어 대며 피츠너에게 한 방 먹일 거라 예상했다.

"합참의장께서는 북한이 핵폭탄 구매자라는 것을 심증으로밖에 말하지 못하겠지만, 내가 들고 있는, 이 MI6가 협조해 준 첩보 보고서는 지난 6월 일본 근해에서 격침당한 북한 공작선에 실려 있던 핵 기폭 장치의 제작자가 아부 아마르라고 지목하고 있습니다. 그리고 이번에 CIA가 최근에 보고한 내용을 보면, 아부 아마르가 체포된 직후, 우리 심문 요원 측에 모두 2개의 핵 기폭 장치를 제작했다고 실토했으니 나머지 정황만으로도 북한이 이 핵폭탄 밀반입 뒤에 있다는 것을 확인할 수 있지 않습니까?"

베커는 피츠제럴드의 발언을 듣고 건조한 미소를 지어 보였다. 이미 그러한 지적이 나올 것에 대비하여, 준비를 단단해 둔 피츠너 장군 또한 미소를 지어 보인 뒤 그의 말에 답변했다.

"맞는 말씀입니다, 의원님. 하지만 제가 심증만 가지고 있다는 것이 방금 전 의원님께서 말씀하신 사실들까지 감안하여 말씀드린 것입니다. 아부 아마르의 심문 내용과 일본인들이 건져낸 핵 기폭 장치를 연계시켜서, 북한에 대해 대대적인 군사적 대응 조치를 취하기에는 아직 이른 감이 없잖아 있다고 생각해서……."

그 대목에서 피츠제럴드가 허공에 손가락을 쳐들며 목소리를 높였다.

"대체, 백악관 집무실에서 무슨 밀담이 오갔는지 모르겠지만, 다들 제정신인가 묻고 싶소. 장군이 내가 말하고자 하는 바를 못 알아듣는 것이 아니잖소? 일본 열도에만 1억 2천이 넘는 인구가 있는데, 그곳에서 핵폭탄이 터지고 나서야 북한에 대해서 제재를 가하겠다는 말 아니오? 아니면 일본인들이 핵폭탄이 터지기 전에 찾아낼 수 있다고 낙관하기만 하는 것 아니오? 내가 국무부 채널을 통해서 확인했지만, 현재 북한 정부에 대해서 혹은 중국 정부를 통해서 간접적으로라도 그 망할 북한 놈들에게 우리가 압력을 가하는 게 일체 없다고 들었소. 우리가 일본인들이 핵폭탄을 찾고자 자기 나라 구석구석을 뒤집어엎는 것을 돕는다고 소란만 피울 게 아니라, 모든 외교적 방책을 취해서 북한 놈들의 숨통을 조여야 하는 게 아닙니까? 그래서 그 미친 녀석들이 이미 밀반입된 핵폭탄을 폭파시키지 않도록 강력한 경고를 보내야 하는 거 아니냐, 그 말이오."

합참의장은 피츠제럴드의 호통에 입을 다물고 표정 관리에 들어갔다. 그들과 함께 앉아 있는 국방차관도 그들 뒤에 앉아서 관망하고 있는 베커에게 시선을 보냈다.

그러자 베커는 앉아 있는 관람석에서 한 손을 높이 들어 보였다. 그러자 피츠제럴드가 베커에게 인사를 건넸다.

"오래간만입니다, 짐. 내가 다소 흥분하여 횡설수설했지만 당신은 내 말의 취지를 이해하고 있을 거라 확신합니다. 혹시, 피츠너 장군을 대신해 행정부의 입장을 말해 줄 수 있겠습니까?"

베커는 자리에서 일어나, 합참의장과 육군참모총장의 사이에 있는 빈자리로 걸어갔다. 그런 뒤, 합참의장의 마이크를 건네받아 언제부터인지 적대적인 시선으로 그들을 주시하는 의원들에게 답변했다.

"존경하는 피츠제럴드 의원님의 지적에 대해 말씀드리겠습니다. 이 행정부의 안보 수석으로서 우선, 이 자리에 계신 여러 의원님들께 우리 정부의 미세한 정책 결정 방향을 수시로 업데이트해 드리지 못한 점에 대해 송구스럽다는 말씀을 먼저 드립니다. 하지만 분명히 대답해 드릴 수 있는 것은, 우리 미합중국 정부는 일본의 국가적 차원의 테러 시도를 앞으로 향후 수십 년간의 극동 아시아 안보와 직결된 위기로 인식하고 그에 맞게 대처하고 있다는 겁니다. 우선, 북한과 백 채널을 통해 여러 차례 핵폭탄을 일본 정부에 넘기고 모든 테러 행위를 포기하라고 종용한 바 있지만 그들은 여전히, 김씨 정권의 전복을 꾀하는 자들의 비밀공작이기 때문에 도움을 주고 싶어도 줄 수 없다는 말을 반복합니다. 또한 중국 정부에게는 다른 외교적 보답들을 약속하면서 북한으로 하여금 핵폭탄 회수나 포기에 협조하도록 압력을 가해 달라 요청했지만, 최근 남중국해와 센카쿠 열도에서 우리 미 해군 전력이 그들의 국익과 대치되는 행위를 해 왔기 때문에 요청 자체를 형식적으로만 듣고 흘려버리는 것을 확인한 바 있습니다. 게다가 한국 정부는 일본과 북한 사이의 군사적 충돌 상황에 개입되고 싶지 않은 분위기가 역력하기 때문에 결국 일본 정부가 핵폭탄을 추적해서 회수하는 것을 거드는 것밖에 선택권이 없는 상황입니다."

그 말을 경청하던 의원들의 표정은 서서히 베커에게 호의적인 분위기로 바뀌어 갔고 동료 의원들의 분위기를 살피던 피츠제럴드도 목소리를 한 톤 낮추어 발언했다.

"안보수석 말씀대로라면, 현재의 외교적 상황에서는 우리 정부가 손쓸 수 있는 일이 더 없다는 말씀입니까?"

베커는 군사위원회의 구성원들과 일일이 시선을 교환한 뒤에 조심스럽게 대답했다.

"더 이상의 방법이 없다고 일본인들이 핵폭탄을 찾아낼 때까지 손가락을 빨고만 있지는 않을 겁니다. 저희도 당연히 존경하는 군사위원회 의원님들만큼 이 핵 테러 시도를 현 정부의 실질적인 위기 상황으로 간주하고 대처하고 있는 중입니다. 그 점에 대해서는 제가 확실히 말씀드릴 수 있습니다."

베커가 답변을 마치자, 한층 더 만족스러운 표정을 가진 의원들이 그를 향해 고개를 끄덕여 인사를 건넸다. 제이크 어윈은 베커와 상원 의원들의 모습을 보면서 손수건으로 이마에 맺혔던 땀을 닦아 냈다.

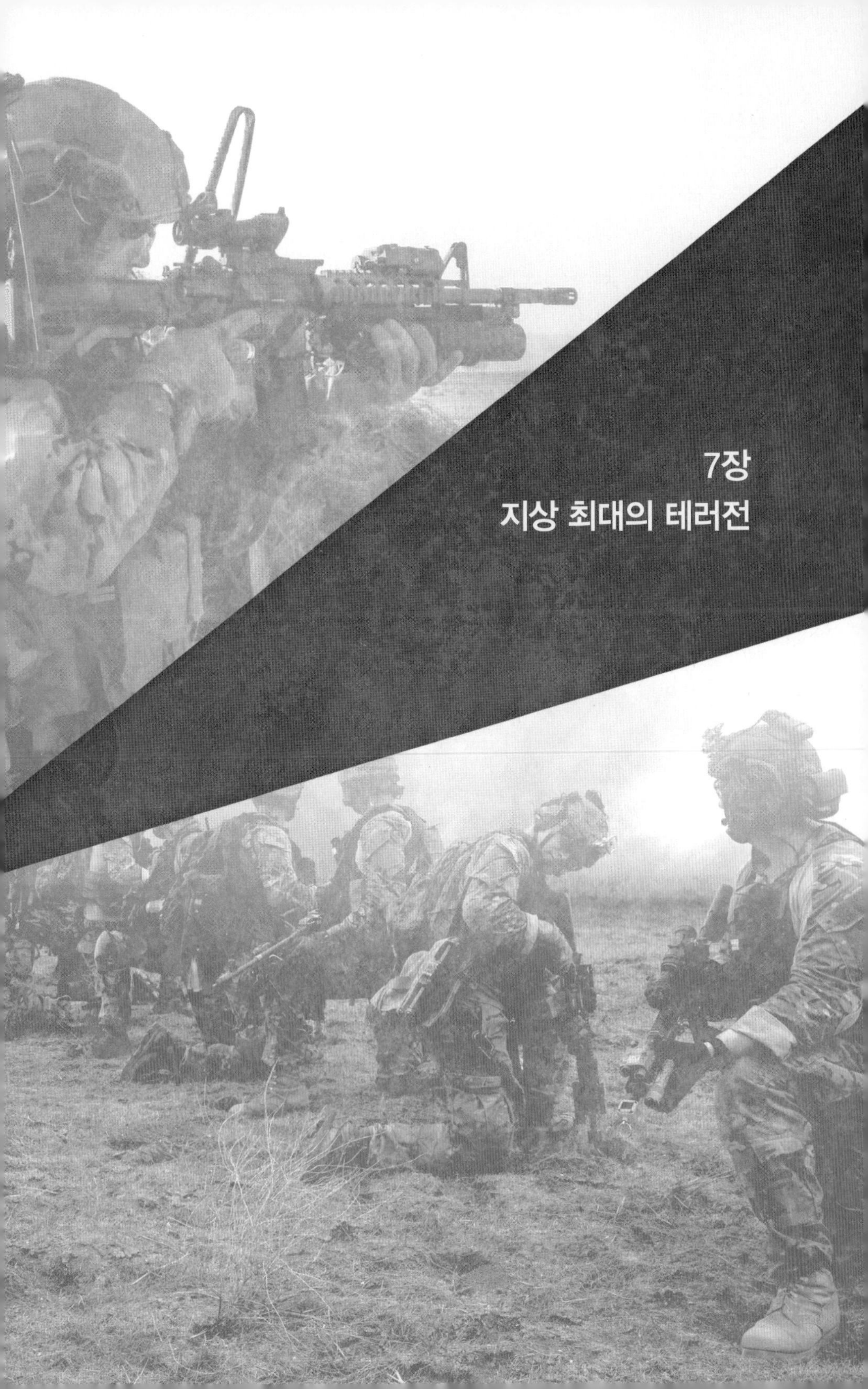

7장
지상 최대의 테러전

2016년 7월 26일 0시 34분 일본, 도쿄, 하네다 공항, 전역합동대테러본부

아베의 야스쿠니 신사 참배 발표 직후, 전역합동대테러본부 휘하로 훨씬 더 많은 자위대 병력과 장비가 합류했다. 특수작전군, 제1 공정단과 함께 '중앙 즉응 집단'을 구성하는 '중앙 즉응 연대'의 차량화 보병 병력과 전술 차량들이 하네다 공항에 속속 도착했고 제1 공정단의 즉각적인 투입을 위해서 C-130H 수송기와 CH-47J 헬기가 추가로 공항에 집결했다.

도쿄와 오사카를 중심으로 자위대 특수전부대가 대응 태세를 갖추고 있는 동안, 육상자위대의 동부 방면대, 중부 방면대는 모든 병력과 장비를 동원하여 도쿄와 각 현의 주요 도시와 주요 도로를 차단, 감시하는 체제가 유지되고 있었다.

뿐만 아니라 항공자위대와 해상자위대 또한 열도 내의 핵폭탄 탐지, 추적을 위해서 가용 가능한 항공기와 헬기, 분석 인력 등 모든 감시, 추적 지원 전력을 동원하여 핵폭탄 추적에 한 축을 담당했다.

중앙 즉응 집단 병력과 전술 차량들이 하네다 공항에 집결한 뒤, 다시 다른 지역 거점으로 전개되는 동안 미 본토에서 날아온 C-17 수송기가 전역합동대테러본부 구획으로 다가왔고 그 모습을 미군과 CIA 인원들이 격납고 근처에서 지켜보고 있었다.

전장형은 제4 격납고 앞에서 한국에서 가져온 커피 믹스를 마시면서 저 멀리 보이는 거대한 수송기를 응시했다.

잠시 뒤, 수송기가 후미를 대테러본부 격납고들을 향해 놓고 램프 도어를 개방했다. 이어서, 수송기 안에서 특수작전용 SUV와 험비 차량이 천천히 기체 밖으로 전개되고 기체 양옆에서는 군복이 아닌 사복 차림의 미국인들이 무리 지어 나왔다.

그들 모습을 지켜보던 미군과 미 정보 요원들 중 누군가가 무리에서 나와 전장형 쪽으로 다가왔다.

"투입 전 준비는 다 했나, 전?"

밀러 대위가 전장형에게 말을 걸며 다가왔다. 그는 전장형이 들고 있는 종이컵을 낚아챈 뒤, 잔 안에 몇 모금 남아 있던 커피를 자신이 홀짝 마시고는 전장형 곁에 나란히 섰다.

전장형이 합동대테러본부 외곽 경계선 일대에서 야단을 떨고 있는 인원과 장비를 말없이, 물끄러미 바라보자 밀러가 설명해 줬다.

“저들은 모두 NEST(Nuclear Emergency Support Team) 본대와 TF337 인원들이야. 우리 본토의 에너지부 직속의 핵 위기 대응 팀 전문가들 그리고 JSOC에서 파견된 대량살상무기 추적 팀이 말이야.”

전장형이 건성으로 고개를 끄덕여 보이자, 밀러는 그가 듣고 있는지 굳이 확인하지 않고 계속해서 설명했다.

“NEST 선발대가 이틀 전에 방사능 탐지 장비를 갖춘 헬기 4 대와 운용 인원들을 우리 대형 수송기로 보내서, 그들이 이미 도쿄 도와 도쿄 도 주변 지역을 수색하고 있다고 해. 오늘 도착한 저 본대 인원들은 도쿄 도심과 도심으로 진입하는 주요 도로 구간에 감마선과 중성자를 정밀하게 감지하는 센서들을 설치한 다음 항공과 지상에서 탐지, 추격할 거라고 해. 앞으로 볼 만할 거야, 전. 일본인들이 지금 자신들의 앞마당에서 전쟁놀이를 시작해야 할 것 같아. 자신들의 의사와 상관없이.”

전장형의 표정이 일그러지는 것을 보자, 밀러 대위는 전장형의 어깨에 한 손을 올려놓고 물었다.

“그런 그렇고, 내일 쇼를 위한 준비는 다 된 거야?”

“준비는 다 됐습니다.”

전장형이 대답을 하며 밀러에게 시선을 보냈다. 그러자 밀러가 뭔가 알고 있다는 듯한 표정을 지으며 대꾸했다.

“준비는 다 됐어도, 자네 대원들은 내일 일본인들을 지원하는 작전을 내키지 않아 하는 것 같던데.”

전장형은 말없이 고개를 끄덕여 보였다. 밀러가 언급한 내일의 쇼는 아베 총리와 그의 측근들이 8월 첫째 날로 발표했던 야스쿠니 신사 참배를 내일, 7월 30일 오전 10시로 앞당겨 감행하는 일정을 의미하는 것이었다.

내각 주요 인사들의 신사 참배는 만약의 경우를 대비하여, 신사 참배 1시간 전에 언론을 통해 공표한 후 즉각적으로 이루어질 예정이었다.

반 아베 세력들에게서 아베 총리의 ‘안방 무력시위’ 라는 평가를 받고 있는 이 특별한 행사를 위해 도쿄 시경의 대부분의 경찰 병력과 육상자위대 병력, 특수작전군과 제1 공정단의 병력 등 400여 명의 인원이 아베 일행의 경호, 경비 작전을 위해 투입될 예정이었다.

그리고 놀랍게도 전역합동대테러본부의 지휘부는 국군 707부대원들과 정보사 병력 일부에게 특수작전군의 임무 지원을 위해 작전에 참여하도록 요청해 왔고 그 문제로 하네다 공항의 국군 현장 병력과 대한해협 건너편의 국군 지휘부가 아직도 시끄러운 상황이었다.

밀러 대위와 그의 델타부대원들은 전장형이 그의 중대원들 또, 특공지역대 소속의 또 다른 707부대원들과 작전 참여 여부를 두고 언성을 높였던 것을 들은 바 있었다.

특수작전군과 707부대, 양측과 활동을 해 온 밀러는 야스쿠니 신사 참배라는 이슈가 양국 간에 어떤 파급력을 가지고 있는지 잘 알고 있었고 그 때문에 전장형에게 걱정스럽게 물어본 것이었다.

전장형은 밀러에게 그가 종종 탐냈던 국산 커피 믹스 몇 개를 카고 포켓에서 꺼내 건네주면서 말했다.

"당신도 알다시피, 우리는 명령을 따를 뿐입니다. 이번에도 예외가 아니겠죠."

전장형이 힘없이 말하자, 밀러가 그에게 격려하는 듯한 의도로 고개를 크게 끄덕여 보였다.

전장형은 아직도 수송기에서 하역, 하차 과정이 진행 중인 곳을 힐끗 본 뒤, 몸을 빙 돌려 격납고 출입구로 향했다.

전장형이 제4 격납고 안으로 들어오자, 그의 중대원들과 특공지역대 5중대원들이 8개의 긴 테이블들 쪽에 띄엄띄엄, 두세 사람씩 앉아 있었다. 이종진은 5중대장 윤민 대위와 함께 앉아 스마트폰으로 한국 뉴스 방송을 시청 중이었다.

이들은 모두 현장 지휘관이자 작전장교인 조주환 소령의 메시지를 기다리고 있었다.

국군 지휘부는 북괴군의 테러 행위를 저지하는 임무에 대해서는 국내 여론의 파장과 관계없이 전적으로 일본 정부를 지원해왔다. 그렇지만 아베 신조가 북괴의 테러 행위에 대해 굴복하지 않겠다는 메시지로 야스쿠니 신사 참배를 강행하겠다는 악수를 두면서 전체적인 상황은 복잡 미묘한 양상을 띠기 시작했다.

이 사안은 대한민국 안에서도 시끄러웠고 심지어, 이 격납고 안에 있는 특수부대원들 사이에서도 의견 일치를 이끌어 낼 수가 없었다.

전장형이 새 종이컵에 커피 믹스와 뜨거운 물을 붓자 그의 등 뒤쪽에서 이종진이 물었다.

"뽀로로 대장(조주환 소령)은 아직입니까?"

전장형은 불편한 마음에 격납고 입구에서 조주환 소령을 기다렸다가 밀러 대위와 잠깐 이야기를 나누고 들어온 것이었다. 그는 커피 믹스를 플라스틱 스틱으로 저으면서 대답했다.

"작전장교님은 코빼기도 비치지 않았습니다. 델타 사람들하고 잠깐 이야기만 나누다가 들어온 겁니다."

전장형이 커피 잔을 들고 다가가자, 이종진이 그를 향해 접이식 의자를 밀어 보내 줬다.

전장형이 의자에 앉자마자, 5중대장 윤민 대위가 얼굴에 난 생채기를 만지면서 말했다.

그의 얼굴에 난 상처와 다른 5중대원들의 부상은 지난 특수작전군과의 작전에서 일본 경찰 병력의 오인 사격 때문에 생긴 것이었다.

그런 윤민의 생각과 감정이 차분할 수가 없는 상황이고 그는 그것을 대놓고 표현했다.

"씨팔, 쪽바리들 뒤치다꺼리를 하다 하다 안 되니까 이제는 야스쿠니 신사까지 안전하게 가십시오 하고 따까리 짓을 해야 해? 이거는 말도 안 돼, 니미. 여기 지휘부 썅놈들은 우리 군복 어깨에 붙어 있는 태극기가 안 보인데? 우리 말고 델타 보내면 되잖아.”

그의 말에 이종진이 바로 거들었다.

“누가 아니랍니까? 할 수 있는 일이 있고 할 수 없는 일이 있지. 어떻게 우리가 쪽바리 전범들한테 참배 가는 배은망덕한 새끼들을 위해서 목숨을 겁니까?”

두 사람의 말에 테이블 이곳저곳에 흩어져 앉아 있는 부대원들 몇 명이 고개를 끄덕여 보였다.

전장형은 의자에 앉아 커피를 마시면서 최승희 중사와 신영화 상사 쪽을 힐끗 봤다. 그리고 그곳에 강정훈 중사가 보이지 않자 이종진에게 시선을 보냈고 이종진은 그가 묻기도 전에 대답해 줬다.

“정훈이, 저녁 먹자마자 작전장교가 불러서 갔는데 5중대 통신관 최성수 중사도 함께 갔다고 합니다. 두 인원 다 미군 제이택(JTAC: Joint Terminal Attack Controller, 합동 최종 공격 통제관) 자격이 있다고 해서 불려 갔는데 아직도 복귀 안 했습니다. 특수작전군 쪽에 JTAC 인원이 모자라나 봅니다.”

“왜요? 그쪽에서 두 사람 능력이 필요하데요?”

“델타는 안 나가도, 주일미군 쪽에서 무인정찰기를 2대 정도 띄워 준다고 합니다. 아마, MQ-9 기종이니, 헬파이어 미사일을 지상에 쏴 대는 경우를 대비해서 우리 통신관들까지 필요하나 봅니다. 쯧, 개놈의 새끼들.”

그가 대답한 뒤, 격납고 안은 다시 침묵이 감돌았다. 격납고 바깥에서 미군들이 영어로 크게 소리치는 게 들려왔지만 707부대원들이 있는 공간으로 들어오는 사람은 없었다.

스마트폰으로 한국 내 뉴스 기사와 댓글들을 살피던 윤민 대위가 혼자 중얼거리듯 말했다.

"한국에 기사 뜬 것 좀 보세요. 북괴 놈들한테 호되게 당하는 와중에 야스쿠니 신사 참배를 강행하는 아베 신조가 오늘 저녁 뉴스 주인공입니다. 댓글들 보면, 다들 하는 소리가 아베가 북괴군 공작원 기관총탄이나 폭탄에 작살 나게 그냥 내버려 두라는 게 대부분입니다. 만약 우리 병력이 야스쿠니 신사 참배하는 거 경호해 주게 되고 그 사실이 나중에 우리나라에 알려지면 우리는 앞으로 역적 아닌 역적 취급받을 겁니다. 이거는 뭐, 빨갱이냐, 쪽바리냐, 이것이 문제로다, 딱 그 상황입니다."

그 말에 이종진이 얼굴을 찡그리면서 고개를 내저어 보였다. 그때, 5중대의 부중대장 최정학 준위가 한 손에 점검표를 든 채, 테이블 위에 있는 야간 투시 장비들을 살피면서 대화에 끼어들었다.

"그래도 말입니다. 그 뭐냐, 태양의 후예인지 노예인지. 그 유치찬란한 드라마가 우리 특전사 이미지를 멋지게 광고해 줬으니, 우리가 이 좆만 한 아베 새끼를 야스쿠니 신사 정문까지 안전하게 데려다줘도, 대한민국의 수많은 송중기 팬들은 그냥 그러려니 하고 넘어갈지 누가 압니까? 우리가 그래도 송중기 대위하고 함께 라면 뽀그리 해 먹는 멋진 전우들인데. 이제 다들 특전사 하면 멋지다고 엄지를 척 하잖아요. 나중에 쪽바리들 야스쿠니까지 경호해 줬다고 대한민국 예비역들이 뭐라 하면 댓글에다가 그냥 송중기가 선글라스 쓰고 특전복 입고 있는 사진을 올리면 송중기 팬클럽이 우리를 두둔해 줄 겁니다. 잘하면 그 웃기지도 않는, 국뽕 드라마가 우리 체면치레해 주겠네."

그 말에 대원들이 피식 웃으며 반응했지만 이종진 준위는 오히려 역정을 냈다.

"야, 최 준위! 말이 되는 소리를 해라. 너는 지금 이 상황이 장난 같냐?"

그 말에 윤민이 그를 말리는 듯한 손짓을 하며 말했다.

"우리 부중이 웃자고 한 소리입니다. 웃자고 한 소리!"

5중대장의 만류에 이종진은 우거지상이 된 표정이지만 최정학 준위를 더 타박하지 않고 입을 다물었다. 그런 그들의 눈치를 보면서 신영화 상사가 낮은 목소리로 한마디 했다.

"그래도 우리 강정훈이가 이렇게 앉아서 일본 놈들 뒤통수만 까고 있는 우리보다는 낫습니다."

그 말에 이종진이 더 우거지상을 만들면서 신영화에게 시선을 보냈다. 신영화는 5중대원들을 슬쩍 본 다음 분위기를 바꿔 보고자 참고 있던 말을 했다.

"강정훈이가 어제 아침에 제1 격납고하고 제2 격납고 화장실에 가서 국위 선양을 하고 왔답니다."

그 말에 강정훈과 가까운, 5중대원 누군가가 농담을 던지며 끼어들었다.

"그 자식, 일본 놈들이 쓰는 비데라도 몽땅 뜯어다가 챙겼답니까? 안 그래도 귀국할 때 지 진안 고향 집에 코끼리 밥통 사가야 한다고 공항 면세점 언제 갈 수 있냐고 징징거리던데."

그러자 신영화가 검지를 쳐들어 아니라는 듯 흔들며 대꾸했다.

"전에 여기 새끼들이 화장실에다가 정보사 인원하고 우리들 보고 반도로 꺼지라고 욕 써놓은 거에 대한 답장을 써 줬다고 합니다. 자위대하고 일본 경찰, 정보 요원들이 쓰는 화장실 변기 12개에다가 일일이 '배은망덕한, 곰 좆 터는, 온천 원숭이 새끼들아!' 라고 일일이 네임 펜으로 써 놓고 왔다고 자랑합디다!"

그 말에 대원들 몇 명이 폭소를 터뜨렸고 이종진까지 어이가 없어서 웃고 말았다.

답답했던 격납고 분위기가 전장형까지도 커피 잔을 입에 문 채 웃을 정도로 일순간 부드러워졌다.

그때 격납고 출입문이 덜컥 열리면서 강정훈 중사와 최성수 중사가 들어왔다.

"뽀로로 대장, 오십니다!"

장난스러운 표정을 하고 있는 강정훈의 상황 전파에 모든 707부대원들이 자리에서 일어났고 조주환 소령이 두 통신관들 뒤에서 불쑥 나타났다. 조주환의 목소리가 그의 모습보다 먼저 들려왔다.

"괜찮아, 다들 앉아! 다들 앉아! 야, 근데, 강 중사, 너 방금 뭐라고 했어?"

"아닙니다, 작전장교님."

"너, 마지막으로 경고하는데 나 뽀로로라고 부르지 마. 한 번만 더 내 귀에 그 소리 들리면 국산 방탄복 입혀 놓고 뚫리나 안 뚫리나 내 권총으로 쏴 볼 거다. 알았어?"

"알겠습니다!"

조주환의 엄포에 강정훈이 능청스러운 표정을 대꾸하며 자리에 앉았다. 조주환 소령은 모두의 분위기를 슬쩍 살핀 뒤 조심스럽게 설명을 시작했다.

"여기 오기 전에 우리 지휘부하고 충분히 소통을 해 봤는데, 아무래도 우리 내일 이 사람들 지원 나가야 할 것 같아."

그 말에 이종진 준위를 비롯한 몇몇 대원들의 표정이 일그러졌다. 조주환은 그들의 모습에, 이미 예상했다는 듯이 한 손을 쳐들며 달래기 시작했다.

"알아! 안다고! 나도 기분 뭣 같아. 씨팔, 나는 진짜 농담 아니고 독립운동 유공자 집안 출신이야. 우리 조부께서 일제강점기 때 부산 동래 시장에서 '대한 독립 만세'를 외치면서 일제 순사 새끼들한테 돌격하신 분이다! 그러니, 우리 중대원들이 아무리 이번 임무 때문에 기분 뭣 같다고 해도 나 정도는 아닐 거다. 그러니, 마음을 열고 좀 냉정하자. 우리 군인이야, 군인. 까라면 까야 되는 거야. 잘들 알면서 왜 그래들?"

조주환 소령의 한마디에 부대원들은 다소 감정을 추스르고 표정을 정리했다. 그들의 분위기가 한층 누그러졌음을 확인한 조주환이 전장형 대위와 윤민 대위를 먼저 쳐다본 뒤 말했다.

"우리 합참하고 국방부도 정부, 정치권 쪽하고 한참 옥신각신 했다는데, 뭐가 어찌 됐든 우리 임무는 핵 테러 위기를 겪고 있는 일본 측의 모든 지원 요청에 즉각 도움을 제공하는 거야. 모든 지원 요청 말이다. 따라서 정말 기분 더럽겠지만 우리는 아베 신조 총리 일행이 야스쿠니 신사 참배를 가다가, 북괴군의 핵폭탄이나 기타 테러에 의해 암살되는 상황이 일어나도록 좌시하면 안 된다. 내일 야스쿠니 신사 참배를 강행하는 여기 사람들을 경호하는 작전에 일부 필수 요원들이 참여하는 것으로 한다."

그 말을 하면서도 조주환은 부대원들의 반응을 주의 깊게 살폈다. 2중대원들과 5중대원들은 다소 내키지 않아 보이지만 반발하는 분위기까지는 아니라고 판단되자 그가 전장형과 윤민에게 문서 폴더를 건네주며 말했다.

"이 나라는 지금 2차 대전 이래로 수많은, 무고한 인명이 희생된 판이야. 게다가 그냥 IED(급조 폭탄)이나 부비 트랩 따위가 아니라 핵폭탄의 테러 위협을 받고 있는 시국이야. 우리 역사의식이나 민족의식 같은 거, 잠시만 접어 두고 인도주의적인 관점에서 보자구. 우리가 이 사람들 잘만 도와줘서 북괴 놈들의 도발에 대한 인식을 완전히 꺾어 놓게 된다면 적어도 우리 대한민국에서 이런 비극들이 반복되지는 않을 거라 생각해. 그리고 아까, 여기 공안조사청 사람이 그러는데 도쿄 도에 거주하는 우리 한국인들만 해도 엄청난 규모야. 그 사람들도 여기 현지인들하고 똑같이 핵폭탄 위협에 노출된 상황인데, 우리가 그 동포들을 모두 대피시킬 수 없다면 핵폭탄이 터지지 않도록 일본인들을 거들어 줘야 한다고 생각해. 내 말, 다들 이해하나?"

조주환 소령의 차분한 설명에 부대원들이 이제 슬슬 설득되어 가는 분위기였다. 그는 두 명의 중대장들에게 시선을 보낸 뒤 당부했다.

"현 시간부로 내일 출동하는 인원들한테 임무 부여해 주고, 이따가 스즈키 일위랑 특수작전군 사람들 오면 함께 최종 확인해 줘, 중대장들."

"네!"

"알겠습니다!"

조주환은 중대원들에게 한 손을 들어 보여 인사를 건넸고, 전장형 대위가 벌떡 일어서서 거수경례를 하려 하자, 손사래를 쳤다. 조주환 소령이 격납고 출입문을 통해 바깥으로 나가고 난 뒤, 전장형은 출입문 쪽을 말없이 바라봤다. 그의 시선이 다시 707부대원들 쪽으로 향하자 윤민 대위를 비롯한 모두가 무거운 표정으로 그의 시선을 맞이했다.

* * *

2016년 7월 30일 08시 23분 일본, 도쿄, 지요다 구, 야스쿠니 신사

아베 신조 일행을 경호하기 위한 전역합동대테러본부의 주요 전술은 지상 경호와 공중 지원으로 구성되어 있었다.

지상 경호를 구성하는 일본 경찰과 육상자위대 보통과(보병) 병력, 제1 공정단 병력은 도로 주요 구간 지점들에 즉각 대응 병력과 저격수들을 배치했었고 공중에서는 자위대의 OP-3기 1대와 미군의 MQ-9 무인공격기 2대, 그리고 육자대의 AH-64DJ 아파치 헬기 2대와 특수작전군 병력과 707부대 병력 40여 명이 분승한 UH-60JA 헬기 4대가 대기 중이었다.

아베 신조는 시내를 통해 야스쿠니 신사의 정문에 도착하는 이동 과정 중에 차량들을 호위하는 경찰, 자위대 차량들만으로도 충분히 야단스럽다고 생각했다. 그래서 그는 경호 실무자들의 만류에도 불구하고 AH-64DJ 공격 헬기들과 UH-60JA 헬기들을 야스쿠니 신사에서 최대한 떨어져 있는 공역에서 대기하도록 주문했었다.

그 결과 헬리콥터 경호 지원 병력은 총리 일행의 차량 행렬이 도착하기 30분 전, 야스쿠니 신사의 북쪽 도쿄돔 쪽에서 신사의 남쪽 고쿄(일왕 거처) 지점까지 이르는 신사 주변을 수색, 정찰한 후 2대의 AH-64DJ 헬기들은 대기 공역에 그리고 4대의 블랙호크 헬기들은 도쿄돔 근처와 방위청 청사의 지상 지점에 착륙, 대기하도록 되어 있었다.

08시 32분, 마침내 400여 명의 경찰, 자위대, 한국군 특수부대원들의 경호 지원을 받는 아베 신조 일행의 리무진과 고급 세단들이 야스쿠니 신사 정문에 나타났다.

경찰 선도 차량들과 모터사이클들 뒤로 총리의 방탄 리무진과 내각 구성원들, 자민당 인사들이 탑승한 6대의 고급 세단들이 줄지어 뒤따르고 있었다.

한참 앞서가던 경찰 차량들과 모터사이클이 신사로 향하는 진입로를 지난 뒤, 그 앞쪽에 바리케이드를 치듯이 도로 정중앙에 정차하자 아베 신조와 리무진에 함께 탑승해 있던 사카모토 쇼가 차창 바깥을 응시하며 생각에 빠진 총리의 팔을 잡고 말했다.

"각하, 야스쿠니에 도착했습니다!"

그 말에 아베가 고개를 그에게 향하며 반응했다.

"아무리 봐도 도로 곳곳에 자위대 병력이 서 있는 것은 경호 조치가 과한 것 아니오? 이 나라의 모든 방송사와 신문사의 카메라들이 우리를 지켜보고 있는데."

그 말에 사카모토가 건너편 좌석에 앉아 있는 하시모토 켄타와 시나가와 쇼이치로를 슬쩍 보면서 대꾸했다.

"비상시국이기 때문에 그렇게 보지는 않을 겁니다. 오늘 이 행사는 우리 언론사들만 지켜보는 것이 아니라 북조선과 미국을 포함한 전 세계가 지켜보는 자리입니다. 그렇기에 총리 각하께서 단호하고 강한 모습을 보여 주셨으면 하고 바라고 있습니다."

그 말에 전 자민당 총재이자 아베 총리의 멘토 그리고 일본 군국주의 그룹의 핵심 멤버인 시나가와 쇼이치로가 고개를 끄덕이며 두 사람의 대화에 참여했다.

"각하, 오늘 이 자리는 공포와 혼란에 빠진 우리나라의 모든 국민들에게 우리 내각의 용기와 신념을 전파하는 자리입니다. 오늘만큼은 주변국 떨거지들의 눈치를 보지 말고 제국 건설에 목숨을 바친 우리 선조들께 예를 표하고, 국민들에게 이에 동참하도록 영감을 주시기 바랍니다."

아베는 넥타이 매듭을 손으로 만져 살피면서 한층 고무된 그의 모습을 지켜봤지만 마음속으로는 그에 대해 혀를 끌끌 찼다. 이미 수십 년 전부터 일본의 핵무장을 외치고 정계와 재계를 오가며 로비를 해 온 그의 과감한 행적이 별안간에 아베 자신에게조차도 무섭게 느껴졌기 때문이었다.

물론, 시나가와와 같은 극우, 군국주의자들이 아베 내각과 뜻을 함께하고 있기는 하지만 그들은 아베의 측근들과 달리 훨씬 더 급진적이고 과격한 정책을 추구하고 있었다.

아베 신조는 그런 시나가와 쇼이치로의 정책을 자신만의 방식으로 다듬고 수정하여 오늘날의 평화 헌법 무력화에 이용했지만 마음 한편에 늘 그와 그의 측근에 대한 경계심을 두고 있었다.

이윽고 신사 정문 근처의 진입로 구간에 도착한 리무진이 멈춰 섰다. 경호 요원이 방탄 리무진의 출입문을 열었고 아베 총리를 선두로 사마모토 쇼가 하차했다. 아베는 그를 향해 번쩍이는 수많은 카메라 플래시들을 향해 손을 쳐들어 보였다.

이들 뒤에 정차한 세단들에서도 방위대신과 외무대신 등 내각의 핵심 인사 7명도 수십 명의 내외신 기자들을 향해 모습을 드러냈다.

주차장 안에는 포토 라인을 따라서 서 있는 50여 명의 기자들과 그들을 통제하는 100여 명의 정복 경찰관들, 총리 경호 요원들이 있었다. 또 주차장 바깥은 권총이나 총신이 짧은 기관단총을 지닌, 사복 차림의 특수작전군 대원들과 제1 공정단 대원들이 대기하고 있었고 50여 명의 군경 저격수들이 신사의 안팎을 사방에서 주시하고 있었다.

사진 촬영을 마친 아베 총리는 다시 한 번 기자들과 그의 뒤편에 서 있는 내각 요인들에게 가볍게 손을 들어 보였다. 사카모토 쇼가 아베의 곁으로 와서, 신사 정문 쪽으로 한 손을 뻗어 보이며 그의 이동을 재촉했다.

신사 정문의 왼편에는 참배객들이 손을 씻는 곳이 있었는데, 아베는 수행 요원들을 앞과 양옆에 두고 그곳으로 발걸음을 이어 갔다. 그는 걸어가는 동안 거대한 토리이 너머의 신사 본관을 힐끗 봤다.

이미 전날부터 오늘 새벽까지 자위대와 경찰 병력이 폭발물 수색을 마친 상태였지만 지금 그의 눈에 야스쿠니 신사 본관은 북조선 테러범들의 모든 총탄과 폭탄을 끌어들이는 표적지처럼 보였다.

아베 신조는 신사 본관으로 향하는 좌우의 나무들과 신사 구획 너머의 빌딩까지 천천히 살펴보며 걸어갔다. 그는 아침 햇살이 쏟아지는 정경을 보면서 긴장을 늦출 정도로 평화로운 느낌을 갖게 됐다. 하지만 아베 신조의 평화로운 아침은 그 순간까지였다.

"퍽! 퍽!"

멀리에서 울려 퍼지는 작은 폭발음에 신사 정문 쪽에 있는 일본인들이 고개를 갸우뚱했고 폭발음을 아예 듣지 못한 사람들은 허공을 살피는 사람들의 모습에 의아해했다.

그렇지만 아베의 곁에 서 있던 사카모토 쇼는 총리를 에워싸고 있는 5명의 경호원들보다도 더 빨리 반응했다. 군 경험이 있었던 사카모토는 그 폭발음이 박격포 포성이었고 지금 막 들리기 시작하는 기묘한 바람 소리가 신사 쪽으로 낙하하는 박격포탄의 비행음인 것을 알아차렸기 때문이었다.

"각하!"

사카모토는 총리를 바닥으로 넘어뜨리고 그를 자신의 몸을 자신이 덮었다. 바로 그때 요란한 폭발음이 신사 일대를 뒤흔들었다.

"펑~! 펑!"

신사 본관 건물 너머 북서쪽에서 그리고 신사의 북쪽에 인접한 시라유리 가쿠엔 초등학교 쪽에서 까만 연기 기둥이 허공 높이 치솟았다. 신사 내 녹지대에 있던 셀 수 없이 많은 비둘기들이 하늘로 날아올랐고 신사 외곽의 학교들 쪽에서 폭발 충격으로 작동된 자동차 경보장치가 시끄럽게 울려 퍼지기 시작했다.

현장의 경찰과 자위대원들이 일제히 이에 반응했고 경호 요원들이 시동을 끄지 않고 대기 중이던 리무진을 아베 신조가 엎드려 있는 정문 근처로 몰아갔다. 리무진은 아베를 뒤따르다가 우왕좌왕하는 내각 요인 한 명과 그의 수행원을 들이받고도 그대로 전진했다.

사카모토는 총리의 경호원의 무전기를 낚아채, 경호 작전 병력의 무선망에 소리쳤다.

"적 박격포다! 적 박격포다! 이제 곧 수정탄이 떨어진다!"

방탄 리무진이 도착하고 경호 요원들은 1초 만에 아베 신조를 차량 뒷좌석으로 밀어 넣고 출입문을 닫았다. 사카모토는 운전석 차창을 거세게 두들기며 피신을 종용했고 리무진은 그 즉시 전속력으로 후진하기 시작했다.

수십 명의 기자들과 경찰, 경호 요원들이 뒤엉켜 움직이고 있었고 뒤늦게 내각 요인들을 철수시키고자 사복 경찰과 내각 경호 요원들이 바삐 움직이는 찰나 다시 한 번 포성이 멀리에서 울려 퍼졌다.

사카모토는 4명의 총리 경호원들과 함께 리무진이 빠져나가는 통로를 확보하고자 신사의 진입로 입구로 향해 달려가다가 그 소리를 청취했다. 외무대신과 외무부대신의 탑승했던 벤츠 2대가 리무진을 가로막고 있었고 그는 총리 경호원들이 그들 차량을 이동시키도록 소리치는 것을 지켜보다가 신사 안으로 떨어지는 박격포탄들을 육안으로 발견했다.

"쾅! 쾅!"

최초 발사된 2발의 착탄 지점을 확인 후, 수정 사격한 박격포탄들을 정확히 신사 본관 쪽에 착탄하여 폭발했다. 화염과 까만 연기가 치솟으면서 일본 군국주의의 상징인 야스쿠니 신사 건물 한쪽이 힘없이 무너져 내리기 시작했다.

*　　*　　*

2016년 7월 30일 08시 52분 일본, 도쿄, 지요다 구, 야스쿠니 신사 인근 상공

도쿄돔 주변의 주차장에서 이륙 직전 상태로 대기 중이던 UH-60JA 2대가 야스쿠니 신사 쪽에서 날아온 지원 요청에 따라 이륙한 시점에는 이미 신사 곳곳에서 까만 연기가 치솟고 있었다. 그 광경에 헬기 안의 모든 특수작전군 대원들과 전장형, 최승희, 강정훈은 현지 상황을 파악하고도 남았다.

1번기에는 스즈키 일위와 특수작전군 대원 7명 그리고 이종진 준위와 신영화 상사가 탑승하고 있었고 2번기에는 전장형이 나머지 중대원들과 마사히로 일등육조의 조원 6명과 탑승 중이었다.

이들 외에도, 야스쿠니 신사의 서쪽, 일본 방위성 청사에서도 제1 공정단 기동타격대 병력과 경찰 특수병력 SAT 대원들이 탑승한 UH-60JA 3번기와 4번기가 이륙하여 신사 쪽으로 날아오고 있었다.

최승희는 기내 인터컴과 연결된 헤드셋을 착용한 채, 그녀가 조종사들에게서 청취한 내용들을 전장형 대위와 강정훈 중사에게 전파해 줬다.

“야스쿠니 신사까지 도착 10여 초 전입니다! 신사 남쪽에서 박격포탄들이 날아오기 때문에 헬기들은 신사를 지나쳐서 박격포 발사 지점을 수색한다고 합니다! 야스쿠니 신사 안에 이미 20여 발 이상의 박격포탄들이 떨어졌다고 합니다!"

최승희 중사가 기체 바깥으로 고개를 내밀고 있는 전장형과 강정훈의 뒤통수에 대고 소리쳤다.

야스쿠니 신사의 주변에는 학교와 관공서, 상업 건물들이 밀집해 있었고 신사의 남쪽에는 넓은 녹지대가 위치해 있었다. 녹지대는 기타노마루 공원과 일왕의 거처인 고쿄로 이루어져 있었는데, 이곳에 북괴군 저격수가 은신할 수 있다는 가능성 때문에 전날부터 수차례 지상과 공중 수색이 이루어졌었다. 하지만 이 시점에서 전장형을 포함한 모든 특수부대원들은 북괴군 공작조가 박격포를 발사할 수 있는 곳은 이곳밖에 없다고 짐작했다.

이들의 헬기는 UH-60JA 1번기와 대형을 갖춰, 와세다 거리를 따라 야스쿠니 신사 쪽으로 향하고 있었는데, 거리 좌우의 학교, 관공서, 호텔, 상가 건물들 쪽에서도 개미처럼 보이는 현지인들이 사방으로 달려가는 게 모두의 시야에 포착됐다. 야스쿠니 신사에서 떨어져 있는 그들의 구역에서도 박격포 폭발음을 청취하는 것은 물론, 신사가 공격을 받는 것을 파악할 수 있었다. 설명이 굳이 필요 없는 상황이었다.

처음 실제 작전에 나온 강정훈 중사가 긴장된 모습으로 지상을 주시했고 전장형은 그와 최승희를 번갈아 보며 살폈다.

"아, 씨! 저거!"

그러나 강정훈이 지상에서 뭔가를 발견한 듯 전장형의 한 팔을 채어 잡고 소리쳤다. 전장형은 최승희에게 인터컴 헤드셋을 벗고 옵스코어 헬멧을 착용하도록 지시했다. 그런 뒤 그녀를 지켜보다가 강정훈의 손에 이끌려 기체 바깥으로 고개를 내밀었다.

블랙호크 헬기들이 폭발 직전의 화산처럼, 엄청난 규모의 연기를 하늘로 내뿜고 있는 야스쿠니 신사를 이들의 우측 전방에 두고, 남동쪽을 향하고 있었는데 별안간 사방에서 거대한 불기둥이 치솟았다.

화염과 까만 연기가 뒤섞여 허공 높이 치솟는 곳이 전장형의 두 눈에만 모두 3군데였다.

그중 한 곳은 야스쿠니 신사의 남쪽에 있는 영국 대사관과 다이아몬드 호텔 사이의 건물이었다.

"이 새끼들이!"

전장형은 야스쿠니 신사 안에 포격을 가한 거점들에 대한 수색을 방해하고자, 북괴군 정찰병들이 사전에 장치한 폭발물을 일제히 터뜨렸다고 짐작했다.

그가 강정훈과 함께 지상 이곳저곳을 두리번거리며 박격포가 방열되었을 법한 곳을 찾으려 할 때, 최승희가 전장형의 어깨를 채어 잡고 소리쳤다.

"중대장님, 야스쿠니 신사 남쪽의 기타노마루 공원 쪽에서 최초 박격포 공격이 있었다고 자위대 정찰기가 보고해 왔습니다. 우리 쪽 1번기 병력을 기타노마루 공원 안에 투입하고 우리 2번기는 공원 상공과 그 아래쪽으로 이어지는 고쿄 지대 전체를 수색, 감시하는 임무를 부여받았습니다!"

전장형이 그녀에게 고개를 끄덕이며 강정훈의 어깨를 잡고 흔들었다. 그러자, 강정훈 역시 최승희 중사의 메시지를 들었다는 듯 엄지손가락을 쳐들어 보였다.

이들의 반대편, 기체 출입문 쪽에 몰려 있는 마사히로 일조와 그의 대원들 역시 임무 내용을 전파하며 대원들에게 전투 준비를 시키고 있었다.

"정훈이, 무전기 확인해! 미군 쪽 주파수하고 전역합동대테러본부 쪽 주파수, 둘 다 확인해서 만약의 경우 문제가 없도록 해!"

"예!"

강정훈 중사는 고개와 상체를 기내로 들여놓은 뒤, 새트컴 송수화기를 잡고 작전 무선망을 점검했다.

그때 1번기와 2번기가 야스쿠니 신사 상공을 진입했다. 전장형은 고개를 내밀어, 지상 쪽을 응시하면서 혀를 끌끌 찼다. 수발의 박격포탄들이 작렬한 신사 본관 건물은 이미 전소되고 있었고 전쟁 박물관 쪽도 불길에 휩싸이는 중이었다.

일본에서 가장 큰 규모이며 그에 못지않은 상징성을 가진 야스쿠니 신사 곳곳에서 불길이 치솟는 것을 지켜보며 전장형은 정의 내릴 수 없는 전율을 느꼈다.

그가 보기에 북괴군 정찰병들은 첨단 감시 장비와 강력한 화력을 가진 400명이 넘는 군경, 정보 요원들을 고작 2~3문의 박격포 따위로 엿 먹인 것 같았다.

헬기가 신사 상공을 지나쳐 남쪽으로 향하자, 흥분한 특수작전군 대원들이 지상을 손가락으로 가리키면서 서로 떠들기 시작했다.

잠시 뒤, 거대한 일본 무도관의 둥근 지붕과 그 주변의 진녹색 연못이 2번기 아래쪽으로 보였고 그 너머에서 제자리 비행 중인 스즈키 대위의 블랙호크 1번기가 전장형의 눈에 잡혔다.

1번기는 10여 명의 대원들은 공원 안으로, 패스트 로프를 통해 투입되고 있었고 2번기는 1번기보다 조금 더 높은 고도에서 선회하면서 그들을 엄호하면서, 지상을 살피던 중이었다.

공원 안에서도 폭발물이 터졌는지 이곳 공원과 고쿄 사이에 있는 국립 미술관 쪽에서도 불길이 휩싸여 있었고 그곳에서 생긴 먼지와 까만 연기가 인근 상공을 지저분하게 만들고 있었다.

그런데, 그때 조종석 쪽에서 두 자위관 조종사들이 시끄럽게 떠들기 시작하고 마사히로 일등육조가 그들 쪽으로 다가갔다.

전장형은 최승희의 한 팔을 잡고 흔들며 그들 쪽 분위기를 확인하도록 지시하자, 그녀가 들고 있던 인터컴 헤드셋을 한쪽 귀에 밀착시켰다.

최승희 중사가 전장형에게 상황을 전파해 주기도 전에, 2번기는 기타노마루 공원 상공에서 남쪽에 있는 고쿄 상공으로 기수를 고정한 채 가속하기 시작했다.

곧 이들이 탑승한 병력과 조종석 사이에 있는 한 명의 도어거너가 M249 기관총을 잡고, 상체를 기체 밖으로 내놓았다. 교전이 임박했다는 것을 감지한 전장형이 최승희에게 고개를 돌리자, 그녀가 소리쳤다.

"고쿄의 남서쪽 외곽 도로에서 81밀리 박격포를 장착한 트럭 2대가 있었다고 합니다! 2대 중 한 대가 지금 팰리스 호텔 쪽을 지나 쇼핑몰들이 있는 상가 지역으로 이동 중이라고 합니다!"

전장형은 707부대원들에게 상황 전파를 해 주려 했던 마사히로 일등육조에게 손가락으로 오케이 신호를 만들어 보였고 그가 고개를 끄덕였다.

그 직후, 특수작전군 대원들이 그들의 MP5A5 기관단총과 M4A1, HK416의 장전 손잡이를 일제히 당겼고, 전장형과 최승희, 강정훈도 자신의 MP5A5 기관단총의 장전 손잡이를 당겼다.

블랙호크 헬기는 고조된 엔진음을 토해 내면서 엄청나게 빠른 속도로 수목들과 고성, 해자가 있는 고쿄 지대를 지나쳐 갔다.

녹지대 너머에 진회색과 까만색으로 이루어진 도심 지대가 나타나자 마사히로 일조가 국군 특수부대원들이 알아들을 수 없는 말을 소리쳤다. 전장형과 강정훈은 시선과 총구를 기체 바깥에 고정해 둔 채 이제 나타난 까만 아스팔트 도로 위의 차량들을 주시했다.

제1 헬리콥터단의 조종사들은 능숙하게 높은 빌딩들 사이로 블랙호크 헬기를 기동시키며 팰리스 호텔이 위치한 거리로 도착했다.

그때 헬기의 아래쪽, 지상에서는 미리 약속이라도 한 듯, 일본 시민들이 수상한 픽업 트럭이 지나친 방향을 향해 한 팔을 뻗어 보이면서 이들 신속대응부대의 추적을 거들어 줬다.

블랙호크 헬기가 팰리스 호텔을 지나쳐 에이타이 거리 상공에 도착하자, 2번기의 우측 상공에 UH-60JA 3번기가 나타나 합류했다. 전장형과 강정훈이 잠시 그쪽 헬리콥터를 응시할 때 최승희가 소리쳤다.

"중대장님! 지상 1시 방향, 지금 네거리를 지나친 도요타 1톤 포터 트럭입니다! 적 트럭 포착!"

전장형의 시선이 다시 기체 아래쪽, 건물들이 빼곡히 붙어 있는 거리로 향하자 특수작전군 대원들이 소란을 떨기 시작했다.

왕복 2차선 도로를 질주하고 있는 1톤 화물 트럭은 적재 칸 쪽에 진녹색 방수포 따위로 무언가를 덮어 두었고 그것 바로 옆에 올인원 작업복을 입은 사내가 헬기를 올려다보고 있었다.

2번기에 탑승한 특수부대원들은 모두가 총기의 광학조준경을 통해 방수포에 싸여 있는 것이 박격포라고 확인할 수 있었다. 그러나 확신을 갖지 못한 헬기 조종사들은 문제의 차량을 향해 고도를 낮추면서 경고 방송을 시작했다.

"니혼바시 쪽으로 운행 중인 도요타 트럭은 당장 정차하라! 니혼바시 쪽으로 운행 중인 도요타 트럭은……."

부조종사의 두 번째 정차 경고가 전파될 즈음 적재 칸 쪽 괴한이 무언가 길쭉한 것을 헬기 쪽을 향해 쳐들었다.

"탕!"

괴한을 향해 특수작전군의 저격수가 M24A3 저격소총의 방아쇠를 당겼다. .338 라푸아 매그넘탄이 그의 몸통을 관통했고 그는 RPG7 대전차 로켓 발사기를 떨어뜨리며 쓰러졌다. 조종사들이 그 광경에 흥분하여 시끄럽게 떠들었다.

"탕! 탕! 탕! 탕!"

저격수의 대응사격을 신호로 삼은 듯, 2명의 특수작전군 대원들이 M4A1 소총 사격을 가했고 그때부터 트럭이 1차선이 아닌 2차선으로 차선을 옮겨, 민간인들이 있는 인도와 주차된 차량들 쪽에 최대한 밀착하여 달렸다.

"이에! 이에!"

추가 사격을 가하려던 대원들에게 마사히로 일조가 지상의 민간인들에 대한 피해를 우려하여 버럭 소리를 질렀고, 전장형 일행은 기관단총 총구를 지상으로 향한 채 초조하게 지켜보기만 했다.

잠시 후, 도쿄 경시청의 사복 경찰들이 탑승한 승용차 한 대가 순찰차 한 대와 함께 트럭 뒤에 따라붙었고 그들 차량이 시끄럽게 울리고 있는 사이렌 소리 덕분에 거리의 민간인들이 미리 상황을 파악하고 대피하기 시작했다.

도요타 트럭 주변의 민간인 차량들이 감속하여 특수부대원들의 시야에서 사라지자 다시 한 번 특수작전군 대원들이 기체 밖으로 머리와 상체를 내밀고 정밀 사격 준비를 했다.

그런데, 조금 뒤 좁은 네거리에서 트럭이 급하게 좌회전했고 그 순간, 인도 지대 안에서 갑자기 까만 연기 기둥이 솟구쳐 올랐다.

2번기의 우측에서, 10여 미터 정도 더 높은 고도에서 나란히 비행하던 3번기에서 누군가 40밀리 유탄을 날려 보낸 것이다.

그 직후, 마사히로가 그들의 작전용 무선망에 고래고래 소리를 지르며 3번기 탑승 병력의 사격 통제를 시도했고 거의 동시에 2번기가 네거리 상공에서 트럭을 뒤따라가고자 급제동을 했다.

UH-60JA의 거대한 기체가 기수를 쳐든 채 정지했고 제자리에서 기수를 왼편으로 움직였다. 그런 뒤, 정찰병들의 트럭이 도주한 거리 상공으로 진입하자마자 다시 기체 후미를 쳐들고 속도를 내기 시작했다.

거리 일대의 화려한 채색의 간판들과 가로수, 가로등, 햇빛을 반사하는 유리 벽들이 전장형과 강정훈의 눈앞에서 오색의 광선들처럼 지나쳐 사라졌다.

두 707대원들은 특수작전군 대원들과 함께 기체 바깥으로 머리를 내밀고 북괴군의 트럭을 찾으려 했다. 하지만 2번기의 후방에서 심상치 않은 소리가 들려오면서 두 사람의 시선이 후방으로 향했다.

그때 잠시 전까지만 하더라도 2번기와 나란히 비행해 왔던 UH-60JA 3번기가 기체 측면에서 노란 불꽃과 까만 연기를 쏟아 내며 네거리 상공에서 북동쪽으로 하강하고 있었다.

3번기는 2번기처럼 좌 선회를 하지 못하고 네거리에서 직진해 날아다가 이내 빌딩들 너머로 사라졌다. 그때서야 2번기의 부조종사가 모두에게 경고를 전파했다.

“샘(SAM)! 샘! 샘!”

전장형은 기체 밖으로 상체를 내민 채 3번기가 사라진 빌딩들 너머를 주시하던 강정훈 중사의 어깨를 잡고 기내 안으로 끌어 들였다.

2번기는 거리의 양편에 늘어 서 있는 쇼핑몰과 고층 건물들 사이로 고도를 낮춰 진입했고 그 직전에 후방에서 날아올지 모를 지대공 미사일을 대비하여, 십 수 발의 플레어를 한 번에 투하했다.

UH-60JA기가 지상에서의 휴대용 지대공 미사일 공격을 피하고자 급격히 고도를 낮췄을 때, 잠시 기체 통제력을 잠시 잃었다가 가까스로 회복했다.

블랙호크 헬기는 거리에서 가장 규모가 큰 6층짜리 쇼핑몰 바로 앞쪽 상공에 떠 있었고 전장형과 강정훈은 두 사람의 바로 눈앞에서, 형형색색의 광고 글들을 보여 주는 대형 전광판 화면을 보고 깜짝 놀랐다.

헬기가 워낙 전광판 쪽에 가까이 붙어 있었기 때문에 로터 블레이드 끝이 전광판 화면을 스치면서 불꽃이 튀어 날리기 시작했고 조종사들이 기겁을 하여 기체를 왼쪽으로 이동시킬 때 전광판 화면이 폭발했다.

"퍼엉!"

노란 불꽃 줄기들이 UH-60JA 2번기의 우측 측면을 덮쳤고 헬기는 재빨리 쇼핑몰 근처 상공에서 이탈했다.

박살이 난 전광판 쪽에서 날아온, 뜨거운 플라스틱 조각들을 뒤집어썼던 전장형와 강정훈, 최승희가 숨을 참은 채, 그것들을 털어 냈다.

이후에도 헬기는 비행 통제력을 일시적으로 잃었다가 회복하기를 두 번 반복했고 전장형과 그의 중대원, 특수작전군 대원들은 까만 도로 바닥과 붉은색 블록들이 깔려 있는 인도 지대가 순식간에 이들 눈앞으로 솟구쳐 올랐다가 다시 원위치하는 것을 무력하게 지켜볼 수밖에 없었다.

잠시 후, 부조종사가 도어 거너와 특수작전군 대원들을 향해 한 손을 쳐들어 보이며 소리쳤다.

그리고 최승희 중사가 때맞춰 그의 경고를 전장형과 강정훈에게 즉시 통역해 줬다.

"샘 공격을 피하기 위해 최저 비행고도를 유지할 테니, 이 비행 상태에 유의하면서 표적 차량을 제압하랍니다!"

강정훈은 기체 좌우에 손을 뻗으면 닿을 듯 가까이 보이는 상가, 사무실 건물들의 유리 벽을 보면서 벌어진 입을 다물지 못했고 전장형이 그의 어깨를 두들기면서 정신을 차리도록 재촉했다.

전장형이 최승희 중사가 휴대했던 HK69 40밀리 유탄발사기를 집어 들고 고폭탄 한 발을 장전할 때, 기내 좌측에서 마사히로 일조가 지상을 향해 손가락질을 하며 소리쳤다.

"도쿄! 도쿄!"

그가 손가락으로 가리키는 곳은 헬기의 후방 7시 방향이었다. 그곳에서 트럭이 또다시 좌회전을 하여 다른 거리로 진입하고 있었고 상황을 파악한 조종사들이 그 즉시 반응했다. 블랙호크 헬기가 기수를 쳐들면서 급제동을 했고 그 직후, 기체가 좁은 교차로에서 신호 대기 중이던 10여 대의 승용차, 버스, 승합차의 5~6미터 상공에 떠 있게 됐다.

지상에서 먼지가 일어났고 놀란 운전자들이 차량에서 뛰쳐나와 사방으로 달려가기 시작했다.

마사히로 일조가 인터컴을 통해 조종사들에게 표적 차량이 사라진 좌측 거리에 대한 방향을 설명했고, 2번기 기체는 즉각 제자리 비행 상태에서 이미 지나쳐 버린 좌측 거리를 향해 기수를 돌렸다.

이윽고 블랙호크 헬기가 트럭이 도주 중인 일방통행 도로 상공에 진입했다. 2번기의 전방 300여 미터 이상의 거리 구간이 텅 비어 있음을 확인한 조종사들이 특수작전군 대원들에게 "웃떼! 이마, 웃떼!"라고 소리치면서 헬기의 좌측 측면을 전방으로 향하도록 기체를 움직였다.

그 직후, 마사히로 일등육조와 6명의 대원들 그리고 헬기의 도어 거너가 2번기의 60~70미터 거리에서 이동 중인 픽업 트럭을 향해 집중사격을 가하기 시작했다.

"타타타타타타~!"

"탕! 탕! 탕! 탕!"

기내 안에 총성이 가득해지면서 전장형을 비롯한 모두의 긴장감이 고조되어 갔다. 전장형과 강정훈, 최승희는 기체의 우측에 앉아 있었기 때문에 총격을 가하는 쪽 상황을 정확히 파악할 수 없었다.

하지만 잠시 뒤, 특수작전군 대원 한 명이 외마디 비명을 지르면서 이들 쪽으로 나가떨어졌고, 기체 안으로 서너 발의 총탄들이 박혔다. 마사히로가 사격을 지속하도록 그의 조원들에게 소리쳤지만 지상에서 날아오는 총탄에 M249 기관총 사격을 가하던 헬기 승무원까지 나가떨어지자 분위기가 달라졌다.

당황한 모습이 역력한 2명의 자위관들이 총기의 탄창을 교체하기 위해 기내 안쪽으로 몸을 향했고, 전장형이 그들 사이를 비집고 들어갔다.

그가 특수작전군 대원들 사이에서 지상을 주시하자, 기체 우측면을 트럭 쪽을 향한 채 비행 중인 2번기를 향해 기관총 예광탄들이 벌 떼처럼 날아오는 게 보였다.

블랙호크 헬기의 전방 50여 미터 지점에 트럭이 정차해 있었는데, 헬기에 사격을 가하는 자는 운전석에서 뛰쳐나와 서 있는 단 한 명의 정찰병이었다.

그러나 그 단 한 명의 경기관총 사격이 헬기 안에 탑승한 병력 중 2명을 쓰러뜨렸고 지금도 기내 안으로 정확하게 총탄들을 날려 보내고 있었다.

전장형은 현 상황이 수적 우세나 UH-60JA 헬기의 방탄 능력에 의존할 수 없는 양상으로 흘러가고 있다고 직감했다. 그는 들고 있던 40밀리 유탄발사기를 쳐들고 황급히 정찰병들의 트럭을 조준했다.

그렇지만 바로 그때, 두 무릎을 꿇고 사격 자세를 취하는 그의 우측에서 또 한 명의 자위관이 기관총탄에 맞고 몸을 휘청했다. 그리고 그 자위관이 기체 밖으로 떨어지려는 순간, 마사히로가 민첩하게 그의 한 팔을 채어 잡았는데 하필, 크게 휘청이던 자위관의 머리가 막 유탄발사기의 방아쇠를 당기려는 전장형의 한쪽 팔에 부딪쳤다.

"퍽~!"

전장형이 발사한 40밀리 유탄은 트럭의 10여 미터 위쪽, 상가 건물 1층에 명중했다. 1층 상가의 내려져 있던 셔터에 직격당하면서 셔터와 그 안쪽의 큰 쇼 윈도우가 박살이 나서 인도 안으로 쏟아졌다.

전장형은 재빨리 유탄발사기를 던져 놓고 아직도 기체 밖으로 몸이 반쯤 늘어져 있는 부상당한 자위관의 다른 한 팔을 잡았다. 마사히로와 전장형이 그를 기내로 끌어들이는 동안 M24A3 저격소총을 휴대한 특수작전군 대원, 한 명만이 지상에서 가까워지는 트럭 쪽을 향해 사격을 가했다.

그렇지만 놀랍게도 20여 미터 미만의 거리가 되자, 정찰병이 무기를 교체하여 적재 칸에서 RPG7 대전차 발사기를 꺼내 들었다. 그 광경을 본 헬기 조종사들과 저격수가 동시에 소리쳤다.

"RPG! RPG!"

자위관 저격수가 미친 듯이 소리치면서 저격총의 방아쇠를 당겼고, 당황한 헬기 조종사는 갑자기 헬기의 플레어 발사 버튼을 눌렀다

"탕!"

무지막지한 M24A3 총성이 울려 퍼질 때, 동시에 기체 좌우 측면에서 지상 쪽으로 강력한 섬광을 발하는 플레어들이 투사됐

다. 기체 후방으로 투사된, 십 수 발의 플레어들이 주변 건물의 벽면과 유리창, 돌출 간판에 맞고 엉뚱한 방향으로 튀어 날리면서, 트럭을 10여 미터 정도 앞두고 있는 블랙호크 헬기의 주변 상공에 강력한 섬광과 뿌연 연기가 가득해졌다.

전장형은 MP5A5 기관단총을 쳐들고 바로 아래쪽 지상의 도요타 트럭을 향해 완전 자동으로 사격을 가했다. 그의 좌우로 합류한 강정훈과 최승희 또한 지상을 향해 MP5A5를 겨누고 방아쇠를 당기려는 찰나 강력한 충격이 기체를 뒤흔들었다.

"쿵!"

헬기 안에 있는 모든 군인들은 그 충격이, 기체에 RPG7에서 발사된 고폭탄이 작렬한 것이라고 확신할 수 있었다.

전장형은 헬기가 폭발하여 기내가 불길에 휩싸일 거라 생각했지만 헬기는 그 직후로 여전히 시끄러운 엔진음과 로터 회전음을 내면서 날아갔다. 그렇지만 기체 아래쪽에서 무섭게 쏟아져 나오는 연기가 기내 안까지 들어왔고 조종사들의 다급한 경고가 모두에게 전파됐다.

"정훈이, 승희, 잡아! 뭐든 잡을 수 있는 거 있으면 잡아! 헬기 떨어질 것 같다!"

기체가 통제력을 잃고 거리 상공에서 빙빙 돌기 직전임을 파악한 전장형이 두 명의 707부대원들과 자위관들에게 소리쳤다.

마사히로는 그의 말을 알아듣고 특수작전군 대원들에게 일본어로 경고할 때, 갑자기 폭발이라도 할 듯이 요란하게 들려왔던 엔진 소리가 뚝 그쳤다. 그 직후, 거대한 UH-60JA 기체가

16~17미터 지상으로 그대로 곤두박질쳤다.

엘리베이터가 고속으로 내려가는 듯한 느낌을 감지한 전장형은 최승희를 잡아당기면서 그녀를 뒤에서 감싸 안았다. 추락 순간 엔진이나 기내 천장 일부가 내려앉는 것을 자신이 몸으로 막아 주기 위해서였다.

곧 그가 특수작전군 대원들을 걱정하기도 전에 마치 155밀리 포탄들이 지근거리에 작렬하는 듯한 충격이 그의 몸 전체를 강타했다.

전장형은 가위에 눌린 듯한 상태로 뿌연 연기가 가득한 기내를 둘러봤다. 잠시 전까지 들려왔던 요란한 로터 회전음과 엔진음이 일체 들려오지 않자, 그는 자신이 무의식 속에 있는가 의심했지만, 그의 눈앞에서 움직이고 있는 특수작전군 대원들의 모습에 현실 감각을 되찾았다.

기내의 도어 거너 공간 쪽에 총상을 입은 도어 거너와 서너 명의 자위관들이 그리고 전장형의 위치 주변에 나머지 자위관들이 있었다.

그들 중 두 명이 총상을 입었는데 헬기가 추락 직전까지 지상으로 사격을 가했던 자위관 저격수가 두 사람의 상태를 살피는 모습이 그의 눈에 들어왔다.

기내 천장이 일부 내려앉았고 조종석 쪽은 헬기의 기수 부분이 위쪽으로 꺾이는 바람에 전장형과 특수부대원들이 앉아 있는 곳보다도 높은 곳에 있었다. 이미 기내 곳곳에서 새어 나오는 연기가 모두로 하여금, 곧 이어질 심상치 않은 일을 짐작하게 했다.

정신을 차린 마사히로 일조가 다른 자위관들에게 도어 거너와 조종사들을 대피시키도록 지시를 내렸고, 전장형은 최승희를 일으키며 물었다.

"최 중사, 괜찮아? 괜찮아?"

최승희는 기내 바닥에서 그녀의 가슴과 복부로 고스란히 전달된 충격에 고통스러워하다가 겨우 고개를 끄덕여 보였다.

"강 중사!"

"저는 괜찮습니다!"

강정훈은 추락의 충격에서 회복하고자 두어 번 심호흡을 한 뒤, 머리를 좌우로 몇 번 움직여 보고는 총기를 집어 들었다.

"파파팍! 팍!"

때맞춰, 추락한 기체 안으로 기관총탄들이 날아들었다. 다시 기내에 총탄이 박히는 상황이 되자, 특수작전군 대원들도 훨씬 더 신속하게 움직이기 시작했다.

UH-60JA의 기체는 도로 한가운데에, 바리케이드를 치듯이 추락했고 기체의 우측 20여 미터 미만의 거리에 정찰병의 도요타 트럭이 위치해 있었다. 기관총탄들은 바로 그곳에서 날아오고 있었고 도로 양편에 서 있는 3~5층 빌딩들의 창가 쪽에서 현지인들이 이 광경을 보면서 발을 동동 구르고 있었다.

마사히로 일조는 2명의 대원들과 함께 총상을 입은 부하들과 헬기 승무원을 총탄이 날아오는 방향의 반대편으로 대피시키기 시작했다.

전장형과 최승희, 강정훈, 특수작전군의 저격수는 그들의 반대편에서 정찰병을 향해 응시하기 시작했지만 경기관총탄이 쏟아져 날아오는 바람에 고개를 쳐드는 것조차 벅찬 상황이었다.

"탕! 탕! 탕! 탕!"

전장형과 특수작전군 저격수가 기체에서 떨어져 나와 반으로 접혀 있는 기체 출입문과 굵은 로프 뭉치를 엄폐물로 정찰병에게 응사했지만, 두 사람은 쏟아지는 기관총탄들 때문에 총기를 머리 위로 쳐들고 대충 사격을 가한 것이었다.

잠시 후, 기관총성이 그치자, 전장형과 강정훈, 자위관이 엄폐물 위로 머리를 내밀고 트럭 쪽을 살폈다.

정찰병이 기관총의 탄창을 교체하는 것으로 파악한 전장형은 뭐든 대응 전술을 실행할 수 있는 시점이라 여겼지만 양측 사이에 엄폐할 만한 것이 없기 때문에 정찰병을 향해 무작정 달려 나갈 수 있는 상황도 아니었다.

그때, 모두에게 경고하는 강정훈 중사의 목소리가 울려 퍼졌다.

"RPG! RPG!"

그의 경고에 최승희가 이들의 뒤쪽에서 부상자들을 밖으로 대피시키던 마사히로 일조 일행에게 똑같이 소리쳐 줬다.

전장형의 시선이 최승희와 함께 막 조종사 한 명을 빼내던 특수작전군 대원들에게 향했다가 다시 트럭 쪽으로 향했을 때, 그는 눈앞의 광경에 깜짝 놀랐다. 정찰병의 대전차 로켓 사격을 경고했던 강정훈 중사가 엄폐물을 넘어 적 방향으로 걸어 나가고 있었기 때문이었다.

"탕! 탕! 탕! 탕! 탕!"

강정훈은 MP5A5 기관단총의 견착 사격을 실행하면서 트럭을 향해 걸어 나갔고 그의 과감한 대처에 고무 받은 특수작전군 저격수 또한 누군가의 MP5A5로 단발 사격을 가하면서 그와 행동을 같이했다.

전장형이 두 사람을 향해 소리치려는 순간 트럭 쪽에서 "펑!" 하는 폭발음과 함께 바닥에서 뿌연 연기가 주변에 퍼졌다.

동시에 정찰병이 발사한 고폭탄이 눈 깜짝할 사이에 블랙호크 기체를 향해 날아왔는데, 놀랍게도 고폭탄은 헬기와 트럭 사이에 있는 가로등 한가운데 명중하여 폭발했다.

가로등은 그대로 두 동강이 나서 윗부분이 인도 쪽 5층 건물로 넘어졌고 그 때문에 건물 유리 벽이 깨지면서 유리 조각들이 인도 지대로 쏟아졌다.

전장형은 전방에 뿌연 연기가 가득해진 틈을 타 자신의 총기를 들고 일어섰다. 그때에도 강정훈과 특수작전군 저격수는 서로 대형을 이루어, 정찰병을 향해 사격을 가하면서 전진하고 있었다.

양측의 거리가 10미터도 안 되는 시점이 되자, 정찰병 쪽에서 다시 RPK74 총성이 들려왔지만 그 압도적인 총성이 뚝 그치고, 딱총 소리처럼 9밀리 권총탄 발사음이 계속해서 들려왔다.

전장형과 최승희가 MP5A5의 견착 사격 자세로 트럭을 주시하기를 5~6초 정도가 지나고 강정훈과 특수작전군 저격수의 권총탄 발사음도 멎었다.

때맞춰, 가로등 쪽에서 발생했던 까만 연기가 바람에 날아가버리면서 이들의 시야가 확보되고 곧 도요타 트럭 쪽에서 누군가 한 팔을 높이 쳐들고 있는 모습이 두 국군 특수부대원의 눈에 보였다.

"중대장님, 강 중사가 적을 제압했답니다!"

전장형은 그때서야 작전대원들의 무선망에서 반복되고 있던 일본어가 아닌, 한국어로 "적 제압! 적 제압!"하고 외치는 강정훈 중사의 목소리를 들을 수 있었다.

강정훈은 지근거리에서 RPK74 기관총 사격을 하던 정찰병과 정면으로 총격전을 치르면서 결국에는 그를 제압했고 이제 자위관 저격수와 함께 트럭을 살피기 시작했다.

그 모습에 전장형이 옵스코어 FAST 헬멧을 조심스럽게 벗어들고 곁에 서 있는 최승희에게 시선을 보냈다. 그녀 또한 강정훈의 모습에 안도하면서 겨우 고조된 감정을 통제하고 있었다.

전장형은 아직도 거세게 뛰고 있는 심장박동을 느끼면서 사살한 정찰병을 살피는 강정훈의 뒷모습을 봤다.

"아, 저 미친놈, 강정훈이."

최승희는 강정훈의 뒷모습을 보면서 안도감에 압도되어, 소리 없이 웃고 있었다.

조금 뒤, 주변 상공에서 또 다른 헬리콥터의 소리가 들려왔고 전장형은 그 기체가 UH-60 계열이 아닌 AH-64DJ기 인 것을 알 수 있었다.

그가 신호용 연막탄을 투척하기도 전에 이들의 후방에서 육상자위대 특유의 도색이 되어 있는 아파치 롱보우 헬기 한 대가 나타났다. 아파치 헬기도 다른 블랙호크 헬기들처럼 휴대용 지대공 미사일 공격을 받지 않기 위해서, 거리 주변의 건물들 최고 높이 아래로 고도를 유지한 채 다가오고 있었다.

자위대의 AH-64DJ 헬기를 향해 자위관 두 명이 총기를 잡은 채, 양팔을 높이 쳐들고 신호를 했고 아파치 헬기는 추락한 2번기를 향해 천천히 다가왔다.

하지만 아파치 헬기와 2번기의 거리가 50여 미터 정도가 되었을 때, 갑자기 아파치 헬기가 기수 부분을 낮추고 후미 부분을 쳐들었다.

그 광경에 심상치 않은 분위기를 느낀, 전장형이 무전기의 헤드셋 키를 누르고 강정훈 중사에게 소리쳤다.

"강 중사! 지금 당장 연막탄 하나 터뜨려!"

"예?"

"야! 지금 빨리 연막탄 아무거나 하나 터뜨리고, 임마!"

그 순간, 아파치 헬기가 전장형과 최승희 머리 위를 스치듯 지나쳐 갔고 연속적인 폭발음이 거리 전체에 울려 퍼졌다.

아파치 헬기의 기수 아래쪽에서 30밀리 체인건이 발사될 때마다 탄피들이 인도와 도로 쪽으로 떨어졌고, 전장형이 길바닥에서 튀어 오르는 탄피들에게 보냈던 시선을 신속히 도요타 트럭 쪽으로 향하자 그곳에서는 수십 개의 노란 불기둥들이 튀어

오르고 있었다.

아파치 헬기는 트럭 직 상방을 통과하면서도 그 일대를 향해 30밀리 포탄들을 퍼부었고 트럭이 순식간에 불길에 휩싸였다.

아파치 헬기가 트럭을 지나친 뒤, 거리 상공에서 신속하게 360도 회전을 할 때 기겁을 한 마사히로와 자위관 2명이 소리치면서 트럭 쪽을 향해 초록색 연막탄을 투척하면서 달려 나갔다.

특수작전군 자위관들은 2차로 이어질 수 있는 오인 사격을 각오하고, 아파치 헬기를 향해 두 팔을 흔들면서 그들을 제지하려 했다. 전장형과 최승희는 특수작전군 대원들을 앞질러 픽업 트럭 쪽으로 전속력으로 달려갔다.

하지만 두 사람이 현장에 도착했을 때에는 30밀리 체인건 포탄, 수십 발이 작렬한 픽업 트럭 자체와 인접한 건물의 1층에서 치솟는 거센 불길과 짙은 연기 외에는 아무것도 눈에 보이는 게 없었다.

8장
혁명과 반혁명

2016년 7월 31일 0시 12분 북한, 인민무력부 총참모부 1호 청사, 지하 벙커

김승익 소장이 그의 부관 김기환 소좌와 함께 총참모부의 지하 벙커에 도착했을 시점은 자정이 막 넘은 시각이었다. 늦은 시각에도 불구하고 총참모부 청사 안팎과 지하 벙커는 전시 상황과 마찬가지로 각 부서의 핵심 인원들이 바삐 움직이고 있었다.

엘리베이터에서 나와 지하 6층에 있는 전시 상황실로 향하는 김승익의 머릿속에는 온갖 생각들로 가득 차 있었다. 이곳에 도착하기 전, 그는 이미 일본에서 어떤 사건이 일어났는지 직접 두 눈으로 봤다.

김승익은 상황실에서 그를 기다리고 있을 그의 직속상관들과 총참모부와 당 고위 간부들처럼 일본 현지의 뉴스 화면을 통해 박진성 대위의 오가산 공작조가 도쿄 시내 한복판에서 전멸한 모습과 그들이 자위대와 경찰 특수병력에게 전멸하기 전에 야스쿠니 신사에 22발의 81밀리 박격포 고폭탄들을 날려 보내, 신사 대부분을 전소시킨 것을 확인할 수 있었다.

극적인 사건은 거기에서 끝나지 않았다. 북괴군 지휘부는 물론 김승익조차도 예상하지 못했던 일들이 그 이후에 일어났었다. 그 일들 중 하나는 정찰병들의 박격포 공격에 대피했던 아베 신조와 그의 측근이 오후에 다시 야스쿠니 신사를 방문, 막 화재가 진압된 신사 본관 건물 바로 앞에서 참배 행사를 강행한 것이었고 다른 하나는 아베 신조의 그와 같은 쇼맨십 행사와 도쿄 도심 거리에서 AH-64DJ 공격 헬기에 의해 정찰병들의 박격포 트럭이 파괴된 영상이 보도되면서 일본 국민들이 두려움 대신에 용기를 얻고 아베 내각에 대한 전폭적인 지지 움직임을 보이기 시작했다는 것이었다.

아무도 예측 못 한 그러한 열도 내 상황에 김승익 소장도 기막혀 했었고, 이러한 상황 속에서 도쿄 도심에 은신한 곽성준 소좌로부터 약정된 지점에 핵폭탄이 적재된 차량을 위치해 놓고 다음 명령을 기다린다는 메시지가 그에게 도착했다.

김승익은 뭐가 어찌 됐든 이제부터 벌어질 상황은 북한과 일본, 국가 간 충돌을 야기하거나 아니면 일본, 미국, 남한의 합동

전력에 의해 공화국이 이 지구상에서 없어지는 사건이 벌어질 수 있을 거라 확신했다.

그는 1994년 북한의 핵 문제로 미국의 북폭 직전 단계까지 갔던 위기 상황에 견주고도 남을, 절체절명의 시기라고 생각하면서 무거운 가슴속에서 아주 힘겹게, 긴 한숨을 내쉬었다.

이윽고 그가 상황실 출입문에 도착하자, 김기환 소좌가 재빨리 앞서가 노크를 한 뒤 출입문을 조심스럽게 열어젖혔다.

김승익이 김기환에게서 서류 가방을 받아 들고 상황실 안에 들어서자, 그를 맞이한 것은 자욱한 담배 연기였다. 상황실 안쪽의 긴 회의용 테이블에는 한성현 중장과 최철규 중장, 그리고 대일, 대중 군사정책에 밀접하게 관련된 당 간부 김동직과 정채국이 앉아 있었다. 그들은 상황실 한쪽 구석에 설치된 대형 TV로 CNN 뉴스를 통해서 전날 오전에 있었던 도심 활극을 시청 중이었다.

김승익이 들어온 것을 뒤늦게 알아차린 한성현 중장이 한 손을 들어 보였다.

"어서 오시오, 승익 동지."

그의 인사에 다른 사람들도 김승익 쪽으로 시선을 돌렸다. 김승익은 그 외 최철규 중장을 향해 거수경례했다. 그런 뒤 그들 쪽으로 다가가면서 서류 가방을 열고 곽성준 소좌가 전달해 온 메시지 출력물을 꺼내 들었다.

한성현은 자리에서 일어난 뒤, 김승익 쪽으로 다가와 그것을 넘겨받았다. 그리고 그가 한 장짜리 출력물과 그 뒤에 첨부된 핵폭탄 설치 지점에 표시된 지도를 보는 동안 모두가 숨죽인 채 그를 지켜봤다.

김승익은 그때 음소거 상태로 계속 방영되는 뉴스 화면을 보게 됐는데, 그 화면에는 오가산 공작조의 박격포 장착 트럭이 일본의 도심 도로를 고속으로 질주하다가 AH-64DJ 아파치에서 발사된 헬파이어 미사일에 파괴되는 장면이 반복해서 보여지고 있었다. 김승익은 그 광경에 아랫입술을 지그시 깨물었다.

그때 한성현이 최철규와 다른 2명의 당 간부들에게 입을 열었다.

"백두산 공작조가 약정된 지점에 폭탄을 설치했다 하오."

그 말에 최철규가 담배 개비에 불을 붙이려다가 동작을 멈췄다. 그리고 그의 시선이 한성현 중장처럼 제1 위원장의 당내 측근 정채국 쪽으로 향했다. 정채국은 한성현이 건네준 메시지와 지도를 함께 확인한 뒤, 자기들끼리 귓속말로 속삭이기 시작했고 그들, 두 사람의 모습을 친중파인 최철규와 김동직이 못마땅한 듯한 표정으로 주시하고 있었다.

한성현이 자기 자리로 돌아가 앉자, 최철규가 자리에서 일어나 김승익에게 다가섰다. 그런 뒤 그의 한쪽 어깨에 손을 얹고 말했다.

"애썼소, 승익 동지. 백두산 공작조 동무들이 최종 임무 실행을 앞두고 있는 것에 대해 내, 경의를 표하오."

"감사합니다, 부총참모장 동지."

다음 순간, 최철규의 시선이 김승익의 어깨 너머, TV 화면으로 향했다. 그때에는 뉴스에서 파괴된 트럭들에서 수집한 81밀리 박격포와 경기관총, 북한제 SA16 휴대용 지대공미사일 발사관 등 정찰병들이 사용했던 무기들을 제1 공정단 대원들이 취재 기자들의 카메라 앞에 들어 보이는 장면이 방송 중이었다.

김승익의 시선이 뉴스 화면으로 함께 옮겨 가자, 최철규가 김승익의 어깨에 올려 둔 손으로 그의 어깨를 꽉 잡으며 말했다.

"그리고 열도에서 전사한 동무들의 업적을 분명하게 파악하고 기리도록 힘쓰시오. 저 많은 동무들의 희생 덕분에 우리 공화국이 기사회생할 수 있을 것이오."

"감사합니다, 부총참모장 동지."

김승익은 그에게 고개를 숙이며 대꾸하면서, 자신도 모르게 울컥하는 것을 느꼈지만 그 즉시 삼켰다. 김승익은 자신의 그런 모습을 한성현 중장이 지켜보는 것을 알고 있었지만 아무런 내색도 하지 않았다.

"동무들!"

마침내, 제1 위원장과 그 최측근들의 메시지를 가지고 있던 정채국이 자리에서 일어났다. 그는 한성현 중장에게 시선을 보내며 또박또박 말했다.

"이제 일을 마무리할 시점이 된 것 같소. 지금 보고 내용에 대해서 다시 시기를 조율한 필요가 있지만 그것은 한성현 동지께 일임하라 제1 위원장 동지께서 말씀하셨으니……."

그는 말을 잠시 중단하고 김승익과 최철규 쪽을 슬쩍 봤다. 두 사람의 표정을 살핀 그가 다시 말을 이어 갔다.

"한성현 동지, 현 시간부로 제1 위원장 동지의 명을 받들어 이번 작전의 최종 단계를 실행하시오."

"알겠습니다."

한성현은 대답을 하고는 긴 한숨을 내쉬었다.

조금 뒤, 김동직과 정채국이 자리에서 일어나 상황실 밖으로 향했고 최철규는 자기 자리로 돌아와 앉았다. 두 당 고위 간부들이 출입문을 통해 상황실 밖으로 나가고 나서야, 한성현이 김승익에게 자리를 권했다.

"승익 동지, 앉으시오."

김승익은 최철규의 옆자리에 앉았고 그 이후로 잠시 동안 무거운 침묵이 흘렀다.

김승익은 한성현이 자신에게 전달한 최종 명령의 내용을 짐작하고 있기 때문에 왜 그가 뜸을 들이고 있는지 이해할 수 있다 생각했다.

최철규 중장 또한 말없이 자신의 라이터를 만지작거리면서 한성현을 지켜보고 있었다. 한성현은 테이블 위에 두 팔을 올려놓고, 깍지를 낀 두 손 위에 턱을 올려놓은 채 미동도 하지 않았다.

최철규 또한 한성현이 자신의 입으로 김승익에게 내릴 명령의 내용을 짐작하고도 남았기 때문에 재촉하지 않고 그가 입을 열기를 기다리기만 했다

2~3분 정도의 시간이 지나고, 드디어 한 중장이 양손의 깍지를 풀면서 몸을 바로 세웠다. 김승익은 때맞춰 앉은 채로 차렷

자세를 취했고 최철규는 팔짱을 낀 채 한성현에게 시선을 고정했다.

한성현은 짧은 한숨을 내쉬고 말했다.

"승익 동지, 현 시간부로 백두산 공작조와 모든 지원 인원들에 대한 교신 수단과 작전과 관련된 암호 수첩을 박재윤 동무에게 넘겨주시오."

뜻밖의 말에 김승익이 깜짝 놀란 표정을 짓자, 한성현이 대수롭지 않다는 듯한 손가락을 쳐들어 보이며 말을 이어 갔다.

"현 시간부로 이번 작전의 전권은 정찰총국에서 총참모부 작전국 부국장 박재윤 동지에게 전달될 것이오. 이제 승익 동지는 앞서 말한 모든 것들을 넘겨주고 물러나시오. 다음 명령이 있을 때까지 대기하는 것이 제1 위원장 동지의 뜻이오."

한 중장의 말에 김승익은 망치로 머리를 얻어맞은 것 같은 충격에 입을 다물지 못했다.

그는 이 핵폭탄의 격발을 위해서 수많은 정찰병들과 75정찰대대의 지휘관까지 목숨을 잃었고 그 점에 대해서 극심한 스트레스를 겪고 있었던 참이었다. 그런데, 그는 지금 최종 명령에 따라 도쿄를 쑥대밭으로 만드는 것은 고사하고 모든 작전권을 작전국 간부에게 넘겨주고 대기 상태에 들어갈 상황이었다.

김승익은 본능적으로 한성현 중장과 다른 고위 간부들, 나아가 제1 위원장이 애초부터 일본 땅에서 핵폭탄을 터뜨리지 않도록 합의를 봤을 거라 느꼈다. 이제는 아예 김승익에게 등을 보이고 서 있는 한성현 중장을 향해 그가 입을 열기 직전, 최철규가 테이블 아래에서 그의 손목을 잡아, 그를 제지했다.

김승익의 시선이 그에게 향하자, 최철규는 말없이 고개를 가로저어 보였다. 잠시 후, 김승익은 자리에서 일어나 얼룩무늬 전투복의 옷매무새를 다시 한 뒤 한성현에게 대답했다.

"알겠습니다, 부총참모장 동지. 모든 교신 방법과 전문에 사용되는 암호 수첩을 235부대를 통해 박재윤 동지에게 전달하고 인수인계에 만전을 기하겠습니다."

한성현은 김승익에게 등을 보이고 있었고 그 상태로 고개를 끄덕이며 대답했다. 김승익은 서류 가방을 챙겨 들고 출입문으로 향했고, 그가 출입문을 열 때 한성현이 그를 불렀다.

"승익 동지!"

김승익이 어깨 너머로 한성현 중장에게 시선을 보내자, 그가 망설였던 말을 했다.

"이 모든 작전을 위해 많은 동무들이 희생된 것은 나도 가슴 아프게 생각하오. 그렇지만 때로는 우리가 목숨을 걸고 수행하는 모든 작전들조차도 위 동지들께서 그리는 큰 그림의 일부일 수 있소. 오늘 이 순간의 상황이 그러하오. 늘 그랬듯 위 동지들의 결정과 결단을 믿고 대기해 주시오."

김승익 소장은 잠깐 동안 말없이 한성현 중장을 응시했다가, 최철규 중장 쪽으로 시선을 옮기며 대답했다.

"알고 있습니다, 부총참모장 동지."

"제1 위원장 동지께서 승익 동지와 정찰병 동지들의 무공을 잊지 않고 보답해 주신다 했소. 상심하지 말고 다음 명령을 기다려 주시오. 이제부터 박재윤 동지가 작전국과 정찰총국의 실무자 동무들을 이끌어 이 작전을 잘 마무리할 것이오."

한성현이 말을 마치고 TV 화면 쪽으로 몸을 돌리려던 찰나, 김승익이 그를 붙잡았다.

"질문을 하나 드리고 싶습니다, 부총참모장 동지."

한성현이 흠칫 놀라 그에게 시선을 보냈다. 그러자 김승익이 주저하지 않고 물었다.

"도쿄에서 핵폭탄을 철수시키실 겁니까?"

한성현은 자기 자리에서 두 사람의 대화를 지켜보던 최철규 중장을 힐끗 본 뒤 대답했다.

"이 정도면 열도 놈들에게 우리 공화국의 존엄을 각인시키고, 또 우리의 숨통을 조여 오는 미제와 서방 앞잡이 놈들에게 충분히 경고가 되었다고 판단하신 모양이오. 도쿄에서 핵폭탄이 터지는 일은 불필요한 대량 살상을 야기할 뿐이니 이쯤에서 마무리할 분위기인 듯하오."

김승익은 무거운 철제 출입문을 붙잡은 채 꼼짝하지 않고 한성현 중장을 주시했다. 10여 초 정도 무겁고 불편한 침묵이 흐르다가, 이내 김승익 소장이 대답했다.

"잘 알겠습니다, 부총참모장 동지. 그것이 제1 위원장 동지의 뜻이라면 이 질문조차도 여쭤 보는 게 아니었습니다."

한성현은 어떤 의미를 가졌는지 모를, 고갯짓을 하고는 TV 화면 쪽으로 다시 몸을 돌렸다. 최철규 중장은 새 담배 개비에 불을 붙였고 김승익은 출입문을 통해 상황실 바깥으로 나왔다.

*　　*　　*

2016년 7월 31일 01시 02분 북한, 인민무력부 총참모부 1호 청사 외곽

김기환 소좌가 운전하는 벤츠가 총참모부 청사를 나와 그의 거처로 향하기 시작하자, 김승익은 자신의 서류 가방 안에 있었던 위성 휴대 전화기를 꺼내 놓고 그것을 빤히 응시했다.

포장도로 구간이지만 불이 들어온 가로등이 거의 없었기 때문에, 김기환은 상향등을 켜고 서행하고 있었다. 그렇게 벤츠 한 대가 2차선 왕복 도로를 독점하여 달리기는 10여 분이 지날 즈음, 김기환은 리어 미러를 통해 후방에 나타난 불빛을 발견했다.

"놈들이 나타난 것 같습니다."

김기환의 말에 골똘히 생각하던 김승익 소장이 고개를 쳐들며 반응했다. 그는 고개를 돌려 후방 멀리에서 보이는 전조등 빛을 주시하며 물었다.

"차량 한 대인가?"

"두세 대는 되는 것 같습니다."

김승익은 손목시계로 시간을 확인했다. 그런 뒤 김기환에게 차분하게 지시했다.

"조금 더 가면 교차로가 나올 테니, 계획대로 움직이시오."

"네, 참모장 동지."

김기환은 차창을 연 뒤, 운전석 위쪽 차체에 붉은색 경광등을 올려놓고 작동시켰다.

벤츠 위쪽에서 붉은색 조명이 회전하기 시작하는 것을 확인한 뒤, 그는 가속페달을 깊이 밟았다. 그러고 나서 조수석에 올려 두었던 무전기의 송수화기를 집어 들고 무선망에서 대기하던 누군가와 교신을 시작했다.

1.2km 정도를 직진하던 이들의 세단이 교차로에서 우회전하여 비포장도로로 진입했다.

그때부터 김승익의 벤츠는 긴 먼지를 꼬리에 달고 남동쪽으로 향했는데, 이들의 후방에 나타났던 3대의 일제 혼다 승용차들도 김승익의 차량을 놓치지 않고 뒤따랐다. 그런데, 그들 차량들이 잠시 뒤 전조등을 모두 껐다.

도로 상태가 좋지 않아서 차체가 약간 들썩였지만 김승익의 차량은 속도를 유지했고 김승익과 김기환은 전조등을 끄고 뒤따라오는 괴한들의 위치를 확인하고자 애썼다.

김승익은 좌석 아래쪽에 두었던 AKS74U 기관단총 2정과 세열수류탄들이 가득한 군장을 옆 좌석에 하나씩 올려 두었다. 그는 2정의 총기에 탄창을 삽입하고 장전 손잡이를 당겼고 그중 한 정을 김기환의 조수석 쪽에 건네주었다. 김기환 소좌는 운전을 하면서도 무전기 송수화기를 통해 누군가와 교신을 하느라 바빴다.

김승익은 다시 한 번 손목시계로 시간을 확인하고 곁에 둔 위성 휴대 전화기를 살폈다.

그러나 그가 총기를 안고 고개를 뒤쪽으로 돌리는 때, 김기환 소좌가 소리쳤다.

"참모장 동지, 적 차량들입니다!"

동시에 이들의 벤츠 후방에서 강력한 전조등 빛이 투사되면서 두 사람의 시야를 차단했다.

전조등을 끄고 있던 괴 차량들은 잠깐 사이에 최대 속도로 비포장도로를 질주해 왔고 이제 김승익의 벤츠 차량 후방 10여 미터 거리까지 다가온 상태였다.

김기환 소좌는 무전기 송수화기를 내려놓은 뒤, 양손으로 스티어링 휠을 잡고 급가속했지만 잠시 뒤, 바짝 붙어 뒤따르던 차량들 중 2대가 김승익의 벤츠를 차례차례 추월했다. 그리고 뒤에 남아 있던 한 대가 벤츠 뒤로 바짝 다가왔다.

김기관 소좌는 앞 차량들이 만들어 내는 짙은 흙먼지 때문에 시야를 확보하기 어렵자 감속하기 시작했는데 조금 뒤 그는 브레이크 페달을 완전히 밟았다.

벤츠를 추월해 간 2대의 차량들이 비포장도로 한복판을 막은 채 정차해 있었던 것이었다.

벤츠가 비포장도로 길에서 5~6미터 정도 밀리다가 정차하고 이들을 뒤따르는 괴 차량 한 대도 벤츠와 10여 미터 이상 거리를 두고 정차했다.

4대의 승용차들이 거리를 두고 있는 비포장도로 일대에는 흙먼지와 전조등 불빛들이 가득한 상태였다.

김승익은 전방 방풍창과 측면 차창을 통해 주변 지형을 급히 살폈다. 75정찰대대의 대대장 강민호 대좌와 부대대장 백승철 중좌를 지휘부에서 제거했을 때와 비슷한 매복 진지가 있는지 확인하기 위해서였다.

그러나 주변에 가득했던 흙먼지가 가시기도 전에 김승익의 벤츠 앞뒤, 도로 주변에서 소화기 사격이 시작됐다.

"퍼퍼퍽! 퍽! 퍽"

전방 방풍창에 소총탄이 박히면서 방탄유리가 파손되었고 차체 앞뒤에서도 총탄이 작렬하는 소리가 들려왔다.

"11시 방향에, 반땅크 사수입니다!"

김기환이 김승익에게 경고를 하면서 차량 출입문을 열어젖혔다. 그런 뒤, 7호 발사관 사격 자세를 취하고 있던 20여 미터 거리의 괴한을 향해 AKS74U을 쳐들고 방아쇠를 당겼다.

"탕! 탕! 탕! 탕! 탕!"

김기환은 자신이 엄폐물로 삼고 있는 차량 출입문으로 총탄들이 날아와 박히는 것에 신경 쓰지 않고 그의 시야 좌측, 대전차 로켓 사수를 향해 정확한 단발 사격을 가했다.

"펑!"

김기환이 날려 보낸 총탄에 피탄된 7호 발사관 사수가 몸을 휘청이면서 발사관 격발 방아쇠를 당겼고 로켓탄이 허공을 향해 날아갔다. 대전차 로켓탄의 발사와 동시에 지면에서 흙먼지가 발생하여 교전 지점 일대에 퍼졌고 그사이에 양측의 사격이 주춤했다.

그때, 김승익이 차량 문을 열고 나와 전방의 괴 차량들을 향해 2발의 수류탄들을 투척했다. 그런 뒤, 후방에서 그를 향해 사격을 가하는 나머지 한 대의 괴 차량을 향해 '련발' 모드로 된 AKS74U 사격을 가했다.

"타타타타타~!"

김승익이 벤츠의 우측 후방 좌석 쪽에 서서 사격을 가하는 동안 수십 발의 총탄들이 그를 노리고 날아왔고, 그것들 대부분이 차체에 작렬했다. 김승익은 실로 수십 년 만에 그의 머리 근처로 스치듯 지나가는 총탄들의 비행음을 들었다.

김승익은 탄창을 교체하고자 잠시 차량 안으로 들일 때, 김기환 소좌 또한 차 안에 상체를 들여놓고 수류탄들을 챙기고 있었다. 그를 향해 김승익이 소리쳤다.

"기환 동무, 아직이야? 이 상태면 우리도 금방 끝장날 거야!"

"우리 위치를 알렸으니 곧 도착할 겁니다!"

김승익은 못마땅한 표정을 지으며 다시 차 밖으로 몸을 노출시켰다. 그러나 그가 후방의 괴한들을 향해 사격을 가하고자 총기를 견착하는 순간 후방에서 폭발음이 들려왔다.

"펑~! 슈슈슛!"

PG7 고폭탄 한 발이 벤츠 후방에서 발사되어 김승익의 머리 위를 스치듯 지나갔다.

김승익은 어안이 벙벙했지만 오랜 전투에서 단련된 그의 무의식과 몸은 그로 하여금 7호 발사관 사수를 향해 집중사격을 가하도록 만들었다.

"타타타타! 타타타타타타!"

그가 괴한들의 차량에서 비치는 전조등 빛에도 불구하고 비교적 정확하게 괴한들을 향해 5.45밀리 총탄들을 퍼부었다.

"펑!"

김승익이 퍼부은 총탄들이 괴한들의 차량 전조등을 박살냈다. 김승익은 암적응을 위해 감고 있던 왼쪽 눈을 뜨고 오른손 사격 자세에서 왼손 사격 자세로 총기를 바꿔 잡았다. 그런 뒤, 약한 달빛에 보일 듯 말 듯한 2명의 실루엣들을 향해 다시 사격을 가했다.

괴한들 중 한 명이 그의 총탄에 맞고 쓰러졌고 다른 한 명이 그를 부축하여 차량 안으로 데려갔다. 그러나 다른 두 명이 더욱더 격렬하게 김승익을 향해 사격을 가해 왔다.

그때, 앞쪽에서 김기환이 소리쳤다.

"적들이 우회하여 측면에 위치를 잡으려 합니다!"

그가 경고하고 몇 초 뒤, 김기환이 투척한 수류탄이 먼 앞쪽에서 폭발했다. 그리고 다음 순간 벤츠 앞쪽으로 노란 불덩어리 하나가 날아왔다.

"반땅크!"

김기환의 목소리가 울려 퍼지자, 김승익은 본능적으로 비포장 도로 위로 몸을 날렸다. 거의 동시에 벤츠 차체가 들썩이며 폭발음이 일대를 강타했다.

"콰앙~!"

김승익은 자신의 몸이 흙과 돌멩이들이 가득한 도로 바닥에 부딪치는 순간 온몸에 적개심이 충전되는 것을 느꼈다. 하지만 대전차 로켓탄의 폭발과 함께 꽉 막힌 그의 두 귀는 그가 몸을 일으켜 반격하는 것을 방해했다. 김승익은 몸을 일으키려다가 다시 엎드렸고 그런 그를 향해 앞뒤에 있는 괴한들이 사격을 가했다.

김승익이 엎드려 있는 곳, 주변 흙바닥에 총탄들이 박힐 때마다 흙이 튀어 날려 그의 머리는 물론 온몸을 때렸다. 그는 그 느낌만으로 얼마나 많은 소총탄들이 자신을 노리고 날아오는지 짐작할 수 있었다.

그는 고개를 들지도 못한 채 바닥 어딘가에 있을 AKS74U를 찾고자 한 손으로 바닥을 더듬었다.

그 과정에서 김승익은 교전 지점 일대에 거센 폭풍우가 들이닥친 것처럼 강한 바람과 낮은 천둥소리가 들려오는 것을 감지했다. 그는 그 느낌이 실재하는 것인지 아니면 대전차 로켓탄의 폭발에 정신이 없는 그의 머릿속에서만 있는 것인지 구별할 수 없었다.

김승익은 힘겹게 고개를 슬쩍 쳐들었고 그 순간 어둠에 휩싸였던 교전 지점 일대가 대낮처럼 환해지는 것을 볼 수 있었다.

"피슛! 슛! 피슛! 쾅! 콰앙!"

김승익 소장이 몸을 일으켜, 앞뒤의 적들을 살필 때에는 비포장도로의 우측 상공에서 날아온 로켓탄들이 이미 괴 차량들 쪽에 작렬한 직후였다.

괴한들은 강력한 탐조등 빛을 투사하는 헬리콥터들을 향해 소화기 사격을 가했고 잠시 뒤 2대의 헬기들이 김승익의 위치 직상방을 지나쳐 갔다. 그러고는 비포장도로의 먼 좌측 상공에서 한 바퀴 돌아 다시 교점 지점으로 접근하기 시작했다.

MI-2 헬기 2대는 고도를 더 낮추면서 접근했다. 각 헬기의 기수부와 측면에서 2개의 탐조등들이 교점 지점 좌우를 살폈고 김승익의 위치를 확인한 뒤에서야, 지상에 기관총 사격을 가했다.

강력한 로터 폭풍이 지상에서 흙먼지를 만들어 냈지만 헬기 쪽에서는 지상 상황을 정확히 파악하고 있는 듯 보였다.

최초, 도로를 차단했던 2대의 괴 차량들을 향해 수십 발의 기관총 예광탄들이 쏟아졌고 로켓탄 공격에 파괴되지 않은 차량 한 대가 현장에서 이탈하기 시작했다. 그러자 그 차량 쪽을 공격했던 MI-2 헬기가 천천히 고도를 높이면서 차량을 뒤따라갔다.

괴 차량이 전소 중인 김승익 소장의 벤츠에서 100여 미터 이상을 둘 때 즈음, MI-2 헬기가 후미를 쳐들고 괴 차량을 향해 5~6발의 로켓탄들을 퍼부었다.

괴 차량은 로켓탄에 맞지 않았는데도 불구하고 급정거를 했다. 그 직후, 차량 안에서 2명의 괴한들이 달려 나와 도주했지만 그들은 곧 헬기에서 쏟아진 기관총탄들에 쓰러졌다.

김승익은 자신의 주변 상공에서 천천히 선회하면서 주변을 살피는 두 번째 MI-2 헬리콥터를 올려다보면서 그들이 자신을 지켜 주고 있음을 파악했다. 그의 곁으로 AKS74U를 우측 어깨에 견착한 채 한쪽 다리를 절면서 김기환 소좌가 다가왔다.

MI-2 헬기들은 지상 상황이 통제 가능하다고 생각될 시점에 착륙했다.

그 직후, 2대의 헬기에서 무장한 20여 명의 정찰병들이 내려왔고 그들 중 김승익을 경호할 4명을 제외한 나머지 병력이 양쪽의 괴 차량들로 향했다.

"참모장 동지, 늦어서 죄송합니다!"

김승익과 김기환 쪽에 합류한 75정찰대대 강습소 소속 정찰군관 황석현 소좌가 말을 건네 왔다.

김승익이 그를 향해 한 손을 쳐들어 보일 때, 전소 중인 벤츠의 앞, 뒤쪽의 괴차량들 쪽에서 단발 총성들이 들려왔다. 정찰병들이 괴한들을 확인하고 2차로 확인 사살을 실행하는 것이었다.

김승익이 주변을 살필 때, 마침 신호음이 울리고 있는 위성휴대 전화를 강습소 군관이 김승익에게 내밀어 보였다.

김승익은 헬기 소리 때문에 전화기를 귓가에 밀착시키고 큰소리로 대답했다

"김승익입니다!"

"정황이 어떻소?"

전화를 걸어온 사람은 최철규 중장이었다. 김승익은 도주하다가 파괴된 나머지 괴 차량을 확인하는 정찰병들을 응시하며 대답했다.

"3대의 차량에 십수 명의 병력을 동원했습니다. 현재 우군 강습소 인원들이 모두 제압한 상태입니다."

"내, 그럴 줄 알았소, 개새끼들. 이제부터 우리 계획대로 실행해야 할 듯하오. 승익 동지를 제외한 모든 다른 동지들이 비슷한 정황에 대비하고 있소. 일단 승익 동지는 도쿄 도 내의 모든 '최종 공작조' 병력을 동원하여 백두산 공작조의 임무를 지원하도록 하시오. 우리는 원래 계획대로 도쿄 안에서 핵폭탄을 격발할 것이오."

최철규 중장이 말한 최종 공작조는 북한과 일본이 전시 상태가 될 때, 일본 내에 투입되는 북괴군 특수전 병력과 단기 공작조들의 활동을 지원하고자, 수십 년 전부터 일본 내에 암약한 과거 정찰국 직속의 슬리퍼(고정 간첩)들이었다.

그들 병력은 현재 노동당의 공작조 병력, 공작 네트워크와 정찰국 직속 작전 병력이 통합되어 정찰총국이 창설되기 한참 전부터 일본 열도 내에 뿌리를 두고 있던, 열도의 제2 전선 구축의 뿌리가 되는 인원이었기 때문에, 일단 그들이 일본 내에서 테러 활동이나 군사 작전을 시작하는 경우 일본 내의 모든 정찰국 공작 역량이 완전히 노출, 소모되는 것을 의미했다.

김승익은 이제 최철규 중장 그리고 다른 10여 명의 총참모부, 노동당 지도부, 정찰총국, 일부 육군, 공군 비행사단 장성들로 구성된 반혁명(쿠데타) 세력의 봉기가 시작되었음을 짐작하고도 남았다.

사실, 김승익 자신도 북한 당 지도부, 총참모부 수뇌부와 일본 정부 사이의 은밀한 거래에 대해 알게 된 지는 얼마 되지 않았었다.

그는 정찰병들의 반잠수정 편대가 북한 해역을 떠나는 시점에도 이 모든 것이 실제로 북한과 일본 사이의 군사적인 대립 상황으로 알고 있었다.

그러나 정찰병들의 희생에 고통스러워하는 그에게 은밀하게 접근해 온 최철규 중장이 양국 사이의 은밀한 거래에 대해서 얘기해 주고, 그것을 기회 삼아 새로운 공화국을 건설하자 회유하기 시작했다.

김승익은 제1 위원장과 아베 신조의 최측근들이 북한군 특수부대 병력을 동원하여 일련의 테러 행위를 실행, 일본 열도 내에서 전쟁 분위기를 조성하고 그 여파로 입지가 송두리째 흔들리고 있는 자신들의 체제 안정을 보장받고 미래를 도모하려는 의도를 처음 알게 되었을 때 분노를 금치 못했었다.

특히, 그가 도쿄 한복판에서 핵폭탄이 터지기 직전, 일본에게서 미화 수 십 억 달러의 금액을 약속받은 북한 정부가 결국에는 일본 정부로 하여금 백두산 공작조와 나머지 정찰병 병력을 사냥하고 핵폭탄을 회수하게 되는, 미리 정해져 있던 결말에 대해 알게 된 뒤에는 중국 군부, 당 강경파를 뒤에 업은 최철규 중장의 군사 쿠데타 시도 세력에 합류하기에 이르렀다.

최철규 중장과 군과 당 친중파, 반정부 세력은 이와 같은 계획을 이용하여 정권 전복을 노리고 있었다. 이들은 북일 간의 사건 해결의 마지막 단계인 도쿄 내 핵폭탄 회수 단계에 직접 개입, 핵폭탄을 실제로 터뜨려서 도쿄를 파괴하고 나아가 북한이 일본과 미국, 남한에게서 군사적인 보복을 당하기 직전, 북중 국경에서 대기 중인 중국군 병력을 북한 내부로 끌어들이려 했다.

그 과정의 전후에서 최철규 중장과 그의 측근들은 동북아 전체의 안보 위기를 불러올 핵 테러 사건을 일으킨 장본인으로 제1 위원장과 그 충복들을 주목한 뒤, 중국의 지원을 받아 권력 구조에서 몰아내고 자신들이 정권을 잡을 계획이었다.

김승익은 최철규 중장과 당 지도부의 김동직이 일본에서 백두산 공작조에 의해 핵폭탄이 터지기 전에 중국에 넘어가, 그와 은밀한 관계를 유지해 온 중국 국가안전국 고급 간부와 중국 당 지도부 요인들을 만나 북한 정권의 전복을 논의할 것임을 알고 있었다.

이에 맞춰, 중국 측은 최철규가 북한에서 중국으로 건너가는 시점에, 북중 국경 쪽에 주둔해 있는 선양군구 소속의 '쾌속대응군'과 산둥반도 내의 지난군구 소속 수 개 병단 등 10만 명 이상의 병력을 평양을 향해 진군하도록 준비시킬 예정이었다.

"승익 동지?"

그의 대답을 기다리던 최철규가 역정을 내듯 말했다. 그때 복잡한 머릿속을 정리한 김승익이 대꾸했다.

"알겠습니다, 부총참모장 동지. 최종공작조를 가동하고 백두산 공작조에게 임무 실행 명령을 내리겠습니다."

"그럼 그렇게 하고 우리 집결지로 이동하시오. 뭘 하든 집결지에 도착하기 전까지는 직승기나 안둘기(AN-2기)를 타지는 마시오. 조금 있으면 그자들이 우리들을 잡기 위해 이 일대 상공에 떠 있는, 수상한 군용기들을 죄다 격추시킬 것이오."

"알겠습니다."

"그럼, 이제 새로운 공화국이 건설되는 시점에 보겠소, 승익 동지."

"그때 뵙겠습니다."

최철규와 통화를 마친 후, 김승익은 김기환에게 총기를 건네주고 자신이 암기해 둔 번호를 눌렀다. 잠시 뒤, 그가 기대했던 목소리가 응답해 왔다.

"김종탁입니다."

김종탁 소좌는 정찰총국 직속 235전자전부대의 암호 군관이었다. 그는 일찍이 서방세계의 SNS망들을 이용해 고도로 암호화된 작전 명령 전파에 관여해 옴으로써 김승익 소장과 수많은 비밀공작 활동에 참가해 온 인물이었다.

"종탁 동지, 김승익이오."

"참모장 동지!"

"백두산 공작조에 대해서 총참모부 작전국에서 전파한 명령이 있소?"

"그렇지 않아도, 작전국 부국장 동지께서 새로운 명령 내용을 암호화하여 제게 직접 전달하도록 했습니다. 불과 10분도 되지 않았습니다."

김승익은 심호흡을 하고 나서, 차분하게 물었다.

"명령 내용이 무엇이오?"

"도쿄 내, 임무 대기 지점에 '화물'을 그대로 두고, 12공작대와 접촉하여 새로운 임무를 수령하라는 내용입니다."

김승익은 한성현 중장과 그의 측근들이 이제 쓸모가 없어진 백두산 공작조의 정찰병들을 노동당 소속 공작원들을 동원, 제거하려는 것임을 직감했다.

그는 손목시계를 보면서 김종탁에게 물었다.

"백두산 공작조와 다음 교신 시간이 언제지?"

"내일 17시입니다, 참모장 동지."

김승익은 품 안에서 가죽 수첩을 하나 꺼냈고, 김기환은 눈치껏 손전등을 켜서 수첩 안을 비춰 줬다. 김승익은 수첩 중간 페이지에 빼곡하게 적혀 있는 특정 숫자들을 찾은 뒤 김종탁에게 말했다.

"종탁 동지, 지금 내가 불러 주는 숫자들을 백두산 공작조의 SNS 계정에 전송하시오. 전송 직후, 이 숫자들을 폐기하고 동지의 기억에서 지울 수 있겠소?"

"말씀만 하십시오, 참모장 동지. 받아 적을 준비가 됐습니다."

"7. 9. 3. 5. 8. 6. 1. 2. 8. 9. 8. 7. 2. 5. 3. 4. 7. 5! 총 18자리 단문이오."

"7. 9. 3. 5. 8. 6. 1. 2. 8. 9. 8. 7. 2. 5. 3. 4. 7. 5! 총 18자리 단문 맞습니다, 참모장 동지."

김승익이 김종탁을 통해 곽성준 소좌에게 전달할 암호문의 내용은 '예비 교신망에서 새로운 임무를 수령할 것' 이었다.

10여 초 정도가 지나고 나서, 김종탁의 목소리가 김승익의 귀에 들려왔다.

"참모장 동지, 이제 막 송신을 완료했습니다."

김승익은 짧은 안도의 한숨을 쉰 뒤 그에게 말했다.

"종탁 동지, 지금 나와 통화한 사실이나 내가 전송한 암호 전문은……."

"걱정하지 마십시오, 참모장 동지. 일체 발설하지 않도록 하겠습니다."

"고맙소, 종탁 동지."

통화를 마친 김승익은 김기환 소좌가 괴 차량들 중 북쪽으로 도주하다가 버려졌던 괴한들의 혼다 승용차를 가져오는 것을 지켜봤다.

*　　*　　*

2016년 8월 1일 01시 32분 일본, 도쿄, 우에노, 백두산 공작조 은신처

곽성준과 지동현, 김무영은 새벽에 도착한 북쪽 지휘부의 작전 명령 내용을 두고 고심하고 있었다. 그들은 며칠 전에 이들의 은신처 근처에서 일어난 오가산 공작조의 교전을 TV 뉴스가 아닌 눈과 귀로 직접 목격했었고 곧 일본 군경의 대규모 수색망이 이들에게까지 접근해 올 것이라 예상하고 있었다.

그런 시점에서 이들 정찰병에게 핵폭탄 적재 차량을 둔 채, 그 존재조차도 몰랐던 12공작대와 곽 소좌가 단독으로 접촉하라는 명령 자체는 그 저의가 매우 의심스럽게 보였다.

"지휘부 동지들이 겁을 집어먹은 것 같습니다. 핵폭탄을 숨겨놓고, 온갖 적들로부터 이것을 지켜 내는 것은 우리인데 말입니다."

지동현 상사는 메시지를 띄워 놓은 스마트폰을 곽 소좌에게 돌려주며 말했다.

곽성준은 대꾸 없이, 다시 한 번 스마트폰 화면 속의 명령 내용을 확인했다. 그런 그의 모습을 김무영 중사가 말없이 지켜보고 있었다.

곽성준은 야스쿠니 신사가 오가산 공작조의 박격포 공격에 의해 전소 되고 나서부터, 열도의 모든 일본인들이 북괴군 공작조에 대해 공포가 아닌 공분을 갖기 시작하는 상황에서 이러한 일정 지체가 생겼다는 것은 김승익 소장의 의도가 아니라고 확신하던 참이었다.

곽성준이 계속해서 침묵을 지키자, 지동현이 그의 눈치를 보면서 물었다.

"어떻게 하시겠습니까, 조장 동지?"

곽 소좌는 그때서야 스마트폰을 티 테이블 위에 내려놓고, 소파에 앉아 있는 지동현과 김무영에게 시선을 보내며 대답했다.

"일단 이 명령에 대해서 의구심을 해소할 수 있는 방법은 12

공작대 동무들을 만나 보는 것밖에 방법이 없소. 핵폭탄을 격발시키려는 명령이 철회된 것인지 지체되는 것인지 직접 알아보고, 지휘부 동지들에게 최대한 빨리 결단을 내리도록 해 보겠소. 하지만 혹시 모르니, 부조장 동지는 핵폭탄이 적재된 차량을 지금 장소 대신에 다른 장소로 옮겨 놓으시오. 그런 다음 무영이와 함께 이번 명령대로 야마나시 현의 은신처로 향하는 것 대신에 우리가 확보해 둔 은신처로 가서 내 연락을 기다리시오. 아무래도 우리가 모르는 무슨 꿍꿍이가 있는 것 같으니 우리 존재가 노출된 것으로 간주하고 행동하시오."

그 말에 김무영 중사가 조심스럽게 대꾸했다. 곽성준은 지금 두 조원들에게 방금 수령한 지휘부의 명령대로가 아닌, 백두산 공작조가 임의로 준비해 둔 비상 계획에 따라 핵폭탄 은닉 장소와 은신처를 이용하는 것이었다.

"조장 동지, 핵폭탄을 우리만 아는 장소로 옮기고 또 야마나시 현에서 박진성 대위의 공작조와 합류하지 않고 우리 마음대로 이탈한다면, 이제 우리는 끈 떨어진 연이 될 수 있습니다. 열도 내의 우리 협력자들이 우릴 보호해 주거나 미리 경고해 줄 수 없는 곳으로 옮겨 간다는 겁니다. 철저하게 우리 자력으로 남은 임무를 수행해야 하는 정황이 될 겁니다. 외람된 말씀이지만, 이 점을 감안하셨습니까?"

곽 소좌는 고개를 끄덕여 보였다. 그와 나머지 정찰병들은 이제 어떤 형태로든 자신들의 임무가 종료되는 시점이 가까워지고 있음을 직감하고 있었다.

잠시 동안 세 정찰병들이 요 며칠 계속해서 TV 뉴스에서 내보내는 AH-64JD 헬기의 교전 영상을 지켜봤다. 영상에서는 아파치 헬기가 헬파이어 미사일에 파괴된 오가산 공작조의 박격포 장착 차량을 향해 2차로 수 발의 2.75인치 로켓탄들을 퍼부어서 트럭은 물론 거리 일대의 상가 건물까지 파괴하고 있었다.

곽성준은 그 장면에서 시선을 떼지 못한 채 꼼짝하지 않았다. 그의 머릿속에서는 십수 년이 넘는 실전 경험이 만들어 낸, 위험에 대한 직감이 그의 모든 신경세포를 자극하던 중이었다.

*　　*　　*

2016년 8월 1일 02시 34분 일본, 도쿄, 하네다 공항 근처 도심 지역

WMD추적 팀의 제이슨 앤더튼은 레드 비어드가 CIA와의 최종 거래를 마친 뒤, 공개한 핵폭탄의 구매자가 영국 국적을 가진 유령 인물임을 알아냈었다. 그리고 이 영국인 유령 인물이 우크라이나 무기 암시장에서 플루토늄을 구매한 적이 있음을 알아냈고 그 인물의 자금 거래 내역이 있는, 특정 국제은행에서 6개의 혐의 계좌들을 찾아내기에 이르렀다.

앤더튼은 이 계좌들 중 2개가 일본의 유령 회사들과 거래한 적이 있음을 확인한 뒤, 이 계좌들을 켄타로 이좌에게 보내 줬고 켄타로는 우에토 유이 일위와 같은 최측근 요원들과 함께 은밀하게 이 계좌들을 추적해 왔다.

그는 애초부터 이 계좌들이 일본을 거점으로 운용되는 북한의 은닉 자금 계좌일 거라 추측하고 정보본부와 내각정보조사실, 공안조사청 등의 감시망 바깥의 사설 정보원들을 통해서 수사해 오고 있었다.

하지만 자정이 한참 넘은 시각, 켄타로는 전역합동대테러본부의 상황실에서 그의 오랜 지인이자 은퇴한 공안조사청의 베테랑 요원 카와시마 타구야의 연락을 받았다.

제2 격납고 내, 분석실의 모든 인원들이 열도 안에 남아 있는 북괴군 공작조원들과 핵폭탄을 찾고자 애쓰는 와중에도 그는 타구야가 연락을 해 왔다는 소식에 망설이지 않고 자리를 비우고 나왔다.

켄타로는 만약의 경우를 위해서 공항 외곽 간바치 거리에 정보본부의 관용 세단을 세워 둔 뒤, 콜택시를 타고 목적지로 향했다. 그는 휴대전화까지 바꿔서, 처음 사용하는 선불 휴대전화를 사용하여 타구야와 최종 통화를 나눴고 그 이후 하네다 공항 외곽 도심 지역에 있는 선술집에 도착했다.

늦은 시각인 데다가, 도쿄 내에서 일어난 초유의 사태로 인해서 도심 거리에는 사람들이 거의 없었고 대부분의 유흥업소와 식당은 문을 닫은 상태였다.

이곳으로 오는 내내, 켄타로 본인도 하네다 공항 국제선 터미널 쪽에서 이착륙을 하는 항공기들이 눈에 띄게 줄은 것을 확인할 수 있었다. 그가 본 5~6대의 항공기들은 모두 미군과 자위대의 대형 군용기였다.

켄타로는 목적지에 도착할 때까지 마치 무인지경처럼 보이는 도심 거리를 보면서 도쿄가 어떠한 위험에 처했는지 위성사진이나 뉴스 화면이 아닌 자신의 두 눈으로 직접 확인하고 있다고 느꼈다.

이윽고 택시가 좁은 도로 지대로 진입한 뒤, 선술집들이 늘어서 있는 거리에 정차했다.

켄타로는 요금을 주고 내린 뒤, 그를 미행한 차량이 있는지 주의 깊게 거리 일대를 살폈다. 그런 뒤 도로 좌측의 골목으로 향했다.

골목 안에 6군데 정도의 작은 식당과 선술집이 있었고 그는 타구야가 기다리고 있을 선술집으로 걸어갔다.

켄타로 이좌는 그가 종종 들렀던 도쿄 시내의 단골집과 비슷한 선술집의 출입문을 한쪽으로 당기고 들어가자, 6개의 낡은 테이블들과 그에 딸린 의자들을 제외하면 남는 공간이 거의 없는 선술집 홀이 나타났다.

벽을 따라 배치된 테이블들 중 가장 안쪽에 앉아 있는 카와시마 타구야가 그를 향해 슬쩍 손을 들어 보였다. 켄타로가 그곳으로 향하자, 그는 주방에 있는 누군가에게 맥주를 가져다 달라 소리쳤다.

켄타로가 그의 맞은편에 앉자, 주방에서 머리에 수건을 동여맨 주인이 맥주 2병을 가져와 테이블 위에 내려놓고 다시 주방으로 들어갔다.

켄타로는 그와 악수를 생략하고 새로 주문한 맥주병의 뚜껑을 딴 뒤, 그의 잔에 맥주를 따라주며 말했다.

"도시 전체가 이곳과 비슷한 분위기인가?"

"신주쿠, 시부야, 하라주쿠, 다들 파리 한 마리도 보이지 않을 겁니다. 적어도 오늘내일에는. 열도 전체가 휴가를 가 버린 듯한 분위기 같습니다."

"흰머리가 많이 늘었군?"

"켄타로 상도 마찬가지 아닙니까?"

그 말을 하면서 타구야는 어색한 미소를 지었다. 그런 뒤 켄타로의 맥주잔에 맥주를 따라 주면서 말했다.

"이 계좌들, 어디서 듣고 제게 의뢰한 것입니까? 거기, 전역합동대테러본부에서 외부로 누설되면 안 되는 것 같던데."

타구야는 공안조사청에서 17년 동안 활동한 뒤, 현재는 일본 내 다국적 기업들의 보안 컨설턴트로 일하고 있었다. 그는 다른 수사, 조사 분야보다도 일본 국내외의 금융 추적, 감시의 달인이었고 켄타로는 제이슨 앤더튼이 건네 온 2개의 특정 계좌 추적을 그에게도 의뢰했었다.

예상대로 그는 우에토 유이 일위의 정보망보다 훨씬 더 빨리 계좌의 주인을 찾아낸 것처럼 보였다.

켄타로는 맥주잔을 단번에 비우고 컵을 내려놨다. 그러자, 타구야가 그의 잔에 다시 맥주를 채워 주면서 말했다.

"어차피 말해 줄 것 같지도 않지만……."

켄타로는 타구야에게 시선을 보내며 그에게 말했다.

"자네는 모르는 게 나아서 그래. 이 계좌들을 추적한 흔적도 남기지 않을 것을 내 알고 있기에 자네에게 부탁한 거야."

타구야는 자신의 귀에서 턱까지 이어져 있는 수염을 만지작거리면서 대꾸했다.

"계좌들의 주인을 파악할 때, 켄타로 상이 그렇게 대답할 줄 예상했었습니다."

켄타로는 맥주잔을 두 손으로 잡은 채 그의 표정을 살폈다. 그러자 타구야가 대단한 선심을 쓰는 듯한 표정을 지으면서 말했다.

"켄타로 상, 냉전 때 운영됐다가 몇 년 전에 난리가 났던 '별반' 기억하지요?"

'방위정보 팀' 이라고도 불렸던 별반은 냉전 당시와 그 이후에 자위대 정보본부의 울타리 밖에 창설, 운용됐던 육상자위대 소속 비밀정보공작 부서였다.

별반은 고도의 첩보, 방첩 훈련을 받은 자위대원들이 신분을 세탁하여 위장 신분을 지닌 채, 남한과 북한, 중국, 러시아, 동유럽 주요 국가에 공작 거점을 구축하고 그곳에서 광범위한 정보 수집 활동을 해 왔다.

그러던 중 이 비밀스러운 조직이 일본 내외 관련 기관의 감시망에 포착되어, 당시 일본의 총리와 방위대신에게조차 활동 내역과 공작 결과를 보고하지 않고 또 은밀하게 운영한 자금, 자산을 운용한 것에 대해 책임자들이 문책을 당하고 조직 전체가 해체됐다.

그런 별반이 타구야의 입에서 나오자, 켄타로는 순식간에 상황 파악을 했다. 타구야는 그의 기대에 부응하는 듯 설명을 이어 갔다.

“2개의 계좌들은 1990년대 말에서 2000년대 초까지, 그러니까 이 별반이라는 초법적 기관이 해체될 때까지 해외에서 비밀공작을 할 때 사용됐던 계좌입니다. 이 계좌들은 제가 단언컨대 CIA나 MI6, 중국의 정보기관 등 한가락 하는 국제 정보기관들도 추적, 감시는커녕 그 존재도 몰랐던 계좌들입니다. 그런데, 대체 왜 켄타로 상이 이 계좌들을 물어 오는지 의아해했습니다.”

켄타로는 그의 대답을 들으면서 점차로 얼굴빛이 하얘졌다. 타구야는 이제 꼼짝도 하지 않고 뭔가 깊은 생각에 빠진 그의 모습을 보고 입을 다물었다.

타구야가 가져온 정보는 일본 내로 반입된 핵폭탄의 구매에 일본 정부의 개입을 의미했다. 일찌감치 북한을 핵폭탄의 구매자로 단정했던 그를 포함한 모든 일본인의 가설이 무너지고 설상가상으로 냉전 당시의 불법적인 활동을 했던 육상자위대의 비밀정보공작 부서의 폐쇄되었던 해외 거래 계좌들이 꺼림칙하게 등장한 상황이었다.

켄타로가 들고 있던 맥주를 단숨에 마시자 타구야가 다시 그의 잔에 맥주를 채워 주면서 말했다.

“아직 제 이야기가 다 끝나지도 않았는데, 지금 켄타로 상이 기절할 것처럼 보입니다.”

"뭐? 밝혀 낸 내용이 더 있나?"

"이 계좌들을 사용한 특정 부서가 있습니다. 내가 이 말을 하기 전에 구급차를 불러야 하는 것은 아니겠죠?"

"젠장, 말해 봐!"

켄타로는 조심스러운 표정을 짓고 있는 그에게 역정을 냈고 그는 짧은 한숨을 내쉰 뒤에 대답했다.

"당시에 북조선 놈들이 핵무기를 개발한다고 설쳐 댔을 때인데 그때 활동했던 대북공작 팀이 이 계좌들을 사용했습니다. 그때 이 대북공작 팀의 책임자가 지금 정계에서 총리를 모시고 있는 사카모토 쇼입니다."

켄타로는 자리에서 벌떡 일어섰다. 그런 뒤 주방으로 불쑥 들어가 주방장에게 자리를 비워 달라 거칠게 손짓을 만들어 보였다.

주방장이 타구야의 테이블로 가서 그와 이야기를 나눌 때, 켄타로 이좌는 선불 휴대전화로 우에토 유이 일위가 가지고 있을 선불 휴대전화 번호를 눌렀다. 신호음이 수차례 울리고 나서야, 은밀한 장소에서 전화에 응답한 유이 일위의 목소리가 들려왔다.

"우에토 유이입니다."

"잘 들어, 우에토! 2개 계좌는 오래전에 폐쇄된 별반의 해외공작용 거래 계좌들이다. 당시에 계좌들을 운용한 공작 부서의 책임자가 사카모토 쇼이야. 이 계좌들이 핵무기를 사들이는 데 사용된 것이 분명하다면 우리는 이제부터……."

켄타로 이좌가 무섭게 떨고 있는, 휴대전화를 잡고 있는 손을 다른 한 손으로 잡는 순간 주방 밖에서 유리창이 깨지는 소리가 들려왔다.

그때 타구야와 주방장이 뭐라 다급하게 소리쳤고 켄타로는 주방 바깥을 살피는 대신 휴대전화에 큰 소리로 소리쳤다.

"우에토, 내부에 적이다! 우리 내부에 적이 있다구! 꼭 잡아, 우에토!"

다음 순간 엄청난 폭발이 주방과 홀 사이의 벽을 뚫고 들어와 켄타로 이좌를 반대편 벽으로 내던져 버렸다.

켄타로는 목이 부러지는 듯한 통증에 숨을 쉬지 못했다. 물에 젖은 주방에서 나는 특유의 물 비린 내음을 맡으면서 의식과 무의식의 경계에서 눈을 떴을 때, 홀에서 주방 안으로 뿌연 연기와 열기가 쏟아져 들어왔다. 그리고 다시 한 번 엄청난 폭발음과 함께 까만 연기와 열기가 그를 강타했고 그의 시야가 완전히 막혔다.

*　　*　　*

2016년 8월 1일 04시 12분 북한, 인민무력부 총참모부 1호 청사, 지하 벙커

"'번개 23호'와 '개벽 3호'가 기습, 체포 임무를 완수했다는 보고가 들어왔습니다!"

작전국 부국장 박재윤 소장이 한성현 중장에게 보고했다. 박재윤이 한 손에 들고 있는 벙커 내 유선 통화망에는 아직도 3개 회선이 그에게 보고할 기회를 위해 대기하고 있었다.

상황실 안에는 한성현 중장과 총참모부의 박재윤 소장, 당 지도부의 정채국, 그리고 정찰총국 2국의 림강국 대좌, 보위사령부의 작전국장 남태식 대좌, 폭풍군단(11군단) 참모장 리성식 소장 등 군부 각 핵심 인원들이 최철규 중장을 정점으로 하는 쿠데타군 수뇌부의 체포, 제거 작전을 함께 진행 중이었다.

잠시 뒤, 박재윤이 다시 수화기를 한 손에 든 채 한성현에게 보고했다.

"제88 비행기지를 우군이 접수하여 경계 중입니다. 이제 순천에 있는 제11 비행기지, 한 곳만 남았습니다, 부총참모장 동지."

"그곳은 어떤 비행기지요?"

"제트(포장 활주로), 비제트(비포장 활주로)를 겸하고 있는 비행기지입니다. 원래는 안둘기(AN-2 침투용 항공기)와 SU25기(러시아제 대지공격기)들이 주 운용 기체입니다만 현재는 안둘기들만 뜰 수 있다 합니다."

한성현이 상황판 한쪽 벽면에 있는 대형 지도 쪽으로 시선을 돌리자, 박재윤 소장이 재빨리 일어나서 그곳으로 걸어갔다. 그런 뒤, 방금 전 이들이 이야기를 나눴던 제11 비행기지의 위치를 가리키며 모두가 들을 수 있도록 설명했다.

"이 비행기지는 공화국의 최후방 지역 내 위치한 기지로서 보통 남한에 침투할 특수부대를 침투시킬 안둘기들이 야간에 장거리 침투 비행 훈련을 위해 집결해 있었습니다. 침투 항공기들은 종종 항법 장치 이상으로 길을 잃고 중국 국경을 넘어가기도 했지만 중국 측은 인민군 조종사들에게 무선으로 경고하고 새로운 항로를 지정해 주는 일이 다반사였기 때문에, 에~, 따라서 반혁명 세력 무리들(친중 쿠데타 장성들)이 그곳에 집결하여 중국으로 도주하려는 것이 특별하게 보일 것도 없는 상황입니다!"

"그 비행기지를 접수할 수 있는 시점은 언제가 될 것 같소?"

한성현 중장 곁에 앉아 있는 정채국이 물었다. 그러자, 박재윤은 한쪽 벽면에 붙어 있는, 각 작전제대들의 임무 개시, 임무 종료를 보여 주고 있는 대형 디지털 시계들을 살피며 대답했다.

"현재 다른 비행기지와 2개 부대의 사단지휘소를 기습 작전을 펼친 항공육전대 병력들이 집결하여 재무장 및 재급유를 하고 있습니다. 그런 뒤 제11 비행기지까지 날아가려면 지금 당장은 어렵습니다."

그의 대답에 정채국이 고위 당 위원들 특유의 거만한 자세를 지으며 역정을 냈다.

"다른 비행기지에서 제트기들을 이륙시켜서 이 반역자 놈들을 일거에 소멸시켜 버릴 수도 있잖소? 항공폭탄 몇 방이면 죄다 쓸어버릴 수 있는데 무슨 재정비를 하고 재급유를 한다는 말이오. 그렇게도, 우리가 믿을 만한 병력이 우리 공화국 군대에 희소하오?"

그 말에 박재윤을 지켜보던 다른 영관급 군관들과 장성들이 한성현의 눈치를 봤다.

“다른 비행기지들도 만약의 경우를 대비하여 반혁명 분자들에 대한 탐색, 감시에 들어가 있소. 그렇다고 확실히 믿을 수 있는 평방사(평양 방어 사령부)나 남조선 놈들과 대치 중인 최전연 비행기지의 제트기들을 이륙시켜서 우리 공화국의 후방 지역에서 대규모 지상 공격 작전을 펼칠 수도 없는 노릇 아니오. 차분하게 박재윤 동지의 조치를 지켜보시오, 채국 동지.”

정채국은 차분하지만 힘이 들어가 있는 한성현의 대답에 표정을 정리하고 고개를 끄덕여 보였다. 이어서, 박재윤 소장은 정채국을 바라보며 말을 보탰다.

“게다가, 중국이 우리를 지켜보고 있기 때문에 대규모 군사 작전보다는 눈에 띄지 않는 소규모의 기습 체포 작전이 더욱더 효과가 있습니다. 걱정 마십시오. 우리보다도 중국으로 도주하려는 반혁명 분자들이 더 똥줄이 탈 겁니다. 그들이 가진 도주 수단은 안둘기가 전부이고 이미 이들 안둘기들이 이용하는 주요 항로에 ‘화승총’을 다량 휴대한 반항공(대공) 임무조들이 배치를 마쳤습니다.”

정채국이 늦게서야 고개를 끄덕이며 만족스러운 표정을 보이자, 한성현 중장이 이번에는 정찰총국의 림강국 대좌에게 시선을 보냈다. 그러자 그가 자리에서 벌떡 일어섰고 한성현은 그에게 자리에 앉으라는 손짓을 한 뒤 말했다.

“일본 놈들에게는 그들이 요구한 모든 정보를 제공했소, 림강국 동지?”

"네, 부총참모장 동지. 핵폭탄이 설치된 장소와 백두산 공작조 또, 대덕산 공작조와 지원 조원들이 은거 중인 장소에 대한 상세한 정보를 넘겨주었습니다."

"대외 언론 쪽에 공표할 내용도 정리했겠지?"

"네, 부총참모장 동지. 현재 이 반혁명 분자들이 중국과 모략을 꾸민 부분을 제외한 나머지 사실 부분을 그대로 노출하는 것으로 공표하도록 준비했습니다. 총참모부와 총정치국 실무 부서 인원들도 모두 확인했고 이상 없다 하여 곧 공화국 내외 외신에게 그대로 전파할 예정입니다."

한성현 중장과 그의 직속상관들은 사실 핵폭탄을 터뜨리고 중국을 뒤에 업은 채 공화국을 전복을 시도할 최철규 중장와 김동직의 군부와 당 지도부 쿠데타 세력의 등장이 반가웠다. 그들의 존재와 쿠데타 시도로 인해서 북한과 일본의 은밀한 거래가 주변국들은 물론 자국민들에게도 의심받지 않고 유지될 것이기 때문이었다.

한성현 중장을 내세운 제1 위원장과 그의 군부, 당내 최측근들은 이제 한성현 중장과 그의 핵심 장성들이 일본 정부로 하여금 핵폭탄을 회수하게 하고, 중국에 대한 노골적인 항의 표시 없이 최철규 중장과 김동직, 김승익 소장이 주축이 된 쿠데타 세력에게 모든 책임과 비난을 뒤집어씌워 제거하기만 하면 모든 일이 마무리되는 것이었다.

최철규 중장과 김승익 소장이 낌새를 알아차리고 다른 장성들과 먼저 행동을 개시한 것 그리고 그들이 실제로 핵폭탄을 터뜨리려는 것을 제외하고는 모든 게 원래의 계획대로 진행 중이었다.

그렇지만 이후에 총참모부 총참모장으로 진급을 하게 될 한성현 중장은 마음 한구석에서 느껴지는 공허함과 죄책감을 무시할 수는 없었다. 그는 지독하게 쓰디쓴 기분을 억지로 삼키면서 박재윤 소장이 최철규 중장의 또 다른 측근들을 사살했다 보고하는 것을 들었다.

〈다음 권에 계속〉

부록

부록 차례

1. 자위대의 장비와 무기

1. 89식 소총

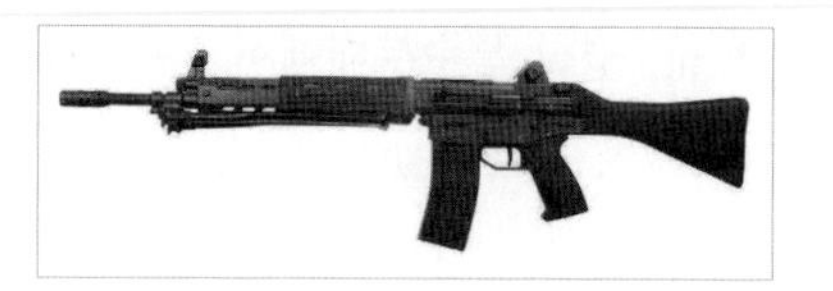

자위대의 제식소총 64식 소총을 대체하고자, 1989년에 채택된 5.56밀리 돌격소총. 호와 공업에서 AR18 소총을 베이스로 개발, 제작하여 자위대뿐만 아니라 경찰 특수병력 SAT와 해상방위청에서도 운용하고 있다.

2. M249 SAW(Squad Automatic Weapon: 분대 지원 화기)

미군의 분대 지원 화기 M60 기관총을 대체하고자 채택된 FN 사의 5.56밀리 경기관총.

M249 기본형 외에 총신, 개머리판, 급탄 시스템에 변형을 가한 M249 Para, M249 SPW, Mk.46 Mod 0, Mk.48 등의 모델이 미군에 의해 운용되고 있다. 육상 자위대 또한 M249를 분대 지원 화기로 운용 중이다.

3. M4A1 소총

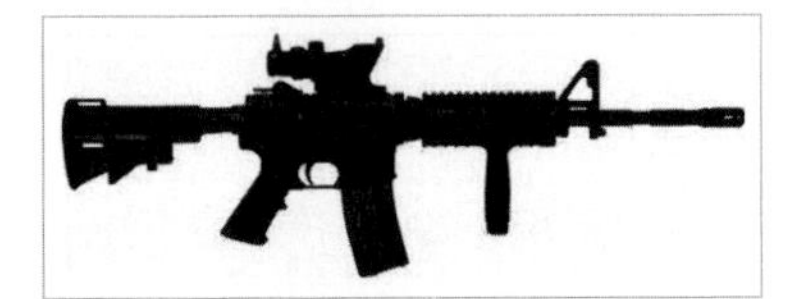

미군의 제식소총 M16A2 소총을 카빈형(단축형)으로 개발한 M4 소총의 최종 버전이다. 연사 기능이 없는 M4와 달리 M4A1은 연사 가능을 갖췄고 미군 특수전 부대를 비롯한 많은 서방권 군, 경찰 특수부대에서 운용 중이다.

4. 01식 경대전차 유도탄

자위대가 2001년 채택한 유도형 대전차 미사일. 비냉각식 적외선 유도 방식이기 때문에 교전 시 신속하게 표적에 대해 발사가 가능하며 후폭풍 배출이 작아서 협소한 공간에서도 발사가 가능하다. (사진은 01식 대전차 유도탄과 유사한 미군의 재블린 대전차 미사일)

5. 74식 전차

육상자위대의 61식 전차를 대체하고자 개발된 고기동형 전차. 105밀리 강선포와 전후좌우가 조절 가능한 유압식 현가장치, 레이저와 컴퓨터 제어식 사격 통제 장치를 갖춰 1974년 제식 채용 당시에는 높은 평가를 받았다. 그리고 21세기인 현시점에도 90식 전차와 10식 전차에게 주력의 자리를 넘겨주지 못하고 노후화되면서 운용 중이다.

6. 90식 전차

1990년 채택된 육상자위대의 3세대 주력 전차. 자동 장전 장치가 장착된 120밀리 주포와 최신식 사격 통제 장치, 복합 장갑과 1,500마력 파워팩을 갖추고 있다. 하지만 생산된 전차 대부분이 홋카이도에 배치되어 있기 때문에 홋카이도 북부 방면대 외의 다른 일본 지역에서는 여전히 구식 74식 전차가 운용되는 상황이다.

7. 고마쓰 LAV(경장갑 차량)

자위대가 2002년에 채택한 경장갑 차량. 5명이 탑승하며 차체 위쪽에 기관총이나 대전차 미사일을 탑재할 수 있다. 5.56밀리 탄과

7.62밀리 탄을 방호할 수 있는 장갑에 160마력의 출력을 갖췄으며 도로에서 시속 100킬로미터까지 주행할 수 있다.

8. AH-1S 코브라(Cobra)

베트남전 당시, 미 육군이 컨보이 및 근접 화력 지원을 위해 개발한 최초의 공격 헬리콥터. AH-1S는 과거 냉전 시절 유럽에서 바르샤바 조약군의 대규모 기갑 전력에 대응하기 위해 개발되어 TOW 대전차 미사일을 장착, 운용해 왔지만, 공중강습 작전을 엄호하는 임무도 매우 빈번하게 수행한다.

9. AH-64DJ 아파치(Apache)

미 육군의 공격 헬기 AH-1 코브라의 대체 기종으로 선정되어 1984년부터 운용되기 시작한 보잉 사의 대전차/공격용 헬리콥터. 각종 전자 장비를 장착, 야간 공격 능력과 전천

후 비행 능력을 발휘하여 강력한 생존력과 무장 탑재 능력을 자랑한다. 육상자위대 또한 AH-64D 롱보우 장착형을 후지 중공업에서 라이선스로 생산, 운용 중이다.

10. UH-60JA 블랙호크(Black hawk)

미국의 시콜스키 사에서 미 육군의 주력 수송 헬기 UH-1의 후속 기종으로 개발한 다목적 헬리콥터. 대부분의 서방권 군에서 채용하여 병력 및 물자 수송, 건쉽, 의료 후송의 목적으로 현재에도 전 세계에서 활약하고 있다. 일본 또한 육상자위대에서 UH-60JA 기체를 채택하여 육자대의 공중 강습 작전을 위해 운용 중이다.

11. CH-47J 치누크(Chinook)

미국의 보잉 버톨 사에 의해 개발, 1968년 미 육군에 의해 실전 배치된 대형 수송 헬리콥터. 베트남전에서 입증했듯이 다수의 전투 병력 및 야포, 차량 등을 전투지대로 수송할 수 있는 뛰어난 능력을 자랑한다. 텐덤 로터 방식을 적용한 기

체로서 1960년대부터 오늘날까지 개량과 개조를 거듭하여 현역으로 운용 중이다. 자위대 또한 육상자위대 소속의 CH-47J 기체를 운용하고 있다.

12. UH-1J

1960년대부터 미군이 다목적으로 운용해 온 수송 헬리콥터. 미 육군은 UH-1 헬기를 도입함으로써 베트남전 당시, 헬리본 작전의 개념을 실행, 오늘날 회전익기를 운용하는 대규모 항공 기동 전술 수준에 이르렀다.

미군 외에 우리나라와 일본을 포함한 많은 서방권 국가들은 현재에도 UH-1 기체를 일부 운용하고 있다.

13. C-130H

미 공군과 서방권 공군이 폭넓게 운용하는 전술 수송기. C-130기는 단순한 병력, 물자 수송 능력 외에도 지형을 이용한 저공 침투 능력이 뛰어나며 탑승한 전투원들을 낙하산으로 침투시키거나 아니면 험한 비포장 활주로에 직접

착륙함으로써 병력과 장비를 작전 지역 내에 전개시킬 수 있다.

14. P-3C 오라이언(Orion)

미 록히드 사에서 개발, 1962년 미 해군에 의해 채택된 4발 터보 프롭 대잠 초계기. P-3기는 4,407킬로미터의 작전 반경, 10~13시간의 체공 시간 그리고 해상, 해중 표적을 추적, 제압할 수 있는 각종 감시, 탐지, 추적 장비와 폭뢰, 어뢰, 기뢰, 공대지 미사일과 같은 다양한 무장 능력을 자랑한다.

1990년대에 기체 생산이 중단될 때까지 수차례의 기체 및 작전 능력 업데이트를 통해서 현재에도 전 세계에서 운용 중이다. 해상자위대는 1995년 102기의 P-3기를 도입해서 운용함으로써 미 해군 다음으로 최다 기체를 보유, 운용하고 있다.

15. SH-60K

미국 시콜스키 사에서 미 육군의 다목적 기체 UH-60 기체를 베이스로 개발한 해상 작전용 헬리콥터. 1984년 SH-60B가 미 해군에 최초로 실전 배치된 뒤로 현재까지 임무 변화에 따른 다양한 탐지 장비와 무장 능력을 업그레이드해

온 기체들이 활약하고 있다. 해상자위대는 SH-60B 100여 대를 라이선스 생산하였고 현재는 10년가량의 개발을 거쳐 SH-60K를 현역에 배치 중이다.

2. 국군과 미군의 무기, 장비

1. MP5A5

독일 HK 사에서 개발한 9밀리 기관단총. 1980년 영국 SAS 부대에 의한 이란 대사관 인질 구출 작전과 같은 실전 상황하에 뛰어난 성능을 인정받으면서 전 세계 특수부대원들이 선호하는 기관단총이 되었다. 높은 명중률과 신뢰성 덕분에 각국 특수부대뿐만 아니라 많은 국가의 경찰에서도 채택되었다. 소음 기능이 있는 MP5SD6 외에도 길이를 더 줄여 휴대성을 높인 MP5K 시리즈의 모델들도 역시 널리 사용된다.

2. HK416

HK 사가 기존의 가스 직동식 M4 소총을 가스 피스톤식으로 개량한 돌격소총. 개발 배경에 델타포스의 요구가 있었던 만큼 양산 직후부터 델타포스와 데브그루와 같은 미군의 티어1 특수전 부대들 그리고 서방권 특수부대, 경찰 특수부대가 다수 채택, 운용하고 있다.

3. SCAR-L

FN 사에서 개발, 출시한 특수작전용 돌격소총 (SCAR: Special Operation Forces Combat Assault Rifle). 5.56x45mm NATO탄을 사용하는 SCAR-L(Light)과 7.62x51mm NATO탄을 사용하는 SCAR-H(Heavy)가 미군 특수부대들에 의해 사용되고 있다. CQB 작전을 위한 총열 단축형 모델은 물론, SCAR-H 모델을 기반으로 하는 지정사수 소총과 저격총 또한 채택되었다. 많은 서방권 특수부대들과 마찬가지로 국군 707부대 또한 SCAR-L을 채용, 운용 중이다. (사진은 미군 씰 팀이 사용하는 SCAR-H 모델)

4. MP7A1

HK 사에 의해 2001년부터 양산되기 시작, 이후로 미국 영국을 비롯한 많은 서방권 국가의 군 특수부대와 경찰에서 MP5 기관단총을 대체하거나, MP5와 함께 운용되고 있는 4.6밀리 기관단총. FN 사의 P90 기관단총과 성능, 운용 목적에서 매우 유사하며, 소음기를 장착할 경우 뛰어난 효과가 있어서 데브그루와 같은 특수부대에서 선호하는 총기이다.

5. M110 SASS

유진 스토너의 아말라이트 AR10을 기반으로 나이츠 사에서 개발한 7.62밀리 소총이다. 원래의 명칭인 SR(Stoner Rifle) 25 대신 Mk.11 Mod 0이라는 제식 명칭으로 씰 팀이 최초로 채택했고 이후 미 육군에서도 M110 SASS(Semi-Automatic Sniper System)이라는 제식 명칭으로 채택, 지정 사수 소총으로 운용하고 있다.

6. AI AW50F

영국의 Accuracy Internation 사가 제작한 저격소총. 뛰어난 내

구성과 명중률, 다양한 탄종을 가진 라인업을 갖춘 AW(Artic Warfare) 시리즈는 최초 소요를 제기한 영국군뿐만 아니라 서방권의 대부분의 특수부대, 경찰 특수부대에서 채용, 운용 중이다. 그중 탄종 50구경탄을 사용하는 AW50은 대물 저격총으로 각국 특수부대에 의해 채택된 바 있다. (사진은 AWM 모델)

7. M249 SPW/Mk.46 mod 0

M249 SPW

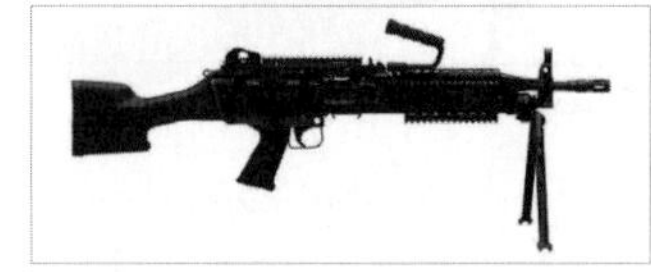

Mk.46 Mod 0

M249 경기관총의 특수작전용 버전. M249 기관총의 총열의 길이와 개머리판을 축소하고 급탄부를 개량한 뒤, 피카티니 레일 시스템을 적용한 모델들로서 M249 SPW(Special Purpose Weapon)와 Mk.46 Mod 0이 미군 특수부대에 의해 운용되고 있다.

8. USP(택티컬)

HK 사에서 1990년대 초에 공개한 자동 권총. 미군 특수전부대들을 위한 Mk.23 권총과 함께 병행 개발되었지만 Mk.23보다는 평가가 좋은 편이었다. 주로 9밀리 탄과 45구경탄을 사용하는 USP 택티

컬, 컴팩트 모델들이 미국과 우리나라를 비롯한 서방권 국가들의 군 특수부대, 경찰에서 채택, 운용 중이다.

9. SOFLAM(AN/PEQ-1)

미군 특수부대가 적 표적에 대해 근접화력지원이나 전술폭격을 유도하고자 운용하는 레이저 표적 지시기. 최대 10킬로미터까지 레이저와 GPS를 이용한 정밀한 표적 지정이 가능하다.

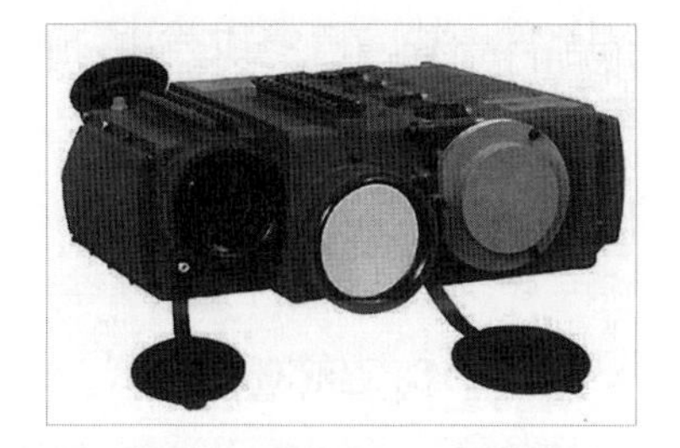

10. MH-60M 페이브 호크(Pave Hawk)

미 육군의 다목적 수송 헬기 UH-60 헬기를 특수작전용으로 개량한 기체. UH-60에 비해 증강된 야간 항법 장치, 대레이더 탐지 장치, 그리고 기수에 공중급유용 프로브를 장착하여 장거리 저공 침투 비행이 가능하다. 현재 미 육군의 모든 MH-60 시리즈 기체는 160특수전 항공 연대에서 운용 중이다.

11. MH-47G 치누크(Chinook)

미 보잉 버톨 사의 CH-47 헬기의 특수작전용 기체. 공중 급유용 프로브와 추가 연료 탱크 그리고 FLIR, 기상레이더, 지형 추적 레이더 등의 최신 항법장치들을 탑재하여 미군 특수부대의 장거리 침투 작전을 지원한다. MH-60 기종들과 마찬가지로 160특수전 항공 연대의 주력 기체이다.

12. AH-6 '킬러 에그(Killer Egg)'

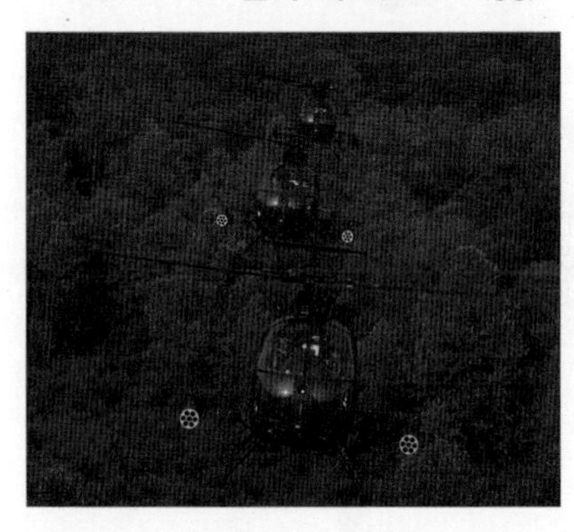

160 특수전 항공 연대의 특수작전용 공격 헬기. MH-6와 마찬가지로 특수작전을 위해서 500MD 기종이 기본 모델을 개량했다. AH-6는 7.62밀리 미니건 2정과 2.75인치 로켓탄 발사기를 기체 양쪽의 윙에 장착하여 미군 특수전 부대들의 작전에 대해 근접 화력 지원을 제공한다. AH-6 헬기는 500MD를 기반으로 하는 다른 기체들에 비해서 가장 뛰어난 야간 비행, 공격 능력을 가지고 있다.

13. MQ-9 리퍼(Leaper)

최초의 실전용 드론 MQ-1 프레데터가 헬파이어 미사일을 이용하여 중요 표적을 제거했던 전술적 효과를 기반으로, 더욱더 강력한 무장 능력과 출력을 가진 MQ-9 리퍼가 개발, 실전에 배치됐다. MQ-9은 20미터까지 늘어난 양 주익에 총 6개소의 하드 포인트들을 갖춰, 수 발의 헬파이어 미사일들을 물론 GBU12 페이브 웨이Ⅱ와 같은 레이저 유도 폭탄 그리고 자위용 스팅어 미사일까지 장착 가능하다. 특수부대원들에 의한 지상 작전에 커다란 변화를 가져온 기체이다.

14. AC-130U 스푸키(Spooky)

2차 대전 당시 10여 정 이상의 중기관총을 탑재하고 지상 공격에서 뛰어난 능력을 발휘한 B-25J 미첼 폭격기와 베트남전에서 활약한 AC-47과 AC-130A기 등 여러 건쉽 기체들이 진화를 거듭한 끝에 현재의 AC-130H/U가 탄생했다. 그중 AC-130H기는 105밀리 유탄포, 20밀리 발칸포, 40밀리 보포스 포로 무장하여 미군이 투입된 다양한 전장에서 활약하다가 2015년 모든 기체가 퇴역하고 현재 25밀리 5연장 개틀링 포와 40밀리 보포스 포, 105밀리 유탄포로 무장한 AC-130U기가 활동 중이다.

15. F-15 이글(Eagle)

미 공군의 주력기인 전천후 제공 전투기. 기본형 F-15A(단좌형)에 비해 기체 구조와 재질 그리고 무장 능력과 지상 공격 능력을 강화한 F-15E(복좌형)이 주로 운용되고 있다.

16. E-3 센트리(Sentry)

공중 경보 통제 시스템(AWACS)기로 통하는 E-3기는 보잉 707-320B 여객기를 베이스로 개발되었다. 기체의 상부에 장착된 회전식 레이돔으로 약 800킬로미터의 수색 범위를 감시하여 아군 항공 부대의 방어 작전, 공격 작전 및 기타 특수작전을 지원해 준다.

17. E-8 조인트 스타스(J-STARS)

E-3 AWACS가 공중 목표를 탐지하는 것과 달리 E-8은 지상 수색 범위 안에 있는 목표물의 수색, 감시 및 아군의 지상 작전 지원을 맡고 있다.

3. 북괴군 무기와 장비

1. AK 소총

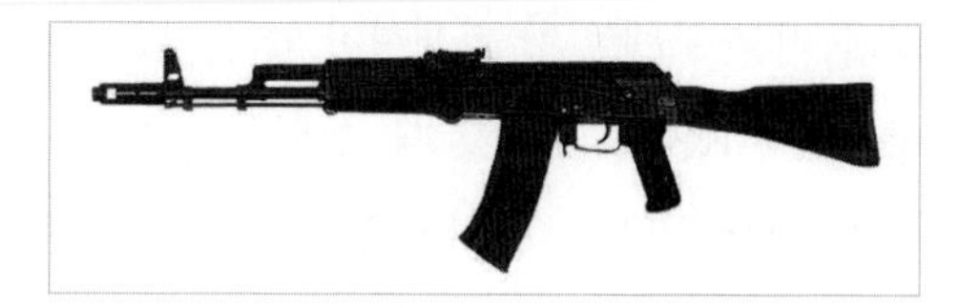

공산권 국가들의 대표적인 제식 돌격소총, 러시아에서 처음 개발 사용되었지만 이후, 중국, 북한을 비롯한 대부분의 공산권 국가에서 라이선스로 생산하여 운용되었다. 기본 모델인 AK47 소총부터 AKM을 거쳐 현재의 AK74까지 많은 국가에서 운용해 왔다. 북한제 AK74인 88식 보총은 북한군의 주력 소총이다.

2. AKS74U

러시아 칼라시니코프 사의 AK74 소총의 카빈형. AK74와 마찬가지로 5.45밀리 탄을 사용하지만 짧아진 총신과 접철식 개머리판 덕분에 휴대성이 좋아, 러시아와 동구권 국가들의 특수부대나 경찰 특수부대에서 사용해 왔다.

3. RPK74

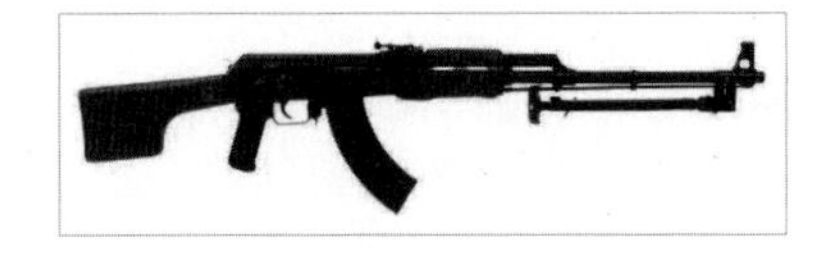

서방권의 M60 기관총에 비견되는 공산권 군대의 경기관총, 40발 탄창이나 75연발 드럼탄창으로 급탄되며 AKM 소총을 기본 모델로 한 파생형이 있다. AK 소총이 5.45밀리 고속탄을 사용하는 AK74로 진화할 때, 동일한 탄을 사용하는 RPK74 경기관총이 개발, 운용되었다. 총신이 길고 무게가 무거워 반동이 적은 편이라서 명중률도 꽤 높다. 그러나 총신 교환이 쉽지 않은 단점을 가지고 있다.

4. Vityaz 기관단총(PP-19-01)

AK 소총을 기반으로 한 9밀리 기관단총. 작동 방식은 단순 블로우백, 클로우즈드 볼트식이며 러시아 군, 경찰 특수부

대에서 주로 운용하고 있다.

5. VZ61 스콜피온

1961년 구 체코슬로바키아에서 전차 승무원, 공수부대원, 경찰을 위해 개발된 기관권총으로서 동구권에 널리 보급되었다. 이후로 동구권 특수부대와 테러리스트들에 의해 애용되어 왔다. 보통 군용 권총탄에 비해 위력이 다소 약한 7.65밀리 탄을 사용한다.

6. M1911A1

M1911A1은 M9(M92F베 레 타)이 미군의 제식권총이 되기 전까지 수십 년 동안 미군의 제식권총으로 운용되어 온 권총이다. 38구경 권총보다 강력한 타격력과 저지력을 가지고 있기 때문에 현재에도 미군 특수전부대를 비롯한 일부 국가에서 운용되고 있으며 북한군 특수부대와 공작원들 또한 사용하고 있다.

7. M18A1 크레모아

유효 살상 반경 100미터를 가진 지향성 대인 지뢰로서 대규모의

대인 표적에 효과적인 무기이다. 설치 장소를 크게 제한받지 않고, 또 강력한 폭발력으로 700발의 강철 구슬을 지향한 방향에 투사한다.

8. 7호 발사관(북한제 RPG7 대전차 로켓 발사기)

RPG7은 북한을 포함한 동구권에서 사용하는 대표적인 대전차 화기로써 베트남전부터 서방권 군대를 괴롭혀 왔다. 러시아와 중국, 그리고 대부분의 동구권 국가들이 오늘날 운용하고 있으며 소말리아, 아프가니스탄, 이라크와 같은 분쟁 지역에서 다수 사용 중이다. 북괴군은 7호 발사관이라는 북한제 RPG7을 운용하고 있다.

9. 화승총(북한제 SA7, SA16 휴대용 지대공 미사일)

SA7: 1959년에 개발되어 1966년부터 실전에 투입된 러시아제 휴대용 지대공 미사일. 일선에서 운용된 지는 상당한 시간이 지났지만, 현재 북한에서도 다수 운용되는 지대공 미사일이다.

SA16: 1970년 중반에 개발되어 1981년에 실전 배치되었다. 성능은 미제 스팅어 미사일과 동등하며 북한을 비롯하여 우리나라도 러시아에서 경협차관 상환용으로 들여와 운용 중이다.

10. 안둘기(AN-2 콜트)

1945년 구소련에서 개발된 수송기로 여러 공산권 국가에서 운용되어 왔다. 이 기종은 가볍고 튼튼한 데다가 제대로 된 활주로 없이, 거리만 확보된다면 어디에서도 뜨고 내릴 수 있는 장점을 가져 북한에서도 특수부대 침투용으로 이용되고 있다.

11. MI-24A 하인드(Hind)

구소련의 밀 사에서 개발한 동구권의 대표적인 건쉽, 수송 헬리콥터이다. 서방권의 건쉽들과 달리, 병력을 수송하는 강습작전 지원 능력이 있으며 북한군은 MI-24 헬기들을 다수 보유, 운용하고 있다.

12. MI-2 호플라이트(Hoplite)

1965년부터 구소련에서 생산된 기체로서 수송 및 화력 지원 그리고 다양한 공중 지원 작전에 투입되는 임무를 수행한다. 북괴군은 현재에도 노후화된 MI-2기들을 운용 중이다.